凍える霧

サンドラ・ブラウン
林　啓恵　訳

集英社文庫

凍える霧

〔主な登場人物〕

ライ・マレット……………………　パイロット。元アメリカ空軍兵
ブリン・オニール………………………………………………　医師
ダッシュ（ダシール・デウィット）……………　航空輸送会社社長
ブレイディ・ホワイト………………　ハワードビル郡飛行場管理人
リチャード・ハント…………………………　ジョージア州上院議員
デローレス・パーカー・ハント……………………　リチャードの妻
ゴーリアド………………………………………　リチャードの用心棒
ティミー…………………………………………　リチャードの用心棒
ネイサン（ネイト）・ランバート　………………………………　医師
ウェス・オニール………………………………………　ブリンの父親
ドン・ローリンズ……………………………………………　保安官助手
ウィルソン……………………………………………………　保安官助手
サッチャー……………………………………………………　保安官助手
マイラ…………………………………………………………　保安官助手
バイオレット・グリフィン…………………………　がんを患う少女
アビー………………………………………………………　医療スタッフ
ジェイク・モートン……………………　航空輸送専門のパイロット
マーリーン・ホワイト……………………………　ブレイディの妻

第一章

午後九時四十二分

「いや、無理です、やりません」

「連絡したときは、あんなに乗り気だったじゃないか」

「そう言いますけどね、あのときは天候がわかってなかったんで。これじゃ飛行場に足留めされますよ、ダッシュ」

「そこまでの濃霧じゃないさ。なあに、雲みたいなもんだ、おまえなら飛べる。それともインターネットの飛行学校じゃ、そこまで教えてくれなかったか？」

まだ若々しいパイロットは、あきれ顔で天を仰いだ。「いいですか、ダッシュ、アトランタ空港が閉鎖、閉鎖されてるんですよ。めったにあることじゃない。感謝祭の前夜に空港が閉鎖されるなんて、一大事です。めちゃなことは言わないでくださいよ」

ダッシュがぶ厚い手を胸に置いた。「おれぐらい道理をわきまえた男はいないぞ。理性を絵に描いたような男だ。ところがそうはいかないのが、客ってもんでな……空港が閉鎖されようが、おかまいなし。今夜じゅうにこの箱を——」手をおろして、背後のカウンターの上にある金属製の黒い箱を叩く。「あっちに——」続いて南の方角を指さす。「届けたいときた。それをおれは、お任せあれと、請け負っちまった」

「となると、客との関係がこじれそうですね」

彼はダッシュと呼ばれている。その理由は、第一に、彼の本名を知っていた数少ない人たちがもはや本名を忘れていること、そして第二に、チャーター機と航空輸送を扱う彼の会社が〈ダッシュ・イット・オール〉という社名だからだ。

自称年齢より年かさのダッシュは、太鼓腹の持ち主。その腹が蒸気機関車の障害物よけさながらの役割を果たし、突進する彼の進路をさまたげることができるものは、ほぼない。つねに時間に追われる彼の表情は、ただひとつ、しかめっ面と決まっていた。

だがいまのところ、いくらしかめっ面で凄んでも、相手のパイロットはびくともせず、ここオハイオ州のコロンバス空港を離陸しないの一点張りだ。行先のアトランタでは、旅行客の多い休暇中だというのに、悪天候のせいで、ぎっしり詰まった綿密な計画が台無しにされていた。

そして航空事業者として顧客の満足を保証している身となれば、日々の暮らしまでが台無しにされかねない。

いらだちながらダッシュは火をつけていない葉巻をヤニのついた歯で嚙みしめた。運航支援業者は喫煙してはならない。ダッシュが決めたルールだ。だが、この葉巻はダッシュのものだ。誰かと無用の争いになったときは、葉巻を嚙むことにしている。そう、いまのように。

「これっぱかしの霧、本物のパイロットなら、ガタガタ言わんぞ」ダッシュは言った。

パイロットはダッシュをにらみつけた。

たしかに、これっぱかしの霧とは言えないが、とダッシュは内心認めた。記録的な濃霧だった。大西洋沿岸の住民は、今朝目覚めるなり、霧に呑みこまれたわが市、わが町を目にすることになった。アメリカの東側三分の一が交通障害など、濃霧を原因とするさまざまなトラブルに巻きこまれ、いまだ霧が晴れる兆しはない。

気象情報専門チャンネルは視聴率を稼ぎまくり、気象学者は目がまわるような忙しさに襲われている。この現象をある気象学者は〝天地開闢以来の〟と言い表し、また別の学者は〝未曾有の〟事態と表現した。どういう意味かよくわからないが、ダッシュにもぞっとしない状況であることはわかる。詰まるところ、このいまいましい濃霧がダッシュに意味するのは、収入の減少にほかならなかった。

ハーツフィールド・ジャクソン・アトランタ国際空港をふくむ、全米二桁の州の主要空港で、旅客機、貨物輸送機ともに身動きがとれなくなっている。しかも今日は感謝祭前夜、国じゅうの人たちが別のどこかへ移動したがっているような日だ。この調子だと航空各社が混乱を収束するのにクリスマスまでかかりそうだが、ダッシュには知ったことじゃない。

ダッシュが考えるべきは、自社の飛行機を飛ばすこと、そして報酬と引き替えに頼まれた荷物を最短の時間で運ぶことだった。格納庫で巣ごもりする飛行機は金を生まない。ここはなんとしても目の前のパイロットにさっさと度胸を出してもらい、お客のドクター・ランバートに約束したとおり、夜が明けないうちにアトランタまでこの箱を届けさせなければならない。

屈辱感を味わわせれば、飛び立つかもしれない。ダッシュは頭のてっぺんから足の先まで、若いパイロットをじろじろと眺めまわした。「その気になれば、やれるもんだ。怖いのは霧か？　それともなんだ？　明日、ママの七面鳥料理やカボチャのパイの時間に間に合わないかもしれないのが怖いのか？」

「晴れるまで待ちますよ、ダッシュ。話は終わりです」

三十歳に満たないパイロットは、こんな時間でもひげをきれいにあたり、黒いスラックスに白いシャツというこぎれいな恰好をして、澄んだ目をしている。ひょっとすると、飲酒から操縦桿（そうじゅうかん）を握るまでに最低でも八時間は空けたうえ、じゅうぶんな睡眠を取るべしとする連邦航空局（FAA）の規則を破ったことがないのかもしれない。

経験豊富なダッシュは、ピンからキリまで、ありとあらゆる力量の飛行機乗りを見てきた。そのダッシュから見て、この若造は、杓子定規（しゃくしじょうぎ）に規則を守って操縦するだけの、飛行機乗りの直感のかけらもないタイプだった。規則と名のつくものはすべて遵守。つねに守って、例外なし。

絞め殺してやりたい。

そんな衝動を抑えつけて、ふたたび説得にかかった。「乗るのはビーチクラフト社の飛行機で、点検したてのほやほやだ。最新設備搭載、シートも新品。すこぶるつきの豪華版だ」

パイロットは頑としてうんと言わない。「アトランタの霧が晴れて、空港の閉鎖が解除されたら――」

「十年はかかる！」ダッシュは大声でさえぎった。「いますぐ解除されたとしても、滞ってる分を片付けるのに何時間もかかる。そのころにゃ、せっかくのツナサンドが腐っちまう」

依頼主の支払いには、〝乗務員〟のための軽食代もふくまれており、すでにサンドイッチの入った白い厚紙の箱が届けられている。それも黒い箱といっしょに背後のカウンターに載っていた。

ダッシュは凄みをきかせてつけ加えた。「腐っちまうか、盗られちまうか」

ロビーの奥の壁際にあるソファに一瞥を投げた。見苦しいことはなはだしいソファだ。青緑と黄褐色の格子模様の生地はくたびれて波打っているうえに、ところどころに脂汚れがあって、正体不明の染みまでついている。

だがそんな代物でも、そこに寝そべる男は気にしていないようだった。腹の上で手を組んであおむけになり、よれよれになった航空関係の古雑誌で顔をおおって眠っている。

ダッシュは若いパイロットに視線を戻し、低い声のまま続けた。「なんせ、うちには、いろんなやつが出入りしてる」

「飛べるまで軽食を盗られないようにしますよ」

ダッシュはいらだたしげに息をついた。「ロデオの牛を運べと言ってるわけじゃないぞ」

実際、ダッシュはそういう元気な荒くれ野郎をダグラスＤＣ－３に乗せて、シャイアンからアビリーンまで運んだことがあった。飛行中ずっと跳ねっぱなしだった。そう牛が――飛行機ではなく。飛行機のほうはかわいいもんだった。記憶が正しければ、あれは一九八五年のことだ。当時はダッシュも若くて、怖いもの知らずで、痩せていた……少なくとも、いまよりは。

古き良き時代が懐かしい。ダッシュはため息をついて、パイロットの説得を再開した。

「今夜、おまえに運んでもらいたいのは、このかわいい収納ボックスだけだ」

「空港が閉鎖されてるんですよ、ダッシュ」

「たしかに、ビッグママは閉鎖されてる。だがな――」

「アトランタから半径三百二十キロ圏内の運航支援業者も、ことごとく業務を停止してる」

ダッシュは葉巻を片方の口の端から反対側に移し、両手を挙げて降参した。「わかった。おまえの勝ちだ。取り分を増やしてやる」

「取り分が増えたって、死んだら使えませんからね」

ダッシュは湿った葉巻の端を噛み切り、それをごみ箱に吐き捨てた。「おまえは死なん」

「そのとおりです。濃霧が晴れて、空港が再開されるまで飛ばないんで。燃料を入れて、準備は整えてあるから、ゴーサインが出たらすぐに飛び立てますよ。いいですね、そういうことで？」パイロットは背筋を伸ばした。「で、ひとつ大事な質問があるんです。ポップコーンマシンはまだ直らないんですか？」パイロットはそう言うと、回れ右をして、焦げくさいコーンの香りに導かれて廊下に向かった。その先にはパイロットの控え室がある。

ダッシュの携帯電話が鳴った。「待て。ゴーサインの連絡かもしれん」

パイロットが足を止めて振り向いた。ダッシュは電話に出た。「なんだ？」電話の相手の名前を聞くと、人さし指を立てて、待っていた相手からだと伝えた。ハーツフィールド・ジャクソン・アトランタ国際空港で営業している民間の運航支援業者のひとつで、ダッシュと同業のチャーター機の仲介業者だった。

「もちろん、できてるとも、準備万端だ。いつでも行ける。早く出たくて、うずうずしてたとこだ」ダッシュは最後のひとことを言いながら、パイロットをじろりと見た。「え？　どこに変更だって？」三十秒ほど耳を傾け、眉間の皺が深くなる。「いや、それは問題ないと思うが」口とは裏腹に、ダッシュにはそれが問題になるのがわかっている。「PCLシステムがない？　到着時に誰かが照明をつけてくれるってのは、まちがいないんだろうな？」

パイロットが顔をしかめた。パイロット制御照明があればこそ、操縦席から滑走路の照明を点灯することができる。

「わかった」ダッシュが言った。「詳細をメールしてくれ。了解」電話を切って、パイロットに言った。「運がいいぞ。ジョージア州北部の山間部にある小さな町に運航支援業者があって、そこで客と落ちあうことになった。客は車でアトランタを発った。車で二時間か二時間半かかるが、お客は喜んで――」

「ジョージア州北部の山間部？」

ことなげにダッシュは手を振った。「山と言ったって、丘みたいなもんだ」

「ちゃんと管理されてるんですか？」

「いいや。だが滑走路のほうはじゅうぶんな長さがあるから、まあ、なんだな、いちばん端っこに着陸して、あまり強い横風が吹いてなけりゃどうってことない」パイロットの疑わしげな表情を見てダッシュは指を鳴らした。「そうだ、こうしよう」

「アトランタ空港が再開するまで待ちます」

「セスナ182に乗ってけ」

パイロットがプッと噴きだした。「あのおんぼろに？　どうかしてるんじゃないですか？」

ダッシュが不興顔になった。「あいつはおまえの父親が生まれる前から飛んでるんだぞ」

どうやら自慢のしかたをまちがえたらしく、またもやパイロットの失笑を買った。「まさにそれですよ、おれが言いたかったのは」

「そりゃ、ビーチクラフトほど新しくもあか抜けてもないし、あちこち傷んじゃいるが、頼りになるやつだ。しかもここにあって、おまえはすぐにも飛ぼうとしてる。燃料はおまえがフライトプランを提出してるあいだに入れといてやる。どこにあるかと言うと――」

「待ってください、ダッシュ。おれが契約したのは、ビーチクラフト機で管理された空港に荷物を届ける仕事で、豆のスープみたいな濃霧のなか、山間部を越えて管理されてない飛行場まで飛んで、強い横風が吹いてそうな短い滑走路へ降りる仕事じゃないんで。しかも向こうにいる誰かが滑走路の照明をつけてくれるのをあてにして？」パイロットは首を振った。「冗談じゃないですよ」

「三倍払う」

「割に合わない。あいにく正気が残ってますからね。その箱になにが入ってるか知りませんけど、今夜は誰にも運べないことを客に言って聞かせるのがあなたの仕事です。届けられるのは、天候がよくなってから。おれは引きつづき天候に注意して、飛べるようになりしだい出発します」

「この仕事を引き受けないんなら、うちの仕事はもうまわさない」

「よく言うよ。喉から手が出るほどパイロットを必要としてるくせに」彼は箱詰めされた軽食を手に取り、ロビーを横切って廊下へ向かった。

ダッシュは小声で毒づいた。脅してはみたものの、あのしたり顔の若造にこけおどしだと見破られてしまった。ダッシュは航空機の種別ごとに、さまざまな資格を持つパイロットを必要としていた。しかもこちらの要請に応じて、すぐに操縦席に乗りこんで飛んでくれるパイロットでなければならない。

あの若造はクソ野郎ではあるが、独身の分、家族持ちよりはずっと融通がきくし、旅客機のパイロットを目指して、熱心に飛行時間を稼いでいる。

それに正直なところ、ここまで不確かな状況で、僻地（へきち）の飛行場へ飛ぶとしたら、完全に頭が壊れていると、ダッシュも思う。その点、あの若造はちがう。不要な危険は冒さないだけの分別がある。

いま必要としているのは別種のパイロットだ。

ダッシュはロビーのソファを見た。ふたたび葉巻の位置を変え、でっぷりした腹の上にズボンを引っ張りあげて、深く息を吸った。「おい、ライ?」

ソファで眠る男から返事はなかった。

「ライ」ダッシュは声を張った。「起きてるか?」寝そべる体は動かないが、ダッシュはかまわず続けた。「やっかいなことになった。いまいましい休暇のシーズンがはじまって、ここで年収の半分を稼がなきゃならん。ところがあの若造は臆病風を吹かせて――」

ダッシュは黙りこんだ。ライ・マレットが古雑誌を顔から外したのだ。彼は起きあがり、床に足をおろした。「ああ、聞こえてた」立ちあがると、雑誌を放り投げて、ボマージャケットとフライトバッグを手に取った。「で、どこへ飛べばいい?」

午後十時二十一分

ライはビーチクラフト機を選ばなかった。理由はもうひとりのパイロット、名前を知らず、知る気にもなれないあの若造が縷々述べたとおりだ。ダッシュがセスナ182の飛行前点検をしているあいだに、ライは待合室のコンピュータに向かい、飛行場の航空写真が見られるサイトを開いた。

ハワードビル郡飛行場の鳥瞰写真を子細に検討し、地形と運航支援業者の事務所の場所を頭に入れると、携帯するため写真を出力した。

フライト・サービス・ステーションを呼びだし、計器飛行方式（IFR）にのっとったフライトプランを提出した。離陸から着陸まで計器頼みになる。とくに珍しいことではないが、この霧は尋常ではなかった。

詳しい情報が欲しかった。しかも、ぴかぴかの差し歯にべったり固めた髪型のなにがしがテレビ局のスタジオから届ける情報ではなく、有用な情報が。それで飛行機乗り関連のブログにいくつかアクセスしてどのような話が出ているか確かめた。案の定、今日投稿された情報の大半は濃霧とそれがもたらした混乱に関するものだった。霧のなかを飛んだパイロットたちは、広範囲にわたって視界ゼロだと警告していた。

ライはあらかじめユーザー名を入力してあるサイトに入り、ハワードビルに関する質問を投稿しておいた。多数の返答がつき、その最初はこうだった。「今夜あそこへ飛ぶ気なら、棺に供える花の色を告げていけ」

こんなのもあった。「送電線に注意。生きて滑走路までたどり着けたら、身構えろ。あそこはまるで洗濯板だ」

似たような投稿が続いている。墓場がらみの軽口や、制服を着用しない飛行機乗りらしい辛辣（しんらつ）な警句をちりばめた注意喚起だ。オンラインの会話から導きだされる結論は、今夜、ライが目的地としている場所へは飛ばないほうが賢明だということだった。

とはいえ、このような警告をたびたび受けながらも、負けじとライは飛んできた。

ダッシュでさえ、柄にもなく心配そうな顔をしている。ライはこの年配者が感情に流されるのを一度だけ見たことがあった。三本脚の猫がよたよたと格納庫に迷いこんできたときのことだ。猫は痩せこけて、ノミだらけだった。誰彼かまわず威嚇し、近づいてくる相手を引っかこうとした。だがダッシュはこの猫が気に入って餌をやりつづけ、猫は外に出られるくらい元気になった。そしてある夜、出ていったきり、二度と戻らなかった。ライが猫のことを尋ねると、ダッシュはすこぶるぶっきらぼうに答えた。「あの恩知らずめ、逃げやがった」

そのとき垣間見たダッシュのやさしさをふたたび感じながら、ライはダッシュと連れだって準備を整えた働き者のセスナが待つ滑走路へと向かった。

ダッシュはうめきながらかがんで車輪止めを外し、動きの悪い膝にひとくさり悪態をついてからこう言った。「箱は副操縦席に固定してある」

ライがうなずいて操縦席によじ登ろうとすると、ダッシュが咳払いをした。まだ言いたいことがあるらしい。くわえていた葉巻を手に取って、火のついていない先端をつくづく眺めた。「わかってくれるな、ライ。これが休暇シーズンのはじまりじゃなきゃ、今夜、飛んでくれなんて頼まない――」

「もう聞いたよ」

「まあな。だが、こういうときに飛ぶんなら、おまえの右に出るやつはおらん」

「お世辞のかわりに、ボーナスをはずむっていうのはどうだ？」

「それに」ダッシュはボーナスの件には触れずに続けた。「みんなが言うほど悪い状況とは思えんのだ」

「同感だね。みんなが言うより悪い状況だろうよ」

ダッシュもその懸念を認めるようにうなずいた。「届けても、すぐに戻らなくていいぞ」

「親切が身に染みるよ、ダッシュ」

「だが、明日の昼までに戻れるなら――」

「もちろん」

「あわただしい往復になるが、おまえはあまり睡眠を必要としないタイプだ」

ライはなるべく短時間の睡眠で動けるように自分を整えてきた。そういう能力があれば航空局の規則に対してより柔軟に対応できる――貨物輸送機の会社はフリーのパイロットの柔軟性を高く評価する――だけでなく、睡眠時間が短ければ、夢を見る時間も少なくてすむからだ。

ダッシュはあのパイロットが持ち去った箱詰めの軽食のことを話していた。「持っていきたけりゃ、あのしみったれからサンドイッチをかっぱらってきてやるぞ」

「ツナはごめんだ」

「おれもだ。今朝の残りの干からびたドーナッツがあるかもしれん」

ライは首を横に振った。

ダッシュは葉巻をくわえてしきりに噛んだ。「なあ、ライ、ほんとにだいじょうぶ——」

「なにをぐずぐずしてんだ、ダッシュ？　別れのキスでもしろってか？」

ダッシュはすかさず卑語を返すや背を向けて、のしのしと建物へ戻っていった。操縦席に乗りこんだライは、フライト・サービス・ステーションに連絡して許可を得ると、わずかな滑走で離陸した。

午前一時三十九分

目的地まで残り数キロの地点で、アトランタ・センターからVORアプローチの許可が出た。ライは無事着陸したらフライトプランを取りさげると管制官に告げた。

「幸運を祈る」声から判断するに、管制官は本気で祈ってくれているようだった。

ライは交信を終え、運航支援業者の周波数に合わせた。「こちらノベンバー九七五三七。誰かいるか？」

雑音に続いて、「いるぞ。こちらブレイディ・ホワイト。マレットかい？」

「ほかに誰が来るんだ？」

「そんな酔狂なやつはあんたぐらいだ。うまくやれよ、握手したい。なんならビールをおごらせてもらう」

「その約束、忘れるな。十マイル、四千フィートより、VOR／DMEアプローチにて進入、最初の降下をはじめる。さっさと行って照明をつけてくれ」

「照明はついてる」

「三千二百フィートまで降下。まだなにも見えないな。そっちの雲底高度は？」

「地上までほとんどホワイトアウトだ」ブレイディ・ホワイトが答えた。

「ましな知らせはないのかよ？」

相手は笑った。「最終ステップダウンで手を抜くなよ。滑走路から四百メートルぐらいのところに電線がある」

「ああ、航空図に載ってた。横風はひどいのか？」

ブレイディが風向と風速を伝えた。「たいした風じゃないが、それも善し悪しだな。もうちょっと強けりゃ、濃霧を吹き飛ばしてくれたんだが」

「すべては望めないさ」ライは高度計を見据えたまま、積み荷の書類に書かれていた名前を思いだして、尋ねた。「ドクター・ランバートは来てるのか？」

「まだだが、来ることになってる。積み荷はなんだ？」

ライは黒い箱をちらりと見た。「訊いてないんで、知らない」

「ここまで急かせるんだから、心臓かなにかじゃないか？」

「訊いてないんで、知らない。おれの知ったことじゃない」

「だったら、なんでこの仕事を引き受けたんだ？」

「これがおれの仕事だからさ」

ひと息置いて、ブレイディが言った。「エンジン音が聞こえてきたぞ。もう滑走路は見えたか？」

「見てる」

「緊張してるか？」

「なにに緊張するんだ？」

ブレイディが喉の奥で笑った。「ビールを二本にしよう」

フロントガラスに打ちつける雨滴がうねりながら流れ落ちる。その先は霧しか見えなかった。ブレイディに聞かされたとおりの状況なら、滑走路の照明が見えないまま、その真上まで行って着陸態勢に入ることになりそうだ。小型機にしてよかった。機体の大きなビーチクラフトだったら、滑走路を通りすぎてその先の地面を掘り起こす心配があった。しかも燃料タンクはほぼ空になっているので、軽く着陸できる。

そう、ライには緊張などなかった。計器を信頼しているし、安全に着陸する自信があった。条件は悪いが、もっと悪天候のなかを飛んだこともある。

なんにせよ、着陸を目前に控え、望むはドクター・ランバートの一刻も早い到着だった。さっさと荷物を手渡して、自動販売機——ブレイディの事務所にあるとしたら、だが——で飲み食いできるものを腹に詰めこみ、飛行機の後部に潜りこんで眠りたい。

ダッシュは荷物を多く積みこめるように補助席ふたつを取り外し、モーテル一泊分を浮かすために、寝袋を備えてある。汗と男のにおいを溜めこんだ寝袋だ。なかで屁をこいたパイロットが何人いるか知らないが、今夜のライには気にならない。〈ダッシュ・イット・オール〉でとった仮眠の効果が切れつつある。寝るのは好きじゃないが、明日の朝、戻る前には、何時間か寝ておかないとまずい。

帰宅するとき建物に施錠しないでくれと、忘れずブレイディに頼まなければならない。トイレが使えなくなる。トイレがあるとしたら、だが。これまで飛んだ先には——

濃霧のなかに滑走路の照明がかすかにちらついて見えた。「よし、ブレイディ。照明が見えたぞ。冷えたうまいビールを用意してあるんだろうな？」

返答がない。

「ブレイディ、居眠りしてるのか？」

つぎの瞬間、フロントガラスの向こうからレーザー光線が差しこんできて、ライの目と目のあいだを直撃した。

「おいっ！」

とっさに左手で目をかばった。まぶしい光は数秒で消えたものの、すでに目をやられていた。着陸のもっとも重要な局面で視界を奪われたのだ。

ライは心臓がひとつ打つあいだに、すべての状況を把握した。

地面は急速に近づいてくる。墜落はほぼ避けられず、すなわち死もほぼ避けられない。

ライは最後に思った。潮時ってやつか。

第二章

午前一時四十六分

これまでの訓練と、反射神経と、生存本能が作用した。死はほぼ確実だと覚悟したにもかかわらず、ライはおのずと無心に選択肢を見きわめて、生き延びてこの経験を語れる可能性がもっとも高い行動をとった。

しかも千分の一秒単位の時間のうちに。

本能的に操縦桿を引いて機首を上げ、スロットルレバーを戻して、失速しない程度に速度を落とした。

滑走路すれすれで浮上して視力が戻るのを待てば、旋回して、再度、進入態勢を取ることができるだろう。

ブレイディ・ホワイトを殺すためにも、やり遂げてやる。

だが地上に開けた場所はなかった。角度が不十分なまま滑走路を通りすぎれば、機体で木々の梢を刈り取るはめになる。じゅうぶんな角度をとって木をよけたとしても、こんどは丘陵地帯が待ち受け、いまの自分に地上との距離を判断する能力があるとは思えなかった。濃霧に加えて、目のなかで紫色と黄色の爆発が起こるなか、感覚だけを頼りに機体を操っている。

このままだと、万にひとつの望みもなさそうだ。目の前を跳ねまわる斑点のせいで計器類が見えず、計器が見えなければ、空間識失調に陥る。母なる大地の懐へまっさかさまに突っこむことになるかもしれないのだ。

すると前方のやや左側に霧が薄い部分があるのに気づいた。その部分が明るさを増すや、幅のせまい二本の光線に分かれる。ヘッドライトのようだ。駐車場か？　いや、道路——飛行場の航空写真に載っていた道路だ。なんにせよ、明かりが地表までの距離の手がかりになってくれる。

迷っている暇はない。機体をこころもち左に傾け、機首を光の方向へ向けた。

ヘッドライトを飛び越えられる角度まで機首を上げる。

いいか、落ち着けよ。失速するな。

飛行機は明かりの上を越え、四、五十メートルほど中空を進んでから、激しく地面に衝突した。一メートルほど跳ねあがって、ふたたび地上に戻ったときには、機体の左側と前輪だけが接地した。そこへきて右側の着陸装置が壊れたために、機体が右にまわり、右翼が地面について引っかかって、さらに鋭く右に旋回して、もはや立てなおすことは不可能だった。

とっさの反応としてブレーキを踏みしめたが、車輪が外れたか大きな損傷を受けたか、はたまた油圧系統が破断したらしく、まったくブレーキがきかなかった。

飛行機は道路を外れて森に突っこんだ。木の枝がフロントガラスに引っかかる。割れるまではいかなかったものの、プレキシガラスに蜘蛛の巣状にひびが入って、ただでさえ悪い視界がさらに悪くなった。

そして衝撃。

セスナが勢いよくなにかにぶつかった。機首がつぶれ、尾部がいったん跳ねあがってからどすんと落ち、ライは歯を食いしばった拍子に舌を嚙んだ。

激しい動揺のなかにあっても、自分が地上にいると気づくだけの認識力が残っていた。なんとまあ。機体は炎上しておらず、自分は生きている。気づくが早いか、ライはマスタースイッチを手探りして電源を切り、座席のあいだの床に手を伸ばして、燃料タンク切り替えコックを閉じた。

そこでようやくひと息つき、動悸を鎮めて、頭のなかのチェックリストに従ってケガの有無を確認した。紫と黄色の点は消え、視力は戻っている。どこも痛めていないが、ただ胴体に操縦桿の圧迫感がある。計器盤に胸を押しつけていた。

かなり古い飛行機なので、シートベルトも腰の部分だけで、肩のはなかった。手を焼きつつも、どうにか外した。左側のドアはまともそうだ。掛け金を外して、ドアを押し開けると、冷たく湿った空気がいっきに流れこんできた。胸いっぱいに吸いこんで、口から吐いた。

歯を食いしばり、何度ももがきながら、どうにか操縦桿の下から体を出すと、ドアから外に出た。フライトバッグは副操縦席の足元に落ち、計器盤の下に潜りこんでいる。ライは腕をいっぱいに伸ばして革のストラップをつかみ、操縦席から地面に引っ張り落とした。

残るは黒い箱のみ。

航空局の規定によると、墜落時にパイロットが飛行機から持ちだすのを許されているのは本人のフライトバッグだけだ。そのほかは、現場検証の必要性の有無を決める航空局に事故調査報告書を提出するまで、その場に残しておかなければならない。

だが、今回は急を要する輸送だった。それを思いだしたライは、シートベルトを外して箱を手に取り、右脇に抱えた。外に出て飛行機のドアを閉め、ひょいっと地面に飛びおりた。

飛行機乗りになって以来、もう一万回はこうして飛びおりてきた。

ところが今回ばかりは膝が立たず、ぬかるんだ地面に倒れこんだ。ぼろ人形さながらのぶざまな姿を誰にも見られなくてよかった。本人が思っている以上に動揺しているらしい。

上体を起こし、立てた両膝のあいだに頭を入れて、規則的に深呼吸を繰り返した。しばらく続けるうちに、地面の湿気がジーンズの尻に染みてきた。

やがて顔を起こして、目を開いた。あたりは霧と暗闇に包まれているが、顔の前に掲げた二本の指も、ちゃんと判別できた。

そのときになってはじめて、ライは衝撃で前方につんのめった拍子に、頭を打っていたことに気づいた。おずおず探ると、髪の生え際にこぶができていたが、たいしたことはなさそうだ。目のかすみも吐き気もなく、気絶もしていないのだから、脳震盪(のうしんとう)の可能性は除外できる。アドレナリンの大放出から通常の状態に戻りつつあると考えていい。

ライは機体にもたれ、手の甲で額をぬぐった。手は汗で濡れたのに、ボマージャケットのなかの体は震えている。

だが、気に病むほどのことはない。この程度の震えならバーボンをあおればおさまる。

そう結論すると、フライトバッグを引き寄せてファスナーを開けた。なかをごそごそやり、出てきた懐中電灯をつけた。黒い箱を小脇に抱えたまま、反対の肩にバッグをかけて、機体に手を突きながら立ちあがった。ふらつかずに立っていられるかどうか確かめた。

絶好調とは言えないまでも、動けないことはない。翼の下をかがんで通り、機首のほうへ移動した。飛行機が突っこんだのは、ジョージア州一とおぼしき大きな木だった。とてつもない巨木だ。懐中電灯の明かりだけを頼りに、ライは飛行機の損傷具合を調べた。

ダッシュが血相を変えるようすが目に浮かぶ。

ライはふたたび腰をおろし、こんどは木の幹にもたれて、ジャケットのポケットから携帯電話を取りだした。画面が破損して電源が入らなかったので、フライトバッグに入れてある予備を探した。最後にいつ使って、いつ充電したか覚えていないだけあって、うんともすんとも言わない。アトランタ・センターに着陸の報告を入れなければならないが、使える電話が見つかるまで待つしかなかった。

罰当たりな言葉をつぶやきながら、周囲を見まわしたが、見えるのは霧また霧のみだった。

強力な懐中電灯なのに、霧は光を通さないばかりか、光を反射してかえって濃く見えた。ライは電池を節約するため懐中電灯を消し、暗闇のなかで、現状を検討した。

賢明な人間なら、ここに座ったまま、うたた寝でもしながら濃霧が晴れるのを待つ。だが賢明さよりも怒りのほうが勝っているライとしては、ブレイディ・ホワイトのところへ行き、叩きのめしてやりたかった。ここまで惨事を回避するのに手いっぱいで、あの男が滑走路のはずれに達するまでライに愛想を言いながら、レーザー光線を照射してきた理由を考える暇がなかった。霧を突き抜け、ライの視力を奪ったぐらいだから、かなり性能の高いレーザーのはずだ。

ブレイディ・ホワイトは気さくで、ライに対して畏敬すら感じているふうだった。恨みがあるようには思えなかった。そもそも一度も会ったことがない人間に、悪意をいだけるか？　とはいえ、ブレイディ・ホワイト以外に誰がライの来訪を知っているのか？　ドクター・ランバート。だがさっき聞いた段階ではまだ到着しておらず、すでに着いていたとしても、このチャーター機を頼んで今夜ここへ荷物を運ばせた当人が、飛行機に害を及ぼすなど、理屈に合わない。

それを言ったら、ブレイディ・ホワイトが害を及ぼすのも理屈に合わない。だが、ライはそのわけを突きとめたうえで、死ぬまで忘れられないように航空機の安全性の大切さを叩きこんでやるつもりだった。痛めつけたいという思いと、後悔させたいという思いが相なかばしている。

期待を胸に、周囲を見まわして、位置を確認しようとした。道路まで出れば、運航支援業者の事務所の方向がわかる。道路に向かう森のなかで倒木につまずいて足の骨を折ったり、足を踏み外して谷に落ちて首を折ったりする可能性はあるが、そこは運を天に任せて行ってみるしかない。

バッグをかついで立とうとしたとき、ライは目の端で、弧を描くように木々を照らす拡散した光をとらえた。

ブレイディの野郎を探す手間が省けた。向こうから探しにやってきた。放火魔が燃えさかるビルを見物したがるように、この胸くそ悪い男は自分の破壊行為をほくそ笑みにきたのだ。

本人は気づいていないだろうが、飛んで火に入る夏の虫とはこのことだ。

ライはすばやく、けれどできるだけ物音をたてないように動き、かがんで木の幹の裏にまわった。濃霧のなかに揺れるぼんやりした明かりを視界にとらえたまま、フライトバッグを手にし、グロックの小型拳銃が入っている内ポケットのファスナーを開いた。音を消すため、手のひらでスライドをおおいながら弾を込めた。

木の背後から中腰で見ていると、霧のなかに黒っぽい人影が浮かびあがった。ブレイディの懐中電灯は業務用ではなかった。むしろ黄みがかって弱々しい光が弧を描いて何度か森のなかの開けた場所を照らし、そうこうするうちに飛行機の尾部に一瞬、光があたった。すぐに光が戻ってきて、尾翼の番号を照らしだす。男は片足をあげた状態で、動きを止めた。

ライは身じろぎもせず、息すら殺した。自分の腕時計の秒針が時を刻む音が耳につく。十秒すると男が足を下ろして飛行機のほうへ歩きだしたが、さっきよりもためらいがちな足取りだ。男は機体に沿って懐中電灯を動かし、つぶれたプロペラと機首を照らしだした。

なおも注意深く、男は進んだ。霧でぼんやりとはしているが、全身、黒ずくめで、頭にコートのフードをかぶっているのがわかる。

飛びかかってやりたいと、とっさに思ったものの、いましばらく男のへっぴり腰を見物することにした。いったいどんなやつなのか――地上で自分の身の安全を確保しつつ、飛行中のパイロットの操縦をわざと妨害するのは？　臆病者以外の何者でもない。それを思うと、はらわたが煮えくり返る。ライは小型のグロックを握りしめながらも、行動を起こすのはそこそした卑怯者がつぎになにをするか確かめてからと心に決めた。

男は翼のところまで移動すると、翼をくぐって、懐中電灯の光を操縦席側のドアについている窓に向けた。角度が悪いし、光も弱いので、男からは操縦席が見えない。男はしばらく迷っていたようだが、よじ登って取っ手をつかみ、ドアを開いた。

操縦席に死体があると思っていたらしく、その証拠に、男は驚きもあらわに、操縦席のあちこちを懐中電灯で照らした。ひびの入ったフロントガラスの奥で光が右往左往している。

男は体を引いて、びくびくとあたりを見まわし、大急ぎで地上に降りると、来た道を戻りはじめた。その足取りに、もはやためらいはない。むしろ大わらわといったようすだ。

「そうはいくか」ライはよろめきながら立ちあがり、男に襲いかかった。

タックルすると、肺のなかがほぼ空っぽになった。妨害工作をした男に一撃を食らわせてやれたことがわかり、おおいに溜飲が下がった。

　男の手から懐中電灯が離れ、もつれあうふたりの一メートルほど先の地面に落ちた。男がそちらへ手を伸ばすと、ライはその腕もろとも下になった胴体を抱きすくめ、脚もおおいかぶせて、いわゆる馬乗りの恰好になった。

「どうした、まぬけ野郎？　操縦席で血だらけの死体を見つけるつもりで来たのか？　どうだ、驚いたろう？」

　ライは男をひっくり返してあお向けにし、九ミリ口径の拳銃を右手に握ったまま、殴りかかってくる相手の両手首をつかんだ。そして体の両脇に腕を固定して、石ころだらけの地面に押さえつけた。

　これほど腹が立ったことはない。うなり声で言った。「どういうつもりであんなまね――」

　そこで言葉が途切れた。自分をにらみ返す瞳は、なめらかな肌のやさしげな顔のなかにあり、波打つ黒っぽい髪に縁取られていた。「誰なんだ？」

「あなたの雇い主よ」

　ライははっとして、その顔の数センチ下にある胸を見た。激しく上下している……そしてまごうことなき女の胸だ。「ドクター・ランバート？　男じゃないのか？」

「どう、驚いたでしょ？」

　そう言うと、ドクターはライの股間に向かって、膝蹴りを繰りだした。

第三章

午前二時一分

「ああ、もう！」外してしまった。相手の男はこちらの動きを察するや、鋭く息を吸って腰を引き、すんでのところで攻撃を逃れた。彼女は声を押しだすようにして言った。「どいて」

男は動かないどころか、両脚を締めつけて、彼女をさらに固定した。「運航支援業者の事務所で落ちあう手はずだった。こんなところまで、なにをしにきた？」

「箱はあるの？　なぜ銃を持ってるの？」

「質問したのはこちらが先だ」

視線がぶつかって、にらみあいになった。だが男は憤慨していて、体格と力に勝り、しかも上に乗っているぶん有利だった。

「霧のせいで脇道を見落としたのよ。金網があって行き止まりになってたわ。で、引き返そうとしたら、どこからともなく飛行機が急降下してきた」

「そうか、あんたのヘッドライトだったんだな。おれはそこへ向かって飛んだ」

「ヘッドライトへ？」

「道路に着陸するためだ」

「でも着陸じゃなくて墜落だったわ」

「おれのせいじゃない」

「そうなの？」口から出た瞬間にいかにも横柄な口ぶりだと気づいた。それが男をいきり立たせた。

「ああ、そうなんだ、ドクター。実際は空から飛行機が落っこちないようにしてた。おれのような凄腕のパイロットじゃなきゃ、落っこちてたろう。あんたの頭を吹っ飛ばさないために、えらく苦労したんだから、感謝してもらわないとな」

「とても感謝する気になれない状況なんだけど。箱に被害は？　なぜ墜落したの？」

「何者かが――」男は言葉を切ると、気が変わったのか、ぶっきらぼうに答えた。「電気の供給が切れた」

「飛行機の？」

「それで計器類が明滅した。こういう天候だと、計器を目視できるかどうかが生死の分かれ目になる。どうにか着陸まで持ちこんだんだ」男はなおも不信の目で見おろしている。その視線を受けとめようと胸を張ったものの、男の視線は無遠慮で、しかも男の右手に拳銃があることを意識せずにいられなかった。

「いつまでわたしを押さえつけてるつもり？」彼女は言った。「手が痛いし、左の腎臓に石が食いこんでるんだけど」

男はすぐには動かなかった。だが、このまま膠着（こうちゃく）状態を続けてもしかたがないと思ったのだろう。手首を放して、体からおり、立ちあがった。そして彼女が取り落とした懐中電灯を拾い、彼女の顔を直射した。彼女が、まぶしいからどけてもらいたい、とそっけないながらも礼儀を失することなく頼むと、ようやく懐中電灯の光をそらし、周囲がぼんやりと照らしだされた。

彼女は起きあがり、石で背中にできたへこみをさすった。「あなたの名前は？」

「ライ・マレット」

「ミスター・マレット」つぶやきながら立ちあがろうとすると、男に肘をつかまれた。彼女はその力を借りて立ちあがるや、男の手を振りほどき、手の甲の泥や小枝を払った。切り傷、擦り傷ができている。場所によっては血まで滲んでいる。彼女は非難がましい目つきで男を見た。

「すまない。男だと思った」

「襲いかかる前に気づいていただけるとよかったんだけど。しかも銃まで持ちだして。銃が必要だったの？」

「必要なかったが、あのときはわからなかった」

「近ごろはパイロットもみな、銃を携帯するものなの？」

「ほかのパイロットがどうしようが、おれには関係ない」

彼女は飛行機を見た。甚大な被害があるようだ。この男は墜落機から脱出できただけでも運がいいのに、さらに彼女を圧倒して押さえつけるだけの力を残していた。「ケガはないよね、ミスター・マレット。だいじょうぶなの？」

「だいじょうぶだ」

「ほんとうに？」

「ああ」

「よかったわ」ケガがないのを確認したうえで、彼女は尋ねた。「箱は無事？」

「きみはブレイディ・ホワイトを知ってるのか？」

「この飛行場を管理してる人？ 今夜、電話で話したわ。あなたが着陸するときには飛行場にいると言ってくれたけど、彼もまさか、今夜、飛べるパイロットがいるとは思ってなかったんじゃないかしら。こんなことを言ってた——」はっとして口をつぐんだ。「彼は来たのよね？ 明かりをつけてくれたんでしょう？」

「ああ。明かりはついた」

「よかった。すべきことをしてくれたのね」

「きみの指示に従ってな」男の顎がこわばっている。冷ややかな怒りを放っているようだった。男は険しく細めた目でまたにらみつけてきた。「あの黒い箱にはなにが入ってる？」

答えるつもりのない質問だった。こんなにあやしまれていては、なおさらだ。「操縦席にはなかったけど」

「それじゃおれの質問の答えになってない」

「あなたの仕事は運ぶことよ。客のところまでね。で、その客がわたしなの。飛行機の後部に大事にしまってあるの？　被害がないかどうか教えて」

「被害は受けてない」

「自分の目で確かめたいんだけど」

「おれの言うことが信じられないのか？」

「銃を振りまわしながら、よくそんなことが言えるわね」

「振りまわしちゃいない。だが問題は、互いに不信感をいだいているということだ。いったいどんな貴重品が入ってるんだ？　今夜、この悪天候のなか、ここまで届けさせるほどの？」

彼女は沈黙を守った。

「え？　ヒントもくれないのか？　おいおい。あそこまで厳重に梱包されて、時間的な制約がある荷物といったら、なにがある？　ばあちゃん秘伝の、感謝祭のためのヤムイモの砂糖煮に使う食材か？」

「冗談にできるようなものではないのよ、ミスター・マレット」

「まったくだ」彼は声を張って、わずかに近づいてきた。「なぜこそこそと飛行機のなかをのぞいた？」

「こそこそなどしてないわ」

「いや、こそこそしてた。フードをかぶったうえに――」

「フードをかぶったのは霧で湿ってたからよ」

男は彼女の顔の前に片手を掲げ、何秒かしてから言った。「埃（ほこり）のように乾いてて、湿っぽさなどないぞ」

「車から出たときは湿ってたわ」

彼はひと呼吸置いて、尋ねた。「きみはドクターなんだろ？」彼女はうなずいた。「医者？」

またうなずいた。「人を死なせないために最善を尽くすと誓ってないのか？」

「誓ったわ」

「心から？」

屈辱的すぎて、答える気にもなれない。

「こんなことを訊いたのは」彼は続けた。「墜落機を見つけたとき、きみがおれの無事を確認しようと、あわてて駆け寄らなかったからだ。おれがいつくたばってもおかしくない状況に見えたはずなんだが」

「慎重に行動したのよ」

「きみは及び腰だった」

「安全かどうかわからなかったからよ！」彼女は叫んだ。「飛行機が墜落したら、爆発して、炎が上がることもあるわ」

「ああ、そうだな」

死を告げる鐘の音のような口調。この話題には深入りしないほうがいい。だが、彼女は一歩も引かずに語勢を強めた。「箱を渡して」

「取引しよう」

彼女は怒りとともに鼻で笑った。「なんですって？　取引？」

「飛行場の事務所まで乗せてってもらわなきゃならない」

断ろうとして、彼が実際、立ち往生していることに気づいた。「いいわよ」

「助かる」

自分がここへきた目的を果たすのに夢中で、墜落に伴うもろもろの影響を考えていなかった。「ミスター・ホワイトも気の毒に」彼女は言った。「着陸寸前だったあなたになにがあったか知りたくて、気が気じゃないはずよ」

「ふん、気の毒なミスター・ホワイトにも、おれになにがあったか知らせてやるさ。どんな形にせよ、おれが地上に降りたったことをな」

「無事だと伝えておいたほうがいいわ」

「無理だ。携帯は壊れたし、予備の携帯はバッテリー切れだ。だからやつは外でおれを捜してるか、当局に飛行機とおれが行方不明だと報告してるんだろう。どちらにしろ、バッジをつけた田舎者がやってきて、あちこちつつきまわったり、質問攻めにしたりすることになる。だが、どういうわけか……」彼は膝を折って、彼女と目の高さを合わせた。「どうやらきみは、おれと同じで、そういう事態を避けたい意向のようだな、ドクター」

肩書を強調されたことを意識せずにいられなかった。そして、そのあとの沈黙によって、彼の言うところの意向を認めるか、条件をつけるか、反論するかが求められていることも。いずれもしないでいると、彼が唇をかすかにゆがめて笑った。「やっぱりな」

彼は膝を伸ばして姿勢を戻した。「きみがどんなつもりだろうと、おれには関係ない。だが、おれとしてはブレイディ・ホワイトにじかに会うのが楽しみでね。こっちが生きてぴんぴんしてる姿を見せつけてやる」

「わたしの頭上をあなたの飛行機が飛んでるときに、彼に電話したんだけど、通話圏外だったわ」コートのポケットから携帯電話を取りだして彼に見せ、電波が届いていないことを相手に確かめさせた。「このあたりは携帯電話が使えないの。ことにこんな悪天候だと」

「このあたりに詳しいのか？」

「わたしも田舎者のひとりよ」彼をにらみつける。「このあたりで育ったから、郡の飛行場を知ってるの」彼の背後の飛行機を見て、尋ねた。「あのまま放置するつもり？」

「飛び去る心配はないんでね」

「あなたの飛行機なの？　あなた名義の？」

彼は首を振った。「雇われパイロットだ」

「そういうこと」

「きみはなにもわかってないが、まあ、いい」彼は切れ目なく続けた。「明日、この霧が晴れたら、誰かにここまで運んでもらう。報告書に添付する写真を撮らなきゃならない」

「報告書って、誰に？」

「最寄りの航空局さ。担当する調査官の石頭具合によるが、たぶんこの事故は調査対象にならない。死傷者がないし、調査すべきこともほとんどない。だろ？」

またしてもどう答えるか、彼が興味をもって探っているのを感じた。彼女は彼をまともに見ないですむよう、携帯電話をいじっていた。「わたしには航空局の規則はわからないわ」

「おれは熟知してる」

彼女はポケットに携帯電話をしまうと、あらためて彼を見た――ぼさぼさの頭から、はき古したブーツの先までじっくりと。顎には無精ひげ。制服ではなく、ただのジーンズに年季の入ったボマージャケット。なかのシャツは着たまま眠ったかのように皺だらけだ。

彼のような輸送機のパイロットをなんと言っただろう？　呼称があったはずだが、とっさに出てこない。

彼女はふたたび冷ややかな目と視線を合わせた。「むしろ航空局の規則をかいくぐる方法を熟知していらっしゃるんじゃなくて、ミスター・マレット？」

「運がよかったな。今夜、危険を冒してここまで飛ぼうなんてやつはおれぐらいなもんだ」

「なぜあなたは飛んだの？」

彼は表情を変えずに、ただこちらを見た。「それで、車には乗せてくれるのか？」

「ええ。車まで戻る道が見つかれば」

「飛行場の配置は頭に入ってる。きみが走ってきた行き止まりの道は敷地の南東の角だ」

彼は回れ右をして、飛行機へと歩きだした。機首が突っこんだ木の陰に消え、ふたたび現れたときには、革のダッフルバッグを肩にかけ、錠のかかった黒い箱を持っていた。彼女に懐中電灯を返し、箱を手渡す。「配達完了」

彼女は箱を胸に抱えた。「ありがとう。心から感謝するわ」

「飛行場の事務所に着いたら事務処理をすまそう。それと、謝礼は受けつけるぞ。心からの感謝とともに」

彼は拳銃をバッグのファスナーつきのポケットにおさめ、懐中電灯を取りだして明かりをつけた。そして顎で方向を指し示した。「きみが来たほうに戻ろう」先導するつもりらしく、彼女の脇をすり抜けた。彼は顔だけ振り向いて言った。「離れるな。後れをとって霧のなかで迷ったら、自力でなんとかしろよ。おれは捜しには戻らない」

はったりとは思えなかった。

午前二時十六分

墜落現場から数メートル離れたやぶの背後に身を潜めたふたりの男は、パイロットとドクターが霧のなかに消えるのを待っていた。気づかれずにすんだのは冷たい煙霧のおかげだが、その霧のせいで、ただでさえややこしい状況がさらにややこしくなった。たやすい仕事のはずだった。

ゴーリアドがこのひどいへまを報告したら、ボスにもその点を突かれるだろう。

「で、どうする？」相棒がささやいた。

「プランＢだ」

「プランＢって？」

「それはおれに任せろ。来い」ゴーリアドは立ちあがり、嫌悪もあらわに隣の男を見おろした。この場でいますぐ絞め殺してやりたい。誰かを連れていけと言ったのは、ボスだった。万が一、問題が発生したとき、身代わりにするためだ。そしてティミーを勧められた。

失敗だった。ティミーがしくじった。そのツケはいずれ支払わせるにしろ、いまではない。役立つ可能性が残っているあいだは、生かしておく。

ゴーリアドはテキサス州の、自分と同じ名前の町で生まれた。その名は洗礼証明書に記載されている。名前は当時のままだが、洗礼の効き目は続かなかった。信心深い母親はロザリオを握りしめ、息子が選んだ人生を嘆きながら死んでいった。母の熱心な祈りのかいもなく、彼は正しい道を進まなかった。

ティミーは早熟にも、十一歳にしてギャング団の一員となった。乱暴な父親の喉をかき切ったあと、フィラデルフィアの裏街道を歩き、金になる犯罪的な技能を獲得していった。二十代前半となったいま、いっぱしのギャングらしい凶暴なメンタリティを身につけている。

ちぐはぐなふたり組だった。ゴーリアドは拳銃を携帯してはいるものの、使うことはめったにない。長身で胸板が厚い威圧的な体つきのおかげで、彼に楯突こうとする者はほとんどいなかった。

ティミーはゴーリアドの肩までの身長もなかった。小さくて、がりがりで、陰険だった。人を怒らせるのが好きで、本人もすぐに爆発した。弾丸より刃物を好み、つねに三本以上のナイフを巧みに隠し持っていた。

停めてある車まで戻りながら、ティミーが尋ねた。「ボスにレーザーのことを話すのか?」

「まだ決めてない」ゴーリアドはわざとそう答えた。ティミーをやきもきさせるためだ。だが、背中にナイフを突きたてられたくないので、手ぶりでティミーに先に行けと合図した。

「こんなひでえ状態じゃ、戻る道がわかんねえよ」

「だったら森のなかで迷うがいい。二度と見つけてもらえないかもしれないがな」

言外の脅しを感じ取ったのだろう。ティミーは、街が恋しい、自然なんか大嫌いだ、と悪態をつきながら先に立った。といっても歩調を定めているのは、背後についたゴーリアドで、ティミーがうっかりなにかにつまずいたり、霧のなかから藪から棒に現れる若木や岩にぶつからないようにスピードを落としたりするたびに、彼をこづいた。

「ひとつ教えてもらえるか」ゴーリアドは言った。「いったいなにを考えてた?」

「おもしれえんじゃないかと思ったんだ」ティミーが哀れっぽく答えた。「テレビでやっててさ。レーザー光線がパイロットにとってどんなに危険か。やられたやつが大勢いるって」

「で、おまえもまんまと墜落させられるかどうか、あのパイロットに試したくなったのか」

「ちょっと困らせてやりたかっただけだって」

ばかなやつめ。ゴーリアドは首を振った。「で、そいつをどこで手に入れたんだ？」

「ＵＰＳ社が宅配してるのを見てさ、トラックが立ち去るなり、玄関先からかっぱらってやった。開くまで中身がなんだか知りもしなかった。それが大当たりでさ！」

「いつの話だ？」

「数週間前」

「わかってるのか？　そういう泥棒はホームセキュリティのカメラで捕まるんだぞ」

ティミーは大笑いした。「カメラを避ける方法くらい知ってるさ」

「大笑いしてるがいい。誰かに見せびらかさなかっただろうな？」

「ああ。スイッチを入れたのは今夜がはじめてだ」

「よくぞ最悪のときを選んでくれたもんだ」

「霧のなかでもうまくいくのか試してみたかったんだよ。なあ、そう大騒ぎすることか？」

「おまえの雇い主があの飛行機のなかのものを待ってるんだぞ」

「墜落するなんて思わなかったんだよ」ティミーがぼそぼそ答えた。

「実際はしたわけだ。箱が壊れなかったことをありがたく思え」

「な、問題ないだろ？　へぼパイロットがへまをして、霧のせいで滑走路を見失ったと思われるだけだって」

ゴーリアドには、そう簡単に片付くとは思えなかった。今回の一件がめぐりめぐって、彼が用心棒をしている雇い主に深刻な被害をもたらすかもしれない。

車までは、一度後戻りしただけで、たどり着けた。運転するのはゴーリアドと決まっていた。ティミーが助手席に座った。

ゴーリアドは携帯電話を取りだすと、こまかいことはできるだけ省いて手短に伝えようと瞬時に判断した。ティミーとともにアトランタまで黒い箱を運べば、仕事中に起きた突発事態は問題にならずにすむ。

彼はティミーも聞けるようにスピーカーに切り替えた。最初の呼び出し音が鳴り終わらないうちに、相手が出た。ボスではなくその妻。彼女のほうがさらに激しやすかった。石のように硬い声で彼女は言った。「手に入れたの?」

「まだです」

「飛行機が到着してないの?」

「三十分くらい前に来ました」

「だったらどうして?」

「墜落しました」

彼女が息を呑む音がした。

ゴーリアドは言った。「着陸態勢に入ってたんですが、滑走路を飛び越して、森に突っこみました」

ティミーをじろりとにらみつけた。助けてやったんだから、この礼はしてもらうぞ。ティミーは親指を立てた。

「飛行機は炎上したの？　あの箱は？」

「いいえ、箱は無事です。なんともありません」

沈黙ののち、息を吐きだす音がして、かすれた声が聞こえてきた。「よかった」

「ですが、あの医者に先を越されました」彼はティミーとこっそり近づいた墜落現場のようすを伝えた。「あの医者がパイロットと話をしてました」

「パイロットは死ななかったの？」

「どうやら、ケガひとつないようで」

「医者は墜落現場でなにをしてたの？　飛行場で待つ手はずだったのよ」

「それも、どういうことだかわかりません」ゴーリアドは認めた。「とにかく、医者がそこにいて、パイロットから箱を受け取ったんです。聞いていたとおり、食パン一斤くらいの大きさで、南京錠がかかってました。ふたりは徒歩で立ち去りました。彼女の車に乗るために。パイロットを飛行場の事務所まで乗せていくと約束してました」

「なぜ追わなかったの？　リチャードは理由を知りたがるでしょうね。なんと説明すればいいのかしら？」

「向こうはこちらの存在に気づいてません。徒歩で追えば、見つかるかもしれない。うまいやり方とは思えませんね」

相手がぎりぎりでこらえているのを感じたゴーリアドは、状況のまずさを最少の言葉で過不足なく伝えようと心がけた。「アトランタも悪天候のようですが、こちらのひどさは想像を絶しています。霧のなかでうっかりあのふたりに出くわそうものなら……それに……思いがけない災難がありまして……ちょっとしたきっかけで大惨事になりかねなかったのです」

「もっとまずいことになってたかもしれない」ここへ来て、ティミーがはじめて口を開いた。

「あいつ、持ってやがったんだ」

「なんのこと、ゴーリアド?」

「パイロットが銃器を携帯してました。あなた方にしろ、おれたちにしろ、パイロットのことなど考えてなかった。こんな形で関わってくるとは思ってませんでした」

「パイロットのことなんか、考えるはずないでしょう? 墜落するなんて思わないもの!」

「まったくです。予想外の事態です」ゴーリアドが怒りを込めてにらみつけると、ティミーは座ったたままもぞもぞと体を動かした。

「パイロットが銃器を携帯していたと言ったわね?」彼女が尋ねた。

「小型拳銃です。九ミリ口径の。いつもの契約パイロットではありません。くたびれた恰好をしてまして。それも墜落のせいではなく」

沈黙が続いたので、考えているのだ、とゴーリアドは思った。

ゴーリアドは言った。「飛行機が墜落したのは災難ですが、箱は無事で、あの医者の手にありますから、時間が少し余分にかかるだけです。飛行場で医者を捕まえますので」

ゴーリアドは口を開いたティミーに向かって首を振り、彼の発言を未然に防いだ。

彼女が言った。「一刻を争う事態なのは、わかっているんでしょうね?」

「もちろんです、奥さま」

「つぎに電話してくるときは、医者と箱とともにアトランタへの帰路についたという連絡にしてちょうだい。わかったわね？」

「肝に銘じて」

「いいでしょう。じゃあ、切るわよ。早々に時間の遅れを取り戻すことね。あなたたちが遅れていることを主人に伝えなければならないわ。聞いたら、喜ばないでしょうね。いまのわたしのように。わたしたちの期待を裏切らないでちょうだい」電話はそこで切れた。

ティミーが小さく口笛を吹いた。「奥さん、怒ってたな。きっとやりまくって――」

ゴーリアドが宙を切って横に手を伸ばし、ティミーの首根っこを押さえつけた。「相手が誰か忘れるな」腕で喉笛を圧迫する。ティミーが苦しげにあえぎだした。「手に入れたばかりのレーザーをおもちゃにしやがって」ゴーリアドはあざけった。「遊びじゃないんだぞ、このばかたれが」

ゆっくり喉にかけた腕の力を抜き、ハンドルのまえで居住まいを正した。ティミーの両手の位置をつねに視界の端に入れておく。右手は喉をさすっている。左手がナイフのひとつを取りだすのではないかと、なかば本気で疑っていた。

だが、ティミーは音をたてて息を吸いこみ、しきりに唾を飲みこんだ。ようやく呼吸が落ち着いてくると、しわがれた声で言った。「ただの冗談だよ」

「冗談になってない。雇い主だぞ、敬意を払え。さもなきゃこれが最後の仕事になる」

「わかった、わかったって」ティミーがぼそぼそと答えた。「で、どうする？」

ゴーリアドは車を始動させた。「飛行場へ行って、ふたりの到着を待つ」

「それがプランB？」

「それがプランBだ」

「あの女先生がおれたちといっしょに来ると思うか？」

「ミセス・ハントじきじきの遣いだと言えばな。霧のなかひとりで運転してここまで来たことをミセス・ハントが案じて、安全に戻れるようにおれたちを派遣したと言えばいい」

「信じるかな？」

「電話して確かめるかもしれない」

「それでもその気にさせられなかったら？」

「どうなるかは見てのお楽しみだ」

「パイロットはどうする？」

「見てのお楽しみだ」ゴーリアドは年下の男を見つめた。「最悪の事態だってのに、なにをにやついてる？」

ティミーが笑った。「〝お楽しみ〟ってことは、やっと人を殺せるかもってことだろ？」

第四章

午前二時三十二分

「フレイトドッグ。あなたみたいな日雇いパイロットのことをそう呼ぶのよね」

「そんな言われ方もする」ライは言った。

飛行機をあとにしたふたりは、森を歩いていた。ただでさえ鬱蒼（うっそう）とした森が、霧のせいでいっそう歩きにくかったが、それでも、災難に遭うことも道に迷うこともなくドクターの飾り気のないセダンまでたどり着いた……だが、一難去ってまた一難だった。

ライが助手席に乗ろうとして、気づいたのだ。右前のフェンダーがコンクリートに埋めこまれたフェンスの柱にぶつかっていた。右側のボンネットがひしゃげ、さらに悪いことに、シャシーの下でタイヤがゆがんでいる。ライは悪態をついた。

「どうしたの？」

ライは車の屋根越しにドクターを見た。「乗るまでもないぞ。これじゃどこへも行けない」

ドクターは車の後ろをまわってライのいる助手席側に来ると、とまどい顔で被害の状況を調べた。「気づかないうちにぶつかってたのね」

「気づかなかったとは恐れ入る」

やはりいらだちとともに、ドクターが言い返してきた。「なにかべつに恐ろしいことがあったんでしょうね。フロントガラスに飛びこんできたプロペラとか」

ライはぶつくさ言いながらドクターの脇をすり抜けると、先に立って歩きはじめた。霧で見失っては一大事とばかりに、彼女が急いで追ってくる。

ほんの数分で、ドクターが曲がりそこねたという脇道に出た。ハワードビル郡飛行場の方向を示す案内板がある。飛行場に向かう細いでこぼこ道は、すっぽり霧に包まれていた。ふたりは両脇の排水溝に落ちないように、道のまんなかを歩いた。

ライはきびきびと進んだ。息を切らしぎみの道連れは、白い呼気を吐きながらも、文句をつけず、後れをとらずについてきた。彼女はさっき会話の糸口にするつもりでフレイトドッグなどと言いだしたのだろうが、ライは話に乗らなかった。ブレイディ・ホワイトをどう始末するか考えるのに忙しかったからだ。

ビールを一本だか二本だかおごってやると言いながら、その舌の根も乾かないうちにレーザー光線で目くらましを食らわせるとは、どういう了見なのか。

ドローン同様、ますます高性能かつ強力、値段が手ごろで入手がたやすくなっているレーザー光線は、パイロットひいては航空業界にさらなる脅威を与えつつある。プライベート機、民間機を問わず、パイロットがレーザーにやられてあやういところで難を逃れたというおぞましい記事も目にしている。テロリストやたちの悪いいたずら者がレーザーを使って痛ましい墜落事故を引き起こすのも時間の問題だと考える人は少なくない。

その危険はライもじゅうぶん承知していた。ただ、自分が当事者になるとは思っていなかった。すんでのところでドクターを殺しかけ、あともう少し勢いがついていれば、木への衝突によって自分も命を落としていたかもしれない。

だが、ゲス野郎がレーザーを手にしているところを捕まえないかぎり、レーザーの被害があったことを証明できない。警察に通報して正式に訴えても、押し問答になるだけだ。行き詰まり。時間の無駄。ごたごたで少なくとも数日は足留めを食らう。

だったら地元の捜査当局を引きこまずに、みずからの手でブレイディを罰したい。

航空局への事故報告ではレーザーについて伝えなければならない。そうする責任がある。とはいえ、気が重かった。調査員たちから質問攻めにされ、つぎからつぎへと無数の書類を書かされるだろう。

プラスの面を考えてみる。まず地上の施設に損傷がなかった。衝突した木すら、倒れていない。負傷者ゼロ。死者ゼロ。犠牲者がいなければ、お役所仕事も最小限ですむ。

マイナス面は、レーザーの証拠がなければ、いくら訴えても、面目を保つための嘘扱いされることだ。そうなると打つ手はなく、パイロットの人為的なミスが事故の原因とされる。

それがこのいまいましい出来事のもっとも癪に障る点であり、ブレイディ・ホワイトを叩きのめしてやるに足る理由だった。

「最初はあの言葉が出てこなかったんだけど」

怒りに浸っていたライは、その声で現実に引き戻された。「なんだって？」

「フレイトドッグ。はじめてこの言葉を聞いたときのことを思いだしたの」

強行軍のせいか、ドクターはコートのフードを脱いでいた。ふたりが照らす懐中電灯の光が彼女の輪郭を浮かびあがらせる。距離があったにしろ、暗くて霧のなかだったにしろ、なぜこの女を男だと思いこんだのか。思ったよりレーザーによる目のダメージが大きかったのかもしれない。そう思いたくなるほどドクターは女そのもの、男を感じさせる点などみじんもなかった。

ライが水を向けたわけでもないのに、ドクターは話を続けた。「何年か前、女友だち数人とカリブの保養地へ行ったときのことよ。ある午後、豪雨になってね、ビーチからバーへ駆けこんだの」

「なかなかうまい口実だな」ライがからかうと、彼女はほほ笑んだ。その唇に男らしさがないのは、まちがいない。

「男たちがひとつのテーブルを囲んでて」話は続く。「五、六人でにぎやかに飲みながら、飛行機や操縦について話してたわ」

「どこの島だ？」

ドクターが島の名前を答え、ライはバーの名前を言った。

「知ってるの？」

「世界じゅうどこでも飛行場の近くにはバーがある」

「パイロット行きつけの？」

「つぎのフライトまでの暇つぶしだ」

「それで、その男たちがわたしたちに気づいて……」ドクターはわかるでしょ、と言わんばかりに右手をまわしてみせた。

そういうことか、とライはうなずいて、理解できたことを伝えた。「連中はおごるからと言ってきみたちの席に押しかけ、きみたちはそれを受け入れた」

「無下に断れないでしょ」

ライがあきれ顔になると、彼女は小声で笑った。

「何人かはとっても感じがよかったし。で、なかのひとりが〝フレイトドッグ〟というロゴの描かれたTシャツを着てたの。わたしの友だちがなにかと尋ねたら、彼らの仕事である航空貨物輸送について教えてくれたわ。夜になるにつれて、彼らの無頼な人生や、はらはらどきどきの冒険譚が、どんどん下品で嘘っぽくなってったんだけど。わたしたちを感心させたかったんでしょうね」

「きみたちと寝たかったのさ」

とっさにライを見たドクターは、そのせいでよろめいた。

ライは反射的に彼女の腕をつかみ、なんの気なしに尋ねた。「寝たのか？」

ドクターは彼の腕を引き離し、目を伏せて足取りを速めた。「いいえ、わたしは」

ライは鼻で笑った。「だろうな。きみはちょっとやそっとのことじゃ感心しそうにない」

「そのとおりだけど、なぜそう思うの？」

「とくに理由があるわけじゃない。ただ、たわごとを真に受けるほどばかじゃなさそうだ」

「あれはたわごとだったの？　あなたみたいなパイロットは、どんな悪天候だろうと、夜の何時だろうと、言われたらすぐさまおんぼろ飛行機で飛び立つんじゃないの？　たとえ睡眠時間が足りなくても、まったく寝てなくてもよ」

「飛行機がおんぼろとは決まってないし、すばらしい天候のときもある。だが、おおむねその仕事内容の説明は的確だ」

「たしかに、今夜について言えば、そのとおりよね」

「今夜は条件が最悪だった。それでも問題なくやれたはずなんだ、あの――」

「あの、なに？」

ライは立てたジャケットの襟に顎をうずめた。「やっかいな霧さえなければ」

ドクターの目つきが鋭くなった。「言いかけたのは、それじゃないでしょ？」ライが否定せずにいると、彼女は言った。「まだ信用してもらえないのかしら？」

信用できるものか、とライは思った。「きみがなにをしていたのかと、ふと気になった」

「べつになにもしてないけど」

「じゃあなにか、毎晩、こんな時間に森をひとりでほっつき歩いてるのか？」

「いいえ」彼女はゆっくり答えた。「飛行機が墜落するのを目撃したときだけよ」

「回収すべき箱のことがなくても、墜落現場まで探りにきたか？」

「もちろんよ」

ライはよく言うよとばかりに、嘲笑した。「箱の中身は？」

「なぜ答えないいんだ？」

「なぜ繰り返し尋ねるの？」

「毎回そうやって雇い主を詮索するの、ミスター・マレット？」

「あやしげなやつだけだ」

「わたしには、あやしさなど無縁よ」

「あやしいところだらけだ」

当初、墜落の直後にドクターが現れたため、ライは彼女が飛行機の墜落に関係していると考えた。それはもうない。彼女はとにもかくにもあの箱が欲しかったのだ。その証拠に箱を渡してからずっと、しっかり抱えこんだままだ。

だが、どこか腑に落ちないものが残る。いくら彼女がきれいな胸のなかの息が空になるまで否定したとしても、こそこそと森の空き地にやってきて、飛行機に忍び寄ったのは事実だし、飛行機が炎上するのが怖かったという言い訳は通らない。

言うまでもなく、ライは箱の中身に関心があるわけではない。秘密にしたければ、すればいい。自分に影響さえなければ、彼女が盗まれたホープ・ダイヤモンドの故買屋であろうとかまわない。契約完了の証として書類にサインをしたが最後、縁が切れる。あとはブレイディ・ホワイトに落とし前をつけさせたら、すべておしまい（フィニス）。とっとと帰るだけだ。

「ライっていうのは、略称なの？」ドクターが尋ねた。

「いや、ただのライだ」

「はじめて聞く名前よ」彼女はひと呼吸、置いた。「訊かれてないけど、わたしはブリン」

「ブリン？　同じく、はじめて聞く名前だな」

「すごくあやしげな名前でしょ？」またもや笑顔になった彼女を見て、ライは、島の酒場で時間つぶしをしていたのが自分でも、一夜をともにできるかもという下心のもと、酒をおごってやっただろうと思った。そう、ふたりの体をぴったりと重ねあわせることを夢見て。

「今夜はここで一泊するんでしょ？」

ライは湿ったシーツに横たわる彼女の裸体という、官能的な夢想から意識を引き戻された。

「飛行機のなかで寝て、朝、戻る予定だった」

「飛行機で寝るの？」

「そうするしかないこともあるんで、慣れた。だが、まさかこんなことになるとは」ライは肩をすくめた。

「明日はどんな予定？」

「航空局の調査員の胸ひとつだ。現場検証が不要となれば、ダッシュ、つまりおれをここによこしたやつだが――」

「〈ダッシュ・イット・オール〉ね」

「そうだ。保険の損害査定人が到着するまで、ここで飛行機の守りをしてろと言われるかもしれない。といっても、先の見とおしもなくおれを遊ばせておくとは思えないが」

「どうして？」

「おれに飛行機を飛ばさせるためさ。たぶんまたほかの荷物を取りに行かせる」

「どこへ？」

「どこでも。タルサとか、トリニダードとか」

「それであなたは……言われるがまま、行くの？」

「そう、ただ行く」

ドクターはしばらく考えていた。「彼の下で働くようになってどのくらい？」

「雇われちゃいない。フリーランスなんだ。といってもダッシュにはこき使われてるが」

「お互いに相手が気に入ってるのね」

ライは鼻で笑った。「ちっとも。お互いに相手を利用してるのさ」

「あなたはコロンバスに住んでるの？」

ライは首を振った。「そこが最後に着陸した場所だというだけだ」

「だったら、うちはどこなの？」

「最後に着陸した場所」

予想外の答えだったらしく、彼女はしばらく押し黙った。「感謝祭ね」

「みたいだな」

「予定はないの？」

ライは横を向いて右肩の向こうの霧を見つめた。人が立てた予定はあった。だが、受けなかった。「ない」

「ひとりで過ごすつもりなの？」

「そうなるだろう」

「感謝祭が祝えるように、お友だちのダッシュがコロンバスに戻してくれるんじゃない？」

「いいか」ライはいきなり立ち止まって振り向き、やはり立ち止まったドクターと、顔をつきあわせる恰好になった。「ダッシュは友人じゃないし、おれが感謝祭をどう過ごそうが気にもしない。こっちも知ったことじゃない。他人同士の気まずい沈黙を埋めたいのはわかるが、おれは親しげな会話は好きじゃないし、沈黙を気まずいとも思わない。むしろ沈黙は大歓迎、他人同士でいるほうが好ましい。

だから、個人的なことを尋ねるのはやめてくれ。数分後には別々の道に進んで、二度と会わないんだぞ。中身は知らないが、きみは目的のものを手に入れた」ライは彼女が小脇に抱えた箱を指さした。「おれはそいつの運送費をもらい、きみに領収書を渡す。それでおれたちの取引は完了、おしまいだ。だからおれはきみやきみの人生について知る必要がないし、きみにおれのを知ってもらう必要もまったくない」

彼女は怒りに煮えくり返っているらしく、ぷいと背中を向けると、ふたたび歩きだした

――行進しているようにのしのしと。その先にあるのは、霧のなかに浮かびあがりつつある飛行場の事務所だ。レンガ造りの小さな四角い建物で、これといって魅力がない。いずれも正面にあるふたつきりの窓から、滑走路と風見用の吹き流しと古びた二基の給油ポンプが見えるようになっている。

闇のなかで滑走路のライトが明滅している。隣接するかまぼこ形の格納庫が霧の向こうに確認できた。

るから、光源は奥の部屋にあるのかもしれない。管理人がまだいる証拠に、事務所と格納庫のあいだにピックアップトラックが停まっていた。

事務所に向かうブリンは、ライと同じくらい怒りに燃えていた。彼女は立ち止まると、振り向いてライを見た。「今夜アトランタを発ったときから、往復するのはむずかしいと思ってたけど、あなたのおかげで思わぬ冒険をさせてもらったわ。命まで失いかけたのよ。しかも一刻を争う事態なのに、あなたのせいですぐに帰ることもできなかった。

あなたは飛行機をわたしにぶつけかけたのに謝りもしない。無礼な言動の数々に対してもね。あなたにもあなたの人生にも、ちっとも興味などないのよ、ミスター・マレット。書類にサインしたらすぐに――チップは期待しないでね――あなたはわたしを忘れ、わたしもあなたのことなどすっかり忘れる。二度と顔を見ないですむようになるのが待ち遠しいわ」

ブリンは踵でくるりと回転すると、ふたたび建物へと歩きだした。

非難されて当然だ。どういうわけだか、彼女が気になってしかたがなかった。この疼きを止める必要がある。だからライは防御壁を立てなおし、境界線を引くべく、感じの悪いろくでなしを演じた。

おかげで彼女を遠ざけることができた。彼女はもうほほ笑まない。ふっくらした下唇で彼の気を惹くこともなければ、スコールにみまわれた南の島でみだらに愛を交わす夢想をかきたてることもなかった。

あまりに強烈な誘惑だった。ライは一刻も早く、彼女から離れたかった。

ブリンが事務所にたどり着いてドアを押し開けるころには、ライも追いついていた。そしてふいに立ち止まった彼女にぶつかった。

男が椅子に腰かけたまま、デスクに突っ伏していた。

ライもブリンもショックに立ちつくしたが、それも一瞬のことだった。ライはブリンを押しのけて、デスクに駆け寄った。ブリンは黒い箱を椅子に載せる分、後れをとったものの、すぐに天井の蛍光灯をつけた。

ライはかがんで男を見た。これがブレイディ・ホワイトなら、若々しい声から想像したより二十歳は年をとっている。耳の後ろの傷口から流れでた血が、デスクに血溜まりをつくっていた。ライは男の格子縞のフランネルのシャツの襟に指を二本、差し入れて、頸動脈(けいどうみゃく)に押しあてた。

「脈がある。診てくれ」ライは脇によけてブリンに場所を空け、フライトバッグを肩からおろしてファスナーを開けた。

ブリンはケガ人のまぶたを押しあげて瞳を見ると、デスク上の手をひっくり返して脈を探った。脈を探りあてながら彼女はライを見た。「どうして、こんなこと――」

「誰かにやられたんだ」ライはバッグから拳銃を取りだした。「なにも触らないように気をつけろ。外からなにか聞こえたら叫んでくれ。周辺を見てくる」

「銃が必要なの？」

「必要かどうかはじきにわかる」

　ビニールの床に泥だらけの足跡がふた組ついていた。ライがそれを慎重によけつつ、短い廊下を進み、裏の三つの部屋を確認するのに一分とかからなかった。ひとつは物置のような部屋で清掃用具や事務用品が保管されていた。それから便器とシンクだけの小さな洗面所。応接室ふうの部屋にはソファとそろいの椅子が二脚、そしてコーヒーが飲めるカウンターがあった。どれも新しくもなければ高級でもないが、片付けは行き届いていた。

　ライは裏口を探した。裏口はなかった。

　メインの事務室に戻ると、ブリンがデスクの電話の受話器を耳にあてがっていた。袖で指先をおおい、つまむようにして持っている。

「たぶんミスター・ホワイトです。頭にケガをしていて。いいえ、誰かにやられたんだと思います」

　ライは男のズボンのポケットを探って財布を見つけた。ブレイディ・ホワイト名義の運転免許証が入っていた。それを掲げてブリンに見せると、彼女は救急隊の通信指令係にホワイトにまちがいないと伝えた。「意識はありませんが、瞳孔反応はあります」

ブリンが指令係に現場の状況や、診断できたかぎりで被害者の状態を説明しているあいだ、ライはブレイディの禿げた頭頂部を眺めていたが、なぜかその部分が出血している傷口以上に無防備に見えた。

この男を自分の手で罰するのを楽しみにしていた。いまは、明らかにまちがった結論に飛びついた自分がやましい。ライとの交信に使っていたデスクの無線装置の横には写真立てがあって、ブレイディと同年配の女性、ふたりの少年、そしてそれより年下の前歯が抜けた少女の写真が飾ってあった。その全員がいかにも夏の旅行らしい服装をしている。カメラにサンバイザー。後ろにはスミソニアン国立航空宇宙博物館。

デスクでペンや鉛筆立てになっているのは、キティホークの砂浜の上を空高く飛ぶライト兄弟の飛行機が描かれたマグカップだった。デスクの上の目の高さにある棚には、航空関係の本やチャック・イェーガーのサイン入りの写真、スピリット・オブ・セントルイス号の模型が並んでいる。

ブレイディ・ホワイトは生粋の飛行機マニアだ。そんな彼にとって、操縦席にレーザー光線を照射するなど、地獄行きの大罪にほかならない。

「脈拍は六十二、でも微弱です」ブリンが電話で言っている。「ええ、もちろん。でも急いで。よろしく」

彼女は電話を切ると、ライに言った。「かなり遠いし、霧がひどいから、救急車の到着までに十分程度かかるそうよ」奥の部屋のほうを見た。「なにか……わかった?」

ライは首を振った。「おれが見たかぎりじゃ、奥はまったく荒らされてない。財布には現金もクレジットカードも残ってるから、強盗でもない。裏口はなかった」ライは足跡を彼女に示した。「おれたちと同じところからふたり組が入りこんで、背後に忍び寄った。おそらくホワイトはおれと交信してたんだ。やつらは目的を果たし、無線を切り、出ていった」

「保安官助手が調べに来るわ」

ライは腕時計を見た。「到着まで十分って、彼はだいじょうぶなのか？」

「頭部の傷は浅くても多量に出血するものよ。だから出血については、もう凝固してきてるし、あまり心配してないの。でも、脳震盪を起こしてるかもしれない。頭蓋骨骨折の可能性もある。X線と脳スキャンにかけないと」

こんなことをしたやつらを痛罵する言葉が漏れないように、ライは口と顎を手でおおった。

ブリンは足跡を見ていた。見るからに、片方がもう片方より大きい。「争ったあとはないし、物盗りでもない。ただここに入ってきて、こんなことをする目的はいったいなんなの？」

ライは答えなかったものの、ひとつ確信していることがあった。自分にレーザー光線を照射した不届き者が、これもやったのだ。こんなのどかな山あいの町で、数分のうちに一キロ半の距離でふたつの事件が起き、それが無関係などということは、考えられない。

「911の指令係が彼の家族を知ってたわ」ブリンが言った。「彼女から奥さんに知らせるそうよ。ホワイト家にも保安官助手をふたり行かせるって」

ライはなおもデスクの上の家族写真を見つめていた。ブレイディ・ホワイトと家族を思うと、怒りに満ちた復讐心が湧いてくる。ダッシュのためでもある。ダッシュはおいぼれ猫を愛していたのと同じように、あのおんぼろの古いセスナ182を愛していた。

だが復讐心が湧いてくるや、ライはその思いを心の奥にとどめておくよう自分に言い聞かせた。ブレイディやダッシュやほかの誰かに対する罪の報いを受けさせるのは自分の仕事ではない。責任があるのも、責任をとらなければならないのも、自分に対してだけだ。

いや、問題がある。自分もまた、こんなことをしたゲス野郎の被害者なのだ。自分を墜落させようとしたやつらに報いを受けさせなければならない。もはや望もうと望むまいと、ライはやっかいなことに巻きこまれていた。

ずっしりと責任がかかるのを感じながら髪をかきあげ、早くもこわばってきているうなじをさすった。

「保安官助手のひとりが子どもたちのためにホワイト家に残って」不穏なライの思いをよそに、ブリンは話を続けていた。「もうひとりが奥さんを病院まで送るそうよ」

話を半分聞きながら、ライはつぶやいた。「最低の悪夢だな」

ブリンが驚いて彼を見た。「病院のこと？」

ライはうわの空で首を振った。「関わりあいになることだ」

第五章

午前二時四十一分

デローレス・パーカー・ハントが主寝室に入ると、驚いたことに、夫は靴こそ脱いでいたものの、着衣のままベッドカバーの上に横になっていた。枕に頭を乗せつつも、目はぱっちり開いている。

彼女は夫に近づいた。「あなたはいいわね、リラックスできて」

「リラックスとは、よく言ってくれたものだ。きみに右往左往競争の勝ちを譲っただけでね。きみひとりでふたり分歩きまわってカーペットをすり減らしているから、見ているだけで、こちらの神経まですり減りそうだ」

デローレスは彼の腰を押しやるようにして、ベッドに腰をおろした。「これを聞けば元気になるわよ。さっきゴーリアドから連絡がありました」

「なぜ、わたしにではなく、きみに？」

「あなたによ。あなたの電話が居間に置きっぱなしになっていたの。一刻も早く最新情報を知りたいだろうと思って、勝手ながらわたしが出させてもらったわ」

「それで？」

デローレスは夫の手を握った。「荷物が届いたそうよ。これで、霧だろうとなんだろうと、制限時間前に余裕を持って受け取れる」

夫の表情は変わらなかったが、鼻から吐きだされた長い息に安堵感が出ていた。それを察知できるのはデローレスぐらいのものだろう。

「医者が受け取ったのよ」彼女は続けた。「ゴーリアドが彼女に同行して、確実にアトランタまで連れ帰るわ」

ゴーリアドにはついあんな言い方をしたけれど、飛行機が墜落したこととか、パイロットのこととか、些事をリチャードに伝えるつもりはなかった。予期せぬやっかいごとを伝えても夫を怒らせるだけ、それについてはすでにデローレスがふたりぶん憤慨している。夫がなにか言うなり、尋ねるなりしそうになっているのに気づいて、デローレスは人さし指を立てて、彼の唇にあてた。「心配しないで」

「なにを心配しろと？　困ったことが起こるとでも言うのかい？」

「皮肉は聞き流すことにします。おっしゃったとおり、わたしにすべてを任せてくださるなら」夫の胸に手を置き、かがんで顔と顔を近づけた。「わたしになら任せられるのをおわかりよね？　全力を尽くすわ」

「きみに対しては一片の疑念もない。わたしのためにすでに悪魔と契約してくれた」

「そうじゃなくて」彼女は言い換えた。「神さまにひと休みしていただいたのよ」

リチャードは片方の眉を吊りあげて、妻を見た。「デル、そうずけずけと全能の神の代わりをすると言えるのは、きみぐらいのものだよ」

「わたしだけよ。そしてあなたと」

リチャードは笑いながら言った。「たしかに」手を伸ばして、濃淡があって手入れが行き届いた妻の金髪をいじる。「わたしの雌獅子」

「そのとおりよ、あなた」デローレスは夫の手を自分の唇に近づけると、手のひらに向かって咆哮し、歯を立てた。「わたしには、鉤爪だって鋭い牙だってあるのよ」

慈善パーティの会場で、離婚したばかりのハンサムかつ魅力的なリチャード・ハントを紹介されたデローレスは、その五分後にはふたりめのハント夫人になることを決めていた。そしてその夜の終わりには、連れの男性をほっぽり出し、ホテルのエレベーターでリチャードと熱く性急な交わりに身を投じていた。

忘れがたい夜から六カ月後、ふたりは新婚旅行でセーシェル諸島を訪れていた。その日からずっと、デローレスはリチャードの熱烈な支持者にして愛される妻、情熱的な恋人であろうと、全身全霊を傾けてきた。リチャードは誰よりも妻を愛し、信頼していて、デローレスはその状態が続くよう気を配っている。

「鉤爪を引っこめて、背中をマッサージしましょうか?」

「いまはいい」

デローレスは夫の肩に手を置いた。「触れるとわかる、緊張しているのね」

「緊張もするさ。どちらにとっても、かかっているものが多すぎる。とくにわたしにとっては」

「その点に異論はないわ、リチャード」

白いものが交じりだした濃い眉のあいだに縦皺が現れた。デローレスが指先でその皺に触れても、彼は気づいていないようだった。心がどこかに飛んでいる。「ゴーリアドから到着予定時刻の連絡が入ったら、知りたい」

「もちろんよ」

「新しい男はなんといったかな？」

「トミー？　ティミー？　そんな名前だったわ」

「こういった仕事に適しているのか？」

「ゴーリアドはこれ以上適した人材はいないと言っていたけど」

「善し悪しだな。自分の目で確かめていない人間を雇うのは、気が進まない」起きあがろうとするリチャードの胸にデローレスは手を置いて、枕に押し戻した。

「右往左往競争は、わたしに任せるんでしょう？」

リチャードはあらがったものの、やがて力を抜いて、ベッドに身を任せた。

「体のために休んで」

「この件が終わるまでは、休めない」彼は下唇を引っ張って、考えこんだ。「こんな重大事に新人を使うとは、ゴーリアドはなにを考えているんだか。信頼できる者を使うべきだ」

「実際、ティミーでよかったのよ」

リチャードが厳しい目つきで彼女を見た。

「彼の在職期間は短いわ。まずいことが起きるとは思えないけれど、万が一のときは、明らかにうちの厳しい基準に合致しない新人に責めを負わせることができる」

しばらく考えてからリチャードは満足げな笑みを見せた。「われわれは責任をまぬがれる」

デローレスが澄ました顔をすると、彼の笑みはさらに大きくなった。「きみと脳を共有しているのではないかと錯覚することがあるよ、デル」

「この十五年であなたの頭脳の多くがこちらに移ったんです」

「先月で十六年だろう？　覚えていなくてはいけないよ」リチャードは彼女の首にかかったプラチナの鎖に指をすべらせた。「記念の贈り物を身に着けているんだからね」

十カラットのダイヤモンドが彼の指で煌（きら）めいた。デローレスの目に滲む涙はその輝きに勝るとも劣らない。「あなたこそが贈り物よ、リチャード。あなたこそが」彼の唇にやさしくキスをしてから、ベッドを離れてドアへ歩きだした。

「わたしの携帯を持ってきておくれ」

「ゴーリアドから連絡があったらお持ちします。それまではゆっくりお休みになって。わたしがあなたの分も、やきもきしておくわ」

部屋を出るとすぐにデローレスは静かにドアを閉め、湧いてきた涙をまばたきで押し戻し、激しいいらだちをあらわにした。カルティエの腕時計を見て、小声でののしった。

なぜゴーリアドは連絡してこないの？

デローレスがリチャードに出会ったとき、ゴーリアドはすでにリチャードの仕事をしていた。彼の代わりに汚れ仕事をしてくれる人間として、雇い入れたのだ。リチャードはしかるべき下調べののち、まだ若くて敵意の塊だったゴーリアドを裁判所の指示によるドラッグ治療プログラムから引き抜き、仕事をもちかけた。薬物と手を切り、今後も薬物に手を出さなければ、これまでしてきたとおりのこと、つまり残忍な悪漢でいつづけることによって、贅沢な暮らしと、高い報酬を約束しよう、と。

リチャードが結婚すると、彼に対するゴーリアドの忠誠心は、デローレスにまで及ぶようになった。どんなにつまらないことでも、違法なことでも、ゴーリアドは決して失敗することなく指示されたとおりに遂行した。だがゴーリアドとて人間だからあやまちを犯すし、リチャードが言ったように、今回の計画には足を取られそうな落とし穴がいくつもあった。

デローレスのような計画魔には、ごくささやかな不確かさでも許容しがたかった。ひとたび決めたら、実行あるのみ。言い訳は許さず、その点、容赦がなかった。

だが人とは予測不能なもの。運命は気まぐれ、自然はいたずらをする。霧で——たかが霧ごときで——プライベート機が飛べず、今夜のうちにコロンバスまで往復できなくなった。しかたなく別の飛行機、別のパイロットに頼ったところ、その飛行機が墜落した！　予期せぬ突発事態の連続で、デローレスは頭がおかしくなりそうだった。こうした連鎖反応によってごく単純な計画が頓挫しかねない。あとはゴーリアドがこの微妙な状況をうまく裁いてくれることを信じるしかないが、自分以外の人間をあてにするのはなんとむずかしいことか。

　サイドテーブルの上でリチャードの携帯電話が振動した。ゴーリアドだ。デローレスは電話に出た。「こっちに向かっているんでしょうね」

「それがそうもいきませんで、奥さま」

「どういうこと？」血圧が跳ねあがる。「なぜ？　飛行場から出るところで、ドクターを捕まえるはずだったでしょう？」

「警察が大勢いて、近寄れなかったのです」

第六章

午前二時五十七分

ライはブレイディ・ホワイトのデスクにあった電話で、アトランタ・センターに着陸の報告を入れた。着陸状況は言わなかった。それは航空局に伝えればいい。

事務所の戸口に立ち、自分が降り立つことになっていた滑走路の端へと目をやった。レーザー光線を照射した人物はあそこにいたはずだ。あそこからなら、完璧な角度で照射できる。

ブリンは救急車を待つあいだも、ケガ人の状態を随時、確かめていた。

数分おきに脈を測り、繰り返し瞳孔を調べる。彼女がブレイディの薄くなった髪をそっとかき分けて傷口を確認すると、ブレイディが小さくうめいた。よい兆候とみなしたのだろう、ブリンはうっすらほほ笑んで彼の肩に手を置いた。

ライは看護を彼女に任せて、邪魔にならないように部屋の奥の壁にもたれた。頭上にはよくある牙をむきだしにした熊の絵が飾ってある。室内が見渡せるその場所から、ブリンがコートを脱ぐのを見ていた。彼女はそのコートをドアのすぐ内側にあるコート掛けに、ブレイディのコートと並べてかけた。

コートの下に着ていたのは黒のセーター。ウォッシュ加工のほどこされた濃色の細いジーンズをはき、裾をヒールのない黒いスエードのロングブーツに入れている。どれも憎いほど彼女に似合っている。服が体にまとわりついて輪郭をくっきり浮かびあがらせるたびに、瞠目せずにいられない。

彼女が腕時計を見ながらブレイディの脈を測るつど、髪と同じ色合いの黒っぽい眉のあいだのなめらかな皮膚に縦皺が現れた。髪とは対照的に、瞳の色は明るい。安全に距離をとって見るかぎりでは、青というより灰色に近かった。

肩よりも長く伸ばした髪は、びっくりするほど豊かだった。彼女にはおくれ毛を耳の後ろにかける癖があるが、髪がそのままとどまることはなかった。重すぎるのだ。あれだけの髪を持ちあげるには、両手でも足りないかもしれない。試してみたい、とライは思った。

そう思うが早いか、どこからそんな思いが浮かんできたのかと自問した。彼女の目の色がわかるほどまじまじと見つめるなど、どうかしている。彼女の髪の重さや、両手で受けた感触を想像するとは。

まったく。

しかも、ライが黙って立って彼女の姿形を観察しているあいだ、向こうはまるで存在しないかのようにライを無視していた。

だが、意識はしている。頑として見まいとしているのが、その証拠だろう？　おれはそんなに見苦しいか？　むかついたので、彼女に尋ねることにした。

「ちょっといいか」

ブリンがこちらを向く。

「おれがなにか気に障ることを言ったか？」

ブリンが口を開きかけたちょうどそのとき、近づいてくるサイレンの音が聞こえた。遠くの交差点で赤と青と白の光が明滅している。それが二車線の幹線道路からさっきライとブリンが歩いてきたでこぼこ道に入ってきた。

渦巻く霧が光を反射して、万華鏡のような模様を映しだしていたが、近づくにつれて車の姿が浮かびあがってくる。救急車と二台のパトカーが猛スピードで走ってきた。

そのとき突然、ブリンが振り向いてこちらを見た。ライがその表情に言葉をつけるとしたら、「くそっ、しまった」といったところだ。

悪い予感に胃が締めつけられた。彼は壁から離れてブリンに一歩、近づいた。「どうした？」語尾を強調して詰問した。

ブリンが唇を湿らせる。いつもなら目を奪われていただろう。だがいまはその不安げなしぐさから、聞きたくないなにかがあることを感じ取った。

「人が来る前に……」ブリンは言葉を切り、唾を飲んだ。「誤解を解いておかないと」

「おれがなにを誤解した？」

「あなたはわたしをドクター・ランバートだと思ったのよね」

ライは黒い箱に一瞥を投げてから、腰に両手をあてて彼女をにらみつけた。「どうせ、まともな人物とは思ってなかったが、医者じゃないんだな？　いったい何者なんだ？」

彼女はちらりと背後に目をやった。外の緊急車両のサイレンがけたたましさを増している。

「わたしは医者よ。ドクター・ブリン・オニール。ドクター・ランバートの代わりに来たの」

「なぜ？」

「説明してる時間がないわ」

ライの頭は怒りで爆発しそうだった。「おい、きみはおれをなにに巻きこんだんだ？」

午前三時二分

ライはまたさっきの壁にもたれ、いらだたしさに歯噛みしながら、状況を見ていた。今夜は捜査当局で長い夜を過ごすはめになりそうだ。

いまのようすから察するに、郡の捜査関係者全員が緊急指令を聞きつけたようだ。最初に現着した二台のパトカーを追って、すぐにほかの車もやってきた。今日は霧の感謝祭前夜。保安官助手は接触事故や酒酔い運転、久しぶりに顔を合わせた不仲な家族の喧嘩の仲裁に忙しいはずではないのか。

それなのにハワードビル郡飛行場のせまい事務室には、制服姿の保安官助手――十二人まで数えたが、その先は数えられなくなった――が押し寄せている。まるで今夜、世紀の大犯罪がここで起きたかのような大騒ぎだ。そのせいで、床に残っていた足跡が踏みにじられるという、残念な結果になっていた。

ブリンは救急救命士を前にして、ほとんどが略語からなる医療関係の専門用語を用いてブレイディの現況を簡潔に伝え、彼の世話を救命士の手に委ねた。ほどなく救急車が意識不明のままのブレイディを乗せて、走り去った。

そしていまブリンは、保安官助手であることを示すグレーの制服姿の男ふたりと話をしている。これといって建設的なことをしていない者たちが大勢うろついて騒然としているせいで、ブリンがなにをしゃべっているかは聞こえなかったが、彼女は長いモノローグを終えると、片手をライのほうへ動かした。三人がいっせいに振り返る。ライはそれでも腕と足首を組んだままその場を動かず、三人の注目に無関心を決めこんだ。保安官助手の片方が、ブリンと同僚にひとこと告げると、手帳片手に近づいてきた。

「ライ・マレット？」

「そうだ」

「どう書くんだ？」

ライが名前のつづりを教えると、保安官助手はそれを書き留めてから、ドン・ローリンズと名乗った。「今夜、ここでなにがあった、ミスター・マレット？」

「ドクター・オニールと連れだってここに来たら、男が意識不明で出血してデスクに突っ伏してた」

「きみは彼の友人なのか？」

「会ったことはない。無線で交信しただけだ」

「具体的に話してくれ」

「おれはオハイオ州コロンバスから飛んできた。最終進入のとき――」

「飛行機を飛ばすには、荒れた夜だが」

ライが答えないでいると、保安官助手が帽子のつばの下から見あげた。ライはその目を見返し、話を聞きたいのかどうか、眉を吊りあげて問いかけた。保安官助手は首を動かして続きをうながした。

その態度が気に食わなかったので、墜落現場でブリンに言ったとおりの嘘をつきとおすことにした。「最終進入のときに、計器板のライトが消えた。こんなふうに」ライは指を鳴らした。「明滅しただけなんだが、なんせタイミングが最悪だった。計器に頼れないうえに、霧で視界がきかない。なにもわからない状態で飛ぶことになった」

「そして墜落した」

素人にもわかる平易な言葉で墜落時のようすを伝えた。「ドクターの車にぶつかるところだった。危機一髪で避けられて、どちらも幸運だった。大事故になっててもおかしくなかったんだ。おれは頭にこぶができただけで、ほぼ無傷ですんだ」ライは患部を見せるために髪をかき分け、保安官助手はとくに同情するでもなくこぶを見た。

保安官助手が言った。「ドクターによると、飛行機は大破して、どこかへ動かせる状態じゃないようだな」

「ああ、簡単に修理できる状態じゃない」

「ドクターから飛行機があるだいたいの場所を聞いて、何人か確認にやった」

ライは顔をしかめた。「おれには航空局に連絡して事故を報告する義務がある。おれの携帯は壊れてたし、ホワイトを発見してからは、その暇がなかった。飛行機の現状を写真に撮らなきゃならないことになってるんで、そいつらに現場を荒らさないように言ってくれ」

「言っておこう」口とは裏腹に、ローリンズにはすぐに応じるようすがなかった。「なぜ計器類の電気が切れた？」

「故障さ。古い飛行機なんだ」

ローリンズは疑わしげだった。「おれはパイロットじゃないが、ここが離着陸のむずかしい空港なのは知ってる。去年、あるやつがここへ飛んできた。たまにしか操縦しないサンデーパイロットだ。進入が低すぎて、電線をぶち切り――」

「おれはそいつとはちがう」

無遠慮にさえぎられて、保安官助手は気分を害したようだった。「そうか、ちがうか」

「ああ、ちがう」

保安官助手はライをじろりと見ると、不審げに鼻を鳴らし、手帳になにか書きこんだ。

「で、今夜ここに飛んでくるとは、よっぽど重要な用件だったんだろうな？」

「貨物の空輸がおれの仕事だ」こんな答えで相手が納得するとは思えず、事実、納得しなかった。

「誰のために？」

「金を払った客のために」

「どんな荷物を輸送するんだ？」

「なんでもさ。大きいのも、小さいのも、生きてるのも、死んでるのも。なんでも」

「具体的に言ってもらおうか。今夜はなんだった？」

「あれだ」保安官助手はライが指さしたほうを見た。黒い箱はいまもドアの横の椅子のうえにあった。

「あれはなんだ？」

「見たとおりのものさ」

いらだちもあらわに保安官助手が体の重心を移動させた。「中身はなんだ、ミスター・マレット？」

「知らない。尋ねてもいない」

最初の答えは事実で、二番めは嘘だった。怪訝な顔つきからして、保安官助手はそれを察しているようだった。「ドクターのほうから言わなかったのか？」

「ああ」

「ふつうは、どうなんだ？」

「おれの商売にふつうはない」

「きみを手配したのは誰だ？」

「〈ダッシュ・イット・オール〉という会社だ」ライが連絡先を伝え、保安官助手が書き留める。「さしつかえなければ、おれから社長に連絡して、飛行機が破損したことをまっ先に伝えたいんだが」

「さしつかえがあるな」

そう応じた保安官助手のやにさがった笑顔を見て、ライはその顔を叩きつぶしたくなった。だが、無頓着に肩をすくめ、手帳に向かってうなずきかけた。「連絡先はわかったな」

ローリンズが別の保安官助手を呼んだ。そちらのほうが年齢は上だが、組織内の順位は下のようだ。ローリンズはダッシュの電話番号を書いた一枚を破り取って、その男に渡した。指示を与えているが、声が小さすぎて、聞き取れない。ライは無関心を装った。

あとから来た保安官助手は、立ち去り際に小声でローリンズに言った。「彼女が誰だかわかってるか？」彼は頭でブリンを指し示した。

ローリンズが体を反らし、眼前の保安官助手の後方で事情を訊かれているブリンを見た。

「おれも知ってるのか？」

「ウェス・オニールの娘だ」

彼女を見るローリンズの目が細くなる。「まさか」

「最初は確信が持てなかったんだが、名前を聞いてね。子どものころ保安官事務所に来たの手を見かけてた。よく来てたんだ」ダッシュに電話をかけるためなのだろう、年上の保安官助手はその場を離れた。

ライは好奇心に屈した。「ウェス・オニールってのは誰なんだ？」

ローリンズが言った。「知らないってことは、このあたりの人間じゃないな。どこの出身だ、ミスター・マレット？」

「このあたりじゃない」ローリンズに険悪な目でにらまれ、これ以上、彼をいらだたせるのは時間の無駄だと判断した。「どこでもあり、どこでもない。親が空軍にいて、数年ごとに引っ越したんで、故郷と呼べる町はおろか、愛着のある州すらない」

「現住所は？」

ライはたんに郵便物の送り先としてオクラホマ・シティのアパートを借りていた。その街を選んだのは、愛着があるからではなく、都合がいいからだった。国の中央に位置するので、どこかから戻るのもどこかへ行くのも楽なのだ。

ではブリンに住処を尋ねられたとき、嘘をついたのかというと、そうではなかった。借りている部屋は住まいというより、わずかな私物の保管場所といったほうが近い。たいていはそこから遠く離れた安モーテルか運航支援業者の控室を寝床にして、急遽パイロットが必要になる場合に備えている。

今夜のように。

ふたたびライの目はブリンに引きつけられた。手を小さく動かしながら、話している。手を上げて耳にかけた髪をいじり、つぎの質問を聞きながら、下唇の端を噛んだ。不安なのか、あるいは嘘をついているのか。

「住所は?」

ライはローリンズの質問で、現実に引き戻された。アパートの住所を答え、保安官助手が手帳に書き加えた。「墜落後、どうなった?」

ライは飛行機からどうにか脱出したと説明した。「道路に戻る道を探そうとしていたら、そこへドクター・オニールが現れた」ブリンが飛行機を見つけて、こそこそしていたことは省いて、それ以外を伝えた。

「ドクターの車まで戻ったんだが、タイヤがやられてたんで、ここまで歩くしかなかった。そしてブレイディ・ホワイトを見つけた。以上、最初に話したとおりだ。これで知ってることはすべて話した。さて、もう解放してもらえるな?」

だがローリンズはまだ解放してくれなかった。「ブレイディと無線で交信したと言ったな。彼は最後になんと言っていた?」

「緊張してるか、と」

「なにに緊張するんだ?」

ライは頬をゆるめた。

「なにがおかしい?」

「おれもブレイディにそう答えたからさ。そのとおりの言葉で。着陸するのに緊張しているかとブレイディは尋ね、緊張していないとおれは答えた。ブレイディはビールを二本おごってやると言った。それが最後になった。滑走路の明かりが見えたと連絡したときは、返事がなかった」

「なぜだと思う？」

「殴られて気絶してたんだろう。ドクター・オニールとここに来たとき、無線はつながってなかった。確認したんだ」

ローリンズが言った。「そうか」だが、ちっとも納得しているようには聞こえなかった。

そのあとお定まりの質問が続いた。人なり車なりを目撃していないか。なにかに触れたり、どこかをいじったりしていないか。荒らされているようすはなかったか。ブレイディ・ホワイトはなにか言ったか。どの質問にもライはノーと答えた。

年上の保安官助手が戻ってきてローリンズに報告した。「マレットの確認が取れたぞ。飛行機のことを伝えたら、ダッシュってやつがえらい剣幕でいきり立ってな。だが、最後には落ち着いて、マレットのフライトプランを積み荷に関する書類といっしょにおまえさんにメールで送ってくれることになった」

ローリンズが携帯電話を取りだし、メールをチェックしながらライに言った。「なぜこの書類のことを言わなかった？」

「訊かれなかったからさ」

ローリンズは画面をスクロールして書類に目を通し、航空貨物運送状で手を止めた。「注文主はドクター・オニールからちがうと聞かされるまで、おれは彼女がそうだと思ってた」

「ドクター・ランバートとなってる」

「彼女はドクター・ランバートに頼まれて来たのか？」

ブリンはドクター・ランバートの代わりに来たと言っていた。頼まれて来るのと代わりに来るのとでは微妙なちがいがあるが、ライは保安官助手の質問にうなずいた。どう答えていいか見当がつかないときは、言葉を使わないのが無難だ。

「金属製の黒い箱」保安官助手はメールに添付された出荷票をまだ読んでいた。「中身は記載されてない」

ライはまた肩をすくめた。「そう言ったろ」

保安官助手はメールを閉じ、膨らんだジャケットのポケットに携帯電話を戻した。「ドクター・オニールとは以前から知りあいか？」

「いいや」

見るからに疑い深げに、ローリンズが顎を引いた。

「いいや」ライは繰り返した。「名前も知らなかった。霧の森から歩いて姿を現したときがはじめてで、それ以前には会ったことがない。女だということさえ知らなかったぐらいだ。注文主がドクター・ランバートと聞いて、勝手に男だと思いこんでた」

「フェミニストに噛みつかれるぞ」

「褒められたことじゃないのはわかってる。事実を述べただけだ」

　保安官助手は嘘を見抜こうとしているようだったが、皮肉にもその答えは嘘偽りのない真実だったので、ライはまばたきもせずその目を見つめ返した。先に折れたのは、ローリンズのほうだった。ブーツのつま先でライの足元にある革のダッフルバッグを指さした。「バッグのなかにはなにが入ってる？」

「フライトバッグだ」

「おれが尋ねているのは、そういうことじゃない」

「好きにしたらいいだろ。だが九ミリの拳銃が入ってる。許可証はある」

　ローリンズが開いた手を突きだしたので、ライは尻のポケットから財布を取りだし、銃の携帯許可証を提示した。保安官助手はまるでライが監視対象リストに載っている危険人物でもあるかのように、何度も許可証の写真とライの顔を見比べてから財布を返し、しゃがんでバッグのファスナーを開いた。

　ローリンズは、まるで革にくるまれた金物店のようだな、などとつぶやいていたが、すぐにグロックを入れたファスナー付きの内ポケットを探しあてた。拳銃を手に立ちあがり、しげしげと眺めた。「弾が装塡してあるぞ」

　言わずもがなのことだったので、ライは黙っていた。

「なぜだ？」保安官助手が尋ねた。

「熊だ」

「熊？」

ライは背後の壁に飾られた絵を親指で示した。「ドクター・オニールの懐中電灯が見える前、森のなかをなにかが近づいてくる物音がした。熊だかなんだか知らないが、物騒な猛獣と対面することになったらたまらない。だから万が一に備えて弾を装塡した」

説明として筋が通っているかどうかと、ローリンズが信じるかどうかは、別問題だった。だが、信憑性を見きわめるため、彼がさらなる質問をするより先に、ブリンに話を聞いていた保安官助手の声がした。「ローリンズ、ちょっといいか？」

「ここにいてくれ」そう言い置いて、ローリンズは同僚のもとへ向かった。

集まっていた保安官助手の数は減っていた。どうやら職務中に世紀の犯罪が起こったわけではないとの結論に達したのだろう。残ったうちのひとりは、ブレイディの書類をひっかきまわしている。事件と関連するもの、あるいはここに侵入して明白な理由もなくブレイディを襲った犯人につながる手がかりを求めているのだろう。

もうひとりはデスクの指紋を採取している。彼がデスクの上の棚の収集品に関心を移し、飛行機の模型に手を伸ばそうとしたとき、ライは壁から身を起こした。「おい！　そいつには触れるな」

居合わせた全員が手を止めてライを見た。ライは別の保安官助手と頭を突きあわせてメモの情報交換をしているローリンズを見た。「誰がブレイディを殴ったにしろ、ブレイディのものをいじる暇はなかった。そのままにしといてやれ」

ローリンズが棚に並んだものを確認し、少し考えてから、指紋採取係に首を振った。みなそれぞれがやりかけの仕事に戻った。

ライはまた壁にもたれて、ブリンを見た。ほかの人たちと同じように、彼女もライが指紋採取係をたしなめたときに振り向き、いまは興味深そうな目で彼を見ていた。

午前三時二十一分

ライ・マレットの視線は動かなかった。怯むようすもなく、まばたきひとつしない。

ブリンはなにを差しだしてでも、彼が保安官助手に言ったことを知りたかった。ブレイディ・ホワイト発見の経緯については、多少の文言のちがいはあれ、似たような供述をしているはずだ。だが、彼から見た墜落現場での出会いについてはどうだろう？　なにをどこまで語ったのか。どの程度の真実を話し、なにを省いたか。

この際、彼の生来のそっけなさや、会話を避けたがるたちは、好都合だ。しかも、彼は関わりあいになるのはいやだと公言していた。たぶん自分と同じようで、できるだけさっさと終わりにしたいから、こまかいことは言わず、質問に対して簡潔に答えるだろう。

ブリン自身は、保安官助手からの質問に答えるのに、いらないことを言わないように気をつけ、なおかつ疑念をいだかせるほど逃げ腰の態度はとらなかった。

保安官助手は手の擦り傷についても尋ねた。ブリンは飛行機を探して森を歩いているときに茂みに倒れこんで傷を負ったと説明した。「飛行機まで行ってみたら、パイロットは生きてて、ケガもなかったの。ほっとしたわ」

「マレットとは知りあいなのかい？」

「いいえ、まったく。現場で立ち往生してて、結局、わたしもそうなったわ。それで、いっしょにここまで歩いてきたの」

保安官助手——名前はウィルソンなんとかだかなんとかウィルソンだか——が向こうで質問されているライを見て、ブリンに目を戻すと、感想を述べた。「荒っぽいやつのようだね」

否定しがたい事実だ。態度は無礼、横柄さが身についている。無愛想な性分で、まるでガラガラヘビのような反応を示し、どことなく剣呑な雰囲気を漂わせている。これだけそろった人物が犯行現場で法の執行官に事情を訊かれるとなると、面倒なことになってもおかしくない。もっと低姿勢で、友好的に接したほうがふたりのためになるのだが、そう助言しようにも遅きに失した。

「繰り返しになるけど、彼に会うのは今夜がはじめてよ」ブリンはウィルソンに言った。「でも、正直なところ、いてくれてよかったわ。霧のこともあるし、なにかと物騒だし」

ブリンはこんな調子で、とくに意味のあることを言わないまま、のらりくらりとやりとりを続けていた。話題がライ・マレットとの最初の出会いから、ブレイディ・ホワイトの発見へと移り、内心、ほっとした。

「襲った犯人たちの足跡が残ってたわ。残念ながら……」ブリンは床を示した。

ウィルソンの耳の先が赤くなった。加害者の身元を割りだそうにも、足跡がこすれてもはや使いものにならないと気づき、ばつが悪くなったのだ。

　ウィルソンはさらにいくつか質問してから、ブリンがもっとも恐れていたことを尋ねた。

「彼が運んできた荷物はなんだい？」

「言えません」

「は？」

「話せば患者のプライバシーを侵害することになるので」

　ウィルソンはしばしブリンを見つめてから、低い声で言った。「あなたの父親を知ってるんだよ、ドクター・オニール」

　ブリンはどきっとしたが、冷静な声を保った。「そうなの？」

「感謝祭はいっしょに過ごすのかい？」

「いいえ。明日は仕事だから。じつは……」ブリンは大げさなしぐさで腕時計を確かめ、時刻を見て小さく嘆いた。「大急ぎでアトランタへ戻らなければならないの。しかもわたしの車は使えないから、ほかの手立てを探す必要があって。あとどのくらいかかるのかしら？」

　時間に追われているという彼女の訴えに耳を貸すことなく、ウィルソンはブリンの父の話題にこだわった。「最後にウェスに会ったのはいつだい？」

「もうずいぶん連絡をとってないわ。何年も」

　保安官助手は舌で頬の内側をつつきながら、居心地が悪くなるほどしげしげとブリンの目を探っていたが、やがて顔をそらして仲間を呼んだ。「ローリンズ、ちょっといいか？」

ふたりの保安官助手がささやき声で話しあっているあいだ、ブリンはパイロットと視線を交わした。ライ・マレットの視線は鋭く、ウィルソンのそれに耐えるほうがうんと楽だとわかって、われながら狼狽（ろうばい）した。

ブリンを森で地面に押さえつけたときと同じく、彼は明るいなかでも尊敬すべき人物には見えなかった。背が高くほっそりしているけれど、痩せた外見から想像するよりずっと力強いことをブリンは身をもって知っていた。

豊かでまとまりにくい暗めの金髪がボマージャケットの襟に触れている。角張ってくっきりした顎には、印象をやわらげる贅肉がなく、髪色よりわずかに濃い色の無精ひげがはえていた。頭上の照明が落とす影で瞳の色はわからない。それでもその目から自分に向けられた敵意をひしひしと感じる。まさに人を殺さんばかりの峻烈さだった。

なにより気になるのは、険しさや敵意がいつまでも弱まらないことだ。

ウィルソンが戻ってきたおかげで、ライの恐ろしい目つきから解放された。

「きみの車の具合を見に行かせた。とても運転できる状態じゃないそうだ。牽引トラックを手配しといたが、どうせ連中は日が昇るまで動かない。事務所までパトカーに乗ってくといい。ミスター・マレットはローリンズ保安官助手と来る。いいね？」

こちらの返事を聞くつもりはなく、形式的に尋ねられただけの質問のようだ。「事務所？」

「保安官事務所さ。そこで調書を取る。コーヒーも淹れよう。ここよりずっと快適だよ」

その話を漏れ聞いたライが、悪態をついた。粗野ではあるけれど、ブリンも同調したかった。「どのくらいかかるの？」

「なんとも言えないね」ウィルソンが答えた。

「いま話したのがすべてで、つけ加えることはないわ」

ウィルソンは朗らかにほほ笑んだ。「もう一度話したら、なにか思いだすかもしれない」

「ありえないわ」

「それに」ブリンの発言などなかったように続ける。「あの箱のなかを見せてもらわないことにはね」

第七章

午前四時二分

パトカー二台が保安官事務所に到着したのは同時だったが、ライとブリンはローリンズとウィルソンに連れられて、それぞれ別々に建物まで案内された。ふたりに話をすりあわせさせたくないのだろう。

警察らしいやり口。ライにもそれはわかる。ただ気に入らないだけだ。目撃者というより暗に被疑者として扱われている。そのことが腹立たしく、また不安でもあった。

いったいどういうことなのか。答えはブリンにある。彼女がその手でライにレーザーを照射したのではないか？　彼女はなんらかの理由で正直になりきれずにいる。それはライに対してだけではなく、ブリンやあのいまいましい箱のせいで、誰かがそうしたのではないにしろ、保安官助手たちも彼女のその態度にうさん臭さを嗅ぎ取っていた。

四人は〝関係者以外立入禁止〟と書かれたドアからなかに入った。入るなり、しゃがれた声が聞こえてきた。「ブリン！　あなたなの？」

　肉づきのよい体で制服がはち切れそうになっている女性保安官助手が足音高く廊下を近づいてきた。頭は鉄灰色、唇はほとんど見えないほど薄く、ライが見たところ六十代のようだ。しかつめらしい物腰ながら、ブリンに近づくにつれてそれとは対照的な笑みを浮かべた。

「無線であなたの名前を聞いて、来るのを知ってね。首を長くして待ってたんだよ！」

　ブリンが偽りのない温かい笑顔になった。「お久しぶり、マイラ」

　マイラは骨も砕かんばかりにブリンを抱きしめてから、両腕を伸ばして彼女を見た。「こんなに立派になっちゃって！　なんて誇らしいんだろう」

「ありがとう」

「いまもアトランタで医者をやってるの？」

「ええ、どちらもイエスよ」

「まったくねえ」マイラは言った。「言うことないわ。かわいいのはむかしっから」

　褒められすぎて落ち着かなくなったのか、ブリンの笑顔に軽いとまどいが滲んだ。「もう引退してるかと思ってたわ、マイラ」

「引退してなにするの？　揺り椅子に座る？　編み物とか、バラの栽培とか、そんなことするぐらいなら、いますぐ撃ち殺されたほうがましだね。それに、わたしがいないと、ここがばらばらになっちゃう」

　ブリンが笑った。「たしかに」

マイラはなおも笑顔を輝かせていたが、ブリンがただ挨拶に寄ったわけではないことを思いだしたようだ。「飛行場でなにがあったの？　ブレイディ・ホワイトが救急処置室（ER）に送られたって聞いたけど、どういうこと？」ローリンズに尋ねる彼女は、ほとんど詰問口調になっていた。

「それを解明しようとしてるんですよ」ローリンズが答えた。「では、失礼」

ローリンズとウィルソンにうながされるまま、ライとブリンは階段のほうへ向かった。顔だけ振り向いてブリンが言った。「会えてよかったわ、マイラ。楽しい感謝祭にしてね」

壁で囲まれた階段をのぼりながら、ライはボマージャケットを脱いで腕にかけた。踊り場を曲がるときに、偶然、ブリンの肘があたった。謝ろうと振り向いた彼女が、ちらりとのぞくジャケットの裏地に目を留めた。

彼女はライの上の段で立ち止まり、はっとしてライの目を見た。

ライはことさら丁寧にジャケットをたたみなおし、シルクの裏地に手描きされたグラマーなピンナップガールを隠した。「すまない」ライはおざなりな誠意を見せて謝った。「裏には世界地図が描いてあるんだ」

「それは好都合だこと」

「そうとも。慣れない土地の飛行には神経を使う」

背後でウィルソンが言った。「進んでもらえないかね」

ブリンが前を向いて、階段をのぼりだす。背後にいたライは、彼女の波打つ髪をつかんで立ち止まらせ、怒りたいのはこっちのほうだぞ、よくつんけんできるな、と言ってやりたくなった。自分はただ放っておいてもらいたいだけなのに、気がつけば、彼女が引き起こしたごたごたに巻きこまれている。しかも、そのごたごたの内容がわからないときているのだから、たまったものではない。

眼球にレーザー光線を照射されたときに状況は一変した。事態は改善するどころか、悪化の一途をたどっている。

夜明け前の保安官事務所は、長居したいような場所ではない。ライオンのねぐらに入るような不安にかられ、なにかしらの不愉快なショックに備えて身構えていた。

勤務中の職員は、ウィルソン、ローリンズ、マイラのほか少数だったが、二階の手前で階段を下りてくる年配の保安官助手がブリンに気づいて足をゆるめ、彼女に笑いかけた。

「おや、おや」彼は喫煙者特有のだみ声で言った。ブリンがあいまいな笑みを浮かべて小声で挨拶すると、彼は言いかけていた言葉を呑み、実際にはかぶっていない帽子を持ちあげるしぐさをして、階段を下りていった。

階段を上がった先は、そのまま広い集合室になっていて、たくさんのデスクが並んでいるが、いまは眠そうな私服の男がひとり、デスクに向かってコンピュータの画面をのぞきこんでいるだけだった。

「われわれは三番の部屋にしよう」ウィルソンがブリンに言った。彼女が方向も聞かずに分岐する廊下を進んでいったことをライは見逃さなかった。

あとに続きながらローリンズがライに言った。「こちらだ」ブリンとウィルソンが入った部屋を通りすぎ、廊下を進んだ先のドアを開けると、せまい事務室だった。ローリンズはコートと帽子を壁のフックにかけ、ライに部屋に入るようにうながした。「座ってくれ。すぐに戻る」

「携帯の充電器を貸してもらえるか?」ライは尋ねた。

「いいとも」ローリンズは出がけにドアを閉めていった。

ローリンズとウィルソンを並べたら、どちらが〝悪い警官〟かは、考えるまでもない。よりによってこっちを引いてしまうとは。

嵐の被害を受けたかのようなデスクを前にして、ライは座った。推して知るべし、ほかも一様に乱雑な部屋だった。壁には古いカレンダー、古い手配書のポスター、その他さまざまな紙がべたべたと貼られている。

三段の本棚には、本やファイルのあいだに安っぽいゴルフのトロフィーがいくつか突っこまれていた。クレムソン大学タイガースの首振り人形もあれば、その隣には、大学のフットボール・チームのユニフォーム一式を着こんだ若き日のローリンズの写真もある。アクリルガラスの箱にはサインボールが入っていた。

溜めこんだ物を見れば、その人物の人柄や価値観がわかるというもの。

ローリンズはわかりやすい人物だった。過去の栄光にしがみつく、往年の名選手。ブレイディ・ホワイトは家族と飛行機を愛している。

ライ・マレットは？

　ライは自分の膝に載せた茶色のボマージャケットを見おろした。第二次大戦時のものだ。航空関連の品を専門に扱う埃っぽいアンティーク店のトランクのなかにあった。ひと目惚れしたライは、金が貯まるまで取り置いてくれと店主に頼んだ。十ドルを前金として、余裕ができるたび少しずつ支払った。そして十六歳でパイロット資格を取ったその日に店を訪れ、残金を全額支払って以来、ひたすらこのジャケットを着てきた。

　そのトランクをどこで誰から仕入れたのか、店主には記憶がなかったので、大戦中にこのジャケットを着ていた飛行機乗りの名前や行方はわからなかった。パイロットが所属していた飛行隊やあちこちの空軍基地は、ジャケットについている認識票に示されているが、ライはあえて調べなかった。彼の運命を知りたいかどうか、自分でもよくわからなかったのだ。確率的には、生き延びられなかった可能性が高い。生き延びたのであれば、自分のボマージャケットを手放すはずがない。

　ライはいたるところに皺や傷がある革のジャケットを撫で、それぞれの来歴がわかればいいのにと思った。深く刻みこまれた皺や傷のひとつずつが、ジャケットの歴史の一章にあたる。ライもその歴史の継承者としてへこみや引っかき傷をつけているものの、いまだに自分が所有者だとは思えない。ただの管理人、つぎの人物に引き渡すまで、一時的に預かっている飛行機乗りにすぎない。

　お堅いドクター・オニールが裏地に眉をひそめたことを思いだすと、笑いがこみあげてきた。脚を伸ばし、頭をそらして、目を閉じた。ダッシュのソファで仮眠をしたとはいえ、もう二十四時間、まともに眠っていない。くたくただった。

つぎに気がつくと、ローリンズが戻ってきていた。ライは体を起こし、顔をこすって腕時計を見た。十五分近く、うたた寝していた。

そのあいだ保安官助手は忙しく動きまわっていたらしく、両手いっぱいに物を持っていた。彼は踵でドアを閉め、ライに電話の充電器を渡して、近くの壁のコンセントを指さした。

「どうも、助かる」ライは予備の携帯電話をフライトバッグから取りだしてコンセントにつないだ。

ローリンズが彼の前に発泡スチロールのコーヒーカップを置いた。

「クリームは凝固してて、粉は切らしてる。甘味料はあるが」彼は座りながら、デスクの上にさまざまな種類の甘味料の袋をばらまいた。

「いや、けっこう」ライはプラスチックの蓋を外して、飲んだ。やけどするほど熱くて、濃くて、気分をしゃきっとさせてくれる。

ローリンズは散らかったデスクの手の届くところに携帯電話を置き、コーヒーをひと口飲むと、抱えてきた紙の束を留めた大きなクリップを外した。公文書とおぼしき書類を出力したもののようだった。

ちくしょう。

ローリンズが言った。「驚いたよ、ミスター・マレット」

ライは無表情を装った。「どういうことだ？」

「一見、ぐうたらなろくでなしのようなのに、空軍士官学校を優秀な成績で卒業、アフガニスタンで危険な任務をこなし、二度めの派兵で叙勲を受けたヒーローだったとはな」ローリンズがデスクをはさんでライを見た。「なにがあったんだ？」

「神を見いだした」

ローリンズはもどかしげにため息をつき、椅子の背にもたれた。「冗談は間合いが肝心だぞ」

「間合いといえば、いつになったらここを出られる？」

ローリンズはいらだちを見せた。「おれだってこんなところにいたくないさ。感謝祭の太陽がもうすぐ昇る。妻はかんかんだ。昼には親族がわんさか集まってくるっていうのに、昨日の夜、おれがエバミルクを買い忘れたせいでな。いや、コンデンスミルクだったかな？とにかく、そいつがないとパイが焼けず、それがおれのせいにされてる」彼はいまにも飛び立つかのように椅子を起こした。「それもこれも、きみのせいだ」

「おれはなにもしてない」

「そうか？」

「そうだ。いや、できるだけ長く飛行機が墜落しないようにしてドクター・オニールの命を救ったが、このあたりじゃ飛行技術を評価してもらえないらしい」

「逮捕されたことは？」

ライは書類の束を顎で示した。「そこになんと書いてある?」

ローリンズは何枚か書類をめくって確かめた。「治安妨害と書いてある」

「具体的にいつ、どこで?」

「そこが問題だ」ローリンズがそっけなく答えた。「ありとあらゆる場所だ」さらに書類に目を通す。「酩酊罪」

「ああ、あれな。サンディエゴだ。たちの悪いテキーラにやられた。トラ箱に一泊したが、しみったれた客が出してくれる金で泊まれるモーテルよりずっと豪華だった。少なくとも床の小便が誰のものかちゃんとわかった」

「ネバダ州リノ。ホテルの部屋で暴行」

「読みちがえてるぞ。苦情を申し立てたのはこっちだ。向こうが暴行してきた」

「向こう?」

「彼女が夫がいることを言い忘れたんだ」

ローリンズが鼻を鳴らし、首を振った。「まったく。落ちるとなったら、とことん落ちるたちらしいな?」

「がんばり屋なもんでね」

保安官助手は笑わなかった。「どっちが勝った? きみか夫か?」

「やめないなら十階の窓から投げ飛ばすと脅した」

「はったりをかましたのか?」

「さあな。試す前にやつは手を引いた」

ローリンズはコーヒーカップに口をつけながらライをじろじろ眺めた。「嘘だな」

「十階にいたことはほんとだぞ。誓ってもいい」

「ドクター・オニールのあの箱の中身を知らないと言ったのは嘘だ」

「嘘じゃない」

「ブレイディ・ホワイトが襲われた理由についても」

「おれにはさっぱりわからない」

「真っ赤な嘘だ、ミスター・マレット」

ライは大あくびをした。

ローリンズはさらに書類に目を通した。「中央アメリカや南アメリカへ何度も飛んでる」

「飛行時間は何千時間にもなる」

「とくに理由はあるのか？」

「大口の顧客がいる。行くべき土地、建物がたくさんある。空からしか行けない辺鄙(へんぴ)な場所は多い。ペルーだけでも――」

「武器を運んだことは？」

「アメリカ空軍の仕事でなら」

「ドラッグは？」

「ある」

即答したことにローリンズは面食らったようだった。

「一度だけ」ライは人さし指を立てた。「知らずにだ。積み荷は有名ブランドのハンドバッグの模造品、行先はサウス・テキサスにあるディスカウントストアのチェーン店だった。到着して荷下ろしをしていて、バッグにヘロインが詰めこまれてるのに気づいた。腹が立ったとも。麻薬取締局と税関に匿名で通報したが、その前におれをはめたやつに生まれたことを後悔させてやった」

「そのせいで、誰にも雇ってもらえなくなったと言いたいのか？」

「そんなことは言ってない。いつだって寄ってくる。親玉やら、けちな密売人やら、悪徳官僚やら。おれがどこへでも飛ぶと知ってるから、大枚を払うと言ってくる。

だが、連邦刑務所にぶちこまれるのはごめんだし、おれは麻薬の運び屋じゃない」ライは立ちあがり、ジャケットを着た。「上っ面でものを言うな、ローリンズ」

「座れ」

ライは立ったまま話しつづけた。「おれは上空で山や電線をかろうじてかわした。霧に阻まれてなにも見えなかったから、計器と、安全に着陸できるように手を尽くしてくれるブレイディ・ホワイトだけが頼りだった。そんな状況で、命取りになりかねなかった墜落からほぼ無傷で助かったおれが、なんでその男の頭を殴るんだ？」当初そうしたいと思っていたことは、ローリンズには伝える必要がない。

「簡単なことさ」保安官助手が言った。「滑走路を見失ったことでブレイディに八つあたりしたんだ」

「いいや、見失ってない」

「計器の電気が切れた？　よせよ、マレット、認めるんだな。きみは自分の大失態をブレイディのせいにしたんだ」

　現実に起きたことだという証拠がひとつもない以上、レーザーの件は黙っておくしかない。訴えたところで泣き言にしか聞こえず、自分の失敗による墜落をごまかそうとしていると思われるのが関の山だ。すでにライの信頼性を疑問視しているローリンズのことだから、おそらく一笑に付すだろう。

　また、ブレイディ・ホワイトの襲撃犯がレーザーを照射した犯人だという説に関しても、それを裏付ける証拠はひとつもない。とはいえ、手抜きということを知らないローリンズは、いやいやながらも捜査を行う。それには時間がかかり、終わるまではライも自由の身になるどころではない。だったらこの脂肪がつきはじめた元運動選手には、墜落事件について思いたいように思わせておくほうが賢明だ。

　ライは真実を述べた。「おれはブレイディを襲ってないし、誰が襲ったかも知らない」フライトバッグを拾いあげた。「これをおれの供述としてサインさせたいんなら、サインするから、調書を作ってくれ。そうすれば、おれたちふたりともここを出られる。あんたはうちに帰りがてら缶入りミルクを買って、おかんむりの奥さんをなだめるといい。

　それとも、おれを被疑者として拘束したいのか？　そのときは、おれがだんまりを決めこんで、超特急で弁護士を呼んでやるよ。おれを留置場に入れただけでも、わんさか集まってくる親族はあんた抜きで感謝祭を祝うことになるぞ。なぜかって？　あんたはここで書類を作成し、判断ミスをつぐなわなきゃならないからさ。なにもしてないおれを留置場に入れたことで、このご立派な保安官事務所が訴えられないようにあがくんだ」

最後の言葉の余韻が残るなか、ローリンズの携帯電話が鳴った。彼は電話に出て名乗り、しばらく話を聞いてから、メモ帳に手を伸ばした。

「つづりは？　いつ発生した？」それから二、三分、彼は電話の相手から伝えられる情報を書き留めていた。「男の住所はわかるか？　了解。自宅を訪ねて、在宅かどうか確認しろ。今日午前二時ごろどこにいたか調べるんだ。わかりしだい報告しろ」

ローリンズは電話を切り、ライをちらりと見てから、短縮ダイヤルで電話をかけた。「ウィルソン、おれだ。ドクター・オニールからなにか聞きだせたか？」

ウィルソンは聞きだせなかったと答えたのだろう。

「こっちもだ。たいしたことはな」ローリンズが言った。「じつはいま病院のサッチャーから電話があった。おととい、ブレイディ・ホワイトと、あそこの格納庫に飛行機を預けてる地元のやつとのあいだで、激しい口論があったらしい。そいつは燃料代と賃料を滞納してて、取り立てようとしたブレイディに、べらぼうな値段だと言って支払いを拒否した。ブレイディはそいつが耳をそろえて支払うまで飛行機の鍵を渡さないことにした」ローリンズは口元に拳をあてて咳をした。「サッチャーがそいつを調べに行く」

ウィルソンがいくつか質問し、ローリンズが抑揚のない声で答えた。ライの脳裏を辛辣な侮辱の言葉がつぎつぎとよぎるが、ローリンズはすでにじゅうぶんな屈辱を味わっている。それに、ブレイディ・ホワイトが意識を取り戻してなによりだ。ローリンズが電話を切ると、ライは尋ねた。「ブレイディが無事、意識を取り戻したんだな？」

ローリンズは首を振った。「まだ意識不明だ。口論の件は、病院でやつに付き添ってる奥さんから聞いた。友人もたくさん集まってるそうだ。ホワイト家の人間は好かれてる」

「だろうな」ブレイディがまだ意識を取り戻していないと聞いて、ライはがっかりした。ひと呼吸置いて、尋ねた。「すぐに供述調書にとりかかれるか？　早く帰りたい」

「すぐにやる。これだけ教えてくれ。なぜ指紋のことで異議を唱えた？」

ライは肩をすくめた。「さあな。とっさに出たんだ。あんなばかげたことで宝物を台無しにするのはいけない気がした」

「ふむ」ローリンズはしばしライを見ていた。「なぜきみとドクター・オニールはあの箱の中身について口が重いんだ？　なかになにが入ってる？」

「何度訊かれても同じだ、おれは知らない。知りたきゃ、彼女に尋ねろ」

「ごもっとも」

保安官助手は立ちあがり、部屋を出るようライをうながした。

午前四時四十二分

ウィルソンからの圧力に負けて、ブリンは同僚であるドクター・ネイサン・ランバートの携帯電話の番号を伝えた。

ネイト・ランバートとはこの五、六年、さまざまな病状について共同で診察にあたってきた。ふたりとも同じ分野の専門医ながら、経験年数で十年ほど勝るネイトは、そのことを隠そうとしなかった。ネイトには、講演を依頼してくる広報係もいれば、原稿を待ち望んでいる編集者もいる。

名声を得て、広く知られるようになったネイトは、いまや自分で患者を選べる立場となり、実際にそうしていた。その多くは金持ちや有名人だった。彼らは入院にあたって偽名を使うものの、ネイトには皮肉にも有名人のことを親友のごとく語る傾向があった。

ウィルソンが電話をかけた。こんな時間にもかかわらず、ネイトはすぐに電話に出た。あらかじめ電話を耳にあてていたかのようだ。スピーカーホンにしてウィルソンが名乗ると、ネイトはのっけから尋ねた。「そんな、まさか。ドクター・オニールになにか?」

「わたしはここにいるわ」ブリンは受話器の向こうに聞こえるように声を張った。

「ブリン、きみはだいじょうぶなのか?」

「ええ、だいじょうぶよ。でも状況的には、そうもいかなくて。控えめに言っても、ずいぶん盛りだくさんの夜になってしまったの」

「飛行機と合流したのかね?」

「ええ」

「よかった」ブリンはその声から深い安堵を聞き取り、大理石のようなつるつる頭を撫でまわす彼の姿を思い描いた。つるつるを保つべく、適宜、几帳面に剃っているのだ。ネイトが言った。「きみから連絡がないものだから、心配でコロンバスに連絡をとった。ダッシュといったかな? 彼から、飛行機はたしかにそちらに向かって飛んでるから心配いらないと言われた」

「墜落の連絡が行く前にダッシュと話をしたのね」

「墜落だと?」

ウィルソンから手ぶりで許可を与えられたブリンは、アトランタを出発してから起きた出来事を話しだした。なにかひとつ話すたび、ネイトはショックに黙りこくったり、鋭く息を呑んだりしたが、ブリンの話をさえぎることなく聞いた。ブリンはいまの状況を簡潔にして漏れなく説明した。そして話の締めくくりとして、黒い箱は自分が持っていて無事だと伝えて、ネイトを安心させた。

「封はしたままかね?」ネイトが尋ねた。

「錠もかかったままよ」

「すばらしい」しばしの沈黙ののち、彼はいつもながらのそっけない口調で言った。「だったら、なにが問題なんだね？」

ウィルソンがここぞとばかりに口を開いた。「問題はですね、ドクター・ランバート、ふたつの事件が並行して起きていることなんです。ミスター・ホワイトの傷害事件を捜査中のうちとしては、箱の中身と関連がないかどうかを確かめなければならんのです」

「どんな関連があるというんだね？」ブリンはウィルソンをにらんだ。「わたしは患者のプライバシーの侵害にあたることはいっさい言ってない。でも、わたしのその姿勢が警察側との膠着状態を招いているの」

「そのとおりよ」

ドアが開いて、ローリンズが入ってきた。せまい部屋なので、ライ・マレットまでは入れず、ドアのあたりに立っている。ブリンはさっき階段で一瞬、顔を合わせたときに、彼の瞳が緑色であることに気づいていた。その目がいま彼女を見据えていた。

ライは不機嫌であると同時に得意げでもあった。足留めされているのはおもしろくないが、ブレイディ・ホワイトが顧客と揉めていたことが明らかになって嫌疑が晴れ、それ見たことかという気持ちもあるのだろう。ブリン自身もさっきウィルソンとローリンズとの電話を漏れ聞いて、しばし同じ気持ちを味わった。

だがそれも、ウィルソンからなおも箱を開けろと言われるまでだった。

「ドクター・ランバートと電話がつながってる」ウィルソンが部屋に入ってきたふたりに言った。

ブリンは同僚の医師に説明した。「ネイト、ローリンズ保安官助手と飛行機のパイロットのミスター・マレットが来たわ」

「ミスター・マレット」ネイトが言った。「よく今夜、空輪を引き受けてくれた。謹んで深謝の意を表する。事故が起き、きみの飛行機が破損したことは痛恨の極みながら、きみが負傷することなく、また最悪の事態を避けられたことを心から喜んでいる」

ライが言葉少なに礼を述べた。

ドクター・ランバートが続けた。「諸君、ブリンの足留めはすなわち、一刻の猶予も許されない患者の貴重な時間を奪うことだ」

「一刻の猶予もならないことを伝えてるんだけど」ブリンは言った。「でも彼らの側にも踏むべき手続きがあるらしいの」

「踏むべき手続きがかね」ネイトが繰り返し、ばかにしたように笑った。彼は自分の非凡さのさまたげになる人物が出てくると、誰であろうと、見くだした態度をとる。「足留めの理由は箱の中身だという理解でまちがいないかね？」

「そのとおりです」

「それでは、ブリン、患者の名前を明かさず、箱を長時間、開け放さないという条件で、要望に応えてやりたまえ」

午前四時五十三分

ライはドア付近に立ったまま、ブリンの反応をつぶさに観察していた。そして意識的かどうかにかかわらず、彼女の反応の逐一を記憶に刻んだ。まばたきも、筋肉のひきつりも、なにもかもを。

だからドクター・ランバートが箱の中身の開示に同意したとき、彼女の目がわずかに見開かれたことも見落とさなかった。彼女が息を吸いこみ、唾を飲みこみづらそうにしたことにも気づいた。

だが保安官助手たちはそんな身体反応を見ていなかった可能性が高い。彼女がたちどころに立ちなおったからだ。「密封しておかなければならないことになってるのよ」

「承知している、ブリン」ドクター・ランバートの慇懃無礼でそっけない物言いを聞いて、ライはこの男が嫌いになった。傍若無人のいやなやつだ、というだけの理由で。「だが、それ以外に方法がないようだ。彼らには捜査という職務があり、われわれには重篤な患者がいる。早急に彼らの要求に応えれば、早急に命を救う仕事に戻れる」

ブリンは深く息を吸い、ゆっくり吐きだした。「そういうことなら。でもわたしは解錠の番号を知らないわ」

「スピーカーホンのスイッチを切ってくれ」

ブリンがウィルソンに視線を向けて許可を仰ぐと、彼は無言でローリンズの意見を求め、ローリンズがそっけなくうなずいて、言った。「中身を見せてもらいたい」

ウィルソンは電話のスピーカーホンのスイッチを切ってブリンに渡し、デスクの上の箱を彼女の手の届くところへ押しやった。ブリンが耳に電話をあてた。「どうぞ」

南京錠には五つのダイヤルがついていた。ブリンは同僚の指示どおりに番号をそろえ、金属製の輪っかを引っ張って解錠した。そしてウィルソンとローリンズを順番に見た。「お願いだから、考えなおして。空気にさらされることで汚染が――」

ローリンズは彼女に最後まで言わせず、みずから箱の蓋を開いた。

上から見る恰好ではあったけれど、ライにも箱の中身が見えた。箱の本体と蓋の内側には黒い成形発泡スチロールがはめこまれ、厳重に封印された四つの筒状の容器が、その形にくりぬかれた発泡スチロールのくぼみにおさめられていた。血液が入った瓶。すべてにラベルが貼られている。

「開けたわ」ブリンが電話に向かって言った。何秒か相手の話に耳を傾けると、ふたたびスピーカーホンに切り替えてデスクに置いた。「ドクター・ランバートから要望があるそうよ」保安官助手に伝えた。「ネイト、どうぞ」

「ドクター・オニールとわたしは悪性血液疾患の専門医だ。血液がんだよ。われわれの患者にきわめてまれな型の人がいてね。放射線と化学療法で積極的に治療を行ったんだが、効果が見られなかった。あと生存の望みを託すとしたら、同種造血幹細胞もしくは臍帯血移植しかない。だが、そこにも問題があった。ヒト白血球抗原——通称、ＨＬＡの適合性だ。これらの細胞マーカーが……」

ライはドクターを意識から追いやって、ブリンを見た。尊大な同僚がＣＢＵやらＧＶＨＤやらと述べたてているあいだ、彼女は胸の前で腕を組み、唇を内側に巻きこんで白くなるほど固く閉じていた。

「諸君の目の前にあるのは、度重なる落胆を幾度も繰り返しながら探し求めた四人のドナー候補から採取された血液サンプルだ。しかし、試してみないことには、どれかが患者のＨＬＡの型に適合するかどうかわからない。ドクター・オニールとわたしはその試験をみずからの手で行いたいと考えた。委託している研究所を信頼しないわけではないが、われわれの患者はきわめて著名な公的人物で、機密保持を強く求めている。当然ながら、われわれとしてもまちがいのないようにしたい」単調な口調で続け、そこで息継ぎをした。

「サンプルには時間的制約があるうえ、わずかの誤差も許容されないため、テストは複雑なものとなる。その間も患者に残された時間は短くなっていく。ドナーを見つけ、移植に先立つ必要な手続きをはじめなければならない。ただちに。

これで状況の緊急性がわかってもらえたことと思う。ドクター・オニールが血液サンプルを完全な状態に保ち、患者の身元、尊厳、プライバシーを守ろうとした理由も。ほかに質問はあるかかね？」

ウィルソンが疲れた顔で額や口や顎をこすった。「ありがとうございました、ドクター・

ランバート」手を伸ばして、箱の蓋を閉じた。

ランバートは感謝の言葉を黙殺した。「ブリン、汚染や危険を避けるため――なにも起こらないことを神に祈ろう――箱を元どおりに封印して、可及的速やかに運んできてもらいたい。きみの車は使用不可能ということだが、アトランタへはどうやって戻るつもりだね？」

ブリンは電話を手に取り、スピーカーホンをオフにして答えた。「輸送手段を探すことがつぎの課題よ」ブリンはしばらくライの視線を受けとめたのち、顔をそむけた。

いきなりライの視界がローリンズの厳しい顔でさえぎられた。「おれのオフィスに戻ろう。供述調書にサインしたら、帰ってもらってかまわない」

第八章

午前五時十分

「まだふたりとも建物のなかです。ふたりが保安官助手に連れられてなかに入ってから、人の出入りはありません」

デローレス・ハントはいらだちをつのらせながら、ゴーリアドから最新の状況の報告を受けていた。「それはどのくらい前なの？」

「一時間ちょっとです」

デローレスはタバコに火をつけ、においをこもらせないため、開け放したフレンチドアの外へ煙を吐きだした。壁越しでも煙を察知するという特技があるリチャードは、妻のタバコの煙を嫌っている。デローレスが喫煙するのは極端に動揺したときに限られているから、いま居間を行きつ戻りつしながら、いらいらとタバコを吹かしている姿を見られたら、苦境に立たされていることがリチャードにばれてしまう。

最後に寝室にようすを見に行ったとき、リチャードはしぶしぶながらパジャマに着替えてベッドに入ることを承知した。リチャードは最近行われた一連の放射線治療のせいで、すっかり疲れやすくなっているが、本人もデローレスも、体力が落ちていることを認めていなかった。

ゴーリアドから連絡がなく、ドクター・オニールがいつアトランタに戻るか見当のつかない状態が続いているため、リチャードは不機嫌でいらついている。

さらなる遅れが出ているとわかれば、いらつきぐらいではすまない。しかもデローレスにも理由を説明できないとなれば、怒りを爆発させるだろう。

夫をなだめるために、ちょっとした障害がひとつふたつあったことは認めたものの、それはあくまでひどい天候のせいであって、自分とドクター・ランバートとゴーリアドとでうまく対処できていることにした。

事実であることを祈るばかりだ。

半年前、ふたりの人生の天地がひっくり返る出来事があった。リチャードがふたりとも聞いたことのないがんだと診断されたのだ。ふたりは有名な専門医にして、社交の場でつながりのあったドクター・ネイト・ランバートの診察を仰いだ。

彼の神がごとき尊大さには閉口したものの、それにも使い道はあった。ネイトの口ききでただちに治療がはじまり、しかも極秘裏に進められたのだ。身内のごく信頼のおけるスタッフにすらリチャードが病気であることは明かされず、唯一の例外がゴーリアドだった。それ以外はひとりも知らない。当然ながら、マスコミに知られるなどもってのほかだ。

多くの人たちが日々、末期がんと診断されるが、全国ニュースにはならない。

だが、それがリチャード・ハント上院議員ならニュースになる。

「一時間前と言ったわね？」

「はい、奥さま。そのくらいです」ゴーリアドが答えた。

デローレスはじりじりしながら、いま聞かされた気がかりな知らせについて考えてみた。

「飛行場の施設にそこまで大勢の警官が集まる理由がわからないわ。墜落事故の捜査なの？　なぜドクター・オニールとパイロットは保安官事務所に連れて行かれたの？　そっちでなにが起きてるのか、端的に説明してちょうだい、ゴーリアド。わたしに話していないことがあるんじゃなくて？」

胸騒ぎを誘う数秒をはさんで、ゴーリアドが答えた。「じつはティミーに勇み足がありまして」

デローレスはライターを手に取り、何度かカチカチと音を鳴らして火をつけ、自己催眠をかけるように炎を見つめた。「どういうことか説明してもらえるかしら」

「レーザーでいたずらをしたんです」

「なんですって？」

ゴーリアドはことの顛末を報告した。例によって、聞いているデローレスがじれったさに叫びだしたくなるような愚鈍な口ぶりで。「飛行場の事務所に戻ったら――」

「ええ、ええ、警官が集まっていたのよね。ドクター・オニールとパイロットに発見されるとわかっていたのに、なぜふたりがそこに着く前に阻止しなかったの？　わたしはそうしろと言ったはずよ。あなたは霧のせいにしていた」

「たしかに霧のせいでもあります。Uターンする場所を探すのに手間取りました。まさかあのふたりに先を越されるとは」

「でも先を越された。そしていま、ふたりは事情聴取をされている」デローレスはまたもや歩きだした。「飛行場のその男性が命を取り留めたとして、あなたたちの顔を見て犯人だとわかるの？」

「いいえ。背後から行きましたから」

なぜひと思いに殺さなかったのかと尋ねたかった。そうすれば心配ごとがひとつ減ったのに。「あなたたちをそっちへ行かせたのは簡単なお使いをしてもらうため、箱が無事にうちまで届くように、ドクター・オニールに目を光らせてもらうためよ。ところがこれまでにあなたたちが成し遂げたことはなに？　保安官事務所の連中を関わらせただけじゃないの」

賢明にもゴーリアドは反論しなかった。

「箱のありかはわかっているんでしょうね？」

「保安官事務所に入るとき、保安官助手が持ってました」

「なんてこと」デローレスはもう一本、タバコに火をつけた。「あなたたちはいまそこにいるの？」

「通りをはさんだ向かいに。連中が入っていったドアが見える場所です」

「男ふたりが車に乗って保安官事務所を監視だなんて、あやしまれるんじゃないの？」

「その危険はないかと。当直の保安官助手はわずからしく、通りはがらんとしてます」

「いいでしょう。建物から目を離さないで。誰も傷つけていないドクター・オニールをずっと引き留めておくことはできないわ」

「彼女がその容疑に問われることはないでしょうが、パイロットはわかりません。そいつがレーザーを照射したのが飛行場の男だと思ったとしたら、それが襲う動機になります」

「こちらには好都合だわね」デローレスは言った。「疑いがあればパイロットは容疑者として留置されるし、釈放されたとしても、墜落事故の後始末に追われる。だからパイロットはどちらにしたって問題にならない。問題はドクター・オニールよ。しっかりあとを追いなさい、ゴーリアド。彼女がもし――あら、ネイトから電話だわ。失敗は許されないわよ、ゴーリアド」

デローレスは返事を聞かず電話を切り、何度か深呼吸をしてから、かかってきた電話に出た。「ネイト！　もう何時間も前から連絡をとろうとしていたのよ。いったいドクター・オニールはどこにいるの？　とっくに戻ってきてるはずでしょう？　リチャードがどれほどあわてふためいているか」

「そうかっかしないでもらえるかね、デローレス。いまブリンと電話で話して、遅れている理由を説明してもらったところだ。少々、障害があったそうだ」

「障害ってどんな？」

デローレスはハワードビルで起きたことを知らないふりをした。ネイト・ランバートはとびきり優秀な医者であって、信頼できる側近ではない。身内と呼べるのはリチャードだけだ。ネイトには、ドクター・オニールが予定どおり戻るのを見届けるためにゴーリアドを派遣したことを話していない。

そんなこととは露知らず、ネイトは飛行機の墜落にはじまる、同僚が出くわした障害の数々を語り、デローレスはそれに耳を傾けた。

「信頼できる会社だと言ったのは、あなたよ」

「昨夜、空輪を引き受けてくれそうな会社のなかでもっとも信頼できると言ったんだ」

ネイトの話が終わるのを待って、デローレスは言った。「だからドクター・オニールをひとりでやるのは気が進まなかったのよ。誰かをつけるべきだった。そもそも、彼女をやるべきじゃなかったのよ。あなたが行くべきだった。わたしはそう言ったはずよ」

「わかっている」ネイトは言った。「しかし、わたしにはディナーの約束があって、それをほっぽり出して、荒天のなかを苦労して旅するわけにはいかなかったんだよ。きみはわたしほどブリンのことを知らない。彼女は有能で分別のある人間だ。流動的な事態に冷静に対処できる。さっき話したときもあわてたようすは少しもなかった。当然ながら彼女も、箱を開けることには不賛成だったんだが――」

「なんですって？」このときばかりはデローレスの驚きも本物だった。「箱を開けた？」

「そうするしかなかったのだ。田舎者の保安官助手たちが頑として譲らず、ブリンが早々に解放されるには承諾するしかなかった」

「でも——」

「問題はないよ、デローレス。わたしが梱包のしかたを明確に指示しておいた」

「リチャードの名前は——？」

「ブリンが守り抜いた」

「助かった」

「飛行場で起きた事件に関する調書にサインをしなければならないそうだ。それで不運な出来事が片付く」

「ドクターが解放されるのはまちがいないんでしょうね？」

「たちどころに。大失敗は回避された」痾に触れる陽気な声でネイトが言った。「これで本来の軌道に乗った」

「そのせいで奪われた時間はどうなるの？」

「ほんの数時間じゃないか。心配するまでもない」

「言うは易しだわ」

「リチャードはどうしてるかね？」

「眠っているわ。でも目を覚ますなり、ドクター・オニールが戻っていない理由と、いつ戻るかを知りたがるでしょうね」

「ブリンは早急に戻れるように手はずを整えている。リチャードにどの程度伝えるかはきみしだいだ」

「これ以上気を揉ませないでもらえるかしら、ネイト。なにかわかったらすぐに教えて」

電話を切ったデローレスは、ドクター・オニールの事情聴取が終わったことをメールでゴーリアドに知らせた。彼女が事務所から出てきたら、ぴったりついて離れないこと！　返信としてゴーリアドからチェックマークが送られてきた。

大失敗は回避された。たしかに。どれほど念入りに計画しても、他人の手を借りないわけにはいかない。他人の気まぐれな行動や失敗がデローレスの怒りをかきたてていた。

タバコを深く吸い、フレンチドアへ煙を吐く。そのとき室内に動きを察知して、彼女は振り返った。

リチャードが寝室の入口に立っていた。パジャマのズボン一枚という姿にもかかわらず、それとは不似合いな闘争的な顔つきをしている。いまの彼は衰弱しているようには見えず、声にも朗々とした響きがあった。「保護者面はやめるんだ、デローレス。子どもではないのだから、自分の面倒は見られる。いまはまだな。だから、なにがどうなっているのか、すぐ話してもらおう」

第九章

午前六時三十七分

「ご家族ですか？」

「いいや」

「申し訳ありませんけど、患者の情報はご家族にしかお伝えできないんですよ」

ライは一瞬、視線を外してから、あらためてＥＲの受付の女性を見た。ライと話をするためにガラス戸は開かれているものの、規則のほうはそう簡単には乗り越えられないようだ。

ライは情に訴えることにした。「ブレイディ・ホワイトとは知りあいなのかい？」

「長いつきあいよ。学校ではずっと同じクラスだったの。マーリーンは一学年下ね」

マーリーンとはブレイディの妻のことだろう。「詮索したいわけじゃないんだ。ただ彼がよくなるかどうかだけ、知りたくてね」

女性は表情を曇らせつつも、揺らがなかった。「病院の方針なのよ。教えるわけには――」

ライがカウンターに両手をついて身を乗りだすと、女性が怯んだ。「もしおれが来なければ、彼は昨夜、あそこにいなかった。彼が危機を脱することができるかどうか、知らずにいるわけにはいかないんだ」

彼女は眼鏡を押しあげて、ライを眺めまわした。ボマージャケットとフライトバッグに目を留める。「飛行機を墜落させたのはあなたなのね？」

「ああ、それはおれだ」ライは辛辣になりすぎないよう気をつけた。「おれは苦難を切り抜けたが、ブレイディはそうはいかなかった。せめて意識が戻ったかどうかだけでも教えてもらえないだろうか？」

女性はためらった。規則違反を上司に見つかるのを恐れるように背後をうかがってから、ライにウインクして、ささやいた。「ここにいて。調べてみるから」彼女は小さなガラス戸を閉め、事務室の奥のドアから出ていった。

待合室にはライひとりだった。煌々とした蛍光灯が、かえって部屋を冷たく無機質に見せていることに皮肉さを感じながら、ライは東向きの窓辺へ近づいた。感謝祭の夜は明けているものの、ピンク色の日の出は拝めなかった。濃い霧でぼやけている。

この時間だと、オースティンはまだ真っ暗だ。電話するには、早すぎる。

つまりうってつけのタイミングだ。誰も出ないだろうから、こちらは話をする必要がなく、けれど連絡したことは記録される。嘘をつくことなく、連絡しようとしたと主張できる。

ライは番号を押した。電話がかかる。三度めの呼び出し音を聞いて、電話を切った。よし。

いや、考えてみたら、予備の携帯電話の番号では、ライのものだとわからない。つまりいまの電話は勘定に入らず、引きつづき心配の種が残るということだ。

ダッシュは起きているだろう。寝ることを知らない男だ。ライは電話をかけた。ダッシュがいつものうなり声で応答し、ライが名乗ると、言った。「そうか、ようやくかけてきたか。こっちは――」

「おれの携帯が壊れた。あんたからガミガミ言われる前に、いくつか伝えさせてくれ。昨日の夜、そっちに電話した保安官助手には言ってないことがある」

さすがのダッシュも、このときばかりは黙って話を聞いていた。ライは最後にセスナの件を申し訳なく思っていることを伝えた。「おれも最善を尽くしたんだが、力が及ばなかった」

「よせよ、ライ。飛行機には保険がかかってる。金を回収して、壊れてない部品を売っぱらえば丸儲け、元のままより壊れたほうが価値がある。だが、おまえが死んじまったら――」

「なにも回収できない。保険のかかってないおれの人生には、十セントの値打ちもない」

「冗談はやめろ」

「冗談じゃないさ」

張りつめた短い沈黙をはさんで、ダッシュが尋ねた。「レーザー光線にまちがいないのか?」

怒りが全身を突き抜ける。「ばかにするなよ、ダッシュ」

「ただの質問だ。深読みするな」

ダッシュのただの質問とやらの裏に深い意味があることはわかっていたが、ライはこだわらないことにした。「目をまともに照射された」

「それだけ聞けばじゅうぶんだ。クソッタレめ、そいつのタマをつぶしてやりたいもんだ」

「おれのあとにしてくれ」

「容疑者はもう逮捕されたのか？」

ここが際どいところだ。「保安官助手たちには伝えてない。おれがしくじったと思わせてある」ダッシュが驚きのあまり絶句したらしかったので、彼が話しはじめる前にライは続けた。「話してもいいことはなかったんだ、ダッシュ。ただおれの話を聞くだけで、あきれて目をまわすようすが目に浮かぶよ。レーザー光線でやられたと訴えたら、滑走路を外れたことをごまかすために、へたな嘘をついてると思われたはずだ」

「そのほうがおまえのミスだと思われるよりも、悪いってことか？」

「ああ、今回は」

「理由を聞かせてくれるか？」

「ややこしい話でね」

ダッシュが鼻で笑った。「そうだろうともさ」

「注文主に関わることだ」

「ドクター・ランバートか？　それともおまえに会いにきたやつか？」

「たぶん両方だ。全体がおかしいんだ。彼女は聖杯かなんかのようにあの箱を守ってる」

「彼女？」

「ドクター・オニールのことだ」

「おまえが言ってるドクター・オニールは女なのか？」

「なんだ？　女医に偏見でもあるのか？」

「いや、女医のほうが好きだぞ。おれが大嫌いなのはな、破壊工作を受けておれの飛行機のなかで死にかけておきながら、詳しい話が聞きたいのに、何時間も連絡してこず、やっと連絡してきたかと思えば、おれを堂々めぐりさせて――なにを考えてるんだか――それでおれが満足すると思ってるパイロットだ」

「いらついてるのはこっちも同じでね。どういうことだか、おれにもわからない。ほんとならしばらくここをうろついて、レーザー光線の向こうにいたやつを捜しだし、刃のなまったのこぎりであそこを切り落としてやりたいが、おれにとってもあんたにとっても、事故報告書ではそのあたりを適当にごまかしたほうがいい。そうだな、確実ではないもののレーザー光線の可能性もあるとかなんとか。おれとしてはさっさとここを発って、偶発事故として忘れたい」

　ダッシュはしばらく考えていた。「箱の中身を見たんだな？」

「ああ」

「うちの会社が違法行為で摘発されるのは願いさげだぞ」

「そりゃそうだ。おれはなんにしたって摘発されるのはとにかく避けたい。それだけだ。おれの嫌疑はすべて晴れた。どこへでも行ける」ライは必死だと思われないよう気をつけた。

「どこかへ飛ぶ仕事をくれ、ダッシュ」

「いまどこにいる?」

「ERの待合室だ。殴られた男のようすを見に寄った」

「〝忘れたい〟にしちゃ、やることが丁寧じゃないか」

「うるさいな。これくらいしたってバチはあたらないだろ?」

「わかった、わかった。で、それがすんだら、面倒なことからおさらばできるんだな?」

「あとは飛行機をひととおり調べて、アトランタの航空局に話をするだけだ。航空局の職員は早くても月曜まで来ないだろうし、なんなら来ない可能性もある。メールの確認を忘れるなよ。写真を送るから、保険査定員に転送してくれ」

「さっきはああ言ったがな、あの182が廃品になったかと思うと胸が痛いよ。ありゃいい飛行機だった」

「気の毒だったな。回収する価値があるかもしれない」

「どうなることやら」

「おれの仕事は見つかったか?」

ダッシュはふっと息を吐いた。「ライ、少しは息抜きせんか? 死にかけたとこだぞ」

「だからこそ、立ちなおる足がかりがいる」

「おまえのために言ってるんだ」

「ためになることをしてくれ。それにはおれに仕事をくれればいい」

ダッシュはなにごとか聞き取れないことをつぶやき、そして言った。「わかった。つぎに仕事が来たら、おまえに頼もう。だが感謝祭だし、おまえはそっちの町で足留めを食らってる。町を出る足はあるのか？」

「うまいこと言って、誰かに乗せてもらうさ」

「行先は？　こっちとしちゃアトランタに出てくれると助かるんだが」

「おれもそうだ」

「首尾よくいったら知らせてくれ。それまで少し眠るんだぞ」

「わかった」

「ちゃんと言うことを聞けよ」

「だから、わかったって。アトランタまで出たら、あとはどこへでも飛べる。どこでもかまわない」

「耳にたこができるくらい聞いたよ」

「それから、飛行機のこと、思いやりのある態度を示してくれてありがたいと思ってる」

「おれは思いやりを絵に描いたような人間なんでな」ダッシュはそう言うと、電話を切った。

ライは電話をジャケットのポケットにしまい、ガラス窓に映る自分の姿に焦点を合わせた。ため息が出る。なかなかあっぱれな姿じゃないか。言い古された悪態が頭に浮かぶ。睡眠不足でまっ赤に充血した目。無精ひげは二日分ばかり伸びすぎ、髪はまるで大型送風機でセットしたようだ。受付の女性が警戒心をあらわにしたのもうなずける。

ブリン・オニールしかり。

最後に見たとき、ブリンは同僚と電話をしていた。ライはというと、ローリンズにオフィスに連れ戻され、そこに座らされた。典型的なお役所仕事で、手続きは遅々として進まず、調書ができあがってサインをするまでに、優に一時間はかかった。ローリンズから解放されると、風向きが変わらないうちに退散した。ブリンの姿はどこにもなかった。

一階ではほかには誰もいない部屋でマイラがデスクについていた。ライは足を止め、病院の場所を尋ねた。

「ここからどのくらいかな？」

「一・五キロから二キロってとこね。送ってくわ」

「ありがとう。歩いて行くよ」

ライは入ってきた職員用のドアから出た。これでドクター・ブリン・オニールとの短いながら波乱に満ちた交流は正式に終わった。

二度と顔を見ないですむようになるのが待ち遠しいわ。

その彼女もいまごろ、アトランタへの帰路についているのだろう。彼女の人生が――ドクター・ランバートが、末期のがん患者が、医療業務が――待つ場所へ。そんなもの、知りたくもない。もう二度と会うことはないのだ。縁は切れた。これ以上関わることはない。別れの挨拶すら交わすこともなく。

それでいい。

ライは自分に言い聞かせた。

「お待たせしました」

受付係が戻ってきた。笑顔だ。ライが近づくと、彼女はエレベーターを指さした。「二階へどうぞ。マーリーンが待ってるわ」

ことここに至って、ライは逃げ帰りたくなった。家族以外の誰かから事務的に情報を聞きたかっただけで、まさか、ブレイディの妻と顔を合わせることになるとは思っていなかった。だがここで立ち去るほどの無礼は、さすがのライでもできない。

エレベーターで二階に上がるや、ブレイディ・ホワイトのデスクにあった旅行中の写真に写っていた女性が目に入った。既婚女性らしい、やさしい雰囲気で、笑顔が美しかった。

彼女は手を伸ばしてライの右手を取り、両手で握りしめた。「あなたのことは知ってるんだけど、ごめんなさい、お名前を知らなくて」

「ライ・マレットです」

「マレットさん――」

「ライで」

「わたしはマーリーンよ。ブレイディのことを気にかけてくださって、ありがとう」

「礼など、やめてください。おれが来なければ、彼が昨夜、飛行場に行くこともなかったんです。それで、具合は？」

「医者は〝予断を許さない〟と。頭蓋の骨折や陥没はないし、脳スキャンで出血がないのは確認できてるの。脳震盪を起こしたけど、それはしかたないわね」彼女は笑顔でライを見あげた。「いいときに来てくださったわ。わずか二分だけ面会が許されたのよ」マーリーンはライの手を放し、足早に廊下を歩きだした。

ライは大股で追いついた。「目を覚ましたんですか?」

「ついさっき」

「じゃあ、だいじょうぶなんですね?」

「意識は朦朧としてるし、混乱もあるけど、きっとあなたに会いたがるわ」

じかに顔を合わせると思うと、うろたえた。「その二分はあなたが使うべきだ」

三つしかないERのベッドのひとつに近づきながら、マーリーンはほほ笑んだ。「そんなことしたらあの人に一生許してもらえないわ。でも、彼は飛行機が墜落したことを知らないの。だから、その件は内緒にしてもらえるとありがたいんだけど」

「ああ、そうだね、わかった。誰に襲われたか、言ってましたか?」

「襲われたことも覚えてないのよ。最後に覚えているのは、無線であなたと話をして、あなたの飛行機のエンジン音を聞いたことですって。医者によると、背後から襲われたらしいの。サッチャー保安官助手も同意見だった」

ガラスの壁の向こうに、ベッドに横たわる男が見えた。多種多様なモニターにつながれ、操縦席の計器板よりもはるかに複雑な様相を呈していた。

ブリンになら、なんのための機械かわかるのだろうが。

ライは入口でためらった。マーリーンが先に入り、夫に顔を寄せてささやいた。ブレイディの脚がシーツの下で動くのがわかる。マーリーンが振り向いてライを手招きした。

ライはベッドに近づいた。写真に写っていた男とは似ても似つかなかったが、それも無理からぬことだった。頭には包帯が巻かれ、目を開いているものの、焦点を定まらせるのにも苦労している。それでもライを見るとかすかにほほ笑み、その手を手探りした。

ライは彼の手を取って握手し、その温かさにほっとした。心のなかで、死ななくてよかった、死ななくてよかった、死ななくてよかったと、壊れたレコードのように同じ言葉が繰り返されている。そんな結末は耐えられない。

「昨晩、おれのために出勤してくれて感謝してる」ライは言った。「あんたがこんな目に遭って、気の毒でならない。おれの気持ちがわかってもらえるといいんだが」

ブレイディは首を振りかけて、顔をしかめた。かすれた声で言った。「無事、着陸できたのか？」

ライは、ほら無傷だろとばかりに、胸の横で手を広げて見せた。「おれの場合、無事な着陸回数と離陸回数はつねに等しい……」ライの笑みに、ブレイディも笑みを返した。

ブレイディは二本指を上げてVの字を作った。「ビール二本だ」

「忘れてないさ。ふたりで飲んで、飛行機の話をしよう」

ブレイディがうなずいた。まぶたがぴくりと動き、そして閉じられた。

「ミセス・ホワイト」看護師が入ってきた。面会時間が終わった。

マーリーンは夫の額にキスをして、先に廊下に出ていたライに追いついた。エレベーターへ向かいながら、彼女は下まで見送ると言った。

エレベーターを待ちながら、ライはブレイディを襲ったのは、格納庫を借りていた男だと思うかと尋ねた。「だとしたら、そうとう揉めたんだろう」

「わたしはその人のことは名前しか知らないのよ。それもブレイディから聞いただけ。口論が〝過熱した〟とは言ってたけど、わたしを心配させたくなくて、控えめに言ったのかもしれない。サッチャー保安官助手から、ブレイディに敵がいたかと訊かれたんだけれど、その人以外には思いつかなくて」

ブレイディ・ホワイトのことはほとんど知らないが、ライから見て、敵を作るより友人を作るほうが得意そうな人物だった。燃料費に関する言い争いで暴力的な敵ができたとしても、ほかの飛行場がすべて閉鎖されているなか、そいつはなぜブレイディが飛行場に行くことを知っていたのだろう？　しかも、レーザーを持参したことになる。それに怒れる賃借人はひとりだから、足跡がふたつでは数が合わない。

襲撃犯はブレイディが仕事で飛行場に来るのを知っていた可能性が高く、つまりはライが着陸予定であるのを知っていたことになる。

「マーリーン、ブレイディはおれが来ることや、到着予定時刻を誰かに話したんですか？　あなた以外の誰かってことですが」

「わたしが知るかぎりはいないと思うけど。なぜ？」

「容疑者を絞りたいんです」

「あなたが頭を悩ませることではないわ」

「おれにも責任がある気がして」

マーリーンがライの腕に軽く触れた。「ブレイディが襲われたのは、あなたとは無関係よ」

直接的には関係がないかもしれないが、ブリン・オニールとは関係があるのではないか？

エレベーターが到着した。なかに乗りこみ、ライは話題を変えた。「ブレイディは飛行機が好きみたいですね」

「それはもう信じられないくらいに」

「操縦はするんですか？」

マーリーンの表情が曇った。「いいえ」

一階でエレベーターのドアが開き、ふたりで降りた。ライの心臓が跳ねた。車寄せに停まった保安官事務所のパトカーからブリンが降りてきたのだ。運転席にいるのはウィルソンだった。ブリンはかがんで彼になにかを言ってからドアを閉め、車は走り去った。ブリンが自動ドアからロビーに入ってきた。あのいまいましい箱を抱えている。

ブリンはすぐにライとマーリーン・ホワイトに気づいた。マーリーンのことはブレイディのデスクの写真で見覚えていたのだろう。ブリンは近づいてくると、ライに軽く会釈してから、ブレイディの妻に顔を向けて自己紹介をした。

マーリーンはライのときと同じように両手でブリンの手を握った。「ドクター・オニール、昨日の夜はブレイディの面倒を見てくださって、本当にありがとう」

「ブリンと呼んでください。お礼などいりません。もっとできることがあればよかったんですが。彼の容体はいかがですか？」

マーリーンはライに話したことを繰り返した。「さっき意識を取り戻しましてね。ちょうどライに会ってもらえました」

ブリンがライを見た。「彼と話したの？」

「ひとこと、ふたこと。彼が覚えてるかどうかわからないが」

「あら、覚えてるに決まってるわ」マーリーンが笑った。「飛行機について語ろうとあなたが言ったこと、忘れるはずないもの」

「操縦士免許を持ってないとは意外です」ライが言った。

「そりゃ欲しかったでしょうね。なにより空を飛びたがってたから。でも心臓の僧帽弁に欠陥があって心雑音が出るの。まだ十代のころに見つかったんだけど、たぶん先天的なものなんでしょう。軽度の症状を薬で抑えてるから、やりたいことはほとんどなんでもできるのよ」

「空を飛ぶこと以外は」ライは言った。

「空を飛ぶこと以外は」マーリーンが悲しげに繰り返した。

ブリンが尋ねた。「飛行場を管理することで、いやな気持ちにはならないんですか？　ほかの人が自分がやりたくてしかたのないことをやってるのを、つねに目にするわけですよね」

「いいえ、むしろ逆よ。いまも飛行機が大好きだから、パイロットの仲間でいることが嬉しくてしかたがないの」マーリーンはライを見た。「昨日の夜も、あなたが悪天候をものともせずに飛んでくると聞いて、子どもみたいに大はしゃぎしてたのよ。〝そいつに会うのが待ち遠しい〟って言いながら、出かけてったわ。で、あなたに会えた。彼にとっては、あなたが今日、訪ねてくれたことが宝物になる」

「彼がよくなったら、戻ってきて、空に連れて行きますよ」

マーリーンは目を潤ませて、手を胸に押しあてた。「きっと大喜びするわ」

自然な流れで行った申し出に、ブリンが驚いているのがわかる。たしかに、われながら驚きだった。ライはブリンに表情を探られているのを感じて、彼女から目をそむけたまま、かがんで床のフライトバッグを持ちあげた。「明るくなってきたんで、飛行機のようすを見てきます」

「どうやってあそこまで行くの？」マーリーンが尋ねた。「車がないんでしょう？」

「なんとかしますよ」

「わたしのを使ってちょうだい」

ライは音をたてて息を吐き、きっぱりと首を横に振った。「それはできない」

「いいえ、そうして」

ライは断る理由を探した。「昨日の夜は保安官助手に送ってもらったんですよね？」

「そう言われたけど、断ったのよ」

「自分の車が必要になると思ったからだ」

「ええ、そうよ。でも必要ないの。力を貸してくれたがってる友だちや親類がたくさんいるわ。あなたが戻る前に車が必要になっても、どうにでもなる。キーを取ってくるわね」

「ミセス・ホワイト――マーリーン、あなたの車を借りるわけにはいかない」

「いいから、そうして。ブレイディも自分のピックアップトラックを貸したがるはずよ」

すがるような彼女の目を見ていたら、この申し出に応じることが彼女には大きな意味があるのがわかった。ライはうなずき、そっけない口調でわかったと応じた。「ありがとう。すぐに返します」

「必要なだけ使って。キーを取ってくるわ」マーリーンはブリンを見た。「戻ってきたとき、あなたはまだいらっしゃる？」

「残念ですけど」ブリンは玄関を指さした。ウィルソンがちょうど車を停めたところだった。

「車が戻ってきました。でも、お会いできてよかった。ご主人の容体を確認せずに町を離れたくなかったんです。早くよくなってと伝えてください。でも、あせらないようにと」わざと厳めしい口調で最後につけ加えた。

「伝えるわ」

ブリンはコートのポケットに手をやった。「わたしの携帯の番号が書いてあるの。彼のようすを聞かせてもらえたらと思って」マーリーンはブリンからメモ用紙を受け取り、さっきと同じように彼女の手を握った。「昨夜あなたがしてくださったこと、もう一度お礼を言わせて」

「たいしたことができなくて。意識のある状態のご主人にご挨拶できなくて残念だわ」

「そのうちまたライといらしてね」

ライとブリンはちらりと目を合わせたが、どちらもそうするとは答えなかった。

自分の発言で気まずい雰囲気になったことを感じ取ったマーリーンは、ブリンを軽く抱きしめて別れの挨拶をすると、急いで車のキーを取ってくるとライに告げた。彼女がボタンを押すとすぐにエレベーターのドアが開いた。

ブリンとライがロビーに残された。ガラス戸の奥の女性まで席を外している。

ブリンはライを見あげた。ただし目ではなく顎のあたりに視線をやった。「これで、さよならね」

「だな」ライはパトカーを見た。「ウィルソンがアトランタまで送ってくれるのか?」

「いいえ。この町のフォードのディーラーが車のレンタルをしてて。もちろん今日は閉まってるんだけど、事情が事情だから、わたしのために店を開けてくれるだろうってウィルソンが。でも、祝日のこんな早い時間に連絡するのは申し訳ないから、九時まで待つつもりよ」

ライはうなずいて聞くだけで、なにも言わなかった。

少しして、ブリンが尋ねた。「墜落現場まで行くの?」

「ああ」ライはまた玄関を見た。ウィルソンの車の後部から吐きだされる排気ガスが霧をさらに深めている。「しばらくしたら霧が晴れて、携帯で写真が撮れるだろ」

「きれいな写真ってわけにはいかないわね」

「だな」

「飛行機、本当に残念だったわ」

「そうだな」ライは肩のフライトバッグをかけなおしながら、ブリンの髪のひと房が何度も耳の後ろからすべりおちるさまに目を奪われないようにした。頬に落ちた髪が黒いサテンの疑問符のような形になっている。「警官をあまり待たせないほうがいいぞ」

ブリンが外を見てほほ笑んだ。「わたしの子守をしなきゃならなくて、少々おかんむりみたいなのよ」

ライは時間を確かめた。「九時まで二時間弱か」

「食事をしながら待とうと言ってくれてるの。温かい料理で彼の機嫌がよくなるといいんだけど」ライに目を戻す。「じゃあ……」右手を差しだした。

ライはその手を見おろし、ためらいつつ手を握った。「きみのがん患者がよくなることを祈ってる」

ブリンがひたとライを見据えた。「ありがとう。本当に。わたしもそう祈ってる」

ライはその言葉の裏に隠された意味があるのを感じたものの、突っ立ったまま彼女の雨色の目を凝視してそれを探るわけにもいかないので、手のひらを刺されたかのように握手をして手を離した。

　ブリンが何歩か後ずさりし、回れ右をしてドアへ向かった。だが、わずか数メートル進んだところで足を止めて振り返った。「ひとつ尋ねたいことがあるの」

　ライはどうぞと肩をすくめた。

「あなたは〝やつらは目的を果たし〟と言ったわ」

　こんどはなんのことかわからないふりをして肩をすくめた。そらとぼけて、眉を寄せてさらに困惑した表情になった。

「ブレイディを発見したときのことよ。あなたは〝やつらは目的を果たし〟と言ったわ。彼を襲った犯人のことを言ったのよね？」

「そんなことを言ったかどうか覚えてないが」ライは嘘をついた。「ああ、何者にせよ、襲撃犯のことを言ったんだろう」

「〝やつら〟と複数形を使ったのは、足跡がふた組だったからよね」

「ああ」

「ブレイディと口論した男性が犯人だとしたら誰かを連れてたということになるわ」

「そうなるな」

「ローリンズ保安官助手にそのことを言った？」

「完全に忘れてた。だが、向こうは刑事だぞ。自分で気づくさ」

「そうね」ブリンがうなずいた。「そう言ったとき、あなたは誰かのことをほのめかしているようだった」

「いや、ちがう。いまもそれはない」嘘ではなかった。

「あるいは、動機に思いあたったか」

「さっぱりわからない」これも本当だ。

ブリンがいぶかしげな目つきで見ている。それに耐えられなくなって、ライは言った。

「おれはそんなことを言ったことも、自分がなにを考えていたかも覚えてない。思いついたことをそのまま口に出しただけだ。とりとめもなく」

ブリンは信じられないと言いたげに笑った。「あなたに会った人なら誰でも、すぐにあなたの性格的な特徴に気づくわ。そのなかに、とりとめのなさは入ってない」

ブリンは返答を誘うようになおも彼を見ていたが、ライがなにも言わないでいると、ふたたび回れ右をして自動ドアから出ていった。彼女の背後でドアが閉じる。

ライは腹にぽっかり穴が開いたような気がした。

ただの空腹のせいだ。

エレベーターが到着し、マーリーン・ホワイトがキーホルダーを手に降りてきた。「車寄せの向こうの駐車場に停めてあるわ。二列めの青いホンダよ。キーのボタンを押せば――」

ライの意識が自分やキーではなくブリンに向けられていると気づいて、マーリーンは言葉を切った。ブリンがウィルソンの車の助手席に乗りこんでいる。走り去る車を見ながら、マーリーンは言った。「とてもすてきな女性ね」

「ああ」テールライトが霧のなかに消えた。ライはマーリーンに視線を戻した。「いや、よく知らないんだ。だが悪い人間ではないようだ」

「父親のことを思えば、彼女があんなすばらしい人になったのは奇跡だわ」

「さっきも父親の話題が出てた。ウェスだったかな？」

「なかなか個性的な人よ」

「保安官事務所じゅうの人間がよく知ってるようだった。警官だったのかい？」

マーリーン・ホワイトが驚いてライを見た。「警官？　まさか。犯罪者よ」

第十章

午前七時二十九分

ブリンとウィルソン保安官助手は数人の客とともに、この町でこの時間に店を開いている唯一のカフェにいた。店のドアにテープで留められた貼り紙には、七時から十時半の朝食時間が終了したら、感謝祭のため閉店すると書かれていた。

ブース席にだらしなく腰かけた若い男は、二日酔いを覚ましに来ているようだ。そしてカウンターのひとり客は、たぶん本通りの路肩に停めたセミトレーラーの持ち主だろう、とブリンはあたりをつけた。別のブース席から感謝祭の特別メニューの内容を尋ねる男の声が聞こえてくる。ウェイトレスが、朝食のセットにアップルパイがひと切れつく、と答えると、男とその連れはそれを頼んだ。

ウェイトレスをべつにすると、女性は自分ひとりなので、悪目立ちしているような気がしてならなかった。制服姿の保安官助手といっしょだと、なおさらだ。うかがうような視線がちらちら自分に向けられている。二日酔いの若者までが、しばらくは体を起こしてブリンたちを見ていた。

ブリンは重ねたパンケーキをつつきながら、ウィルソンが目玉焼き三つと二百グラムのスモークハムの塊をたいらげるのを眺めていた。

食事には十二分しか、かからなかった。

ウィルソンが皿を脇に押しやる。ブリンは言った。「つきあってもらわなくていいのよ。あなたにも予定があるでしょう？　邪魔したくないわ」

「女房とは別れて、子どもは向こうが引き取った。みんなで彼女の実家に行ってるんだ。おれは行かなくてすんで、じつは内心ほっとしてるとこだよ」

ブリンは笑顔になった。そうなることを期待されていると感じたからだ。

だがそう言った舌の根も乾かないうちに、ウィルソンは腕時計を一瞥して、言い足した。

「たぶん九時前に連絡しても問題ない。あいつはいいやつだから、喜んで町を出るために力を貸してくれる。ただし、フットボールの試合がはじまる前には店じまいしたいはずだ」

キックオフの前に仕事を終わらせたいのはウィルソンなのだろう。ブリンは言った。「わたしも早く出発できれば助かるわ」

「そうだな。ドクター・ランバートも血液サンプルには時間の制約があると強調してた」

ウィルソンは体を引いてテーブルの下をのぞき、ブース席についたときブリンが床に置いた箱を見た。「そのうちのひとつがうまく適合して、ドナーになってもらえそうかい？」

相棒のローリンズとちがい、ウィルソンは愛想がよくて、笑顔も温かい。サンプルに対する関心もうわっ面ではなさそうだった。ブリンの胸がちくりと痛んだ。彼に対して真正直でないことに多少の後ろめたさを覚えたのだ。

ブリンは誠意を持って答えた。「望みうる最良の結果になることを願ってる」

「きついだろうな、医者ってのは。治せない患者がいたりすると」

「想像を絶するつらさよ」

「おれが事件を解決できないときと同じ感じかな。心に引っかかって離れない」

「そうね、似たようなものかも」

ウィルソンはうなずいた。「さて、これ以上、引き留めちゃ悪いね。なんならこれからおれが電話してみようか？」

「法の執行官から要請してもらったほうが話が通りやすいわね。公的な依頼と思ってもらえるもの」

自尊心をくすぐられたらしく、ウィルソンはブリンに笑いかけながら、携帯電話を手に取った。「車の販売店で八時に落ちあうように伝えようと思うが、どうかな？」

「完璧よ」

ウィルソンが電話をかけた。何分かして電話を切ったときには、手配がすんでいた。「すぐに出てくれるとさ。ここまで車を運転してくるから、きみがその車で町を出がてら、あいつを店まで送ってやってくれると助かる」

「もちろんよ。ありがとう」

「なんのなんの。来るまでに十五分から二十分待ったら、いよいよ出発できるぞ。ドクター・ランバートに知らせせちゃどうだい？　安心させてやるといい」

「そうね」ブリンは携帯電話を取りだして、ネイトに短いメールを送った。

ウィルソンが支払いをすませると、ブリンはコートを腕にかけて、テーブルの下の箱を手に取った。「失礼して、化粧室へ行ってくるわ。戻ってくるころには、その人が車で来てくれてるだろうから、もう待ってもらわなくてだいじょうぶよ」

ウィルソンはブース席から出ながら形ばかりの抵抗を示したが、ブリンはそうしてと言い張った。ふたりは店のドアのところで握手した。

「患者さんが元気になるといいね、ドクター・オニール。おれが末期患者になったら、きみみたいに親身になってくれる医者に診てもらいたいよ」

「やさしいのね。ありがとう」

ウィルソンは帽子をかぶると、人さし指で軽くつばに触れて、立ち去った。

ブリンは赤い矢印と〝トイレ〟の文字に従って歩いた。人けのない長い通路があって、突きあたりが右に曲がっていた。化粧室は左手にあった。ブリンはなかに入り、鍵をかけた。

用を足して手を洗い、アトランタを発つときにポケットに入れておいたリップグロスを塗った。たいして代わり映えがしないけれど、これがいまできる精いっぱいの身繕いだ。箱を手に取り、ドアの裏のフックからコートを外して、鍵を開けた。

するとと外側から勢いよくドアが押し開けられ、ライ・マレットが強引に入ってきた。彼は背後でドアを閉めて、鍵をかけた。

驚きのあまりブリンは何歩か後ずさりをした。コートが手から落ちたものの、すぐにわれに返り、驚愕は怒りに変わった。「いったいなんのまねなの？」

「話がしたい」ライはブリンをシンクまで後退させた。「きみの父親についてだ」

「父？」

「そうだ、きみの愛する親父さんのことを。おや、あれはブリンじゃないか、立派になったもんだ、ときみが言われるのを見て、おれはてっきりみんながきみを知ってるのは父親が保安官助手かなにかだったからだと思った。ところがウェス・オニールは――」

「父の名前くらい知ってるわ」

「――泥棒だ！　盗みを生業としてる」

ブリンは浅く短い呼吸を何度か繰り返した。「誰から聞いたの？」

「誰だろうと関係ない。要は、きみの父親は盗みの常習者だということだ。ひっきりなしに郡刑務所を出入りしてるんで、彼の独房に回転ドアをつけようという話まで出たそうじゃないか。きみは保安官事務所の常連だった。児童保護局が引き取りにくるまで、職員が人形遊びの相手になってくれたそうだな。そしてマイラのような人たちから引き離されるたびに、きみは泣いてた。え、そうなんだろ？」

「そういうこと」ブリンはぴしゃりと言った。「言いたいことはわかったわ」

「いやいや。話はまだはじまったばかりだ」

いまでもじゅうぶん距離が近いのに、あろうことか彼はさらに詰め寄った。ブリンは接触を避けて、背をそらしてシンク側に逃れた。「離れて」左手で彼の胸を押した。「なにを考えてるか知らないけど――」

「おれの考えはこうだ。きみは父親の跡を継いで、家業を守ってる」ライは、ブリンが右腕に抱えた金属の箱の蓋を叩いた。「箱のなかになにが入ってる？」

「さっき見たでしょ！」

「おれとローリンズとウィルソンが見せられたのは、きみときみの犯罪仲間であるうぬぼれ屋のドクター・ランバートが披露した、くだらん見世物だ」

「なにを言ってるのか、さっぱりわからないわ」

「よく言うな。おれはきみを見てた。ランバートから〝要望に応えてやりたまえ〟と言われたとき、きみは虫を呑みこんだような顔つきになった。そして、ローリンズが蓋を開けると、おれたち三人と同じくらい驚いてた。入ってたのは血液の瓶だけだった――あれが血液の瓶ならばだが」

「見た目どおり、血液のサンプルだし、わたしはまったく驚かなかったわ」

「そうだな。驚くというより、目を疑っているようだった。ランバートがたわごとを並べておれたちを煙に巻いているあいだ、なんとか平静を保とうとしてた」

「彼の言ったことはすべて、科学的な根拠に基づいてるわ」

「おれたちに理解できないように、わざと科学用語を並べたてたんだ。まどわすために」

「あなたの勝手な妄想よ。わたしがなにを感じ、なにを考えたか、どうしてわかるの？　心を読めるとでも？」

「読唇術だ」

「なんですって？」

「操縦室はときに騒音に満ちる。だからおれは副操縦士の唇を読む訓練をした。九、四、三、二」ライは腰に両手をあて、顔をブリンから数センチのところまで近づけて、あざけるようにもう一度数字をささやいた。「九、四、三、二」

ブリンは背後の大きなシンクにつかまって、体を支えた。「南京錠ね」

「南京錠だ。きみが番号を合わせているとき唇を読んだ。最後の番号は読みそこなった。最後はなんだ？」

わたしの唇を読んだ？　南京錠の番号をたったひとつ残してすべて知られたこともさることながら、同じくらいその事実に動揺した。いま彼の目は磁石となって、ブリンをひたと見据えている。

ブリンは横を向いて目をそらし、落ち着きを取り戻そうとした。「お願いだから、少し離れてもらえない？」

ライは半歩下がった。

ブリンは何度か浅く息を吸った。「いつ頭をぶつけたの？」

「なんだって？」

「生え際にこぶができてる」手を伸ばして触れようとすると、彼はさっと頭を引いた。

「衝突したときぶつけた。たいしたことない。車は手配できたのか？」

ブリンはいまだライが突如、現れたことに浮き足立ち、箱とその中身について彼が気づいたことにどう対処したらいいかをめぐって、混乱していた。心は千々に乱れて定まらず、悪いことが起こりそうな予感に圧倒されている。ブリンは意志の力で心を鎮め、ライの質問に意識を集中した。たどたどしい口ぶりなりに、どのような手はずになっているかを伝えた。

「ウィルソンは戻ってこないんだな？」

「ええ。お互いに、やっかい払いができてせいせいしてるわ」徐々に思考力が戻り、疑問が湧いてきた。「なぜわたしたちがここにいるとわかったの？」

「きみはウィルソンと食事に行くと言ってた。ERの受付の女性に訊いたら、今日、開いている店はここだけだと教えてくれた。マーリーン・ホワイトの車でここまで来てみると、窓からきみたちが見えたんで、車を停めてなりゆきをうかがった。ウィルソンはきみを置いて店を出て、きみは席に戻らなかった。で、急いで裏にまわり、施錠されてない搬入口のドアを見つけた」

「頭の回転が速いこと」

「決意の問題だ」

「わたしを見つけだそうと決意したってこと？　なぜ？」

「なぜだと思う？　最後の数字を知りたいからだ。もう一度、中身を見て、どんな禁制品を運ぶためにおれが昨夜飛んだのかを知りたい」

「禁制品なんてないわ。血液サンプルよ」

「だったら数字を教えればいいだろう？」

「密封しておかなければならないの」

「うまい言い訳だな。うってつけの口実だが、きみの言うことは信じられない」

ブリンはライをにらみつけたまま黙っていた。

「わかった、好きにしろ」ライが言った。「車が来るまで、どのくらいかかる？」

「ウィルソンは十五分から二十分と言ってたわ。もうその半分は過ぎてる」

ライは背後の鍵のかかったドアを見た。「つまり、もうすぐきみはいなくなる」彼はひとりごとのようにつぶやいた。

「いなくなる？　わたしはいなくならないわよ、ミスター・マレット」

「これからはライと呼んでもらってかまわない」

「喜んで。地獄へ堕ちるがいいわ、ライ。でもまずはわたしの目の前から消えてちょうだい。わたしは行くから。邪魔するんなら――」

言い終える前にライが降参とばかりに両手を上げて脇によけ、ドアのほうへ頭を動かした。

「行きたいなら行けばいい」

ブリンは鍵のかかったドアを見てから、彼に目を戻した。「なにが問題なの？」

「なにも。さよなら。会えてよかったよ」

ブリンはそのまま動かなかった。「なぜ小声で不吉なことを言ったの？」

「不吉に聞こえたか？」

「わかってるくせに」

ライは肩をすくめた。「ただ、きみが出ていくと、きみを守るのはフォードの販売店の男だけになる。あいつらになにをされるかわかったもんじゃない」

「あいつらって、誰のこと？」

「隅のブース席にいるふたり組だ。どちらも黒いスーツを着てる。ひとりは長身のヒスパニック系、体格がよくて、見てくれがいい。もうひとりは背が低くて落ち着きがなく、鼻と耳がとがったキツネのようなやつだ。気づいてたか？」

「朝食セットとアップルパイを注文してたけど。あの人たちがわたしになんの関係があるというの？」

「きみに教えてもらいたいんだがね、ドクター・オニール」

「生まれてこの方、見たこともないふたりよ」

「そうか？　おれはあるぞ。いつかって？　おれが保安官事務所を出たときだ。どこか？　通りの反対側、金物店の裏手のほとんど見えない場所に停まった新型のメルセデスに乗ってた。まるであそこで見張って、おれのほかに誰かが出てくるのを待ってるようだった」

ライは、ブリンの顔からブーツのつま先まで、視線を上下に行き来させた。「きみはなかなかの上玉だが、やつらが追ってるのはかわいいきみというより、きみが張りついてる箱のほうのようだ。より正確に言えば、その箱の中身だ」

驚きで、自然とブリンの唇は開かれた。

「そうとも」ライは言った。「あのでこぼこコンビはきみを待ってた。さあ、理由を話してもらおうか。いますぐに」

ブリンは挑むように顎を突きだした。「話さないと言ったら？」

午前八時三十二分

ライはブリンの背中のくぼみを押して部屋の敷居をまたがせ、続いて部屋に入ると、ドアをしっかり閉めた。ドアノブのボタン錠を押し、チェーンロックをかけた。カーテンは引いてあるけれど、まん中が二、三センチ開いている。ライはカーテンの両端を重ねてぴったり閉じた。

部屋は六〇年代にはやった森のキャビン風のしつらえだった。節くれだったパイン材の羽目板の壁には、ブレイディ・ホワイトの事務室にあった絵を連想させる熊の絵が飾られ、ベッドカバーはアースカラーの縞模様、ランプシェードは黄麻布だ。バスルームはすべてが褐色で、そこにモーテルらしいありふれた備品があった。

ライが手早く室内を調べているあいだ、ブリンはドアのすぐ内側から一歩も動かなかった。

ブリンが言った。「長く車に揺られたせいで、気持ちが悪く——」

「山道だからな。曲がりくねってるのはおれのせいじゃない」

「でも、飛行機のところへ行くとばかり思ってたわ」

「おれもそのつもりだった。計画変更だ。それに、まだ写真を撮るには霧が濃すぎる」

「わたしたち、ここでなにをしてるの？」

ライはフライトバッグを椅子に置き、ボマージャケットを脱いでベッドへ投げた。裏地が表を向いて着地した。ブリンが不快そうに眉をひそめた。

「その娘にあたるのはやめてくれ」ライは言った。「彼女に温めてもらった夜のなんと多いことか」一拍置いて、つけ加えた。「だが、きみがいるから……」言葉を切ってほのめかす。

「勝手にほざいてなさい。わたしはピンナップガールじゃないわ」

ライは視線をブリンの唇、そして胸へと向けたあと、また視線を合わせた。「やってみたらいい」

その言葉と彼のかすれ声のせいで、ただの言いあいから、雰囲気が一変した。始末の悪いことに、ふたりともそれに気がついていた。

正常な状態に戻そうと、ライはブリンから顔をそむけて軽く笑った。「安心しろ、ドクター・オニール。きみにそんなことをする気はない」

「質問に答えて」

「はて、どんな質問だったたか」ライはベッドに座り、片方のブーツを脱いで床に落としてから、もう一方も同じようにした。

「わたしたちはここでなにをしてるの？」

「ああ、それか。おれはきみが出てくのを待ってる」

「わたしが出てくのを待つ？」

「その前に南京錠の最後の数字を教えてもらう」

「そんな必要ないわ。中身はもう見たでしょ」ブリンは取っ手を持って、箱を持ちあげた。

ライは立ちあがって彼女の手から箱をもぎ取ると、化粧台の上に置いた。「おれが最初に中身を尋ねたときに答えなかったのはなんでだ？　〝時間の制約があるきわめて重要な血液サンプルが四本入っていて、空気に触れないようにしておかなければならない〟と言えばよかったろう？」

ライは首を振った。「ところが、きみの口は重かった。これはローリンズの言葉だぞ。ローリンズに賛同するのは気に入らないが、まさにそのとおりさ。森で飛行機にこっそり近づいたときからずっと、きみは隠しだてをしてる」

「あやしいとか、口が重いとかいう表現よりは、そのほうがましね」

ライはブリンをにらみつけた。「遊びじゃないんだぞ、ブリン。おれは信用を失いかけてる。ダッシュ社もだ。いいか、つまらない時間つぶしをしてるつもりはない」

「わたしだって同じよ」

「いいだろう」ライは箱を指さした。「内張りのなかになにか入ってる。あの美女の裏に世界地図が描かれてるのと同じだ」ライはジャケットを顎で指し示した。「ほかになにもないんなら、なぜカフェできみを連れだしたとき、大声で騒がなかった?」

ブリンは口を開いたが、言うべきことがなかったので、急いで口を閉じた。

「ほらみろ。だろうと思った」ライは言った。「あのふたり組が怖くて、避けたかったんだ。きみはなにかをたくらんでる。おれはそれを知りたい。いますぐ話せば、どちらにとっても時間の節約になり、争わずにすむ。金も節約できるぞ。このすてきな宿の代金として四十五ドルが吹っ飛んだ。ここに長居したくないのは、おれも同じだ」

「あなたに首を突っこんでくれと頼んだ覚えはないんだけど」

「ああ、頼まれちゃいない。責任があるんだ」

「どういうこと?」

「きみの大事な箱に入ってるなにかのせいで、ダッシュの飛行機がだめになり、ブレイディ・ホワイトが死にかけた。だからきみもコートを脱いで楽にするといい。なぜなら、べらぼうに価値があるなにかを突きとめるまで、おれはきみを部屋から出さない」

「コートは脱がない」

ライは好きにしろと身ぶりで示し、箱を見た。「誰から盗んだ?」

「盗んでないわ」

「窃盗常習者の娘がよく言うな。父親も関与してるのか?」

「父にはもう何年も会ってないわ」

「仮釈放されたらしいな。マーリーン・ホワイトがそう言ってた」

「らしいわね」

「釈放されてから会ってないのか？」

「会ってない」ライは疑いの目で彼女を見た。ブリンはもう一度、強い口調で否定してからつけ加えた。「この件に父はいっさい関与してないわ」

「この件ってなんだ？　どんな違法な品なんだ？　なんらかの爆発装置か？　任意の時間に爆発するように設定されていて、爆発するとき近くにいたくないようなものなのか？　だからそんなふうにびくびくして急いで届けようとしてるのか？」

「頭がどうかしてるんじゃないの？」

「きみはどうなんだ？」

「わたしはまともよ」

「お仲間のドクター・ランバートは？」

「彼は天才だわ」

「過激な教えを信奉する天才か？」

「いいえ！」

「たしかに、爆弾はあの男らしくない。戦闘的で、大胆に過ぎる。科学的じゃない」ライはわざと思案顔になって顎を撫でた。「ふたりでアトランタの給水設備を汚染しようとしてるのか？　悪賢いウイルスで疾病対策センターを混乱させるとか？　ターナー・フィールド球場でホットドッグにウイルスを注入？」

　ブリンはうつむいて眉間をさすっていた。

「おれは正解に近づいてるのか？」ライは尋ねた。

「見当ちがいも、はなはだしいんだけど」

「だったら箱を開けて発泡スチロールの内部を見せろ」

「なにもないわ」

「証明したらいい。見せてくれ」

「だめ」

「ブリン――」

「だめなのよ！」

　にらみあったまま数秒が過ぎた。ライは化粧台の端に置かれた箱を前に向けて、わかっている四つの数字をそろえた。ブリンが彼の手首に手を置いた。「待って。やめて。お願い。なかのものが汚染されるかもしれないの。本当に」

「わかった。それは信じるとしよう。だが、それは血液サンプルの話じゃないんだよな？」

「サンプルはドナー候補から採取したものよ」

「それも、まあ、信じるとしよう。先を聞こう」

　ブリンが訴えかけるような目つきになった。「一刻も早くアトランタへ送り届けることが必須だとわかっただけでじゅうぶんでしょう？」

「なぜ必須なのか理由を聞こうか」

「言えない」

「違法なことに関わってるからだ」

ブリンは無言だった。

「無言ということはイエスなんだな」

ブリンが刺々しい口調で言い返した。「黙ってるのは、イエス、ノーで簡単に答えられないからよ。でも、誓って言うけど、あなたが言ってるような意味で違法なことではないの」

「だったらどういう意味で違法なのか言ってみろ」

「言えない！」

「なぜだ？」

「込み入った事情があるけど、あなたを信用できないから」

答えようはいくらでもあったろうに、この答えには驚かされた。まぎれもない事実の響きがあったからだろう。「なぜだ？」

「よく知らないからよ」

ライは操縦席で警告音を聞いたときと同じように、とっさに反応していた。「その点なら、解決できる」

ライは片方の手をブリンの後頭部に添えて上を向かせ、唇に唇を寄せた。

第十一章

午前八時四十四分

ブリンの唇のあいだに舌をすべりこませたとたん、ライは自分が彼女にキスする口実を探していたのだと気づいた。

彼女が息を呑む音がして、唇に軽い吐息が触れる。いずれも猛烈に官能を刺激した。ライは頭を傾けた。深く潜りこむほどに味わいが深くなり、肉欲への意識が高まっていく。ライにはなぜか、彼女の唇がこんなキスをするためにあることがわかった。

コートのなかに手を伸ばし、彼女の腰を抱いて引き寄せた。胸に押しあてられる乳房は豊かだった。わずかに左腿を動かすと、ふたりの腰から下がさらにぴったり重なった。ああ、なんという快感だろう。

ありとあらゆる性衝動がいっきに高まって、下半身が異様に硬くなる。そして瞬間的に彼女の力がゆるんで誘うように傾き、硬くなったものがくぼみにおさまるのを感じて、頭が吹き飛びそうになった。

だがすぐにブリンは体をこわばらせると、唇を引きはがして、顔を伏せた。彼女の髪が幾筋かひげに引っかかった。

ライはゆっくりと彼女を解放した。ブリンは身を引くと、彼にもその服にも触れないように気をつけながら、彼の背後へまわった。ブリンの動きに合わせ、ライはその姿を視界におさめるべく体の向きを変えた。

ブリンは少し離れたところで立ち止まり、片手で唇に触れていた。背中を向けたままなので、屈辱感に口をおおっているのか、唇の湿り気を確かめているのか、ひげのこすれたあとをさすっているのか、彼の味をぬぐい取っているのか、わからなかった。

「誘惑しても数字は聞きだせないわよ」

その言葉にかっとしつつも、ブリンが振り向いたときには、ライはにやついた笑みを顔に貼りつかせていた。「試したわけじゃない。これできみはおれを知った。少なくとも、いままでよりは。いや、実際にやってみて、とてもよかった」

ブリンから向けられた殺意のこもった目つきにも、ただにやりとしただけだった。

「これでおれを信頼して、きみを尾行してた男たちについて打ち明ける気になったろ」

「あのふたり組のことはなにも知らない」ブリンは部屋をうろつきだした。ライの質問を避けるためとしか思えない。

「あいつらをよこした人物も、思いあたらないのか？」

「誰かがよこしたという前提で物を言ってるみたいだけど、朝食を食べに来ただけのふたり組かもしれないのよ」

「おとり捜査中のＦＢＩかとも思った」

ブリンが漫然と歩いていた足を止めて、ライを見た。

「麻薬取締官とか？」

ブリンは顔をそむけ、ふたたびいらいらと歩きだした。

「大男のほうは捜査官でも通るが、ＦＢＩがメルセデスを運転することはない。小男のほうは、ありえないな。あれはちんぴらだ」

ブリンはサイドテーブルに置かれたテレビの番組表を手に取っていた。「なぜそんなことが言えるの？」

「おれはああいう手合いを知ってる。世界じゅう、いたるところにいる。言語、肌の色、宗教、主義はさまざまだが、ああいう連中はつねに争いの種を探し、流血騒ぎで肥え太っていく」ライは意味ありげな目つきでブリンを見た。「だからだ、ブリン、おれがきみに危険が迫ってると思ったのは。しかもきみはそれに気づいてすらいない」

ブリンがテーブルに番組表を戻した。「なぜあなたがそんなことを心配するの？」

ライは心臓に手をあてた。「根っからの善人なんでね」

またしても軽蔑のまなざしが向けられた。「なぜわたしにつきまとうの？」ブリンが言った。「とっくにいなくなってるはずなのに、なぜ？」

「おれだってそうしたかった」

「そうしなかったのは？」

「あの足跡を思いだせ、ブリン。ひとつが大きく、もうひとつが小さかった。十中八九、カフェにいたあの男たちがブレイディを襲ったと思っていい」つぎの言葉に対する反応を見たくて、ライは彼女に近づいた。「そして、着陸態勢に入ったおれにレーザー光線を照射したのもやつらだと思う」

ブリンが目をみはった。唇が開く。その驚きようは演技とは思えなかった。「レーザー？」

「ご近所さんにいたずらしたり、飼い猫を驚かしたりするのに使うような、おもちゃじゃないぞ。高品質。業務用。あの霧をものともせず、おれの頭蓋まで貫きそうな強力なやつだ」

「パイロットが狙われるそうね。最近、よく聞くわ」

「で、昨日の夜はおれが狙われた。着陸の数秒前に目くらましに遭わなければ、問題なく着陸できてた」

「あなたは死んでたかもしれない」

「何度となくその思いが頭をかすめた」

「ローリンズに話したの？」

「わけあって、話してない」

「なぜ昨日のうちに話してくれなかったの？」

「こっちもきみを知らなかったからさ」何秒か余韻を持たせてから、先を続けた。「あの時点では、きみは容疑者にしか見えなかった。飛行機にこっそり忍び寄るのを見たら、あやしいと思うしかない。だが、あの箱を後生大事に抱えてるのを見て、つじつまが合わないのに気づいた。箱が大事なら、その箱を運んでる飛行機を墜落させる理由がない」

「そういうこと。あなたがわたしを殺人未遂犯でないと思ったのは、ただつじつまが合わないという、それだけの理由だったってわけね」

「へえ、傷ついたのか?」ライはあざ笑った。「自分だけいい子になろうとするなよ、ブリン。秘密があるのはおれじゃない」険しい目つきで彼女をにらんだ。「実際問題として、きみが大量殺人を企てるテロリストだとは思わないが、きみが人の物を――少なくともその権利を持つ誰かの物を――抱えこんでいるんじゃないかとは思ってる。

ダイヤモンドとか、貸金庫の鍵とか、火星で発掘された人間の指の骨とか。それがなんであろうとおれには関係ない。きみが持っていて、親父さんと山分けしたらいい。そんなことはどうでもいいが、だがそれを知らずに運ばされたとなると、別問題だ。それが禁制品なら、おれは懲役を食らって、操縦士免許を失う可能性がある」

「そんなに心配なら、わたしをフォードの販売店まで連れ戻して、放りだせばいいわ」

「いいや。おれがとどまってる理由はそれだけじゃない。ダッシュの飛行機に損害を与え、なんの罪もない男を襲撃したつけを払わせたい」

「責任を感じてるのね」

「ああ、責任を感じてる」

「最低の悪夢ね」

ライの目つきが鋭くなった。

ブリンが静かに言った。「関わりあいになることが」

まさかブリンがその言葉を記憶にとどめて、それを持ちだしてくるとは思っていなかった。

さまざまな感情が呼び覚まされ、それが渾然一体となって怒りになった。

「腹の探りあいは、うんざりだ」ライは化粧台へ近づいた。最初の四つの数字は数分前にそろえたままになっている。残る数字はひとつ。いまは四だが、四では開かない。ライは一に合わせた。それもだめだった。「多くてもあと八回」

つぎつぎと試し、ひとつ合わせるたびにブリンを挑発したが、彼女は超然とした表情を崩さなかった。九で失敗すると、彼女が言った。「あと一回だけど、やるだけ無駄よ」

「さあ、どうかな」

ライはゼロに合わせた。錠は閉じたままだった。悪態をつきながらブリンを見た。

「ほらね」

ライは怒りに黙りこんでいたが、やがて言った。「それならそれ、ゲームを続ければいい。ただし、おもちゃなしでだ」

箱を持ちあげて、腕に抱えた。「中身がわかって、おれを墜落させようとしたやつに報いを与えるまで、これはおれが預かる」

「箱をおろして」

「いやだね」空いているほうの手でフライトバッグをつかみ、バスルームへ向かった。

「なにをしてるの？」

「シャワーを浴びて、少し眠る」

「眠る？」ブリンが行く手をさえぎった。「そんな時間はないわ。ほかのことは信じなくても、これだけは信じて。なんとしても箱を目的地まで届けなければならないの」

「目的地とは？」

ライは十まで数えたが、答えがなかったので、ブリンを腰で押しのけてバスルームに向かい、なかに入ってドアを閉めた。

午前九時一分

「見失いました」

ゴーリアドから入ってきた最新情報は、デローレスとリチャード・ハントの期待とは異なるものであり、当然ながら、気に入るものではなかった。

前回の連絡のあと、リチャードはハワードビルの状況について隠していることをすべて話せとデローレスに迫った。妻はブラックジャックのディーラーがカードを扱うように、順序立ててひとつずつ事実を述べ、リチャードはひとつ聞くたびに勝算のあるなしを推し量った。状況の悲惨さは目をおおうばかりだった。最悪の事態であることをごまかしていたデローレスに対して怒りが湧いた。「おれが知らされてたのは、天候だけだったのか！」彼はどなりつけた。

妻は、心配させたくなかった、の一点張りだった。

「配慮はありがたいが」激怒をどうにかこらえながらリチャードは妻に言った。「それが理由で、隠しだてをされるのは我慢ならない。こんなことはこれきりにしてもらう」

彼は涙ながらの妻の謝罪と、これからはどんなに困った事態になろうとも隠しごとはしないという約束を受け入れた。彼女は約束のしるしにキスをして、悲観するほど状況は悪くないとリチャードをなだめた。

リチャードが昨夜の事件に関係があることは誰も知らない。彼が病気であることも誰も知らない。マスコミは議員事務所が発表した休暇の予定を信じて、疑っていない。ジョージア州にある愛しのわが家でふたりきり、静かに感謝祭を過ごすことになっている。しばらくワシントンの社交の場から離れたい。ふたりで自宅で過ごせる時間を大切にしたい。などなど。

デローレスは確信を込めて言った。「いくらか減速させられたけれど、もう過ぎたことよ。ネイトがなにもかもうまくいっていると断言してくれているの」

だが、確信するのが早すぎた。

ドクター・ブリン・オニールの居場所がわからなくなった。ゴーリアドとまぬけな相棒が彼女を見失ったのだ。

隣にデローレスをはべらせ、枕にもたれてベッドに起きあがったリチャードは、もし討議中なら敵対する議員たちがいやがりそうな顔になっていた。

穏やかさはみじんもなく、再考や妥協の余地がいっさい感じられない顔。ラシュモア山に刻まれた顔のように不屈の精神をあらわにし、デローレスをも怯えさせるほどだった。

リチャードはデローレスが慰めようと重ねた手を振り払い、荒々しく吠えた。「なにがあったんだ、ゴーリアド？」

ゴーリアドがスピーカーホンを通じて箇条書きのようにひとつひとつ短く答えた。悪い知らせを受けるとき、リチャードはこのやり方を好む。まずは危機的状況の最悪の局面を真っ先に知りたい。細かいただし書きは後回しでいい。

「ドクターは、連れてこられたときと同じ保安官助手とともに保安官事務所を出ました。そして病院で降りました」

「病院？」

「はい、ERです。飛行場にいたホワイトのようすを見に行ったのではないかと。保安官助手は数分後に戻り、ふたりはカフェへ行きました。自分とティミーも店に入り、気づかれない程度の距離を取って、席につきました。彼らは少し話をして、食事をしました」

「どんな話をしていた？」

「聞こえるほど近くありませんでした。ですが、なごやかに談笑してました」

続いてゴーリアドはふたりが別れたときのようすを伝えた。「ドクターは通路の奥の化粧室へ行きました。そろそろという頃合いになっても戻らなかったんで、確認しに行きました。化粧室のドアは開いていて、なかには誰もいませんでした。路地に通じる出口がありました。路地の両方の端まで走って確認しましたが、ドクターの姿は見あたりませんでした。

　そこで、食堂のティミーのところに戻ると、ウェイトレスにドクターを見たかと尋ねている男がいました。ここに車を持ってきて会う手はずだったと。ウェイトレスは奥のほうを指さしました。男は一分もせずに怒り顔で戻ってくると、乗ってきた車で立ち去りました」

「それで、あなたたち、ドクターを捜したんでしょうね？」デローレスが尋ねた。

「はい、奥さま。すぐに捜しました。せまいダウンタウンなので、二度にわたって隅から隅まで調べました。店はすべて閉まっていて、行く場所はありませんでした。彼女はただ……いなくなったんです」

「そんな短いあいだに、徒歩でどうやって消えたというのだ？」

「自分にはわかりません」

　しばらく全員押し黙っていた。リチャードが言った。「それで？　それだけなのか？〝見失いました〟でおしまいか？」

「ひとつ心当たりがありました」ゴーリアドが言った。

「助かるわ」デローレスが言った。

　ゴーリアドが続けた。「カフェの前にドクターが立ち寄ったのはＥＲなので、戻って確認してみたんです。ティミーを車に残してなかに入ると、出血した指に布巾を巻きつけた女と、その面倒をみる看護師がひとりいるだけでした。で、ドクター・オニールの外見を伝えて、捜していると言いました。看護師は彼女がホワイトの妻と話している姿を見かけていました。そこにはパイロットもいたそうです」

デローレスとリチャードは顔を見あわせた。デローレスが眉を吊りあげる。「仲のいいこと」

「自分もそう思いました」ゴーリアドが言った。「なのでもう少し、その看護師と話してみたところ、ミセス・ホワイトがパイロットに墜落現場へ行くために車を貸したことがわかりました」

「つまりパイロットとドクター・オニールがカフェの外で落ちあったと？」

「パイロットは見かけてないんで、関係ないかもしれません」

「でもなにかあるにちがいないわ」デローレスが言い張った。

「そうですね。パイロットは徒歩で保安官事務所を出ましたが、いまは車があります。ドクターには車がない。そして手がかりはひとつ、彼が借りた車が〝青〟だということです」

「飛行場の男のファーストネームは？」デローレスがメモ帳に手を伸ばした。

「ブレイディ。ブレイディ・ホワイト」

デローレスが書き留めた。「その名前で登録されている車を調べさせるわ。何郡なの？」

ゴーリアドが答えた。

「すぐに判明するはずよ」デローレスが言った。「ナンバープレートの番号がわかったらメールするわ」

「手はじめに墜落現場をあたります」ゴーリアドが言った。「しかし、さっき言ったとおり、関係ないかもしれません」

リチャードは容赦なかった。「これ以上の〝しかし〟は聞きたくないぞ、ゴーリアド。それ以外の言い訳もだ」

「承知しました」

「それと、ティミーの手綱を引いておけ。まったく、レーザーでなにをしてくれたんだか」

「二度と使わせません。町のなかに小川があったんで、レーザーはそこに沈めました」

「つぎに連絡してくるときは、もっとましな話を聞かせてちょうだい」デローレスは電話を切ると、携帯電話を手にしたまま、ベッドからすばやく降りた。「至急、ナンバープレートの番号を調べないと。スタッフの誰かにやらせるわ。あせりを感じさせずに緊急だと伝わる口実をでっちあげて」すでに妻はせかせかと電話で番号を押していた。

深刻な状況にもかかわらず、リチャードは忍び笑いを漏らした。「リーダーシップのある女性が行動するさまには、見ていて惚れぼれするものがある」

デローレスが投げキスをよこした。「ほんとに惚れぼれするのはこれからよ」そして電話に言った。「ミセス・ハントよ。上院議員が情報を求めていらっしゃるの。いますぐに」

相手が即座に行動すると確信している口調でデローレスは指示を与えた。そして電話を切るや、別の番号にかけはじめた。

「ネイト・ランバートにかけているのだろうね」リチャードは言った。

「一時間前の彼は、こちらがあきれるほど平然としていたわ」デローレスが答えた。「厳しく問いただしてやらないと。まずは同僚の居場所を知っているかどうかからね」

第十二章

午前九時三十九分

ブリンは子ども時代を生き抜いた。それ自体が奇跡といえよう。さらに奇跡的なのは、それほどひどい傷を負わずにすんだことだった。ふつうの人の人生の障害物がブロックだとしたら、ブリンの障害物は山脈に匹敵した。

まずは母を失った。ブリンがまだ五歳のとき、膵臓がんに倒れたのだ。それを境にブリンの養育は父親が担うことになった。

ウェス・オニールに会った人は、例外なく彼のことを好きになった。〝めっぽうおもしろい人〟と評され、いつも気さくで、冗談ばかり言っている。人づきあいの好きな好人物で、おかしなことに太っ腹でもあった。おかしなというのは、ほかでもない、彼には盗み癖があったからだ。

ウェスは何度となく投獄され、そのたびにブリンは里親に預けられた。思いやりのある教師や町の人々も彼女をほうってはおかず、クリスマスや誕生日のプレゼントをもらえるようにはからい、必要とあらば着る物を与え、課外活動にも参加させるなど、できるかぎりふつうに近い生活を送れるように気を配ってくれた。

だが、そうやって親切にしながらも、世間はブリンの性格がゆがむのではないかと心配していた。かくも不安定な生育環境であれば、一生消えない心理的なダメージを負わずにはいられない。ウェス・オニールの娘もご多分に漏れず、ろくな人間にはならないだろうと思われた。

ブリンは早い段階でそうならないと決意した。

高校を卒業した翌日には、ハワードビルを離れた。ウェスは郡刑務所で懲役五年の刑期の三年めを過ごしていたので、町を発つ娘を見送る人たちのなかにはいなかった。父がいないことを意識しつつも、ブリンは嘆かなかった。人の助けをあてにしていては何者にもなれないと、とうのむかしに悟っていたからだ。

ブリンはいわゆる大学生活を謳歌しなかった。医大の一年生から卒業まで、申しこんだ奨学金や援助金は、ほぼすべて受け取れたが、それでもアルバイトで補う必要があった。勉学と仕事に追われて、人づきあいをする暇はほとんどなかった。

恋愛関係になることもあったけれど、自分が追い求めている成功以上に重要と思える男性はひとりもいなかった。ひとりだけ、繰り返しブリンを裏切って傷つける男がいたが、ある日、怒ったり苦しんだりする価値のない男だと気づいた。ブリンはなんの未練もなく彼と別れた。

払った犠牲は報われた。いまやブリンは研究で名高い病院で働き、経済的にも安定して、人生のあらゆる面で充足していた。同僚からは尊敬され、患者からは信頼されて、頼りにされている。

なにより重要な点は、ブリン・オニールは誰にも依存していないということだった。

だがライ・マレットに目の前でバスルームのドアを閉められたとたん、もはやお手上げ状態で、つぎになにをすればいいか、さっぱりわからないことに気づいた。

やっとのことで放免されたのだ。誘拐されたとまでは言わないにしろ、ライ・マレットに連れられて身動きがとれなくなっていると通報すれば、また捜査当局を引きこむことになる。それは避けたい。ライは彼女のそんな及び腰を見透かしているようだ。

しかもカフェにいたふたり組の男のことがある。ライが疑っているように、その男たちが昨晩の複数の事件の犯人だとしたら、そして彼らの狙いが箱だとしたら、その男たちから危害を加えられる恐れがあった。

もしライから無理やり箱を奪い返すなり、返してほしいと頼んで返してもらえるなりしたとしても、それからどうしたらいいのだろう？　徒歩でここを出る？　ライはマーリーンの車のキーをジーンズの前ポケットに入れていた。つまりキーは手に入らないし、もし手に入ったとしても、マーリーンの車を盗むわけにはいかない。

袋小路にはまりこんだようだ。だが、いつまでも中途半端な状況にとどまってはいられない。一刻も早く、解決策を考えだす必要がある。カフェでウィルソン保安官助手に勧められてネイトにメールを送ったが、出発時刻はぼかしておいた。〝早めに〟と伝えたのだ。返信はなかったが、珍しいことではなかった。彼はそういうことには手をかけない。だとしても、ネイトもハント夫妻も、ブリンがアトランタへの道を半分は来ていると思っているだろう。

アトランタに到着したとき、どんな結果に向きあうことになろうと、まずはなんとしても行き着かなければならず、選択肢はせばまって、最後のひとつになっていた。

ライがバスルームから出てきた。

ブーツをのぞいて、あとはすべて着こんでいる。皺だらけのシャツは別のシャツに着替え、そのシャツも同じくらい皺だらけながら、においのほうは洗いたてだった。シャツのボタンを下半分留め、髪はざっとタオルで拭いただけのようだ。だが無精ひげは剃ってあった。さっきドア越しに電気カミソリの作動音が聞こえた。

「タオルを一枚、残しておいた」ライは革のバッグを肩からおろしてふたたび椅子に載せると、ブリンが座っているベッドの反対側へ行き、ベッドカバーをめくった。そしてサイドテーブルのランプの明かりを消し、ブリンに尻を向けて寝転がった。黒い箱をテディベアのように胸に抱きかかえている。

高い飛びこみ台の端に立って、はるか下方に見える冷たい水に飛びこもうとしているように、ブリンは深く息を吸ってゆっくり吐きだした。「GX－42」

ライがあおむけになり、顔をこちらに向けた。「なんだと？」

「その薬を開発した薬理学者がつけた名称よ」

「薬理学者」

「わたしは命を奪おうとしてるんじゃないわ、ライ、救おうとしてるの。救えないまでも、延命させることはできる」

　ライが腹の内を探ろうとするようにブリンの目をのぞきこんだ。

「信じてないのね」

「まだわからない」ライは答えた。「なぜそんなに隠しだてをする？」

「GX－42はまだ食品医薬品局(FDA)が治験を認可してない実験薬なの」

「治験とは臨床実験だよな」

「そう。医薬品開発についてどの程度知ってる？」

「超初心者向けの解説を頼む」

「新薬が世に出るまでには、厳しい試験が延々と繰り返される。三段階の試験に合格しなければならないの。たいした数じゃないと思うかもしれないけど、それぞれの段階で数カ月、ときには数年に及ぶことも珍しくない」

「なるほど」

「大きな市場で日々、多額の資金を生みだす薬は、そうした過程を経るのよ。β(ベータ)遮断薬しかり、抗炎症剤の新薬しかり。それがオーファンドラッグとなると、さらに長い過程を経なければいけないの」

「なんだ、それは？」

「希少疾病用医薬品。少数の患者の治療に使われるため開発される薬のことよ」

「つまり優先度が低い」

「それでも数年前、オーファンドラッグ法が採択されて、以前よりはましになったの。でも研究費はほとんどが助成金頼み。ＧＸ－42はその希少疾病用医薬品なんだけど、その会社は人とお金と年月を費やして開発に熱心に取り組んできたわ。それで最初の二段階は通った。最終段階は臨床試験よ。ＧＸ－42は申請を続けてるけど、まだ認可されてないの」

「きみの患者はゴーサインを待てないというわけか。当局を急がせる方法はないのか？」

「拡大アクセスと呼ばれる方法があるわ。人道的使用よ。ほかに治療法がまったくなくなった患者には、例外的に使用が認められるの」

「窮余の策か」

「ええ。食品医薬品局が例外的使用を認めるかどうかを決めるんだけど、それには特定の条件を満たさなきゃならない。厳しい基準よ。申請書はその患者の主治医が提出するの。ネイトとわたしも申請書を出したんだけど、まだ審査会の許可がおりてないわ」

ライはいま聞いた話をすべて理解したようだった。「それで、あの箱の出番か。きみはすでに薬の使用が許可されている外国から密輸したのか？」

彼を信頼していい理由はなかった。彼から聞かされた話が本当なら、定住する場所すら持たない男だ。無作法だし、利己的だし、自分以外の幸せには無関心なようだった。

だが、飛行機を失った友人のダッシュやブレイディ・ホワイトに対しては責任を感じている。ブレイディの宝物である飛行機の模型が黒い粉まみれにならないよう、口を出していた。マーリーン・ホワイトにしても、彼の道義心を感じ取ったからこそ、自分の車を貸したのだろう。

車を貸すよりもブリンのした話のほうが何千倍も重い。だが理由がわかるまでライが膠着状態を解かないつもりなのは明らかであり、一方ブリンにはほとんど時間の猶予がなかった。

「いいえ。ヨーロッパにも少数の患者の臨床試験に使われてる似たような薬があるんだけど、GX－42の効果はそれを上回る可能性がある」ブリンは箱を見た。「その一回分の薬が昨夜、ひそかに研究所から持ちだされたの」

「なんとかいう会社だな。貨物輸送状に社名が書いてあった」

ブリンはうなずいた。「そこの研究員たちは動物実験ですばらしい結果をまのあたりにして、薬の安全性と有効性を確信してるわ。ネイトとわたしはその言葉を信じてる」

「薬が効くと信じてるんだな」

「ええ、ほかに希望がない患者や、お役所が許可を出さないばかりにそんな希望さえ否定されてる患者に試す価値はあるわ」

「そうした患者には、失うものがない」

「命以外にはね」

「副作用はどうなんだ？　病状がよくならないばかりか、患者をもっと苦しめることにはならないのか？」

「そこがこの薬のいいところよ。もう何年も動物実験を行ってきたけど、がんで死んだ動物はいても、この薬の悪影響で苦しむことはなかったの」

「どうやって投与するんだ？」

「点滴よ」

「なるほど。やっとわかった。きみとランバートはその製薬会社の薬理学者と組んで一回分の薬を作らせ、きみがそれを受け取って、血液がんの患者に投与するつもりだったのか」

「特異性のある非常に希少な悪性腫瘍よ」

「薬の行先は金で左右されるのか？」

ブリンは視線を落とした。「鋭いわね」

「そうでもない。世のなか金しだいだ。あててやろう。ランバートはノーベル賞を金で買うつもりなんだろ？」

ブリンは首を振った。「患者がお金を払うのよ」

「そうか。そういえばランバートが患者は著名人だと言ってたな」

「有力者よ。お金もある。誰もが知ってる人物なの」

「ヒントをくれ」

「だめ」

「男か女か」

「だめなの」

「おれは信用できるぞ、ブリン」

「信用したから刑務所に入れられかねないことを告白したのよ」

「親父さんの近くの房に入れてくれるかもな」

ライのからかうような笑みに、ブリンは笑みを返さなかった。

「悪かった」ライは実際、申し訳なく思っているようだった。「悪い冗談だった」

「いいのよ」

彼は考え深げな顔でブリンの目をのぞきこみ、やさしい声で言った。「よくないようだが」

やはり鋭い。図星だった。図星を突かれすぎて、落ち着かない。ブリンはいらだちながら言い返した。「なによりよくないのは時間よ」

「患者が死にそうだからか?」

「いいえ。そうだけど。でも急ぐ理由はべつにある。混合した化合物の有効期間は四十八時間なの。それが認可がおりない実際的な理由のひとつになってる」

「そしてそれが昨夜のうちに空輸しなきゃならなかった理由でもある」

「そのとおりよ。だから今日、持って帰らなければならないの。すぐに。急いでるのに、こんなことになって……」ブリンは腕を広げて部屋といまの状況を示した。

「あのふたりの悪漢は何者だ?」

「わたしには見当もつかない」

「おいおい」

「誓ってもいいわ！」

「そうだな、昨日の夜、あいつらが飛行場で飛行機を待ち受けていたことなら誓ってもいいが」

「ブレイディを襲った理由はなに？」

「おれが墜落しても通報できないようにだろう。きみをつかまえる時間を稼ぐためだ」

「憶測でものを言わないで」

「きみはちがうと思うのか？」

「そうは言わないけど。正しいかどうかわからないというだけで。職業柄、わたしには疑問の余地なくものごとに対処することが求められるわ」

「職業柄、おれもそうだ。だが、直感に従って診断したことが一度もないとは言わせないぞ」ブリンの表情をうかがって、言葉を重ねた。「やっぱりな。おれの直感ではジキルとハイドはきみを待ち伏せようと計画してた。しくじったんできみを追って、つぎなる機会を狙った。だがきみは保安官助手に囲まれていて、そのあとはおれが近づいた」

ライの説はまったくの憶測ながら、つじつまは合っていた。「でもあの男たちがGX－42を追ってきたのだとしたら、どうしてあなたにレーザーを照射して、飛行機を墜落させようとしたの？」

「それはおれにもわからない。だが、どう考えたって、あいつらの意図が友好的なものとは思えない。おれやブレイディ・ホワイトを簡単に始末できると思った可能性すらある。そのうえで言うが、おれがきみなら、この件を自分の未来に対する悪い兆しだと受け取る」

ブリンは下唇を噛んでいたが、ライの視線に気づくとやめた。

ライが言った。「怖がってるな、ブリン。きみはおれが怖がるべき理由を述べる前から怖がってた。霧のなか、飛行機にこっそり近づいたときからずっとだ。なぜだ？」

「さあ、どうかしら。そうね、不法行為で医師免許を剝奪されるかもしれないから？　それに試験薬で悪い反応が出て患者が死んだら、わたしは人殺しよ。怖がる理由としては、じゅうぶんだと思うけど」

「さあな。おれは怖いと思ったことがない」

冗談ではなく、真剣そのものだった。だがブリンから真摯なまなざしを向けられたライは、自分をそこまで深刻な表情にさせたなにかを振り払って、顎でバスルームを示した。「湯が出るぞ。おれは石鹼を使ったが、花の香りのジェルもある」

「シャワーを浴びるつもりはないわ」

「裸になるのが怖いのか？　言ったとおり、きみの貞操は安全だ」

「あなたの貞操もね、ミスター・マレット。わたしが心配なのは時間よ」ブリンは腕時計を軽く叩いた。

「きみには振りまわされっぱなし、州境を越えて違法な薬品を運ばされたこともそのひとつだ。知らずに運んだと申し立てれば放免されるかもしれないが、それでもダッシュは仕事を奪われる可能性があるし、おれは操縦士免許を剝奪されるかもしれない」

ブリンはためらったのち、小声で言った。「わたしを突きだせば、そんな目に遭わずにすむわよ」

その提案を考慮するかのように、ライは彼女をじっと見つめていたが、やがて低い声で言った。「面倒は避けたい。またローリンズとおしゃべりなど、まっぴらごめんだ。ただでさえやっかいなことになってるってのに」

「わたしから話を聞かされなければよかったと思ってる？」

ライは答えを避けて、不機嫌に言った。「多少は考える時間をくれても、ばちはあたらないだろう？　その間にきみは石鹼や湯を使うといい」

正直、熱いシャワーには心揺さぶられた。ブリンは開いたバスルームのドアへ渇望のまなざしを向けると、立ちあがってコートを脱いだ。ベッドの足元にコートを置き、バスルームへと歩いた。振り向いて、言った。「たぶんあのカーディーラーにはもう相手にしてもらえないわ。考えごとついでに、わたしがアトランタに戻る方法も考えて」

貞操は安全だと言われたけれど、ブリンはバスルームのドアの鍵をかけた。

熱い湯が出た。ブリンはシャワージェルを使ったが、それほど花の香りはしなかった。シャンプーを洗い流しながら、湯に混じって排水口へと渦を巻いて流されていく小枝や枯葉を見つつ、苦々しさを嚙みしめた。ライに森の地面に押さえつけられたときの名残だ。

あの数分間や、触れあった腿の重さのことは、考えないほうがいい。開いたシャツの隙間からちらりとのぞいていた明るい茶色の胸毛のことも。それが留められた数個のボタンの下を通って、どんなにすてきなものに続いているかも、想像しないほうがいい。そしてあのキスのあいだ、ふたりの体が完璧に重なりあったとき、体の中心に花開いた官能のほてりのことも。長引かせすぎたキス。あれだけでは全然足りなかった。

彼はかわいいタイプでもないし、凛々しい美男子でもない。でもどこか危険な香りがした。秘められた激しやすさとか、生々しい性的な魅力とでもいうものがあり、女はいずれ後悔することになるとわかっていて、そんなものにうっかり反応してしまう。一度に二十分以上はロマンティックな関係を結んでいられないタイプの男。でも、その二十分が――

ブリンは彼から意識を引き離し、そのことを考えないようにした。GX－42の容器を持って間に合うようにアトランタに戻りたければ、ほかのことに気を取られている余裕はない。

清潔になった体に同じ服を着て、バスルームから出ていくと、ライは相変わらずベッドであおむけになって天井を見つめながら深く考えこんでいた。右腕が黒い箱の上に乗せられている。彼のほうから口を開いた。「今日遅くにアトランタまでたどり着けるよう、最善を尽くすとダッシュに伝えた」

「どうやって行くつもりなの？」

ライは枕に乗せた頭を動かしてブリンを見た。「マーリーンに頼みこんで、車を借りれば可能だろう。きみは液体を患者に届けられるし、おれはアトランタから世界のどこへでも飛ぶことができる」

「ここの飛行機はどうするの？」

「まだ霧が濃すぎて今日は写真が撮れないし、どのみち保険査定人が確認するまではどこへも動かせない。ダッシュになんとかしてもらうさ」

ブリンはベッドの端に腰をおろした。「どうやってマーリーンに車を返すの？」

ライは小さく笑った。「不法な薬をこっそり運ぼうとしてるくせに、車の返却のしかたを心配するのか？」

ブリンはきまり悪そうに笑って立ちあがり、コートを手に取った。「ほんとね。たぶんマーリーンはブレイディのベッドのそばにいるわね」

「たぶんな。おれたちがそこへ行けば」

追加されたひとことで、ブリンは動きを止めた。見ると、ライにはすぐに出かけるようすがなかった。シャツはまだ半分しかボタンを留めていないし、ブーツは床に転がり、ボマージャケットはフライトバッグを載せた椅子の背にかかっている。

ライが言った。「少し寝ないことには飛べない」

「寝てる時間はないわ」

「もう寝かけてる。かれこれ——」彼は腕時計を確かめた。「三十時間は眠ってない」

「わたしには関係ないわ」

「アトランタへ戻るのにおれの助けが必要なら、関係ある。言っちゃ悪いが、きみだってそう元気には見えないぞ。横になれ。眠れば──」

「あなたに助けを求めた覚えはないんだけど。自力でなんとかするわ」

「そりゃいい。それを聞いて、安心した。がんばれよ。出てくときはドアを静かに閉めてくれ」ライは体を転がして横向きになり箱を抱えた。

「箱を返して」

「箱はおれが預かる」彼はくぐもった声で答えながら、枕のおさまりのいい位置を探した。

「あなたのものじゃないのよ！」

ライは唐突に動いた。箱をそこに置いたまま、反対側に転がってベッドの端に膝立ちになると、立っている彼女の肩をつかんだ。「きみのものでもないだろ？」

ブリンは答えなかった。

「そう思う理由か？　理由はふたつ。きみは追ってくる男たちのことを説明しない」

「何度言ったらわかるの？　誰だか知らないし、目的もわからない。保安官事務所の向かいに停めた車で見かけたのだって、たぶんただの偶然だわ」

「それが偶然である確率より、宝くじにあたる確率のほうが、まだ高そうだ。百歩譲って、偶然だとする。つぎは理由その二だ。なぜきみはいま困ったことになっているのをドクター・ランバートに報告しない？　なぜアトランタへ戻る助けをドクターに求めない？」

ブリンは小さく息を吐いた。「心配させたくないからよ。重篤な患者に、さらに遅れるとは言いにくいわ。それにカフェを連れだされてから、携帯の電波が入らないの」

ライは背後を見た。「ベッドサイドに電話があるぞ」

「有料でしょ！　さっきの四十五ドル以上、あなたに支払わせたくないわ」

ブリンはライの手から逃れた。彼はそのまま手を離したが、刺すような視線は離れなかった。ブリンは先に視線をそらすまいと、その目をにらみ返した。

唐突にライが尋ねた。「血液サンプルに見せかけるという策略を考えついたのは誰だ？」

「ネイトよ。なんらかの理由で箱が開かれたときに備えたの。でもわたしには、薬理学者が言われたとおりにやってくれてるかどうかわからなかった」

「やっぱりな。ローリンズが箱を開けたとき、きみはびくびくしてた」

「とてもね。あなたの推察どおり、治療薬は内張りの発泡スチロールの内側にあるの」

ライはしばらく考えていた。「薬がだめになる期限はいつなんだ？」

「薬瓶に封をしたのが昨日の夜九時よ。薬が浸透するのに一時間かかるから、明日の夜八時より前には、点滴をはじめなければならないわ」

「明日の夜？　だったら、そう急ぐことないだろ？　まだ時間はたっぷりある」

「明日の午後八時が絶対の期限よ。わたし、いえ、わたしたちは余裕をもって届くようにしたいの。全員やきもきせず、ゆったりしていられるように。病人に不安は毒よ」

「きみにもな」

ブリンはなにも言わなかった。

ライはもうしばらく彼女を見つめた。「おれは連続して長時間は眠らない。五時間後に目覚ましをかけておく」彼は腕時計を合わせはじめた。

「三時間」

「四時間」

ライは腕時計を操作してから、手首を動かしてブリンに設定した時刻を見せた。「ほらな。一分もごまかしてないぞ」横たわって、ブリンとは反対側を向き、箱を抱えた。

「ひどい人」ブリンは言った。

「フレイトドッグと呼ばれるほうがいいね」

それきり深い呼吸の音しかしなくなった。ブリンは体を伸ばして彼の顔をのぞきこんだ。彼はすでに眠りに落ちていた。

午前十時七分

ライは寝たふりをしていた。ブリンが寝るまで眠るつもりはなかった。

だが彼女は落ち着かず、いらだっていた。ベッドの枕元から足元までの距離を何度か行き来した。続いて窓に近づき、少しだけカーテンを開いて外をのぞき、しつこい霧に悪態をついてから、もどかしげにまたカーテンを閉じあわせた。

やがてベッドに戻り、反対側に腰をおろした。そしてあきらめたようにため息をつき、ブーツを脱いで横になってカバーを体にかけた。それきりぴくりとも動かなくなった。

彼女が眠りに落ちた瞬間、ライにはそれがわかった。呼吸の調子が変わったのだ。気づけばその子守歌のようなリズムをたどっていた。振り向いて彼女の胸が上下するさまを確かめたかったけれど、我慢した。胸板でじかに感じた彼女の乳房の心地よさを思いだす。さわってみたい。どんなに気持ちがいいか。

だから触れてはならない。

手は抑えておける。だが頭は別だった。彼女の股間で、ふたりの体がぴったりと重なったときのあの極上の感覚が、ありありとよみがえる。しっとりとした誘惑のキス。彼女の唇。目をきつくつむり、心にちらつく無声映画のような映像を締めだした。無声の成人映画だ。すっかり勃起しているが、意志の力で鎮めるしかない。なぜならいかに魅力的であろうとブリン・オニールと関わりあいになるのはまずいからだ。

しかも彼女はまずまちがいなく盗人であり、嘘をついているのは確実だった。

ブリンがシャワーを浴びているあいだに、アトランタの航空局に連絡した。墜落したが被害者はいないと報告し、霧が晴れて写真が撮れたらすぐに詳細な報告書を提出すると伝えた。相手はそれでいいと答えた。祝日の週末に仕事をしたい者などいない。会話は全部合わせて三分とかからなかった。

携帯電話の電波には、なんの問題もなかった。

第十三章

午後一時二十八分

「ブリン、起きろ」

「え？」

肩が揺すぶられた。「起きろ」

まるで昏睡状態から呼び起こされるようだった。ブリンはまばたきをしてライに焦点を合わせた。「もう四時間たったの？」

「いや、だが客が来たようだ」

ライはブリンから離れると、ベッドの足元をまわって、窓に近づいた。カーテンを細く開いて外をのぞく。「車の音が聞こえた。ちょうど停まったところだ」

「誰の車？」

「きみが偶然だと言ったふたり組さ」

いっきに眠気が吹き飛んだ。ブリンは蹴飛ばすように上掛けをはいでベッドから飛びだし、フライトバッグから拳銃を取りだすライにぎょっとした。「それでなにをするつもり?」

「運がよければ、なにもしない」彼は拳銃をジーンズの尻ポケットに入れ、シャツの裾で隠すと、脅すような表情でブリンを見た。「もう一度、チャンスをやる。あいつらは何者だ?」

「知らないわ」

「そうだろうとも。ここでは携帯の電波も入らないらしいからな」

その嘘がばれたのであれば、ライが怒るのはもっともだ。

ライはなおも怒りをたぎらせながら言った。「ジーンズを脱げ」

「なんですって?」

「ジーンズを脱ぐんだ」彼は一語ずつ強調するように繰り返した。「せめて、脱いでたジーンズをはいてるふりをしろ」カーテンのあいだから外をのぞく。「あと十秒だ」

ブリンに指示を出す一方で、ライはジーンズの前ボタンを外しだした。外し終わったところでドアが二度、ノックされた。彼は自分が寝ていた枕を手に取り、彼女の枕の隣に置いた。

さっきより大きなノックの音。

不機嫌なかすれ声でライが応えた。「誰だ?」

「ドクター・オニールを捜してる」

「彼女になんの用だ?」

「ドクターはいるのか?」

ブリンは芝居をするまでもなく、つっかえながら言った。「ちょ、ちょっと待って」

ライが小さくうなずいてブリンに答えろと合図した。心臓が喉までせりあがる。ブリンは
「急いでくれ」ドアの向こうの声が言った。

ブリンはジーンズのボタンを外して少し下げた。ライがチェーンロックをかけたままドアを開き、隙間から言った。「瀕死の病人がいるんだろうな」

細く開いたドアの向こうに、カフェにいた、長身で精悍な顔立ちの男がいた。「入れろ」

「冗談じゃない」ライが言った。「何者だ?」

「あんたには関係ない。ドアを開けろ」

「開けるべき理由をひとつでも言ってみろ」

「ドクター・オニールの患者だ」

ライが振り返り、無言のままブリンに表情で問いかけた。

頭は大混乱を起こしているが、ブリンはこの男たちが誰にどんな理由で送られてきたのか知りたかった。彼女はうなずいて、ライにふたりを入れるよう伝えた。

ライはブリンを視線で串刺しにしつつドアを閉め、チェーンロックを外しにかかった。わざとぎこちない手つきでうるさい音をたてながら、ブリンにささやいた。「おれがなにを言ってもそれに従うんだぞ。さもなければ、きみをあのふたりと置き去りにする」

そのときようやく、ブリンは箱がベッドにないことに気がついた。どこにも見あたらない。だがライに箱のことを尋ねる時間はなかった。チェーンロックが外れてぶらさがった。ライはドアノブの錠を開けた。ヒスパニック系の大柄な男は入ってくるなりジーンズをはこうとしているブリンを見つけると、ライを肩で押しのけて近づいてきた。続いてちんぴら――ライの表現どおりだった――が入ってきて、ライが演出した光景を見て忍び笑いを漏らした。

ライは筋書きに沿って、左手でジーンズの前ボタンを留めていた。あせりも気まずさもまったく感じさせないが、ブリンに対してものすごく腹を立てているようだった。「しがらみはない、と言ってたじゃないか。おれがばかだったよ」

ブリンはそれを聞き流して、長身の男に言った。「さあ、お望みどおりなかに入れたわよ。それで、あなたは誰なの？　わたしになんの用？」

「あなたのようすを見るように頼まれてきた」

「わたしのようすを見る必要があるの？」

男の黒い目が部屋からライに向けられ、ふたたびブリンに戻った。「あるようだ」

「ドクター・ランバートに事情は伝えて――」

「彼に頼まれたのではない」男がさえぎった。「あなたが間に合うかどうか、患者が気を揉んでいる」

「気を揉む理由などないわ。ちゃんと期限はわかってるもの、ミスター……？」

「ゴーリアド」男はもうひとりを頭で指し示した。「こいつはティミー」

「でもどうしたらわかるの？　あなたをよこしたのが……わたしの患者だと」

「確かめたければ、どうぞ。電話をするといい。彼と夫人はやっとあなたを捜しあてたと知って喜ばれるだろう」男はもう一度、室内を見まわし、ベッドに目を留めた。「あなたが遅れた理由を知ったら、喜ばれないだろうが」

「わたしの居場所をどうやって知ったの？」

「まずは青のホンダを捜したが、それには時間がかかりすぎる。そこであなたの携帯電話を追跡した。位置情報ですぐにあなたまでたどり着けた」

「わたしを見つけるのにずいぶん苦労したのね」

「そのために雇われてる」

「でも、あなたはカフェにもいたわ。わたしを捜してたのなら、なぜあのときにわたしのところに来て自己紹介しなかったの？」

彼は意味ありげにブリンを見た。「保安官助手がいっしょにいたのに？」

「あら。でも、彼がいっしょだったのはわたしの医者としての使命とは無関係なのよ。昨晩ここに着いた直後に――」

ゴーリアドが口をはさんだ。「そのあたりの事情はすべて承知している」

「そうなの？」

「ドクター・ランバートだ」男はすらすらと答えた。「彼がうちのボスにすべて説明した。まずは飛行機の墜落について」

ブリンはライを指さした。「彼がパイロットよ」

ライは足首を交差させて壁にもたれていた。どうやら彼のお決まりのポーズらしい。ライは不快そうだったが、会話にはとくに興味がなさそうだった。だがブリンは彼の両手が壁と尻のあいだにはさまれていることを見逃さなかった。尻ポケットの拳銃をすぐに取りだせるようにだ。

ライは険悪な目つきでゴーリアドに言った。「墜落についてはなにを知ってる？」

その質問を無視してゴーリアドは言った。「あんた、名前は？」

「ゴー、リ、ア、ドよりはましな名前さ」

ゴーリアドはライをにらみつづけた。ライは肩をすくめて名乗った。

さらに何秒か、ゴーリアドは記憶に刻みつけるかのようにライの顔を凝視していたが、やがてブリンに目を戻した。「ざっくり言うと、あなたは犯罪現場に行きあわせて、調書作成のため保安官事務所へ連れて行かれた」

「それが思っていたより長引いたの」ブリンは不安を感じつつも、わざと刺々しい口調で言ったが、こうなると、ライが正しかったことに疑問の余地はない。この男たちはハント夫妻のためにずっと自分を追ってきたのだ。

不安を隠してブリンは続けた。「ドクター・ランバートがあいだに入ってくれたおかげで、すべて丸くおさまったわ。わたしの車についてもドクターから聞いた？」

男はうなずいた。

「車が使えなくなったんで、ウィルソン保安官助手がわざわざレンタカーを手配してくれて、あなたたちがカフェで見たときは、ふたりで車を持ってきてくれる人を待ってたの」

「ところがあんたは飛行機野郎と裏口から抜けだした」キツネ顔のティミーが発言し、意地悪く笑ってライを見た。ライは笑い返さなかった。

ブリンはゴーリアドに言った。「時間がかかりそうだったから、連絡に行きちがいがあったかもしれないと思ったの。そうこうするうちに、ミスター・マレットは車を借りてた。あなたが言ってたホンダよ」首をかしげて、ゴーリアドに尋ねる。「ところで、どうやってホンダについて知ったの？」

「話を続けて」

「話などないわ。ミスター・マレットがアトランタまで送ると言ってくれたのよ」

ちんぴらが鼻を鳴らした。「やるのと引き換えに、か」

ライが目だけを動かしてティミーを見据えた。「袖口にナイフを忍ばせてなきゃ、そんな口もきけないんだろうが」

ティミーのにやにや笑いが消えた。ライに一歩、詰め寄った。「おい、やるか――」

「ティミー、やめろ」

鞭のようにゴーリアドの声が飛ぶ。それがティミーの足を止めさせ、なにをするつもりだったにしろ、攻撃をあきらめさせた。彼は引きさがりつつ、ライを憎々しげに見ていた。

ゴーリアドがブリンに言った。「わたしの雇い主はドクター・ランバートから、あなたが大急ぎで戻ると聞かされた。だがあなたはそうしてない。ここで彼となにをしてる？」

「おまえたちには関係ない」ライが言った。

「いや、関係あるぞ、ミスター・マレット」

「どんな関係があるかわからないね。このドクターは成人だし、既婚者でもない」ライはブリンを見た。「結婚してるのか？」

ブリンが答える間もなく、ゴーリアドが尋ねた。「箱はどこだ？」

ライがつぶやいた。「あのいまいましいやつか」

長身の男がライを見た。「あんたになんの関係がある？」

「おれがコロンバスから運んだんだぞ。中身も知らずにな。知ってたら、飛行機の後部座席に置いてたさ。自分の横の副操縦席じゃなくて、ずっと離れたところに。まるでドラキュラじゃないか。これまでもおかしな荷物はたくさん運んできたが、血液の入った箱なんか、はじめてだ。運んだことがあるとしても、知らなかった」

ブリンは横から言った。「保安官助手から箱を開けさせられたとき、彼も中身を見たのよ」

ゴーリアドの黒曜石のような目がまた部屋を見まわし、そしてブリンに戻った。「もう一度、訊く。箱はどこだ？」

ブリンが答えるより、ライのほうが早かった。「あんなものがあったらムードがぶち壊しだ。ベッドの下に押しこんである」

ゴーリアドの合図でティミーが膝をつき、ベッドカバーの裾をめくってベッドの下をのぞいた。彼は両手で箱を持って立ちあがった。

「ありがとよ、小さいの」一同が呆気にとられたことに、ライがティミーから箱を奪った。

とっさに近づこうとしたゴーリアドは、二歩進んで立ち止まった。ライの右手に拳銃があり、その銃口が彼の胸に向けられていたからだ。「いいか、ティミー、おれを刺そうとしたら、肘に風穴をあけてやるぞ」

ブリンはうわずった声で尋ねた。「ライ、なにをしてるの？」

ゴーリアドがなだめるように、手を上下させた。「トラブルは避けろとボスから厳命されてる」

「おまえのボスとはすでにトラブルになってる。そいつに送りこまれてきたおまえらが、このドアを叩いて、なかに入れろと言ったときからな」

「銃をおろせ」ゴーリアドが言った。「ティミー、下がってろ。全員、深呼吸でもしよう」

「あいにく、おれの呼吸は正常だ」ライが言った。

「箱を渡せ。そうすればおのおの自分の道に進める」

「できない」

「それはあんたのものじゃないぞ」

ライはブリンを一瞥した。「きみから説明するか、おれが言うか？」

ゴーリアドはライを警戒しながら、ブリンがよく見える位置に大きな体を動かした。「なんの説明だ？」

ブリンはライが言う説明の内容を知っているふりをした。「あなたから言ってもらったほうがよさそうね」

ライはゴーリアドに話しかけた。「箱が届けられるまでは、おれに責任がある」

「昨日の夜、届け終わってる」

「規則上はちがう」ライの手がぴくりと動き、ゴーリアドの胸を狙った銃口が天井に向いた。

ティミーが前に飛びだそうとした。

ゴーリアドがどなった。「落ち着け、ティミー」

「ああ、ティミー、落ち着け」ライが言った。「落ち着いて、二歩下がるんだ」

ゴーリアドから身ぶりで指示されて、ティミーは従ったものの、「覚えてろよ」と歯を剥いて言い添えた。

ライはそれには取りあわず、ゴーリアドに言った。「いいか？　これから銃をしまって、尻のポケットにある受領書を取りだす」

「受領書？」

ゆっくりとした動きでライは拳銃をポケットにおさめ、代わりにたたんだ紙片を取りだした。「署名欄にドクター・ランバートと書かれた受領書だ」彼はたたまれた紙を掲げてゴーリアドに名前を見せた。「ランバートのファーストネームはネイサン。彼女がネイサンでないのは運転免許証を見るまでもない」ライはブリンを頭で指し示した。

「荷物は受領書に記載のある人物に手渡すことになってる」そこでまたブリンを指し示した。

「代理人が委任状を持ってれば別だが、彼女は持ってない」

　はじめて聞く話に、ブリンは大いに疑いをいだいた。仮に航空局の規則で定められているとしても、ライは彼にとって都合の悪い規則であればここまで厳密に従おうとはしないだろう。いや、てんから無視しただろう。

　だがブリンが信じなくても、男たちふたりが信じればそれでいい。ライの推理が正しければ、この男たちはライの飛行機を墜落させようとし、ブレイディ・ホワイトを襲った。リチャード・ハントとその妻デローレスがときに警護員を必要とするのは不思議ではないが、このふたりはアメリカの上院議員夫妻の警護員というより、犯罪者のボスの用心棒といったほうがしっくりくる。ブリンは男たちが怖かった。

　ライは口裏を合わせなければ、ブリンを男たちと残して去ると言っていた。この数分間、この男たちと同じくらいライのことを危険に感じたが、同じ悪魔でも、少なくともライのことは知っている。

　ブリンは彼に合わせて演技を続けた。「ここで荷物を受け取ることを引き受けたとき、わたしは委任状が必要とは知らなかった。ドクター・ランバートもよ。書類がなくても問題ないと言ったんだけど」不満げにライを見る。「頑として聞き入れてもらえなくて」

　ゴーリアドは疑いに目を鋭く細めて、ブリンに言った。「カフェではあなたが箱を持ってた」

「そのせいで、おれは雇い主からこっぴどく叱責された」ライが言った。「おれのへまに気づいたんだ。なんでも、おれが箱をランバートに届けないと、そいつが航空局ともろもろのトラブルになって、おれは罰金もしくは操縦士免許停止の恐れがあるそうだ。どっちにしてもおれは困る。

だからドクター・オニールを追いかけた。病院の女性から、彼女と保安官助手が朝食を食べに行きそうな店を教えてもらった。急いでカフェまで行き、裏口から入ったら、化粧室の外でドクターに出くわした。そこで話をして……」意味深に眉を吊りあげる。「ここに行き着いたというわけさ。このとおり、まちがった判断だったわけだが」ライはそうつけ加えてむっとした顔でブリンを見た。

「電子署名でもいいのか？」ゴーリアドが尋ねた。

「おれはかまわない」ライが言った。「だが、おれをここに飛ばした偏屈じじいは、聞いたこともない電子署名なんてものは信じない。テクノロジーを疑ってかかるし、真夜中過ぎに自分宛でない荷物を受け取ろうとする人物となると、なおさら信用しない。

おれはそいつからランバートのサインをもらってこいと言われた。だからそうするつもりだ。この手で箱を届ける。ランバートのサインがもらえれば、箱やおまえらがどうなろうと、関係ない。おれもチャーター機の会社も喜んで手を引くよ」

「われわれがドクター・ランバートに届ける」ゴーリアドが言った。「サインをもらってコピーをメールで送る」

ライはせせら笑った。「神にかけて誓うってか？」

ゴーリアドは挑発に乗らなかった。「ドクター・オニールとおれが全責任を持つ。あんたやチャーター機会社に迷惑はかけない。彼女とおれで箱をドクター・ランバートに確実に送り届ける」

ライは箱を抱える手に力を込めた。「信じられると思うか？　悪いが、おまえの本当の話とやらはまったく信じられない。このかわいこちゃんは、しょっぱなからおれに嘘をついてた。そして、B級映画の筋肉男みたいなおまえらふたりが現れて、他人の携帯電話を追跡するようなボスのために働いてると言ってるんだぞ。おれはそのボスとやらも、おまえたちスーパースターのことも知らない、彼女のことも知らない。ドクター・ランバートにしたって、おれに会ったとき写真入りの身分証明書を見せなければ、この箱は受け取れない」

ティミーは落ち着きなく、踵を上下させていた。「なんでさっさとこいつを殺(や)って箱を奪わないんだよ？」

「なぜだか教えてやれよ、ゴーリアド」ライが言った。「いやだって？　わかった、だったらおれが教えよう」ティミーを見る。「なぜなら、そんなことをしたら、時間を食う問題が山ほど発生して、それに対処しなければならなくなるからさ。おれの死体。物的証拠。ごたごたの後片付け。ゴーリアドによると、おまえらのボスはトラブルを避けろと言ってるし、それでなくとも、刻々と過ぎる時間に気を揉んでる」ゴーリアドに顔を戻した。「だろ？　じゃなきゃ、おれはとうに死んでるはずだぞ」

ブリンの心臓は喉までせりあがっていた。ライは男たちを挑発しているも同然だ。だがゴーリアドが答えないところを見ると、ライの発言は核心を突いているのだろう。

ライが続けた。「いいか、おれはおまえらがどんな悪事をたくらんでるか知らないし、どうでもいいんだ。罪のない行為だろうと犯罪だろうと、おれには関係ない。ただ犯罪だったら、おれは関わりたくない。免許が剝奪されちゃたまらないからな。

だから規則は厳守する。おれは書類に書かれた名前の人物に荷物を送り届ける。ランバートの手に渡れば、おれは去る。早ければ早いほどいい。車に乗ってアトランタへの道を走りはじめれば、なんの苦もなく、あっという間に終わる」ライはふたりの男を交互に見やった。

「名案だと思わないか?」

ブリンはライの胸の内を読んで、彼のたくらみを看破しようとした。といってもブリンやライの自由になるわけではない。

ゴーリアドが決断した。「願ってもない名案だ、ミスター・マレット。全員で一台の車に乗るとしよう」

第十四章

午後二時二分

　電話に出たローリンズ保安官助手に、ウィルソンは尋ねた。「なにをしてる？」

「フットボールを観ようとしてたんだが、甥っ子がラグのあちこちにカニのディップを吐いちまった。掃除しなきゃならないんで、試合観戦どころじゃない」

「こっちは試合を観てる。来るかい？」

「女房に殺される」

「仕事だと言えばいいさ」

「そうなのか？」

「ブレイディ・ホワイトと口論したやつがいただろ？　鉄壁のアリバイがあった。コロラドでスキーをしてたんだ」

「あの男だとは思ってなかったがな」

「だったらいい知らせがある。ドクター・オニールはおれが手配した車を受け取らずに、姿を消しちまったぞ」

「すぐにそっちへ行く」

「ポテトチップを一袋、頼むよ。カニのディップは遠慮しとこう」

ふたりの住まいは車で五分とかからない距離にあったが、ローリンズがウィルソンのアパートに到着したときには、ウィルソンのクーラーボックスにはキンキンに冷えたビール六本が入っていた。ウィルソンは二本のビールの栓を抜いて安楽椅子に深々と腰をおろし、一本をローリンズに渡した。「感謝祭おめでとう」

ふたりはボトルを打ち鳴らして、ビールを飲んだ。

ローリンズはソファに座り、ポテトチップの袋を開けて何枚かつまんでから仕事に入った。

「ドクターはどこへ行ったんだ?」

「化粧室」

ローリンズは咀嚼(そしゃく)をやめてウィルソンに目で問いかけた。

ウィルソンは車の販売店の男やカフェのウェイトレスから聞きだした話を伝えた。「それ以降、誰もドクターを見てないのさ」

「これは賭けてもいいな」ローリンズがゆっくりと言った。

「マレットか?」

ローリンズは肩をすくめた。「あいつはそういう手合いだ」

ウィルソンが恨めしげにうなずいた。「あの色男め」

「色男には髪もある」

すでに半分以上髪を失っているウィルソンは、傷ついた目で相棒を見た。

「情け容赦ないな」

ローリンズは笑った。

さらにビールを飲んでから、ウィルソンはぼんやりと親指の爪で瓶のラベルをこすりはじめた。「耳にこびりついて離れないんだ」

「なんの歌だ?」

「歌じゃない。保安官事務所であのふたりと階段をのぼってるときに小耳にはさんだ言葉だ。ドクターとマレットが踊り場で会話してた」

「そういえば、進んでもらえないか、とふたりに声をかけてたな」

「ああ。だが、繰り返し思いだすのは、あの男が言ったことさ」

「なにかに関係があるのか?」

「あのときはなかった」ウィルソンは答えた。「だが、あとになってな」

「なるほど」

「マレットのジャケットさ。裏地が見えるようにたたんで腕にかけてた。白いシルクだが、どうやら古いものらしくて黄ばんでた。そこにピンナップガールが描かれてたんだ」

「むかし、爆撃機の機首に描かれてたようなやつか?」

「なにかと世間がうるさくなる前の時代のな」ウィルソンが言った。「絵の女は服を着てて、下品な絵じゃなかった。ま、そのほうがそそられるんだが。ところがドクターはそれを見て眉をひそめ、彼に自分の思いを伝えた」

「なんて言ったんだ？」

「すぐにはなにも言わなかった。だが、女たちのあの目つき、わかるだろ。ほら〝いつになったらおとなになるの？〟って、あれさ」

ローリンズは答えた。「あれな」

「で、マレットはジャケットをたたみなおして、わざとらしく謝ると、内側には世界地図が描いてあると言ったんだ」

ローリンズは話を聞きながら、チップスをもぐもぐやり、ビールを飲んだ。「なるほど」

「それで……」ウィルソンは音を消したテレビをちらりと見た。ちょうどレシーバーが絶妙なパスを取りそこねたところだったが、もはやふたりとも試合に興味を失っていた。「もしかしたら血液サンプルはわれわれの目をくらませるためで、その下になにかあったんじゃないかと思いついた」

ローリンズはビールをコーヒーテーブルに置いた。「発泡スチロールの内側にか」

「そういうこと」

ふたりはしばらく目を見交わしていたが、ウィルソンがローリンズからポテトチップの袋を取って食べはじめた。ローリンズはぼんやりとテレビを見ながら考えこんだ。「ブレイディの頭の傷は拳銃の台尻のようなものによるらしい。で、マレットは小型拳銃を所持してる。だが、拳銃は小さいし、おれがバッグから取りだしたとき、血液は付着してなかった」

ウィルソンがうなずいた。「それになぜマレットがブレイディをぶん殴る？」

ローリンズは、ライ・マレットからも同じ質問をされたと答えた。

「動機を思いついたか？」ウィルソンが尋ねた。

「筋道の立つ動機はなにも」

「おれはドクター・オニールから、町を離れる前にブレイディの容体を自分の目で確かめたいから病院に連れてってくれと頼まれた。本当に心配してたか、根っからの役者か、どっちかだな。あそこにマレットがいて驚いたよ」

「いたのか？」

「おれがドクターを降ろしたときにいて、拾いに行ったときもいた」

「病院で待ち伏せてたのか？　なぜだ？　ブレイディが目を覚まして、あいつがやったと名指しされることを恐れてか？」

「サッチャーの話じゃ、ブレイディは犯人を知らないそうだ。背後から襲われたからな」

「ブレイディが死んでたら、襲ったやつの罪はいっきに重くなってた。謀殺罪までは行かなくても、故殺罪にはなった。犯人だったら不安に思って当然だろう？」

「不安でたまらず病院を訪れる？」ウィルソンはポテトチップの袋を置き、手についた塩を払った。「さあ、おれにはどうにも。だがいくら冷酷で計算高くても、マーリーンの目を直視できるもんかね？」

「マレットはマーリーンと話したのか？」

「ドクター・オニールもだ」

「ふむ」ローリンズは眉を寄せて考えていたが、立ちあがりコートを手に取った。「だったら、マーリーンと話してみるとするか」

非番ではあったが、ふたりはビールのにおいをごまかすため、ミントを嚙みながら病院へ向かった。制服は着ていなくとも、入院病棟の看護師はふたりの顔を知っていた。

「マーリーンはまだいるかい？」ローリンズは窓口に近づいて、尋ねた。

「親類は何人か帰ったけど、マーリーンは病院を離れないそうよ」

保安官助手ふたりはエレベーターで上へあがった。ブレイディの妻は待合室で善意の人々に囲まれていた。ローリンズはマーリーンに話があると声をかけ、三人で廊下に出た。

マーリーンは疲れたようすながら、ふたりを気づかった。「休日に働かせちゃって、申し訳ないわね」

「あなたこそ、ここで過ごすことになって、気の毒だよ」ウィルソンは言った。そしてブレイディの容体を尋ねた。

「持ちこたえてるわ。サッチャー保安官助手から聞いたけど、ブレイディと口論した男性の疑いが晴れたそうね。ほかにこんなことをする人は思い浮かばないんだけど」

ウィルソンがひと呼吸置いて、言った。「ドクター・オニールがアトランタへ発つ前に立ち寄ったそうだね」

「ご親切に来てくださって。ドクターもライも。ブレイディにとって、彼は気付け薬みたいなものよ」

「マレットがブレイディを見舞ったのか？」

「ほんの短いあいだだったけれど」

「話をしたかい？」

「ええ。ライはこんなことになった責任を感じて、元気になったらブレイディを空に連れて行くと約束してくれたのよ。ブリンもやさしくてね。さようならが言えたらよかったんだけど、わたしがキーを持ってきたときには、もう帰ろうとしてた。ライはブリンが出ていくのを見てて――」

「ちょっといいか」ローリンズは言った。「なんのキーだい？」

「わたしの車よ。ライに貸したの」

　保安官助手ふたりは顔を見あわせ、そしてまたマーリーンに目を戻した。ローリンズが尋ねた。「車を彼に貸したのかい？」

　マーリーンがいきさつを説明した。「渋ってたんだけど、わたしがどうしてもと勧めてね。墜落現場へ行くと言ってたわ。わたしは必要なだけ使ってと言ったのよ」

「もう返してもらったのかな？」ウィルソンが尋ねた。

「いいえ。置いていかなければならなくなったことを、しきりに謝ってたわ」

ウィルソンが片手を上げて尋ねた。「置いていく？」

「電話があってね……そう、三十分くらい前かしら。時間の感覚がおかしくて」

「車をどうしたって？」ローリンズが先をうながした。

「アトランタへ行かなければならなくなったんですって。急に決まったそうよ。町まで戻ってこられないと言ってたわ」

緊迫感をつのらせてウィルソンが尋ねた。「墜落現場の近くに車を置いてったのかい？」

「いいえ」

マーリーンは、町から八キロほど離れた、さほど交通量の多くない二車線の州道沿いにある安モーテルの名前を口にした。

「誰かに取りに行かせるから、心配しないでと言ったわ。もう弟と甥が取りに行くと言ってくれてるの。モーテルの受付係にキーを預けておいてとライに頼んだんだけど、受付の男は信用できないからって、キーの隠し場所を教えられたわ」

午後二時四十一分

キャビン風のモーテルのオフィスに入ったウィルソンとローリンズは、マレットが受付係を信用しなかったわけがわかった。受付の男はマリファナで朦朧とし、虫歯だらけの乱杭歯でにたにた笑っている。「どっちがあの女の父ちゃんなんだい？」

「どちらもちがう」

　ふたりはバッジを見せた。

「ちっくっしょおおお」受付の男はおどおどしながら背後の開いたドアをちらりと見た。ドアの向こうに散らかり放題の事務室が見える。

　ローリンズは言った。「おれたちが誰の父親だと思ったか話せば、マリファナのにおいがぷんぷんすることは忘れてやってもいいぞ」

「知らねえよ」

「もう一度、答えてみろ」

「女のほうは見てねえからさ。ここに来た男のほうだけだ」

「どんな男だった？」ローリンズは尋ねた。

「背が高くて、金髪、革のジャケット。サングラス」男は窓の外の霧を見た。「なんでそんなもんをかけてたのかわかんねえけどさ」

「チェックインしたのは何時だ？」

「何時？」考えながら男は吹き出物だらけの顎を掻いた。「九時前？」抜き打ちテストにあてずっぽうで答えるように、男は疑問形で答えた。

「チェックインのときの名前は？」ウィルソンが尋ねた。

「なにも。現金で払って、ふたりの秘密にしようって言われた」

「ふむ」ウィルソンが言った。「ヤクを吸ったり、オーナーをだまして宿代をごまかしたり、ずいぶん忙しい日だったようだな」

それで受付の男の態度が格段に協力的になった。「一発やるために感謝祭の集まりを抜けだしてきたから、もしも誰かが来て、この一時間かそこらのうちに部屋を借りた人がいるかと訊かれても黙っててくれって言われたんだよ」

「裁量権の乱用だ」ローリンズが無表情で言った。

受付の男は血走った目つきでふたりの保安官助手を交互に見た。歯並びの悪い前歯を舐める。「そこらにいるような男だったんだよ。あいつらがなにをやったんだい？」

「それは明かせない」

「まあ、とにかく、たいした一発じゃなかったね。もう出てった」

「車はまだあるぞ」

敷地内に車を入れたとき、青いホンダが事務所や道路からもっとも離れたキャビンの外に停めてあることを確認してあった。

「どうやって出てったんだ？」ローリンズは尋ねた。

「ふたりの男といっしょにさ」

ローリンズとウィルソンは、なにかのまちがいではないかと、目を見あわせた。「ふたりの男とは？」ウィルソンが尋ねた。

受付の男は不安そうになり、降参とばかりに痩せこけた両腕を上げた。「おれとはなんの関係もないし、関わりたくねえんだ。受け取った金はちゃんとオーナーに渡すさ。誓うよ」

「ふたりの男とは？」ウィルソンが繰り返した。

「黒い車で来たってことしか知らねえよ。ここに寄らないで、まっすぐ客室へ行ったんだ。で、何分かしたら、また車で出てった。例の男が運転席の後ろで、長い髪の女がその隣だった。女の顔は見えなかったよ。後ろの窓から後頭部が見えただけでさ」

「車はどちらへ行った？」

「右」

「南だな」

男はまばたきした。「たぶん」

ローリンズは重ねて尋ねた。「黒い車の種類は？」

「メーカーはわからないけど、新車だったよ。タイヤはクロムメッキでピカピカだった。いかした車さ」

「メルセデスのセダンだ」ウィルソンが言い、驚いたローリンズは詳しい説明が聞きたくて彼を見た。

「カフェにいた男たちだ」ウィルソンが言った。「ドクターとおれのすぐあとに店に入ってきた。通りの向こうに駐車してたが、おれは車に気づいてた」彼はローリンズに男ふたりの人相を伝えた。「車は大男のものだろうと思った記憶がある。皺は寄ってたが、金のかかった服装だった」

「もうひとりは？」

「そっちも黒っぽいスーツ姿だったが、フード付きの服のほうが似合うギャング面だ」

「カフェに入ってきてなにをしてたんだ？」

「ブース席に座って、朝食を食べた。ほとんどしゃべってなかったし、ドクターやおれにとくに興味があるふうでもなかった」

「ドクターのほうは？　男たちを見て反応したか？」

「いいや。まあ、ドアのところで別れるまで、ドクターは男たちに背中を向けてたからな」

「だが、そのドアのところでドクターはおまえを追い払ってる」ローリンズは言った。

ウィルソンが受付の男に手を突きだした。「あのキャビンの鍵をくれ」

受付の男は乱雑な引き出しをひっかきまわして、番号10の厚紙のタグがついた鍵を取りだした。ウィルソンが鍵を受け取り、ふたりしてドアのほうへ向かった。

「おれも行っていいかな？」

「だめだ」保安官助手が声をそろえて答えた。

バスルームのタオルはまだ湿っていた。ベッドと枕に寝た形跡がある。あったのはそれだけで、ブリン・オニールとライ・マレットの行先や、いっしょに出ていった男ふたりの身元がわかるようなものは、なにもなかった。

「メルセデスのナンバープレートの番号はわからないんだろ？」

ウィルソンが悔しそうに首を振った。「まったく見てない」

ローリンズは開けたままにしておいたドアへ向かった。「こうなると、この春、あのカフェに泥棒が入ってくれて、幸いだったな」

ウィルソンはローリンズの思考の経路をたどり、速足で彼に追いついた。「カフェに防犯カメラがついてるってことか」

「侵入された一週間後に設置したんだ」ローリンズは自分のＳＵＶへ歩いていった。

ウィルソンは少し歩みをゆるめて、マレットがマーリーン・ホワイトに教えた石の下から彼女の車のキーを回収した。車を病院の駐車場に戻しておくと彼女に申しでたのだ。「マーリーンのキーを入院受付に預けるから」ウィルソンはローリンズに言った。「玄関の外で拾ってくれ」

「途中でカフェのオーナーに連絡して、カフェで落ちあうことにしよう。防犯カメラの画像を見たい」

「いやがるぞ。なにしろ感謝祭だ」

「キリストが再臨したって関係ない。ブレイディはいまも集中治療室にいて、予断を許さない状態なんだぞ。いくらマーリーンに親切にしたとしても、ライ・マレットとドクター・オニールのふたりには答えてもらわなきゃならないことがたくさんある」

午後三時三分

「彼女をひとりで行かせたのがまちがいだったのよ」デローレスは言った。「わたしはそう言ったのよ。わたしの勘が正しかった」彼女は自分の前に置かれたクリスタルのワイングラスの脚を持ち、リチャードに掲げた。

ふたりで乾杯をして、グラスを口に運ぶ。

フォーマルなダイニングルームに伝統的な感謝祭の料理が並べられていた。大切な夜に備えて、昼に正餐をとることにしたのだ。上院議員が長いテーブルの上席につき、デローレスはその右側に座った。家事と料理をこなす家政婦がひとりいるだけだが、ふたりはいつもどおり正餐にふさわしい服装をしていた。

ダイニングルームに移る数分前、待ちに待った連絡がゴーリアドから入った。大筋でいい知らせだった。ドクターが見つかった状況を聞いて、デローレスは怒りを爆発させた。いまもとはいえ、ドクター・オニールが見つかったという。

その怒りが尾を引いている。

「この逼迫した状況で男と会うだなんて、どうしてそういうことになるの?」デローレスは七面鳥の胸肉をフォークで突き刺しながら、むしゃくしゃした調子で言った。

「動物的な魅力か?」

デローレスのフォークが陶器の皿にあたって音がする。「よく冗談が言えるわね、リチャード。ゴーリアドから聞くかぎり、パイロットはいまだ進化の途上にあるみたいだけど」

リチャードがほほ笑む。「そこまで野蛮じゃないだろう。ドクター・オニールが惹かれたぐらいだからね」

「たとえ彼が〝人類最高のセクシー男〟だったとしても、それがなに？　ドクターはいったいなにに取りつかれていたの？」デローレスは皿の料理を無視して、指先でテーブルクロスの浮きだし模様をなぞっていた。「ドクターの大脱線が、ただセックスのためであることを祈るわ。なにかあやしいのよね。たとえばドクターとパイロットが手を組んでるとか。

受領書がどうのこうのって話にしても、でたらめだとしか思えない。あなたは上院議員よ。そんな規則、聞いたことがある？」夫の答えを待たずに、彼女はリネンのナプキンをテーブルに置いて立ちあがった。「あなたの事務所の誰かに調べさせるわ」

「デローレス、座りなさい」

有無を言わさぬ口調だった。それに驚き、傷ついたデローレスは、足を止めて、夫を見た。

「ドクター・オニールは若くて、健康で、自立した女性だ。その女性が男とベッドをともにしたかったというだけのこと。大げさに騒ぎたてるのはよすんだ」抑制のきいた理性的な声のほうが、どなり声の説教よりも、衝撃が大きかった。彼がいまにも爆発しそうな怒りをかろうじて抑えていることを示しているからだ。

デローレスは胸の真ん中に手をあてた。「あら、ごめんなさい。わたしにとってあなたの命を救うことは、大げさに騒ぎたてるに値することなんだけど」

リチャードは深呼吸して心を鎮めた。「きつい言い方をしてすまなかった。ふたりともぴりぴりしているな」席を立って、デローレスの椅子に手を置いた。「頼むよ、デル。食事をすまそう」

デローレスは腰をおろして食事を再開したが、従順な態度は長く続かなかった。「それにネイトときたら」名前に軽蔑を込めた。「同僚が何時間も遅れてるのに、気づいてさえいなかったなんて」

　こちらから繰り返し連絡しても、ネイトは折り返しの電話をよこさなかった。ようやくかけてきたと思えば、ブリンからハワードビルをすぐに発つというメールを八時少し前に受け取ったとのことだった。ネイトは自分が夜どおし起きていたことを言い添えるのを忘れなかった。すべて順調だと判断したので、携帯電話の電源を切り、少し横になったのだという。

　危機感が足りなかったとしきりに謝り、夫妻の雇った男たちに付き添われてブリンが戻ってくると聞いて心から安堵したと言った。いま彼は自分のオフィスでブリンを待っている。

　デローレスは言った。「彼女が行方不明になっていた数時間になにをしていたか教えてやったら、ネイトは驚いて、彼女から仕事を取りあげると言っていたわ」

「特権を剥奪するとか？　それとも外出禁止かな？」リチャードは真顔で尋ねた。

「また冗談なの？」

「世界の終わりじゃあるまいに。ゴーリアドが事態を掌握している」

　デローレスは小声でぼそぼそと同意した。

　リチャードが鋭い目つきで妻を見た。「なにが言いたい？」

　デローレスは近くを見つめ、そしてほとんど口をつけていない皿にナイフとフォークを置いた。「わたしはなりゆき任せにするのがいやなの。ドクター・オニールがそうだったように、信頼できない人になにかを任せることもよ。今回のことがうまくいくかどうかは、わたしたち、つまりあなたとわたしにかかってる」

妻にはまだ自分に言っていないことがある。そう感じたリチャードは、椅子の背にもたれて自分の腿を叩いた。デローレスがやってきてその上に座り、貞淑な妻らしい手つきで夫のウインザーノットに結んだネクタイの形を整えた。

「いい考えがあるの」デローレスは言った。「かなり大胆なんだけど。わたしの話をすべて聞き終わるまで、だめと言わないでくださる？」

「なんともそそられるね。なにを考えているんだい、ダーリン？」

第十五章

午後四時十二分

キャビンを出たとき、ゴーリアドは黒い箱をメルセデスのトランクに入れようと提案した。だが、ライは後部座席で自分が持っていると言って、箱を手放さなかった。箱は脚のあいだの床に置いた。フライトバッグは膝の上。ジャケットのポケットには九ミリ口径の拳銃。弾倉は抜いてある。ゴーリアドから強くそう言われたのだ。

ライはしぶしぶ弾倉をあきらめた。ドクター・ランバートが箱の受領書にサインしたらすぐにでも弾倉を返す、とゴーリアドは言った。

どのような形で返すつもりかは、わからないが。

ライもばかではないので、受領書にランバートのサインがいるという話をゴーリアドが信じたとは思っていなかった。ゴーリアドがライを同行させたのは、ほかにどうしたらいいかわからなかったからだろう。だが薬がランバートの手に渡れば、ライは無用になる。おそらくブリンも。ライは自分がそのことに気づいているのを悟られないようにした。

車に揺られているあいだ、頭をシートに預けて目を閉じ、うたた寝をしているふりをしていたが、実際は目を覚ましたまま、車内全員の動きをつぶさに感じ取っていた。

助手席のティミーは、皮膚の下から虫が這いだそうとしているかのように、もぞもぞと体を動かしている。

ゴーリアドは制限速度をぎりぎりで守り、両手はハンドルから離さず、目は道路に向けている。ただ、ときおりバックミラーでライのようすを確認していた。

ゴーリアドは百戦錬磨のプロだ。知性が高く、感情によって行動が左右されない。彼には静かな矜持(きょうじ)といったものが感じられる。必要とあらばライを殺すだろうが、ティミーのように激情に任せて殺すことはありえない。

流儀の異なるふたり組。同じように凶悪で、雇い主の指示に従って動いている。雇っているのは、そのどちらかが患者である匿名の夫婦だ。携帯電話を追跡することができて、このふたり組のような汚れ仕事を請け負う者を抱えられる夫婦とは、いったい何者なのか？

ネイサン・ランバートもまたその夫婦の操り人形なのだろうか？　それともランバートが操っているのか？　ブリンはランバートを天才だと評していたが、それがつねに褒め言葉とはかぎらない。すぐれた頭脳をいいことに極悪非道な行為に走っている、狂気の天才は少なくない。

だがこの際、ネイト・ランバートが聖人だろうが罪人だろうが関係ない。箱を手渡したら即刻、逃げだすだけのことだ。

悩みどころは、逃げて自分の身の安全をはかりつつ、ダッシュとブレイディ・ホワイトのかたきをとらなければならないことだった。モーテルで男たちと対峙したときは、あえてふたりの名前を出さなかった。うっかり復讐の意図を漏らしていたら、おそらく流血の事態は避けられなかっただろう。

行動するにも計画がいる。だが、渦中に巻きこまれるまで自分の置かれている状況がわからないとしたら、どうやって作戦を練ればいいのだろう？　目的地さえ、具体的にはわかっていない。行先は高級マンションの最上階の部屋かもしれないし、ごみ捨て場かもしれない。つまりあらゆることに対処できる心構えが必要とされていた。

それにブリンのことがある。

彼女がこの波乱のドラマでどんな役割を演じているのか、まだつかめていない。

彼女はゴーリアドとティミーが怖いという理由で、受領書に関するあやしげでお粗末な作り話に協力した。だが、互いに無条件に信頼しているわけではない。彼女から聞いたGX－42の話も、大きな嘘のなかの一部で、まったき真実ではないのではないか？

有効期限の短い奇跡の薬？　本当なのか、ブリン？

もしそれが事実で、余命いくばくもない患者に薬が届けられるのなら、ブリンが二十四時間以上かけてそれを運び、なにがなんでも届けたいと思っているのなら、まもなくその目的を果たそうとしているのに、なぜ彼女はうきうきと口数が多くなっていないのか？

むしろモーテルを出てからのブリンは、わびしげに押し黙っている。

ここまでふたりきりで話す機会はなかったが、なにがなんでもブリンが思っていることを知る必要がある。ライは居眠りをしているふりをやめて彼女を見た。彼女は窓からアトランタのスカイラインを眺めていた。遠くの地平線上に浮かんだ街のシルエットは霧にかすんでいた。

それを見る彼女の落ちこみぶりときたら——アルカトラズ島に近づいていく終身刑の囚人のようだった。

緊張で姿勢がこわばっている。両手は膝の上で固く握りしめられている。ライは手を伸ばして彼女の手を握った。まるで撃たれたかのようにびくっとしてこちらを見た。目と目が合う。どちらもなにも言わなかった。言えなかった。

ブリンのこわばった絶望的な表情の説明がつかない。

彼女はライの知らないなにかを知っている。ブリンから話を聞きだせない自分が歯がゆい。ライは真実の情報を絞りだそうとでもするように、ブリンの両手を握る手に力を込めた。

そのときライの携帯電話が鳴り響いて、全員を驚かせた。

ティミーが振り向き、キツネ顔を前のシートのあいだからのぞかせた。まばたきしないゴーリアドの目がバックミラーを介してライを見た。「電話に出ろ」ゴーリアドが言った。

ジャケットのポケットから電話を取りだして、画面を見ると、ダッシュからだった。ライは電話に出た。「やあ」

「いまどこだ？」

「アトランタの近くまで来てる」

「そいつはよかった。うまく言いくるめて車に乗せてもらったんだな？」

「そんなとこだ」

「航空局とは話をしたか？」

「早くても月曜になる」

「だろうと思った」

「ことによると戻って写真を撮らなくちゃならないかもしれない。今日は無理なんだ」

「こっちでなんとかしてやる。少しは眠ったか？」

「あまり」

「もう少し寝とけよ。明日の夜、飛んでもらう。勝手ながら部屋を予約しといたぞ。場所をメールで送る」

「了解」

「礼を言うのはまだ早い」

ダッシュは返事を期待していたのかしばらく黙っていたが、こちらにはダッシュの知らない聴衆がいたので、沈黙を続けた。

難儀そうに長いため息をついて、ダッシュが続けた。「それからこっちに戻る格安の民間航空機も予約しといたぞ」

「何時だ？」

「九時過ぎだ。おまえが遅れなければだがな」

「まだ霧が出てる」

「ああ、だが前ほどじゃない。西から晴れてきてる。アトランタ空港は一時間以内に再開される予定だが、航空各社が順番待ちでな。それがはけるまでは、知ってのとおり文明社会の秩序もへったくれもあったもんじゃない。そんなわけで部屋を確保するのに苦労した。プラチナカードを使うはめになったんだぞ」

「そんなにフライトが詰まってるんなら、おれが自分で飛行機をチャーターして飛ぶよ」

「そんな予算があるか。おまえが帰ってこられなきゃ、ほかの誰かを飛ばすさ」

　ライはブリンを見た。彼女はティミーの席の背もたれを凝視してぴくりとも動かず、まるで関心がないようだった。「なんとか間に合わせる」ライはダッシュに言った。

「着陸したらすぐに来いよ。ビーチクラフト90を準備しとく」

「副操縦士は？」

「必要か？」

「いいや」

「やはり訊くまでもなかったな」

「荷物はなんだ？」

「革だ。パレット積みされてる。とある家具製作所がローマンレッド色の革を切らして、大至急欲しいんだと」

「場所は？」

「ポートランド」

「メイン州は明日もまだ霧で視界が悪いかもしれないぞ」

「メインじゃなくて、オレゴンのポートランドだ。あっちはすっきり澄み渡ってる。まあ、雨は降ってるがな、それもしかたがないだろ？　なんせ、オレゴンだ」

「そうだな」

「どうかしたのか？」

「べつに」

「喜ぶかと思ったんだが。まるで飼ってた子犬に死なれたみたいな声だぞ」

「へとへとなんだ。それだけだ。いますぐにでも寝られるよ」

「ホテルの情報をメールする」

「すぐに仕事を持ってきてくれて、恩に着る。着陸したら、そちらに向かう」ライは通話を切り、電話をポケットに戻した。「あとどのくらいかかる？」バックミラーに映る目を見て尋ねた。

「もうすぐだ」

「まるで知識の泉だな」

ライは数えきれないほど何度もアトランタへ飛んできたことがある。空からのアトランタは見慣れていて、主要空港も、地域内の全運航支援業者も知っていた。だが、高速道路網には詳しくなかった。

　だからこそゴーリアドがたどった道筋を記憶しておきたかったが、メルセデスが係員のいない高層オフィスビルの駐車場に入るころには、大通りまで戻る道を見つけるのも至難の業だと覚悟していた。車があったとしても大変だろうに、その車からしてない。

　しかも、命があればの話であり、生きてここを出られるかどうか疑わしかった。死が怖いわけではない。実際、わざと危険に身をさらし、日々死に誘いをかけて、死に挑んでいた。ただ、ティミーのような見さげ果てた人間の手によって死を迎えるのがいやなだけだ。

　死ぬのは怖くない。怖いのは、恥ずべき死に方をすること。

　ゴーリアドは駐車場の傾斜路を二回上がり、最上階である三階のスペースに車を停めた。エンジンを切り、ブリンを見る。「到着したと、メールで彼に知らせてくれ」

　ブリンは言われたとおりにした。メールの返信を待たずにゴーリアドは運転席のドアを開けて外に出た。ティミーも同じように助手席から出た。ブリンが出た。ライが最後に降り、フライトバッグを肩にかけ、箱をもう片方の腕と体にはさんでしっかり抱えた。

「ここははじめてだ」ゴーリアドがブリンに言った。「案内してくれ」

　ブリンは通りすぎざまにライと一瞬、目を合わせつつ、一基だけのエレベーターへ向かった。エレベーターはなかなか到着しなかった。待つあいだ全員無言だったが、ティミーだけは指の関節を鳴らしたり、歯の隙間から小さく口笛のような音を出したりしていた。

小さなエレベーターに全員で乗りこみ、ブリンが五階のボタンを押した。エレベーターが上昇して、ドアが開いた。エレベーターを出ながらブリンが手ぶりで左の方向を示した。開いたドア口に男が立っていた。ふかふかの絨毯が敷かれた羽目板張りの豪華な廊下はそこで行き止まりになっていた。

ライはネイト・ランバートをひと目見るなり、いけ好かない男だと思った。電話の声だけでなく、外見も好きになれない。こんなに痩せていて青白い男は、髪を剃りあげたり、足首が見える細いズボンをはいたりすべきではない。ファッションにうといライでさえその点はアドバイスしてやれる。

四人は列になって廊下を進んだ。ブリンが先頭、つぎがライ、ゴーリアドとティミーが後尾についた。ランバートはふたりの悪漢を見てうなずいた。そのあとライが腕に抱えた箱に目を留め、しばらく見つめていた。さらに四人が近づいていくとブリンに目を移した。

「どうにか間に合ってくれて、ほっとしたよ、ドクター・オニール」

ブリンが言い返した。「わたしにとっても愉快な日ではなかったわ、ネイト」

「わたしが聞いた話だと、そうでもないようだが」ランバートは嫌悪もあらわにライを見た。「きみがその魅力に屈した、茂みに落下したパイロットはこちらかね?」

ブリンは侮辱をとりあわず、居住まいを正しただけだった。言い返さないことによって、ランバートよりも品性にすぐれていることを示した。いくら外見がスマートでも、ランバートは根性のねじくれたくそったれだ。

ライは前に出てブリンと並んだ。「この箱が欲しいんだろ？　え？」ジーンズの尻ポケットからたたんだままの受領書を出してランバートに差しだした。

ドクターは胸ポケットからリーディンググラスを取りだしてかけると、細菌でもついているかのように、受領書の端をつまんで受け取り、大げさに紙を振り広げた。そして内容を確認してから、いらだたしげに何度も指を鳴らした。「ペンは？」

「写真付きの身分証明書は？」

ランバートがまぬけな眼鏡の縁の上からライをじろりと見た。「なんだね？」

「写真付きの身分証明書」ライは繰り返した。

耳から蒸気を噴きだしそうになりながらも、彼はズボンのポケットから財布を出して運転免許証をライに見せた。「一枚でいいのかね？　専門分野関連の証明書がいくつもあるが」

「一枚でけっこう。誰かペンを持ってるか？」

そう言われてもブリンは動かなかった。両腕を胴に巻きつけて、床を見つめていた。ゴーリアドがボールペンを差しだした。ランバートがもぎ取るようにそれを受け取り、書類を壁に押しあてて平らにし、いちばん下の欄にサインを殴り書きした。

書類を受け取ったライは、たたみなおしてポケットにしまってから、箱をランバートに渡した。「開けて中身を確認するか？」

「サンプルはすでに不必要に空気にさらされてしまった」

「つまり確認は必要ないと？」ライは言った。「助かった。血を見るとどうも気分が悪い」

ランバートは箱を抱えてもどかしげに尋ねた。「完了かね？」

「配達完了。これでみんな幸せだ。おれは帰る」

向きを変えたライのジャケットの袖をブリンがつかんだ。「ありがとう」

触れた手と、心のこもったかすれ声で、体の下の深いところの中心が熱くなった。彼はブリンの手を見てから、その目を見つめ、観客がいることを意識しながら答えた。「仕事をしただけだ」

わずかなためらいをはさんで、ブリンが言った。「空の旅、気をつけて」彼女は手を引っこめると、ランバートの脇をすり抜けてオフィスに入っていった。

ライは向きを変えた。すぐ後ろにゴーリアドとティミーが並んで立っていた。ふたりのあいだを抜けて、エレベーターへ向かった。ランバートの声が聞こえる。「諸君、ご苦労だった。帰り道はわかるな？　ハント夫妻がわたしの連絡を待っている」オフィスのドアが音をたてて閉まった。

エレベーターまで来ると、ライは降りるボタンを押した。ゴーリアドとティミーがやってきた。ライは手のひらを上にして突きだした。「弾倉を返してくれ」

「預かっておく」ゴーリアドが言った。

「まったく、なんてやつだ」ライはぶつくさ言いつつ、ふたりに背を向けた。「おまえらとはおさらばだ。おれは階段で行く」

「なあ、色男、行く前に教えろ……」

ライは吹き抜けの階段に出るドアを開け、頭だけ振り返ってティミーを見た。ティミーが廊下の奥を頭で示した。「前からか、後ろからか？」

そう言って高笑いするティミーを残して、ライは立ち去った。

午後四時五十七分

駐車場の三階でエレベーターのドアが開いたとき、ライは消火器を手に待ち受けていた。おもにふたりの顔を狙って、泡を浴びせかけた。「レーザーじゃないが、先にやったのはそっちだぞ」

そして消火器を投げつけた。狙いどおり、ティミーの頭に命中した。ティミーはふたつ折りになって、わめき散らしている。彼がナイフを手に向かってくるだろうことは織りこみずみだった。

「ゴーリアド、そいつがレーザー男なんだろ？」

ゴーリアドは目から泡をこすり落とし、唾を吐きながらうなずいた。「ばかなチビ助だ」

ライは後ろに飛びのいて、ふらつきながらでたらめに近づいてくるティミーを避けた。汚い言葉を吐き散らし、飛びだしナイフを振りまわしている。

「ブレイディ・ホワイトは？」ライは尋ねた。

手についた泡を振り払いながらゴーリアドが答えた。「おれが殴った」

「だったら、つぎはおまえだ」

「おれのおかげで、ホワイトは生き延びた。ティミーは喉を切り裂きたがってた」

ライはうなり声をあげながら、振りまわされるティミーの腕をつかむと、その勢いを利用して後ろに押しやり、コンクリートの柱に押さえつけた。そしてティミーの手を柱に打ちつけてナイフを落とさせておいて、顎にアッパーカットを食らわせた。後頭部が容赦なく柱に叩きつけられる。

「いまのはブレイディの分。これがレーザーとおまえに飛行機をつぶされた男の分だ」ライはティミーの薄っぺらい腹に、背骨まで届くほど強烈にこぶしをめりこませた。「これは侮辱されたドクター・オニールの分」後ろに下がり、ティミーの股ぐらを思いきり蹴りあげた。

ティミーは悲鳴とともに股間をつかみ、顔から床に倒れこんだ。

ゴーリアドもそのころには武器を手にしていたが、脇におろしたままライとにらみあった。

ライは拳銃を指さした。「おれを撃つのか？」

ゴーリアドは首を振った。「あいつの自業自得だ」

「モーテルで殺さないでくれて助かったよ。殺すこともできた」

「タイミングが悪かった」

「今後は、おまえを警戒しなきゃいけないのか？」

「いまのところ、あんたに関する命令は受けてない。今後もないとは保証できないが」

「ブリンは？」

ゴーリアドは一瞬、言いよどみ、同じ言葉を繰り返した。「今後もないとは保証できない」

これで双方、理解した。「わかった」ライはさらに何歩か下がると、回れ右をして、足早に立ち去った。

駐車場の傾斜路までは、走らなかった。そこからいっきに駆けだし、大通りに出ても止まらなかった。二ブロックまるまる走ってはじめて、血痕を残してきたことに気づいた。

第十六章

午後五時八分

「夫妻が外出中？」

ネイトが携帯電話で話しながら頭を撫でまわしている。いらだちとあせりを示すこのしぐさを、ブリンは何百回となく見てきた。剃り残しがないのを確認してるんだったりして。ふとそんなばかげた考えが頭をかすめた。

黒い箱は、ブリンが座っている場所から三十センチほど先にあるネイトのデスクの上に置かれていた。ネイトはまず上院議員、続いてその妻の携帯に電話をかけたが、どちらもボイスメールにつながった。

「〝外出中〟とは、どういうことかね？　夫妻は家で食事をしたのだろう、え？」彼は答えを聞くと、華美な腕時計で時間を確かめた。「だとしたらどこへ行くというのだ？　わかった、わかった。いいかね、電話がかかってきたら誰であろうと自宅にはいないと答えなさいと夫妻から言われているとしても、断言していい、わたしはそのなかに入っていない」

そこでさらに一分ばかり会話が続いた。ブリンが叫びだしたくなったころ、ようやくネイトは電話を切った。「電話に出た女性は、夫妻は留守だと誓った」

「きっといないのよ」

「この期に及んでのんびりドライブに出かけるはずがないだろう、ブリン。それとも映画でも観にいったと言うのかね？」

「人を見くだしたような言い方はやめて、ネイト」

彼は横柄な態度を謝らなかった。こちらの言うことなど聞いてさえいないのかもしれない。ネイトは頭を撫でながら歩きまわっていた。「まったくわけがわからんよ。デローレスは昨夜のとんだ災難以降、わたしを責めたてていた。執拗に言ってきたのだ！　三十分ごとに電話してきて、きみの状況や戻る時間を訊いてきた」

ネイトは言葉を切り、軽蔑のまなざしでブリンを見た。「わたしがデローレスとリチャードのお守りにあくせくしているあいだ、きみはよろしくやっていたわけか。あんな……得体の知れない男と。まったく！」彼は理解できない状況の答えを求めるように、天井を見あげた。「文字を読めるかどうかもわからんやつだ。あれで飛行機が飛ばせるものやら」

「彼は空軍士官学校を卒業してるわ。アフガニスタンで救出作戦に従事してたのよ」

ネイトはばかにしたように鼻を鳴らした。「そのうえＣＩＡのスパイだとか？」

じつはブリンは、ライ・マレットの経歴を調べてわかったことをウィルソンから聞いていた。二度めの従軍後、ライの性格特性は大きく変化していた。任務中に多大な影響を受けるなんらかの体験があったにちがいないが、ブリンには知るよしもないことだった。

仕事をしただけだ。

彼は仕事をやり抜き、災難と関わりを絶って、宣言どおり立ち去った。いつか医学上の大躍進のニュースが流れたら、彼は自分が知らないうちに運ばされた医薬品を思いだして、結びつけて考えるかもしれない。まさかブリンの名前は思いださないだろうが、ひょっとすると、自分の人生にやっかいごとを持ちこみ、空を飛んでいたい自分を地上に引き留めた女として記憶に残っているかもしれない。

二度と彼に会いたくないというブリンの願いは、いつのまにか薄れていたが、取り消そうにも遅すぎた。どのみち彼は去り、状況からしてこのまま別れるのがいちばんいい。ただGX－42だけに気持ちを集中すべきなのだ。

ブリンは箱を見ながら言った。「ネイト？　これをリチャード・ハントに投与するのは正しいことなのかしら？」

その声に躊躇を感じ取って、ネイトが立ち止まった。「もちろんだとも」彼女の疑念が読み取れたのだろう、ネイトは箱の上を指の関節で叩きながら繰り返した。「もちろんだとも。ふたりでもう決めたことだよ、ブリン」

「わかってるわ。でも――」

「いまさら撤回はできない。絶対にだめだ」

そうはいっても、ネイトは一抹の疑念もいだかないのだろうか？　いや、たとえ疑念を覚えたとしても、彼は認めないだろう。いずれにせよ賽は投げられた。「ハント夫妻がだいたいいつぐらいに帰宅するか、わかったの？」

「家政婦は知らないの一点張りだった。待機するしかない。家政婦が連絡をくれる。家政婦がそう言ったんだぞ、〝待機〟と。まったく、信じられるかね。家政婦ごときが」

「長く待たずにすむといいけど。疲れたわ。明日まで待たなければならない可能性もある？」

「それはない。夫妻の決心は固い。これ以上の遅延はない。遅れればよからぬことが起こりそうだ」彼はまた腕時計で時間を確かめた。

ネイトは早く取りかかりたがっていた。ハント夫妻のためだけではない。喝采を浴び、医学界のスーパースターになる道を先延ばししたくないのだ。ブリンもとにかく終わらせたかった。これ以上、迷い、悩み、嘘をつき、ごまかしたくないというだけの理由だが。

ブリンのコートの内ポケットで携帯電話が震えた。取りだしてみるとメールだった。送信者の番号だけで名前は表示されていなかった。

ハント夫妻とおれは、きみのたくらみを知りたい。大至急、駐車スペースに来い。

心臓が胸から飛びだしそうになり、ブリンは勢いよく息を吸った。それを聞きつけたネイトが振り向いた。「どうかしたかね？」

「いえ、わたしの……車が。修理に出してたんだけど、ハワードビルの業者がここまで運んでくれたわ」

ネイトは時計を見た。「いま?」

「ほんと、そうよね。修理には数日かかると思ってたんだけど」

「車を停めてキーをマットの下に置いていってもらえばいい」

「事務手続きがあるの。わかるでしょう」ブリンは軽く笑った。「急いで行って手続きしてくるわ」

「じきに出発だから、すぐに戻るんだぞ」

わかったと答えた。部屋を出てドアを閉めると同時に廊下を駆けだし、エレベーターは遅いとわかっていたので、階段を使って駐車場の一階まで降りた。そこに彼女の駐車スペースがあり、壁に名前が記されている。

ライが立っているだけで、車はなかった。彼は血まみれで、怒りと悪意にたぎっていた。

午後五時二十二分

ブリンは駆け寄りながら、叫んだ。「手をどうしたの?」

「あのろくでなしのちんぴらだ」

「ティミー?」

「あいつの負けだ」

「ティミーと争ったの?　あなたは帰ったとばかり」

「ああ、帰らなかった」

ライは数ブロック離れたところで、駐車場から出ていく黒いメルセデスを確認した。通りすぎる車を見ると、ゴーリアドがハンドルを握り、ティミーは助手席のドアにぐったりともたれかかっていた。

そのようすからして、今日のふたりの任務は終わりのようだった。だがゴーリアドならまた戻ってきかねない。争ったあと、ライに関する命令を受けた可能性もある。

五分待つことにしたが、永遠に続くかと思うほど長かった。ふたりは戻ってこなかった。ライは徒歩で駐車場に向かいながら、配車サービスのウーバーで車を予約した。車が到着すると、運転手に二十ドル余計に払って待ってもらい、ブリンにメールを送った。このあたりをうろつく危険を意識しつつも、秘密の患者の名前を持ちだせば彼女があわててやってくるだろうと考えた。はたせるかな、そのとおりだった。

「痛みは？」

ブリンは手を取るつもりだったのかもしれないが、ライは彼女の手の届かないところから手を動かさなかった。「いや」と言ってから、「少し」と続けた。

ティミーのナイフで左手の指四本の第一関節あたりをすぱっと切られていた。通常より血液の凝固が遅いのは、ライが手を握ったりゆるめたりを繰り返しているからだ。「指が硬直しないように」ブリンがその手の動きを見ていたので、説明した。「操縦桿を握れるようにしておかなきゃならない。明日、飛ぶんだ」

「さっき話を聞いたわ。なにかで保護しておかないと。四階にわたしのオフィスがあるんだけど、上まで来られる？」

「心配無用」彼はブリンの上腕をつかんで出口まで導いた。「ハント夫妻とは？」

ブリンが足を踏ん張り、つかまれた腕を引き離した。「どこでその名前を？」

「きみのまぬけな同僚が口をすべらせた。ハント。この薬物違法輸送作戦の背後にいる金持ちだな？」

ブリンは口をつぐんでいた。

「言うことはないのか？　そうか、わかった、最後のチャンスは与えた。ここから先は自分ひとりでなんとかしろ。覚えてるな、おれはちゃんと警告したぞ」

ライは立ちつくすブリンをそこに残して歩きだした。出口の手前まで来て、ブリンにはったりを見抜かれたかと思ったとき、彼女が走って追ってきた。

息を切らして彼女は尋ねた。「警告ってなにを？　どこへ行くつもり？」

ライは歩きつづけた。「もよりの警察署だ。きみたちが刑務所へ行っても、おれは行きたくない」

「待って！」

ライは立ち止まって振り返り、彼女を見おろした。「きみはハワードビルであの箱を盗むつもりだった。ところがやっかいなことがつぎつぎ起きた。きみはおれや保安官助手をぺてんにかけたが、挙げ句、ハントがよこした悪漢に連れられてランバートへ箱を届けるしかなくなった」

　ブリンはなにも答えず、ライはその沈黙で自分の言葉の正しさが証明されたと考えた。

「そもそもあれは医薬品なのか、ブリン？」ライは尋ねた。

「そうよ」

「ＧＸ――」

「ええ。そうよ！　すべて話したとおりよ」

「わかった。患者はハントの夫のほうか、夫人のほうか？」

「夫」

「で、彼は？」

「重病よ」

「薬がなければ死ぬんだな」

「治療すれば誰でも治る可能性が――」

「患者に言って聞かせるような話はやめろ。彼は死ぬのか？」

　ブリンがこくりとうなずいた。

「だったらなぜきみはランバートに薬を渡したくないんだ？」

　ブリンは黙っていた。

「ブリン？　なぜだ？　なぜきみは薬を盗もうとした？」

　ブリンが打ちのめされたように小さく声を漏らし、髪を後ろに振り払った。「いまさらそんな話をしてどうなるの？　薬はネイトに渡ったのよ。あなたが言ったとおり、これでみんな幸せだわ」

「きみ以外は」ライはそのままブリンのまなざしを受けとめていたが、しばらくすると、彼女の腕をつかんで通りへうながした。

　またもやブリンが足を踏ん張った。「ネイトにすぐに戻ると言ってきたの」

「きみはすぐには戻らない」

　ライはそのまま彼女を出口の外へ連れだした。見るからに霧が晴れてきているが、気温のほうは格段に下がり、雨まで降りだしていた。ライは路肩でアイドリングしている配車サービスの車へ彼女を連れていき、後部のドアを開けて身ぶりで乗れと伝えた。

「いまネイトの元を去るわけにはいかないわ、ライ。今夜、処置をすることになってるの」

「薬は明日の夜までもつんだろ？」

「誰も待ちたくないのよ。またわたしが消えたら、みんなパニックになる」

「そうだよな、パニックにさせたくないよな？　なんなら、いますぐ五階へ行って、ランバートに知ってることを全部ぶちまけてやってもいいんだぞ。あいつだって、おれと同じくらい、きみがあの命をつなぐ薬をやつの生白いふにゃふにゃの手に渡したくない理由を知りたがるはずだ」

「あなたになんの関係があるの？　なににも関わりあいを持ちたくないんでしょう？」

「おれは知らないうちにきみのたくらみの共犯にさせられてた。どんなたくらみにしろ。神のみぞ知る、か？　少なくとも、おれは知らない。だが、おれはそれを探りだす。きみから聞きだすんだ。

　だからきみの山での冒険について、ふたりきりで少しばかりおしゃべりしようじゃないか。それがいやなら上へ行って、きみがだまして奇跡の治療をさせまいとした同僚をふくめて、三人でやろう。きみが決めろ、ブリン。一秒やる」

午後五時三十四分

　デローレスはミンクのジャケットを脱ぎ、運転手にヒーターの温度を下げるように頼んだ。

「まるで熱帯だわ」

　運転手は詫びながらリムジンのエアコンを操作した。デローレスはありがとうと言って、運転席とのあいだの仕切りを上げた。これでプライバシーを保てる。彼女はリチャードにほほ笑みかけた。「それで？」

「文句なしだ、デル」

「そうでしょう？」

　午後の作戦は大成功、満足できる成果を上げた。リチャードが向かいの席から手を伸ばして妻の頰を撫でた。「みごとなアイディアだった。わたしの思いつきでないのが、残念なほどだよ」

デローレスは夫の手の甲にキスをした。「あなたがお疲れになっていないといいんだけど」

「疲れたよ。だがそのかいがあった」彼は胸ポケットから携帯電話を取りだして電源を入れた。「ネイトから四回電話が入っている」

デローレスも自分の携帯電話の電源を入れた。「こちらは三回よ。つまりあれを手に入れたということね」

「そうだな」リチャードは選挙ポスター用の笑みを浮かべた。「ゴーリアドからメールが来ていた。一時間ほど前、ドクター・オニールと品物がネイトの手に渡ったそうだ」

「よかった」

「ネイトに電話しなさい。きっとあわてふためいている」

デローレスは電話をかけてスピーカーホンにした。ネイトはすぐに電話に出た。「デローレス、いったいどこにいるんだね？」

「お説教する前に、わたしたちが一時的に連絡を絶っていた理由を聞いてちょうだい」

彼女は真相を打ち明けた。「とっさに思いついたことなの。事前に知らせたのはリチャードの秘書だけよ。わたしたちが世間向けの感謝祭の行事を行わなかったことで少々ふてくされていたから、すぐにわたしの案に賛成して、急いでメディアを集めてくれたわ。わたしたちは人々の前に出て写真に写り、取材に応じて、リチャードは報道向けのコメントを述べた。今夜のニュースで放映されるはずよ」

「おみごと！」ネイトが言った。

「わたしたちもそう思ってるの」デローレスはリチャードに満足げな笑みを見せた。「そのあいだにあなたはわたしたちのための荷物を受け取ったようね?」

「ここにあるよ。いまどこにいるのかね?」

「自宅に戻る車のなかよ」

「ではそこで会おう」

「ネイト」リチャードが言った。「とくに用意すべきことはないのかな?」

「ああ、デローレスに強い酒を作ってあげるといい」

三人の笑い声が響いた。

ネイトは続けた。「本当になにもないんだ。ゆっくりしていてくれ。ブリンとわたしが点滴で投与する。基本的にやることはそれだけだ」

デローレスは言った。「言葉にできないほど感謝しているわ、ネイト」

「感謝の方法ならいろいろあるよ。病棟にわたしの名前をつけるように取り計らってくれるとかね」

「大きく出たな、ネイト」リチャードが言った。

「わたしが大きな考えを持ってなければ、デローレスはじきに未亡人になっていた。ではまたあとで」

デローレスは電話を切った。リチャードが顔をしかめた。「わたしたちが払った報酬があれば、自分で病院の病棟を買い取ることもできるというのに。身の程知らずな男だ」

デローレスはシートベルトを外して向かいの席に移動し、夫に寄り添った。「そうね。でもあの身の程知らずは、わたしたちのためにいるのよ。貸しを作っておけばなにかと役に立ってくれるわ」

第十七章

午後五時四十三分

ハント夫妻との電話を終えたネイトは、オフィスのバスルームへ行った。箱もいっしょに持ちこんだ。もう二度と目の届かない場所に置きたくない。

手を洗い、歯を磨いた。頭を撫でてみて、剃る時間があると判断した。ネクタイを外し、シャツを脱いで、慣れた手つきでいつもの儀式を執りおこなった。

なめらかになった頭をタオルでこすっていたら、ブリンがずいぶん長く駐車場で足留めを食らっていることに気づいた。すぐにもハント家へ出かけると知らせるため、彼女に電話をかけた。

ブリンは電話に出なかった。たぶんエレベーターのなかなのだろう。

ネイトは控えめだがカメラ映りのいい新品のシャツとネクタイを選んだ。個人的に見るだけという条件で、ハント夫妻はビデオ撮影を許可してくれた。ネイトのナレーション入りで、点滴を受けるリチャードの姿を映しておくのだ。

　いざリチャードが医学史上初の患者となれば、夫妻も公開しないという考えを変えるかもしれない。きっと夫妻は映像から最大の利益を引きだそうとする。どちらに転ぼうと、映像による記録は手に入る。

　最後にもう一度、鏡で自分の姿を点検してから、オフィスに戻った。黒い箱をデスクに置いて、スーツのジャケットを着ているとき、カーペットを踏む足音がドアに近づいてくるのが聞こえた。

　ブリンだ。ドアを開けて、そろそろ出かけるぞと言おうとしたが、言葉が声に出ることはなかった。

　制服姿の男がふたり。とまどいもあらわに、ただまばたきを繰り返した。

「ああ。きみたちは？　なにか用かね？」

「わたしはウィルソン保安官助手です。こちらローリンズ」彼は連れを示した。「今日、夜明け前に電話で話をさせてもらいました」ネイトの背後のデスクを指さした。「こちらにうかがったのは、箱の中身をもう一度、見せてもらいたいからでして」

　ネイトの膝から力が抜けた。「出かけるところなんで、あとにしてもらえないかね？」

「残念ながら」ウィルソンが答えた。「はるばるハワードビルから来たんです」

　ネイトは腕を組んだ。「となると、つぎの質問をせねばならない。きみたちのやっていることは管轄外なんじゃないかね？」

「ディカルブ郡の保安官事務所に連絡して、来訪の理由を伝えてあります」

「だったら、その保安官事務所が人をよこせばいい」ネイトは言った。「この件は電話で片がついたと思っていたが」

「こちらもそう思っていた」ローリンズが口を開いたのはこれがはじめてだが、この保安官助手が疑り深い目つきで自分を見ていたことにネイトは気づいていた。「ところが深刻な状況になってきた」

「どういうことかね？」

「まずはブレイディ・ホワイトが――」

「ブレイディ・ホワイトとは？」

「飛行場で襲われた男性だ」

「ああ、わたしは名前を聞いた覚えはない。続けたまえ」

ローリンズは少し間を置いた。「ミスター・ホワイトの容体がなかなか回復しない」

「それはお気の毒に」ネイトは言った。「だが諸君がここに来た説明にはなっていないぞ」

「ここに来たのは、ミスター・ホワイトが助からなければ、ライ・マレットとあなたの同僚のドクター・オニールは殺人事件の参考人になるからだ。ひいてはあなたも」

「わたしも？」

ウィルソンが手にした帽子でネイトのデスクを指し示した。「あれはあなたの箱です。うちでは、ミスター・ホワイトを襲った犯人の動機はあれにあると考えてましてね」

手のひらが汗ばんできたが、尊大な表情を崩さなかった。「マレットとやらが犯罪行為に手を染めたというのなら、話はわかる。だがドクター・オニールが？　ありえない」

ローリンズが言った。「家族にそういう人間がいたとしても？」

「犯罪者がか？」

「父親だ。あなたの腕と同じくらい長い犯罪歴がある」

耳鳴りがした。「わたしが知るわけがないだろう。ブリン個人の過去はなにも知らない。ただの同僚にすぎないからね。家族でもなければ友だちでもない。ときに同じ患者を診て、診断や治療について相談することはあるが、われわれの関係といったら、そこまでだ」

保安官助手ふたりが顔を見あわせた。ネイトの耳にも自分の言葉が逃げ口上に聞こえた。

ローリンズが尋ねた。「彼女と最後に会ったのは？」

そこでネイトは腕時計を見、ブリンが駐車場に行ってどれくらいになるかを知った。「四時半ごろハワードビルから戻ってきた。すぐに血液サンプルの試験をはじめなきゃならないんで、いまからふたりで出かけるところだ」

「それで……？」ウィルソンがネイトの背後を見た。「彼女はここに？」

「ああ、ビル内にいる。だが、戻ってきた車の件で下の駐車場に呼ばれてね」

保安官助手ふたりがまた顔を見あわせた。お定まりのようなそのしぐさがなんともいらだたしい。「どういうことかね？」

「ドクター・オニールの車なら、いまも牽引車につながれて、ハワードビルの自動車修理工場にありますよ。祝日が明けた月曜の午前七時に工場が開くのを待たされてるんです」

ネイトの頭に血がのぼった。ブリンめ、殺してやる。はらわたを引っこ抜いて、死体がひからびるまで磔（はりつけ）にしてやる。

「ならば彼女は嘘をついたのだ」ネイトは言った。「メールを受け取ってあわてて出ていった。わたしにわかるのは彼女がここに到着したのが――」

「どうやって？」

「どうやってとは？」

「どうやって到着したんです？」

「関係者があちらへ車と運転手を送り、彼女を連れてアトランタに戻ってきた」

「黒いメルセデス？」

「わたしは知らない」

「ナンバープレートの番号は？」

「知らない。わたしが手配したのではないからな」

「関係者とは誰です？」

「患者だ。その人の命は、こうやって車に関する的外れな会話をしているあいだにも危機に瀕している」

「運転手に会いましたか？」

「ブリンをここのドアまで連れてきた」

「ヒスパニック系の大柄な男？　連れは小柄な男？」

「そうだ。パイロットもいっしょだった」ネイトはライ・マレットに対する軽蔑をあらわに、航空局の規則でサインが必要だったと説明した。「正直言って、作り話だと思うが」

「なんのために？」

「第一に、偏屈だから。そしておそらくブリンを追ってきたのだろう。ふたりはこっそり会っていた」

「モーテルでですね」ウィルソンが言った。「それはこちらでも把握してます」

ネイトは鼻を鳴らした。「彼女のおそるべき鑑識眼および判断力の欠如を示している。だから彼女を戻すために人を送らなければならなかったのだ」

「彼女を？　それとも箱を？」

「両方だ。あれの重要性については諸君も承知していると思うが」

「それが確信が持てませんでね」

「今朝がた、説明したぞ」

ローリンズが言った。「ああ。だがもう一度なかを見せてもらいたい」

「無菌状態ならまだしも、またしても光と空気にさらす危険を冒すわけにはいかない」

「いいだろう。こっちは時間がある」ローリンズが廊下の先のエレベーターを指さした。「あなたの車はここの駐車場に？　わたしが同乗して、ウィルソンにあとを追わせる」

ネイトは表向きは恐慌を隠しつつ、心のなかではせわしく口実を考えていた。深呼吸して姿勢を正した。「諸君、ブリンの今朝の行動が、わたしの知るプロフェッショナルらしからぬものだったことは事実だ。だが昨夜にしろ今日にしろいつにしろ、彼女が法を犯す行為に手を染めたとは、一瞬たりとも思っていない。ただし彼女がモーテルで時間を共にした男に関しては、同じだけの信頼を持てずにいる。

ブリンについては、じきに平常心を取り戻して、患者に対する責務を果たすものと確信している。万が一そうでなければ、医者としての将来に多大な影響を及ぼしかねない結果に苦しむことになるだろう。われわれが属する医療機関に対するわたしの影響力には、多大なものがある」

ネイトは腕時計を見て、そしてカフスをいじった。

「さて、諸君の熱心さには頭が下がる。ミスター・ホワイトの傷害事件に対して、ここまで綿密に捜査するとは。とはいえ、わたしはすぐに失礼しなければならない。約束があるのでね」

「こっちには捜索令状がある」ローリンズが言った。

ネイトの括約筋が縮まった。「捜索令状だと？」

「あの箱の」

「な……なぜ、感謝祭の夜に捜索令状を取る必要があると思ったのかね？」

「あなたが妨害するのではないかと思ったからだ」

「言葉を慎みたまえ、わたしは妨害などしない」

「こちらの保安官事務所は協力的でしてね」ウィルソンが言った。「判事の自宅に寄って令状にサインしてもらったんですよ」

ローリンズがダウンジャケットの胸ポケットから書類を取りだし、開いてネイトが読めるように差しだした。「箱を開けてもらおうか、ドクター・ランバート」

抵抗すればするほど、印象が悪くなる。ネイトはオフィスに戻って、保安官助手にデスクを示した。手の震えを抑えながら南京錠のダイヤルを合わせて鍵を開け、金属の蓋を開いた。

ローリンズがラテックスの手袋をはめて、封のされた試験管を丁寧に取りだし、それぞれを確認しながらデスクに置いていった。四つの穴がくりぬかれた発泡スチロールが残った。

「ほら」ネイトは言った。「なにがあると言うのかね？」

それを無視して、ローリンズは発泡スチロールの端に指をかけて金属の箱から取り外しはじめた。「この下になにかあるかもしれない」発泡スチロールを引っ張りあげた。

つるぴかのネイトの頭から、どっと汗が噴きだした。

午後六時二分

部屋はダッシュの名前で予約してあった。プラチナカードの名義である本名でだ。これなら地元ホテルをあたってライ・マレットとブリン・オニールを捜そうという人物がいても、簡単には見つけられない。

空港に近いチェーンのホテルだった。ライはフロント係に写真付きの身分証明書を提示しなければならなかったが、あわてふためいていた若いフロント係はおざなりに一瞥しただけだったから、覚えている可能性は低い。部屋が使えるようになるか、飛行機に乗れるようになるかするのを待つ客たちがロビーに陣取って、フロントに群がっていたのだ。

ライがチェックインの手続きをするあいだに、ブリンが姿を消している可能性もあったが、彼女は言われたとおりエレベーターホールで待っていた。ふたりは黙ってエレベーターに乗り、七階で降りた。人でごった返すロビーに比べれば天国のような静けさだった。

部屋に入った。ライはかんぬき錠をかけた。ブリンがナイトテーブルの照明をつけ、とがり顔でライに対面した。「わたしの電話を投げ捨てる必要があったの?」

ダウンタウンからここへくる途上、ライは彼女に携帯電話を見せろと言った。ブリンが黙って携帯電話を差しだしたのをいいことに、ライはSIMカードを抜き取り、携帯電話本体を車の窓から投げ捨てたのだ。一瞬のことで、ブリンには制止する暇もなかった。

「またゴーリアドとティミーに追ってきてもらいたいのか?」

「あの人たちといるほうが、ましだったかも」

ライは自分の胸を叩いた。「こっちこそ怒る権利があるんだぞ。話が終わるまで怒るな」

「だったら早く話してよ」

ライはベッドにコートを放った。「きみのSIMカードは無事だ。データはすべてある。明日、新しい電話を買えばいい」

やる」

「そのあいだに急患が出るかもしれない」

「だったら一定時間ごとに伝言サービスを確認しろ。そこに連絡するときはおれのを貸してやる」

ブリンはいまにも爆発しそうだったが、ライは取りあわなかった。ブリンが尋ねた。「わたしにメールを送ってきたけど、どうやって番号を知ったの?」

「マーリーンに尋ねた。あっちに戻ってブレイディを飛行機に乗せてやるとき、きみにも知らせたいと言ったんだ」

「マーリーンからブレイディの最新の状況を聞いた?」

「いや、きみは?」

ブリンは首を横に振った。「あなたに父の話をしたのはマーリーンなのね」

「警官だとばかり思ってた。はっ!」

「父が泥棒だと聞いて、この親にしてこの娘あり、と思ったんでしょう?」

「ちがうなら、それを証明してみろ、ブリン」

「あなたになにかを証明するいわれはないわ」

ライはむっとして、つかつかとブリンに近寄った。「おれを巻きこんだのはきみだ。それがどういうことかを知る権利はあると思うが」

「いまさら関係ないわ」

「そうか?」

「そうでしょ？　箱はネイトの手にあるのよ」

「彼になんと言い訳して出てきた？　おれと会うと話したか？」

「いいえ、嘘をついて」

「板についてるな」

てっきりブリンは言い返してくると思っていた。だが、彼女は無念そうに後ずさりをして、ベッドの足元に腰をおろし、肩を落としてうつむいた。「そうでもないわ」ブリンはわびしげに言った。「あなたには最初からお見通しだったのね」

「まあな、きみのことを観察してたからな」

ブリンが顔を上げ、ふたりの目が合った。どちらも動かなかったが、ふたりのあいだの空間が縮んだようだった。

「あなたの仕事は終わった」蚊の鳴くような声でブリンが言った。「どこへでも行けるのよ。どうして戻ってきたの？」

ライはゆっくりと手の届くところまで近づき、右手を彼女の髪に差し入れて、顔を上げさせた。「理由のひとつはきみも知ってる」ライは誤解の余地のない目つきで、ブリンの目をのぞきこんだ。

「あなたはその理由にもとづいて行動してるわけじゃないわ」彼女はささやいた。

ライの体はその理由で行動しろと急きたてていた。抑制を解き放った彼女との情熱的なキスに浸りたかった。彼女に身を任せてわれを忘れ、忘却と平穏の数分間を見いだしたかった。

その誘惑にあらがうには持てるかぎりの意志の力を発揮しなければならなかった。

「ああ、そのつもりはない」ブリンの髪を放して、手を引っこめた。「おれにとって、飛行機を飛ばす自由をぶち壊されることは、人生をぶち壊されるのと同じだ。おれには飛ぶことしかない。きみはそれを危険にさらしたんだ、ブリン」

「わざとじゃないわ」

「たぶん、最初はな。だがきみはすべてを打ち明けてない」

「打ち明けたわ」ブリンは震える声で反論した。「箱の中身を教えたし、わたしがあれを守りたかった理由も」

「薬だな」

「そうよ」

「ハントに投与するための」

「ええ」

「だが、きみはそれを盗もうとした。なぜだ？」ライは腰に両手をあてててブリンを見おろした。「闇取引するためか？」

「わたしは犯罪者じゃないわ！」

「きみと親父さんが――」

「そうじゃない！」

「だったら話せ！　なぜランバートに渡すまいとした？　職業上の嫉妬か？　彼が栄光をつ

かめないようにか？」

「いいえ」

「ハントがあの薬を得られないようにするためか？」

ブリンの唇が開いたが、なんの言葉も出てこなかった。

ライは最初からもう一度言った。「ハントがあの薬を得られないようにするためか？」

ブリンの目に涙が滲んだ。

「ブリン？　なぜ彼に薬をやりたくない？」

すすり泣きながらブリンは答えた。「ほかにあげたい人がいるからよ」

バイオレット

「あたしはバイオレット・グリフィンです。がんです」

幼稚園でみんなにお話をすることになったとき、あたしは何度もこう言う練習をした。化学療法をしたあと、髪の毛が抜けちゃったから。お医者さん――オニール先生じゃない。そのときはまだ会ったことなかった。最初のお医者さんに髪の毛が抜けると聞いてたんで、びっくりはしなかった。それでも泣いちゃった。ママもそう。あたしの髪をとかして、ブラシにごっそり髪の毛のかたまりがついたときじゃなくて、パパといっしょにベッドに行ったあと、ママが泣いてる声が聞こえてきた。でも、あたしには、あなたはきれいよ、髪の毛なんて関係ないわ、と何度も何度も言ってくれた。

ほんとはちょっと関係あるんだと思う。だって全部抜けちゃったせいで、幼稚園に戻ったとき、クラスのみんなの前でそのことを話さなきゃならなかったんだから。

幼稚園のホイーラー先生はあたしの腕をさすって、「受け入れるのよ、バイオレット」と言った。受け入れるってどういう意味かわからなかったけど、「認めるのよ」と言われて、幼稚園の子たちはあたしが病気だとわかれば、誰も髪の毛のない頭をからかわないと言いたかったんだとわかった。

幼稚園でがんの子はあたしひとりだけ。いやだけど、そうなっちゃった。がんになるとみんなの話し方が変わる。ときどきこそこそ話をしたりして。みんなには、がんでも耳は悪くならないよ、ふつうに話していいよと言いたい。

あたしががんになってからお兄ちゃんたちも変になった。たぶんパパが話したんだよね。いままではあたしの人形を隠したり、とれないくらい高くボールを投げたり、あたしがバレエでくるくるまわって転んだら笑ったりしたのに、いまはちっともしなくなった。してくれたらいいのに。あたしのほうが先に死ぬから？　そんなんでやさしくしてほしくない。

幼稚園でみんなに、がんになった話をしなきゃいけなかったのは、二年前だ。いまは二年生になった。でも、最近は学校に行けてない。よくなったら、いっぱいがんばって追いつかなくちゃ。

あの幼稚園での日を思いだすのは、今日が感謝祭だから。ママが恵まれていることを数えてみましょうと言った。いちばんの恵みは、いまあたしたちがアトランタで治療を受けられてることだってママは言った。お兄ちゃんたちやパパといっしょに七面鳥を食べられないのは残念だけど。パパとお兄ちゃんたちはうちにいる。ママとあたしは、パパとお兄ちゃんたちとテレビ電話で話をした。それからママが廊下に出て電話でパパと話して、戻ってきたらママは笑顔だった。あたしに悲しんでるのを知られたくないときの顔。でもわかっちゃうんだよね。

ママがあたしの隣に寝て、あたしを抱き寄せ、ふたりでテレビでパレードを観た。パレードに行ってロケッツのダンスを見たかったな。ママは来年の感謝祭には行こうと言った。でも行けるかどうかわからない。行くには、オニール先生にがんをやっつけてもらわなきゃならない。

オニール先生はあたしがかかってる種類のがんを専門にしてるお医者さん。がんっていろんな種類があるんだよね。あたしのは骨と血液のなかにあって、たちの悪い種類だ。でもオニール先生はそいつのケツを蹴飛ばしてくれる。こっちの病院へ出発するとき、パパはそう言ってウインクした。きっと〝ケツ〟なんて言ったからだね。

オニール先生とママはあたしのがんについて話すとき病室の外の廊下に出る。オニール先生がママの背中をさすりながら悲しそうな顔をしてることもある。そういうときはよくない知らせだったのがわかる。期待したほど効かなかったってこと。がんが悪くなってるとき、お医者さんはこういう言い方をする。

治療にはずいぶんお金がかかる。ある日、オニール先生がママに、いまはその心配はしなくていいと言ってた。オニール先生は本気でこのがんをやっつけたがってる。

オニール先生は年上だけど、あたしにとってはいちばんの親友。オニール先生はあたしが好き。少し休んできてとママに言って、ママがだいじょうぶと言っても、ママを外に出して、しばらくあたしについててくれる。先生とあたしはいろんな話をする。あたしのがん以外のことをいろいろ。先生はがんがすごく悪いということをあたしに知られたくないんだと思うけど、もしがんが悪くないなら、あたしはここにいないよね？

あたしと先生は、バレリーナになるのが世界でいちばんステキなことだって話してる。

先生はバレリーナだけが描いてあるぬり絵を持ってきてくれた。ほとんど全部のページの色をぬったけど、全部ぬりおわったら、先生がべつのを持ってきてくれるって。先生はあたしの足の爪をピンクにぬってくれた。バレエシューズの色。先生は、いつかあたしが有名なバレリーナになったら、あたしの舞台を観にきて、観客席から手を振るんだって。

でもあたし、バレリーナじゃなくてロケッツに入るかも。それでも先生は観客席から手を振ってくれる。ランバート先生はたぶんあたしの舞台を観にこない。すごく忙しくて、いつも急いでるから。

昨日、オニール先生が感謝祭のカードを持ってきてくれた。表紙には巡礼者の帽子をかぶったおかしな七面鳥が描いてあった。あたしはカードをベッドの横のテーブルに飾った。オニール先生は感謝祭おめでとうって言った。すごく大事な用事があるから出かけるけど、すぐに戻ってくるわって。

でも今日は来なかった。でも来るかもしれない。来てくれないかな。先生に、気持ちが悪いと言わなくちゃ。言いたくないけど、がんのケツを蹴飛ばすには、気持ち悪いってことを知らせなくちゃいけない。

でもママにはないしょにしたい。ママはいまだってあたしが死ぬんじゃないかと怖がってるんだもの。

第十八章

午後六時二十七分

ライはブリンをベッドに座らせておいて、バスルームへ移動した。手を洗い、出血している切り傷にタオルを巻いた。部屋に戻ると、酒瓶の並んだ冷蔵庫を開けた。「どの酒にする？」

「水を」

「ダッシュのおごりだぞ」

「ただの水を」

ライはブリンに水のボトルを渡し、自分はコーラの缶を開けてから、デスクの椅子を引き寄せてまたがり、彼女と顔を合わせた。

「きみの患者は誰なんだ、ブリン？」

「七歳の女の子よ。バイオレットというの」

「死にかけてるのか？」

「たぶん八歳の誕生日は迎えられないでしょうね。わたしが申請した人道的使用が認められれば別だけど」

「きみが申請した患者がその子なんだな？」

「まだ許可がおりないの」

「なにが問題なんだ？」

「おもには資金ね。臨床治験では製薬会社が医薬品を提供するんだけど、GX－42は高額なの。患者がひとりでは、費用対効果が高いとは言えない」

ライは椅子の背に片肘をつき、親指で唇をこすった。「バイオレットはここ、アトランタに住んでるのか？」

「ノックスビル郊外よ、テネシー州の。中産労働者階級の家庭で、ご両親が共働きで治療費をまかなってきたの。母親はいま休職中よ。バイオレットにはお兄さんがふたりいてね。ここに来るにも、家族全員が苦労を強いられてる。お金の面でも、気持ちの面でも、それ以外にも。でもバイオレットをここに来させるために家族全員が進んで犠牲を払ってきたわ」

「きみの治療を受けるために」

ブリンは小さく肩をすくめた。「わたしの研究が医学雑誌に掲載されて、テネシーでバイオレットを担当してた腫瘍専門医がわたしを紹介したの」

「きみは有名なのか？」

ブリンはほほ笑んだ。「わたしの名を知ってるのは、ほんのひと握りの血液がんの専門家だけよ」

「ランバートは？」

「はるかによく知られてるわ」

「自分でそうなるようにしてるんだろう」

「ええ、ネイトはエゴの塊だから」

「ハントというのは？」

ブリンはいわくありげに口をつぐんでいたが、ついに口を開いた。「ジョージア州のリチャード・ハント上院議員」

ライはオチを待つようにまじまじと彼女を見つめていたが、ブリンの真顔が崩れることはなかった。コーラが急に味気なくなり、座ったまま体をひねって缶を化粧台の上に置いた。そしてブリンに向きなおった。「なんとまあ」

「彼を知ってるの？」

「ハント上院議員の名前はよく聞くが、いまのいままでどこの州の議員だか知らなかった」

「二期めよ。あなたが彼の名前を知ってるのは、なにか注目されることがあるとその中央に進みでて、議会の水をかき混ぜつづけることによって人気を得ているからでしょうね。議題や敵の強さに応じて、魅力を振りまいたり、ごり押ししたり、闘士になったり。見た目がよくて、それを自分でもわかってる。指揮者みたいにメディアを操ってるわ」

「どうやって金持ちになった？」

「家業の会社を一手に引き継いだの」ブリンが会社名を言ったが、ライは聞いたことがなかった。「プレハブ住宅、建設現場事務所、仮設住宅の製造会社よ」

「合衆国連邦緊急事態管理庁に縁のありそうな？」

「そう」

ライは片方の眉を吊りあげた。

ブリンが言った。「利害衝突を避けるために、選挙に立候補する前にすべて売却してるわ」

「そうだろうとも」納得しているとは言いがたい口調だった。まだ誰も手にしたことのない薬を金で買うような男なら、ほかにも汚い手を使っているにちがいない。「家族は？」

「ふたりめの妻、デローレスと幸せに暮らしてる。どちらとも子どもはいない」

「ハントはいくつなんだ？」

またもやブリンはしばらく黙りこんでから、ぼそっと答えた。「六十八」

ふたりは意味深なまなざしを交わした。

ブリンが言葉を継いだ。「とても六十八には見えないのよ。がんであることをのぞけば、健康そのものなの。体格もいい。奥さんのほうがだいぶ下よ」

「ハントとバイオレットは同じがんなのか？」

「アメリカで六万人弱いる患者のうちのふたりよ。でもそのがんにGX－42が効けば、似た種類の血液がんの患者にも適用される可能性があるわ」

「どういうふうに効くんだ？　素人にわかるように頼む」

「いまイギリスで、幹細胞移植を待つ患者に臨床試験で使用されている薬があってね。その薬を使うと、がんや過酷な治療で傷んだ患者の骨髄からでも、患者自身の免疫システムに攻撃されない正常な血液細胞が生成されやすくなるの。それによってがんの進行が遅れ、転移もしにくくなる。いわば、移植の適合者が見つかるまでの時間稼ぎね。

　それはそれですごいことなのよ。でもＧＸ－42にはそれ以上の働きがある。動物実験では、効きめが長く続くだけでなく、より永続的な効果が認められた。そうね、動物の場合、だいたい数カ月おきなんだけど、そのぐらいの間隔で定期的に投与すれば、継続して健康な血液細胞が生成されたの。

　ネイトとわたしは人間でも似た結果になると考えてる。幹細胞や臍帯血移植と同様の作用があり、なおかつ、あらかじめ用意しておける万人向けのドナーのようなものよ。適合の是非を考えなくていいから、患者が拒絶反応を起こしたり、感染症を起こしたりする可能性は、はるかに低くなるわ。永続性は望めないとしても、移植のために適合するドナーを見つける時間がより多く稼げる」

　そのすべてを理解したライは、椅子から立ちあがって窓辺へ近づきながら、手に巻いたタオルをゆっくりと外した。傷口は炎症を起こしているようだったが、出血は止まっていた。

　ブリンが言った。「消毒しないと」

「いまはいい」

「どこでティミーに襲われたの？」

「襲われたんじゃない、こっちが襲ったんだ」彼は争ったときのことを語った。

「ブレイディとダッシュの報いを受けさせたのね」

「いくらかは。こんなもんじゃまだ足りない」

「ティミーのケガはひどいの？」

「永久に残るようなケガじゃない」

「ゴーリアドは？」

「やつとは合意に至った。一時的なものだが」

「どういう意味？」

「先に片付けるべきことがあるぞ、ブリン。おれはすべてを理解したい」

彼は天井から床まで届くカーテンを開いた。ハーツフィールド・ジャクソン空港までは五キロほど離れているが、ライには再開していることが見て取れた。低く垂れこめた雲を抜けて着陸態勢に入った旅客機がホテルの駐車場の上を飛んでいたのだ。

「ＭＤ－80」

ブリンが尋ねた。「わかるの？」

「わかる」

ライはカーテンを戻して振り向いた。「きみには患者がふたりいる。どうして混合薬をふたつ作らなかった？」

「薬理学者が拒んだのよ。薬を混合して持ちだせば逮捕される可能性があるの」

ライはベッドまで戻り、ブリンに顔を近づけて言った。「ハントは六十年生きられたが、バイオレットはそこまで生きられないわ、ライ」

「神を演じることはできない、ライ」

「誰かさんはやってたがな。少女でなく上院議員を選んだのは誰だ？」

「ネイトとわたし、両者合意のうえでの決定よ。たくさんの要因を考慮して決めたの」

「たとえば？」

「患者の総合的な健康状態、患者の自己免疫――」

「よく言うな。どうせ患者の財力で決まったんだろ。いくらなんだ？」

「わたしは、その会話は聞いてないわ」

「それを言うなら交渉だろ」

ライの視線をなにげなく避けながらブリンが言った。「わたしが聞かされたのは、ハント夫妻は将来の研究にかなりの額を投じてくれたということよ。でも条件が――」

「ネイトが薬を受け取ることだ。そんな取引に神が賛成すると思うか？」

「賛成なんでしょう」怒った顔で彼女は立ちあがり、ライの横を通って、水のボトルを乱暴に化粧台に置いた。「だって、そうでしょう？　昨日の夜、わたしが自分の手でなんとかしようとしたら、このざまだもの。あなたの飛行機は落ち、ブレイディはいまも集中治療室、そしてわたしは今夜、ネイトとハント夫妻から逃げたことで、高い代償を払うことになる。

誹謗中傷されるぐらいじゃ、すまないでしょうね」

「きみをやりこめるには、自分たちが悪事を働いたことを認めなきゃならない」

　ブリンはふっと息を吐いて彼の反論をしりぞけた。「あら、あの人たちならできるわ。どうにかしてわたしの医師免許を剝奪しようとするんじゃないかしら。もともと剝奪の恐れはあったんだけど。でも最悪なのは……」声が震える。ブリンは言いなおした。「最悪なのは、バイオレットを救えないこと」

「リチャード・ハントを救える」

「ネイトのオフィスを出てきたのに？　無理よ。もう彼には近寄らせてもらえない。わたしはバイオレットを強く推したの。結局、ネイトが勝ち、わたしもしぶしぶ応じた。でもネイトもハント夫妻もわたしが献身的に関わるとは思ってなかったはずよ」

「それで昨日の夜、ゴーリアドとティミーがハワードビルまで送られてきたのか。きみを監視し、あの箱を奪って逃げないようにするために」

「わたしはまさにそのつもりだった。結果を甘んじて受ける覚悟でね」途方に暮れたように両手を上げげた。「その計画の顚末は見てのとおりよ。だからアトランタまで戻る長い道のりのあいだ、今回のことを純粋に客観的な視点で眺めてみたの。

　ＧＸ－42は無駄にはならない。ひとつの命が救われる。あなたが昨日指摘したとおり、わたしは人命を救うと誓いを立てた身よ。その命にちがいはない。だから今夜、ネイトの手助けをする心の準備をして、そのことを喜ぼうと思ってた」そこで息を継いだ。「でも、そこにあなたからのメールが送られてきた」

「無視することもできた。なぜそうしなかった？」

「正直に答えるの？　ネイトから、ハント夫妻から、こういうこと全部から、手を引く口実になるからよ。結局、わたしの客観性なんてその程度のものだったってこと。バイオレットを失うと思うと、心が引きちぎられそうなの。

これであの人たちはわたしが裏切り者だと知る。ネイトは、金持ちで有力者のハント家に対して彼の印象を悪くしたわたしに怒り心頭でしょうね。その一方で、薬が期待どおりの効果を上げれば、その栄光をわたしと分かちあう必要がないことを喜ぶでしょうけど」

「きみは評価される機会を失う」

「バイオレットが失うもののほうがはるかに多いわ」ブリンは頬の涙をぬぐい、あわてて顔をそむけてバスルームへ向かった。「ちょっと失礼。戻ってきたら車を呼ぶから」

「ブリン？」

「わたしは人前で泣かないの」彼女がバスルームに入ってドアを閉め、鍵がかかる音がした。

ライはドアまで行ってノックした。「ブリン」

「少し時間をちょうだい。お願い」

ライは小声で悪態をつきながら引き返した。彼女はひとしきり涙に暮れたいのだろう。

ベッドのボマージャケットを手に取り、ポケットから携帯電話を取りだした。ブリンが座っていたベッドの端に座って、心を決めかねて手に持った電話をしばらく手のなかではずませていたが、怖じ気づいて手が動かせなくなる前に電話番号を入力した。

「もしもし？」

「やあ、母さん」

母ははっと息をついて、ライの名を呼んだ。「まあ、声が聞けてこんなに嬉しいことはないわ」

「今朝、電話したんだけどね」

「発信者非通知だったけど」

「ああ。予備の電話機を使ってるんだ。ともかく、いろいろあって一日が過ぎてしまった。感謝祭のディナーを邪魔したんじゃないといいんだが」

「いいえ。早めにすませたから。料理は軍隊を養えるぐらいあるのよ。来る途中だと知らせるために電話してきたんなら、残り物をさっと温められるわ」

期待にはずんだ母の声を聞き、ライは目を固く閉じた。「いや、オースティンからだいぶ離れた場所にいてね。アトランタだ。霧で足留めを食ってる」

「ニュースで観たわ。あなたは飛ばないのね？」

「今夜はね。明日は飛ぶが」

「どこへ？」

おれがどこへ行こうと、関係ないだろう？　だがライは場所を伝え、そして尋ねた。「聞こえるのは赤ん坊の泣き声なのか？」

「キャメロンよ。一日じゅうむずかっちゃって。歯が生えかけてるもんだから」

キャメロン。いちばん年下の甥。甥の顔は、兄が誇らしげに送ってきたメールの写真でしか見たことがない。写真には、日々東海岸から西海岸へ飛びまわっているなら、テキサスに立ち寄って家族と会うくらいできるだろうと、それとなくさとす言葉が添えてあった。

ライは咳払いした。「てことは、そうか、今日は親族全員が集まってるんだな?」

「あなた以外はね。みんな寂しがってるわ」

「おれもみんなに会いたいよ。でも、ご承知のとおり仕事でね。目がまわるような忙しさなんだ」むろんライが実家に戻らない理由は仕事ではなく、母にもそれはわかっていた。

「父さんはポーチなんだけど、きっとあなたと話をしたがる――」

「いや、わざわざ呼ばなくていい。明日あたり、また電話して父さんとも話すから」

「ライ――」

「そろそろ切るよ。パーティに戻ってくれ」

「ライ。みんな会いたがってるわ。あのことは……話したくないことは話さなくていいのよ。せめて二、三日でいいから帰ってこられないの?」

「なんとかしてみるよ」

「いつ?」

ライは髪をかきあげ、手のひらで額を押さえた。「できるようになったらだよ、母さん」

母は、いつできるようになるか、と尋ねなかった。これまでに何度か尋ね、はっきりした答えをもらったことがないからだ。その問いに対する答えをライは持ちあわせていない。

　感情をこらえて母がかすれた声で言った。「気をつけてね、ライ」

「ああ」

「約束して」

「約束する」

「愛してるわ、ライ」

「おれも愛してる」

　通話を切り、電話に唇をあてがった。自分とその人生全般にうんざりしながら携帯電話を放り投げた。それが化粧台に着地したときにブリンがバスルームのドアを開けた。

　ブリンは投げ捨てられた携帯電話に目をやり、ライを見て尋ねた。「誰と話してたの?」

　ライはそのまま動かず、部屋とのあいだの敷居に立つブリンをただ見ていた。豊かな巻き毛が後ろからバスルームのキャビネットの明かりに照らされている。真っ黒なまつ毛に縁取られたグレーの瞳。泣きやんだばかりの涙に濡れて気むずかしげなその瞳が、心配そうにこちらを見ている。

　ライは言った。「来てくれ」

　ためらいがちな足取りだったが、ブリンはまっすぐ前まで来た。ライは彼女の腰に両手を置いて自分の脚のあいだに引き寄せ、顔を肋骨の下のくぼみに押しあてた。

　彼女が両手をライの頭に乗せた。ライが自分の妄想かと思うほど、おずおずとした手つきだった。「ライ？　いったいわたしたちはなにをしてるの？」

ライは両手で彼女の腿の後ろをさすりながら、腹に鼻をすりつけ、仰向いて彼女の顔をまじまじと見た。「なにも」あらためてジャケットに手を伸ばし、自分の膝に広げた。「きみがこの娘を嫌いで残念だよ」

ブリンは絵を見て、かすかにほほ笑んだ。「だんだん好きになってきたみたい」

「そうか？　それはよかった。彼女には彼女でれっきとした使い道がある」

ブリンはまたピンナップガールを見て、ライに警戒の目を向けた。「その使い道を聞きたいかどうか、よくわからないんだけど」

ライはにやりとした。「聞かせたい話もいくつかあるが、きみが遅れたらいけない」

「遅れる？」

彼はシルクの裏地と革の縫い目の小さな裂け目に指を入れ、ブリンの手を取って手のひらを上に向けさせた。

「ランバートとハントにつかまる前に、これをバイオレットに渡してやれ」

彼女の手のひらには気泡シートに包まれたＧＸ－42のガラス瓶が載っていた。

第十九章

午後六時四十一分

保安官助手のウィルソンとローリンズは、ネイト・ランバートが駐車スペースからジャガーをバックで出し、駐車場から去るのを見送った。

発泡スチロールは、取りだすより、戻すほうが時間がかかった。元どおりになると、保安官助手ふたりは、疑って貴重な時間を三十分以上無駄にさせたことをドクターに謝罪し、ぜひにと言って、彼が人けのないオフィスビルから安全に出発するのを見送ることにした。

ローリンズはランバートのテールライトが見えなくなるのを待って、相棒に言った。「生涯、最悪の感謝祭になるかもしれない」

「喧嘩腰の奥さんやゲロを吐く子どもたちといっしょに家にいたほうがよかったたか？」

「かもな。こっちはさんざんな結果だぞ」

ウィルソンは鼻を鳴らし、おもしろくなさそうに笑った。「ここまでの大恥は、めったにかいたことがないな。てっきり禁制品が見つかると思ってたんだが」

「おれもだ。それと、ドクター・ランバートもなにか見つかると思ってたんじゃないか？」

「そうか？」

「ああ。なにもないとわかったときは、おれたちに負けないぐらいびっくりしてるようだったぞ」

「ドアを開けておれたちを見たとき、喜んでなかったのは確かだな」ウィルソンが言った。

「だが、禁制品所持の現行犯で捕まるのを恐れてか？　ただの鼻持ちならないやつじゃないのか？」

「鼻持ちならないやつであるのはまちがいない。だが、捜索令状を提示したときの顔は、甥っ子がカニのディップを吐く直前の顔にそっくりだった」

ウィルソンは考えこんだ。「おれたちがあの箱を開けたときのブリン・オニールも、あれと同じ表情をしてたっけな」

「それがもうひとつの謎だ。彼女はどうなった？　なぜ車のことでランバートに嘘をついた？」

「さっさと逃げたくなったのかもな」

「ああ、だがなぜだ？」ローリンズは食いさがった。「今朝の彼女はランバートや患者のためにここに戻りたがってたぞ」

「口ではそう言ってたが、彼女はそうしなかった。マレットと逃げたんだ。つまり、この一連の――」ウィルソンは言葉を切った。何歩か歩いてランバートの隣の駐車スペースに片膝をつくと、目に留まったコンクリートの床の染みを近くからじっくりと調べた。

「血痕だ」

ローリンズも近づいてきた。「まだ新しいぞ」

ウィルソンは壁に書かれた名前を指摘した。「ドクター・オニールの駐車スペースだ」

さほど多量ではないが、問題は量よりも血液がそこにあることだった。ふたりはぽつりぽつりと続いている血痕をたどって出口まで来たが、建物の外に出たその先は雨で血痕が流されていた。

「出血した人間がここから徒歩で外に出たんだな」ウィルソンが言った。

「で、その先は？」

「おれにわかるかよ。鼻血を出しただけかもしれないだろ？」

ローリンズは懐疑的な面持ちでウィルソンを見た。「本気でそう思ってるのか？」

「いいや」

「おれもだ。その他もろもろを考えあわせるに、アトランタ市警察に応援を要請したほうがよさそうだ」ローリンズは周囲を見まわし、天井の絶妙な位置に取りつけられている防犯カメラを見つけた。「ここでなにがあったか、画像を手に入れよう。そっちはおれがやるから、ブリン・オニールの自宅の住所を調べてくれ。彼女の捜索はそこからだ」

ふたりは足早にＳＵＶへ向かった。途中、ローリンズの携帯電話が鳴った。「女房から離婚の通告かもしれない」

　だが相手はマイラだった。ローリンズはスピーカーホンに切り替えた。マイラはいきなり本題に入った。「用件はふたつ。サッチャーが勤務を終えて、病院のほうはブラクストンが引き継いだわ。たったいま彼から連絡があって、ブレイディのぽんこつの心臓が――」

「ブレイディの心臓はぽんこつなのか？」

「みんなが知ってることよ」マイラが憤然と言った。「だから心配してるんじゃないの。生死の分け目で、不利な戦いを強いられてる。こうしてるあいだにも、かかりつけの心臓専門医が病院に向かってる。マーリーンはやきもきしてるわ」

「いかんな」ローリンズは心配そうにウィルソンと顔を見あわせた。「ふたつめは？」

「黒いメルセデスのナンバープレートの登録番号」

「カフェのカメラは角度が悪くて、わからなかった」

「そのカメラじゃだめだったけど、金物店のカメラに映ってたの」

「うちの署の向かいのか？」

「今日は暇だから、手を尽くしてみたのよ。黒のメルセデスを求めてダウンタウンに設置された全カメラの画像をあたったら、夜明け前、金物店の裏あたりに一時間以上、駐車してたのがわかったってわけ」

「おれたちがドクター・オニールとマレットに話を聞いてるころだな」

「そういうこと！　偶然とは思えないでしょ」マイラはひと呼吸おいて、続けた。「ブリンがやっかいなことになってるの？」

「現在、確認中につき――」

「警察言葉はうんざりよ、ローリンズ。人間らしい言葉で話して。わたしはあの子の母親が亡くなる前から、あの子のことを知ってるの。あの子にはつつがなくいてもらいたいの。苦労してひとかどの人物になったんだから」

「おれだって同感さ、マイラ。だが、訊かせてくれ。あの子が父親の行動を見習ったことはないか？」

「盗みってこと？」

「そういうこと」マイラが答えをためらっていると、ローリンズが重ねて尋ねた。「包み隠さず頼む」

「あの子、痩せこけててね。ガリガリだった。十二か十三か、そのくらいのころだったと思う。女子更衣室でコートを盗ったの。数日間ぶらさがったまま、誰も見向きもしてなかったから、と本人は言ってたけど。冬のとても寒い時期だったわ」

「で、コートが必要だった」ローリンズは言った。

「それがね、コートを盗んだのは、自分のためじゃなかったのよ。毎朝、凍えそうになりながら遠くからスクールバスに乗ってきてた子にあげたんだから」

　ローリンズはウィルソンを見た。頭痛でもするように、額をさすっている。

「そうか、マイラ。言いたいことはわかった」ローリンズは言った。「登録番号はメールで送ってくれ」

「了解。でも車の登録者はもう調べてあるわよ」

「続けて」

「デローレス・パーカー」

「聞き覚えがないな」

「まだ続きがあるんだけど」マイラがぴしゃりと言った。「旧姓なの。結婚後はハント。デローレス・パーカー・ハント」

「まじか」

マイラが鼻先で笑った。「わたしと同じこと言っちゃって」

午後六時四十四分

手のなかの薬瓶を茫然と見つめていたブリンは、顔を上げてライを見た。「どうやってこれを？　いつ？」

「キャビンのバスルームでシャワーを浴びてるときだ」

「ずっとあなたが持ってたの？」

ライは肩をすくめた。

「どうやって錠を開けたの？」

「連続した四つの数字が正しいことはわかってた。じゃなきゃ、おれが口にしたとき、きみがあんなしょげた顔するはずがない。それで、気づいたんだ。おれが見落としたのは最後の数字じゃなくて、最初の数字じゃないかと。三を試してみたら錠が開いた。そして内張りの下から薬瓶が出てきた。おれがバスルームから部屋に戻ったときには、ジーンズのポケットに入ってたんだ」

「寝てるあいだじゅう、あなたは箱を抱えてたわよね?」

「ゴーリアドの車が私道に入ってきて、おれたちのキャビンに近づいてくるのを見たときに場所を移した。ジャケットの裏地を破って薬瓶を入れ、それからきみを起こしたんだ」

このやりとりをしながらも、彼はジャケットを着こみ、ブリンをドアへ追いやろうとした。ブリンはあらがった。「待って。よく考えなきゃ」彼女は言った。「わたしが話す前から薬だと気づいてたのね」

「いや、知らなかった。ガラス瓶は手に入れたが、しっかり包まれてた。だから中身も、きみがそれでなにをするつもりかもわからなかった。実際、ホットドッグの肉に注入する毒でもおかしくなかったってことだ」

「そう、それはわかったけど、わたしが説明したあとはどうなの? どうして薬を持ってると言ってくれなかったの? アトランタまでの長い道中、みじめでたまらなかったのよ」

「おれには理由がわからなかった。なぜきみがランバートに薬を渡したくないのか? おれが考えついたのは、きみと父親が共謀してそれでランバートを脅迫しようとしてるか、より高い値をつける買い手がいるかだった。なんにしろきみが違法な行為に走れば、おれまで罪に問われる。もやもやしたまま立ち去るわけにはいかなかった」

「だから、告白させようとしてわたしにメールを送ったのね」

「そうだ。これでおれにも、きみが少し横道にそれてるだけなのがわかった」

「あなたはそれでいいわけ？」

「ちがいは動機にある」ライは腕時計を見た。「わかってるだろうが、ランバートに魔法の薬が盗まれたことがばれたら困ったことになる。もうばれてるかもしれない。ホテルの外でタクシーか配車サービスの車を拾えるはずだ」

「あなたもいっしょに来るつもり？」

「ランバートが一杯食わされたのに気づいたら、電話一本でゴーリアドが登場するんだぞ。きみが無事にバイオレットのところへ行き着くまで、おれが見届ける。そこまでいけば、ランバートや上院議員がへたに手出しすると、おのれの悪事を世間にさらすことになる」

ライはブリンのコートをクローゼットのハンガーから外して差しだした。彼女はファスナーつきの内ポケットに薬瓶をしまった。

「バイオレットはどこにいるんだ？」

「放射線治療のあいだは、母親といっしょに病院内の外来患者用の施設に滞在してるわ」

「ランバートはバイオレットの居場所を知ってるのか？」

「もちろん。定期的に診察してるもの」

「となると、やつが最初にきみを捜す場所はそこだ。なんとか先に着かないとな」

ライはドアを開けて、ブリンを外へ押しだした。

午後七時十五分

遠くのアーチ形天井の玄関ホールで、大きな振り子時計が十五分のチャイムを鳴らした。ネイト・ランバートの発言のあと、それ以外はただ沈黙が続き、デローレスは重い静寂の圧力を鼓膜にひしひしと感じていた。

デローレスとリチャードは居間のソファに並んで座っていた。ネイトは城陥落の知らせをもたらす不運な使者として、ふたりの前に立っていた。

デローレスは言った。「入ってなかったって、どういうことなの？」

見るからに不安げであるにもかかわらず、ネイトの口調は例によっていやみだった。「混乱をもたらすような言葉は使わなかったはずだよ、デローレス」滑舌よく、ひとことずつ区切って言った。「薬瓶が入っていなかったんだ」

「どうしてそんなことに？　研究所を出たときは、入ってたの？」

「こちらに来る途中で薬理学者に連絡した。わたしの指示どおりにしたと言っていた」

「南京錠の数字は、薬理学者とあなたとドクター・オニールしか知らないのよね？」

「ブリンには昨日の夜、電話で教えたが、盗み聞きされるような——」

「いいかげん、遠回しな言い方はやめて、ネイト！　彼女が盗んだってことでしょう？」

デローレスは立ちあがり、バーまで行ってデカンターから勢いよくグラスにウイスキーを注いだ。それを飲みほし、もう一杯注いでリチャードに運んだ。

「リチャードは飲まないほうが――」

「おだまり、ネイト」

リチャードはありがたそうにうなずいて妻からグラスを受け取ると、妻よりは多少ゆっくりと酒を飲みほし、空になったグラスをコーヒーテーブルに置いた。

「これでなにがあったか、全員が理解できた」リチャードは言った。「さて、どうしたものか？」まずデローレスを見ると、彼女はタバコに火をつけるところだった。危機的状況に免じて、彼は妻を叱らなかった。「ゴーリアドはどこにいる？」

「箱の配達がすんだから、今夜はこれで終わりだと伝えたのよ」デローレスは冷ややかな目つきでネイトをにらみつけた。「こんなにすぐにまた彼が必要になるとは、思っていなかったから」

ネイトはあわてて自己弁護に取りかかった。「わたしを責めるのはお門違いだ」

デローレスはきれいに描いた眉の一方を吊りあげた。「あなたを責める？　できることなら四つ裂きにしてやりたいくらい」

「責められるべきはブリンだ」

「冗談じゃない。わたしが彼女を信じるなと言ったのに、あなたは耳を貸そうとしなかったじゃないの」

「あらかじめわかっていたら、昨日、彼女を行かせなかった。あとになって知ったんだ」

デローレスは片手を腰にあてて首をかしげた。「なんなの？」

「犯罪者の家系だそうだ。父親に多数の犯罪歴がある」

リチャードは細めた目でネイトを見た。「きみの同僚のその女は、きみとともに患者の治療にあたっていた」

「ああ、しかし――」

「わたしもその女に治療されたんだぞ！」憤怒をこらえようとするあまり、リチャードの声が震えた。「きみは彼女の経歴を知らずに、それを許していたというのか？」

「推薦状が申し分なかったので、家系を調べようなどとは露ほども思わなかった。明らかなまちがいだった」

「明らかな大失敗よ」デローレスは言い換えた。

リチャードが立ちあがり、ソファの後ろへまわった。演壇に立つようにソファの背に両手をついて、頭を垂れた。彼の集中力をさまたげないようにデローレスは黙っていた。ネイトが話そうとしているのに気づくと、一瞥を投げて、黙らせた。

やがてリチャードが顔を上げた。「薬の効果が切れるまでは大失敗とは言えない。ドクター・オニールを捜して、薬を取り返すのに、まだ二十四時間以上ある」

デローレスはさっそく行動に移った。「ゴーリアドに連絡するわ。あなたは――」タバコでネイトを指さした。「あなたのところを出たあと、ドクター・オニールが行きそうな場所をすべて書きだして。彼女は無法者の父親と連絡をとりあっているのかしら？」

「わたしには想像もつかない――」

「想像なんてしなくていいから、ネイト、見つけだすのよ。まずは薬理学者に連絡して、もう一回分の薬を混合するように言って。天候がよくなったから、自家用ジェットで取りに行かせるわ」

「彼は応じないよ、デローレス」

「だったら、お金をもっと積んで」

「金の問題ではないんだ」

「あら、笑わせてくれるじゃない」デローレスは言った。「ほかになにがあるのかしら」

なおもネイトは首を横に振った。「彼は科学者だ。研究所内の試験結果のよさに背中を押されて応じてくれたが、薬を混合して金を受け取ることには抵抗を感じていて、今回受け取った金にしても、混合薬の経費にあてようとしている。そんなふうだから、もう一度薬を作らせたかったら、食品医薬品局に例外的使用を認めさせ、会社から了承を出させるほかない。正規のルートで申しこむしかないということだ」

「だったら、そうして」

「やりたかったがね、デローレス、きみたちは匿名にこだわった。治験は綿密に記録される。リチャードの名前を隠しておくことはできない」

「だめだ」リチャードは一顧だにしなかった。「わたしが不治の病だということが明らかになれば、ワシントンにいるすべての敵を勢いづかせる」

「大金を使えば、秘密を守れるかもしれない」ネイトがおずおずと言った。

リチャードがあざ笑う。「きみはいったいどこの惑星の人間だね？　わたしは公人だぞ。メディアのかっこうの標的だ。そんなおいしいネタがあったら、関係者の誰かから瞬時に漏れる。きみ自身がタブロイド紙にニュースを売るかもしれない」

ネイトはめいっぱい背筋を伸ばし、ヨーロッパ製のスーツのジャケットの裾を引っ張った。「その侮辱は聞き流そう。あなたはわたしの患者にして、いま失意の底にあり、極度の緊張を強いられているからね」

ネイトはしばらく口を閉じて、リチャードの謝罪を待っていたようだが、なにも言ってもらえないとわかると、言葉を続けた。「いいかね、先ほどの提案には一考の価値がある。きみの名前があれば申請書は考慮に値するものとして扱われるだろう」

「だめだ」

デローレスが言った。「リチャード――」

「だめだ、デル」

デローレスはネイトを見た。「リチャードの言ったとおりよ。賭け金を上げて。研究所の友人はあなたが思うほど高潔ではないかもしれない。あそこのデスクを使うといいわ」

ネイトは言われたとおり、電話をかけはじめた。

リチャードは寝室に戻った。デローレスはタバコを消して、彼のあとを追った。リチャードが言った。「ドアを閉めてくれ」

リチャードは詰め物をした椅子の一脚に腰かけた。前にある窓からは、プライベート・テラスとその先の美しく造りこまれた庭が一望できる。デローレスももう一脚に腰かけた。夫は考えごとに没頭しているらしく、椅子の肘掛けを指で小刻みに叩いている。

一刻も早く動きだしたいけれど、夫には考える時間がいる。しばらくすると、リチャードが、ゴーリアドに連絡したか、と尋ねた。

「電話しかけたのよ。でも、まずあなたのお考えをうかがってからと思って」

なおも思案顔で、リチャードはうなずいた。「今回のことは、元々わたしの命をかけた最後のあがきとしてはじまった。それでもやはり、これの……実行をめぐって、ときに若干の後ろめたさや、いくばくかの不安を覚えずにいられなかった」

「わたしはそういう後ろめたさや不安をずっとやわらげてあげたいと思ってきた」

「きみにどれだけ助けられたかわからない。だが、すべてを消し去ることはできない。たとえば昨晩のように。しかし、ここまで複雑になり、つぎからつぎへと難題が降りかかってくると、別の観点から見られるようになるものだ。そうだ、今回のことはひとつの挑戦だ。選挙活動のごとき様相を呈してきた」

「あなたはこれと決めたことをあきらめたことがないし——もちろんありえないけど——選挙に負けたこともない」

「そうだ、負けるつもりはない」リチャードはデローレスの手を取った。「勝つために必須のものはなにかな？」

「冷酷無比になること」

リチャードがほほ笑んだ。「きみはよく話を聞いているね」

「この十六年間、聞いて学ばせてもらったわ。情け無用。なにがなんでも勝つ。あなたにとっては、たんに響きのいい格言を超えたものだわ」

「信条だ」

「その信条にもっとも忠実な信者がこのわたし」

「わたしは今回も勝ちたいと思っている、デローレス」

「勝つわ。まちがいなく」

「だが、それだけでは足りない。勝って……そしてすべての痕跡を消し去らなければ」

目を見交わしてお互いの胸の内を理解すると、デローレスは彼の手を握ってその瞬間を封印した。

「ゴーリアドに仕事だと連絡して、特別な任務だから、気を引き締めてかかるようにと伝えます」

上院議員がうなずいた。

デローレスは手を伸ばし、夫の膝を軽く叩いた。「あなたはお休みになって。あとはわたしに任せてください」靴を脱いで座面に脚を上げると、ゆったりとした姿勢でゴーリアドに電話をかけた。すぐに電話に出た彼に状況を説明した。

「ドクター・オニールは姿を隠す名人だったようよ。もう一度彼女を見つけて」

「承知いたしました、奥さま」

「どこから手をつければいいかわかるわね。無駄にできる時間はないから、さっさとはじめて。お仲間も連れていくのよ」

「ティミーは使えません」

デローレスの声がつららのように冷たくなった。「使えない？」

彼女の声音の変化にすかさず気づいたリチャードが、尋ねるような視線を投げてよこす。

デローレスは人さし指を上げて、通話が終わってから話すと伝えた。

ゴーリアドが言った。「ティミーがマレットを挑発しました。マレットは黙って受け流しませんでした」

ゴーリアドはざっとながら、駐車場での争いを説明した。

「ティミーに切りつけられて、マレットは手から出血しました。だが結局、倒れることもなく、走って逃げられる程度の傷だったんですが」

「それをみすみす逃がしたというの？」

「はい、奥さま。そこらじゅうに防犯カメラがありましたので」

「そう」

「それに、ティミーは血尿を出してます」

「それがなんなの？　全身の穴から血が出てたとしても、さっさと叩き起こして出かけなさい。ドクターを見つけだすの。薬瓶が手に入ったら、彼女のこともよろしく。そうそう、あのパイロットにもこれ以上わずらわされたくないんだけど。わたしがなにを言いたいかわかるわね、ゴーリアド？」

「はい、奥さま。対処します。いずれにも」

「さあ、早くして。わたしたちに気を揉ませないでちょうだい」

「承知しました、奥さま。また連絡します」

デローレスは電話を切り、リチャードにいまの会話を伝えた。「ティミーについてはあなたが正しかったようね。暴力を振るうなら、せめて効率よくやってもらわないと。マレットには死んでもらうわ」

リチャードが小さく笑った。「ゴーリアドがなんとかしてくれるだろう」

「もちろんよ」

ゴーリアドならやってくれる。デローレスの頼みなら、なんだって叶えてくれる。惚れこんだ女のためなのだから。

第二十章

午後七時三十八分

ホテルのロビーの混乱を避けるために、ブリンとライは脇の出入り口を使った。ライが呼んだ車はわずか数分で到着したものの、思ったほど速くは移動できなかった。高速道路が渋滞していたからだ。ときには徐行程度にまで速度が落ちることもあった。

ライの言うとおりだ。ネイトやハントに阻止される前になんとしてもバイオレットのもとへたどり着かなければならない。のろのろ運転にブリンのストレスはいや増した。

長い沈黙の末、不意にライが尋ねた。「看護師はいるのか？　職員は？　感謝祭の夜にきみが現れてあやしまれないのか？」どうやらブリンが直面しそうな問題を考えていたらしい。

「ホテルみたいな施設で、各階に看護師の基礎訓練を受けた付添人がいるわ。点滴バッグの取り替えや、バイタルを測ったり、記録をとったりはできるけれど、おもな役目は、患者の体調が急変したときに主治医や救急医療スタッフに知らせることよ」

「バイオレットが最初の治験患者だとしても、薬を投与するには両親の同意がいるんだろ？　両親と話はついてるのか？」

「いまごろになって訊くの？」

「どうなんだ？」

「もちろんついてるわ。ドナー登録者のなかに幹細胞の適合者はいなかった。家族のなかにも、ドナーになれるだけの人はいなかったのよ。ご両親はこの薬を救いの手だと思ってる。特例の申請には家族も関わったの」

「つまり、今夜きみが薬を与えることを、快く受け入れるってことだな？」

「一片の迷いもなくね。今回の放射線治療は、バイオレットの延命を狙ったもので、救うためのものじゃない。とても過酷な治療だから、彼女を衰弱させることにもなる。特例が認められるまで命をつなげるという希望がなければ、ご両親ともそんな治療は受けさせなかったでしょうね。そうよ、ライ、これはご両親の祈りに応えるものなの」

　ライが言った。「ランバートについては？　彼は定期的にバイオレットを診てると言ったよな。ランバートがいないことを、母親がいぶかるんじゃないか？」

「訊かれると思うけど、別の患者を診てると言うわ。実際そうだし。わたし自身不安定な状態にあるのにこんなことを言うのはなんだけど、いまのネイトの立場にはなりたくないわ」

「ランバートか」ライが軽蔑もあらわに口にした。「やつにとっては、上院議員と少女と、どちらに薬を与えるべきか、迷う余地などなかったんだろうな？」

ライはなんとはなしに口にしたのだろうが、ブリンはその質問でネイトとたびたび議論したことを思いだした。ネイトは当初よりリチャード・ハントに肩入れし、影響力のある議員ならば社会や国家に貢献するだろうが、バイオレットは学業の遅れを取り戻すだけでも時間がかかると主張した。

さらにネイトは薬を受け入れる肉体の比較を行って、それも自説を補強する材料とした。ハント上院議員のがんは診断されて日が浅い。まだ別の治療による身体の衰弱も進んでおらず、体力もよりあって、ほかに健康上の問題もない。総じて身体組織が傷んでいるバイオレットより、ハントのほうが薬が効く可能性がずっと高い。

ブリンは、ハントの体調のほうが良好だからこそ、食品医薬品局の許可がおりるのを待つ時間があるとも言えると反論した。バイオレットにはその時間がない。

「わたしたちには同僚を批判してはいけないという不文律があるわ」ブリンは言った。「それに、ネイトにはいらいらさせられるし、人好きのする性格ではないけれど、やっぱり優秀なの。でも、そうね、わたしも彼の決定はリチャード・ハントの社会的地位に影響されたと思う。そしてお金に」

「ランバートは病気の少女を値上げ交渉の材料にしたんだ」ライが小声で悪態をついた。

「少女の両親は競争相手がいるのを知ってるのか？」

「いいえ。同じ病気の患者がいることも、こっそり薬品が持ちだされたことも知らないわ。

奪えるとは決まっていなかったから、へたに希望を持たせたくなかったの」

「不法に入手したと知ったら、抵抗があるかもしれない」

「それはないわ」

「確かか？」

ブリンは小声で尋ねた。「あなたの子どもだったらどうする？」

「研究所のドアを蹴破って、みずから盗みだす」

ライの過激さにブリンはほほ笑んだ。

「冗談だと思ってるな」

「まさか。大真面目だとわかってるわ」

「バイオレットはどうだ？　薬の投与を怖がらないか？」

ブリンは首を振った。「ご両親とわたしとで、ＧＸ－42の話はバイオレットにしないと決めたの」

「効かなかったときのためか」

「魔法の薬に期待させておいて、希望を砕くなんて、あまりに残酷だもの」

「本人は末期だということを知ってるのか？」

「その言葉は聞かせないようにしてるけど、賢い子だから、病気がとても重いことはわかってる。いろんな治療やつらい検査を受けてるんだもの。友だちができれば、ほかの子が亡くなったということも耳に入るわ」

女の子よ」

ライはそれから何分か、両手の指で眉をこすりながら、黙って雨に濡れた車窓を眺めていた。

「でも、奇跡だと思うんだけど、バイオレットは子どもらしい明るさを失ってないの。ディズニーのお姫さまが大好きで、バレリーナになると言ってるわ。からかえばくすくす笑うし、お兄さんたちと口げんかもする。珍しい血液がんを患っているというだけで、ごくふつうの女の子よ」

ライはそれから何分か、両手の指で眉をこすりながら、黙って雨に濡れた車窓を眺めていた。

ブリンは言った。「倫理的、道徳的な観点から、さまざまな影響を考えてるのね？」

ライは彼女を見た。「どうとでも解釈できると思って、いいよな？」

「そうね。あなたが思案したのはたった一時間。わたしは何カ月も思案してきたのよ、ライ。でも、明快な結論が出るとは一瞬たりとも思えなかった。これは神さまを演ずる行為よ。誰に腎臓を、肺を、心臓を渡すのか？　簡単に決められることではないわ。

バイオレットのことが好きなのは事実だけど、でもこれは、彼女がかわいらしい少女で、ハントが、あのリチャード・ハントだからではないの。どちらが好きかを基準に決めたことじゃない。わたしにとって決定的な理由はひとつだけ、時間なの。ハントには時間がある。バイオレットにはない」

「わかった。きみを信じるし、きみの言うとおりだと思う」

「だったらなぜ歯を嚙みしめてるの？」

「捕まったらどうする?」

「捕まるでしょうね。わたしにはバイオレットの経過をすべて記録する義務がある」

「ごまかしに」

「ことごまかしに。記録によってあの薬の将来が決まるから、ごまかすわけにはいかない。でも、わたしはあらゆる局面からそれを考えてきたし——」

「あらゆるといっても、きみが知りうるかぎりだ。きみには予測できない局面がおそらく何十とあって、そのせいできみは破滅することになりかねない」

「リスクも考慮したわ、ライ。わたしの評判や、医者という職業」

「昨日の夜にしたって、きみの命は危険にさらされてた」

「そうよ!　飛行機が墜落したせいで!」

ライは、運転手に聞かれないように、ブリンに顔を近づけた。「いや、ダークスーツの男ふたりのせいでだ、ブリン。やつらへの命令はハントから出てる。もしおれがいなかったら、きみから箱を奪うためにやつらがどこまでやったか。どこまでやれと命じられてたか、わからないんだぞ」

「彼らの登場で不安になったのは認める。でもバイオレットの血管に薬が入ってしまえば、競争は終わりよ」

「どうだか。ハントについちゃ詳しくないが、負けるのが嫌いな男だ。潔く負けるわけがない。きみのお友だちのネイトにしたって、そうだ」

「反撃はあるでしょうけど、わたしはなにをされようと突き進む。だって、さまざまな懸念を乗り越え、プラス面とマイナス面をさんざん考慮して、やっと最重要な事実に行きついたのよ」ブリンは人さし指を立てた。「これはバイオレットがより長く生きるための最後にして唯一のチャンスなの。だから、いまのわたしの行動がある。結果なんてかまってられないわ」

「薬を与えられたとしても、ランバートがあとを追ってきて、正当性を問題にするぞ。不正だと非難し、倫理違反を並べたてる。きみは七歳の少女に無認可の薬を与えた理由を答えなければならなくなる」

「勝手にやらせておけばいいのよ。バイオレットの病状が改善すれば、わたしの汚名はそそがれる。とくに似たような状況に置かれた患者を持つ医師たちがわたしの擁護にまわってくれるでしょうね」

「いいだろう。すべてが順調にいけば、きみは医師会の審査委員会にぴしゃりと手を叩かれて、二度とこんないたずらをするなと警告を受けるぐらいですむかもしれない」彼は強調するため、ひと呼吸置いた。「じゃあ、すべてが悪い方に向かったらどうなる？　法律に引っかかるだけじゃすまないぞ、ブリン。最悪の事態を考えてみろ」

「最悪の事態とは、バイオレットを救える手段や機会があるのにそうしないことよ」

「その少女がきみの最後の患者になるかもしれない」

「だったら、わたしはその少女のためにヒポクラテスの誓いを立てたんだわ」

自分で思っている以上に、熱っぽく反論していた。ライの詰問に腹を立てていたからだ。

「なんでそんなにわたしの先々が気になるの？　わたしの人生について知る必要はないと言ってから、二十四時間たってないわよ」

「そうだな」ライは硬い声で答えた。「きみが医者の世界でどうなろうと、知ったことじゃない」

「わたしにはわからないのよ。わたしを大急ぎでホテルから連れだしてバイオレットにGX−42を届けさせようとしておきながら、いまになってあの子に薬を渡すのをあきらめさせようとするのはなぜなの？」

「そうじゃない」

「だったらなんなの？」

平板な口調でライは答えた。「自分に対してだけでもいい、きみに認めてもらいたいからだ。今回のことはバイオレットのためだけじゃなく、自分のためでもあると」

ブリンの頬が赤く染まった。かっとして顔をそむけようとしたが、顎をつかまれたので、ライと向きあうしかなかった。「なぜなんだ、ブリン？　なにを証明しようとしてる？」

「なにさまのつもりなの？」ブリンは言い返すと、顎を突きだして彼の手を逃れた。「そういうあなたは、なぜ危険だとわかってて、昨日の夜、飛んだの？　なぜあなたは飛ぶためだけに生きてるの？　その必要がないかぎり、多少でも一カ所にとどまっていられないのはなぜ？〝おれはここを離れる〟って、そんなことばっかり言ってるわよね。空に逃げだしたくなるようななにが地上にあるわけ？」

ライは鬱積した怒りに息を荒らげながらも、ブリンの視線を受けとめていた。そしてふいに言った。「着いたぞ」

「あら」ブリンは怒りを振り払い、降ろしてもらいたい入口を運転手に伝えた。

ライが言った。「館内まで送る」

「けっこうよ」

「いや、そうはいかない。きみがティミーのナイフにやられたら、おれが後悔する」

「ご親切だこと」

「自分のためだ。罪の意識に苦しみながら生きたくない」

ふたりは車を降り、ライが運転手を帰した。周囲に警戒の目を走らせ、セキュリティはどうなっているかと尋ねた。

「外来の入口に守衛がいるわ。二十四時間、週七日ずっとよ」

開いている鉄製のゲートから、オープンな中庭に入った。舗装された歩道が、花壇や芝生を縫うようにして配置され、ところどころにベンチがあった。ブリンはフードをかぶって雨を防いだ。ライはそのまま頭をむきだしにしていた。

高い建物に入ると、ブリンは守衛の名前を呼んであいさつした。デスクに座っていた守衛はだるそうに手を振って迎えたが、犯罪ドラマを放映中の小型テレビから目を離さなかった。

ライが苦々しげな口ぶりでこっそり言った。「あれがセキュリティなら、たいして安全とは思えない」

「わたしがここで見かけたなかで、もっともいかがわしいのは、あなたよ」

「だから心配なんだ。あの男はおれを見ようともしなかった」

ふたりは人けのない廊下を進み、エレベーターホールに着いた。ブリンはボタンを押した。

ライが尋ねた。「まだあれを持ってるな?」

ブリンはコートのポケットを叩いた。「薬理学者が手回しよく気泡シートで包んでおいてくれて助かったわ」

「たしかに。研究所を出てから、ずいぶんな長旅をしてきてる」

見渡すかぎり守衛以外に人はいないようだったが、ライはなおも警戒をゆるめず、神経をとがらせて、すべての動きや音に気を配っていた。ブリンは彼がまたもや指を曲げ伸ばししているのに気づいた。「その切り傷、やはりなにかでおおったほうがいいと思うんだけど」

「時間ができたら」彼はちらっと天井を見やった。「少女がいるのは何階だ?」

「三階よ」

ライはしかつめらしくうなずいた。口論を避けたくて、世間話をしているのがわかる。どちらをするにもくたびれて、ブリンは小さくほほ笑んだ。「上の階には家族と事前に許可を受けた友人しか行けないから、ここでお別れよ」あることを思いだして、くすっと笑った。

「なにがおかしい?」

「今日あなたとお別れするのは、これで三回めね。今朝病院で、ネイトのオフィスで、そしていまここで」

「ギネス記録かもな」

「ほんと」ライの目をのぞきこみ、笑いを引っこめた。「さっき、飛行機の墜落について言ったことは撤回するわ」

「気にしなくていい」

「いいえ、言っておきたいの……あなたがいなかったらこうはいかなかった。昨日の夜、あなたじゃなきゃ飛んでくれなかったわ。ありがとう、ライ」

「礼ならすでに聞いた」

「もう一度、言わせて」

彼はもうじゅうぶんだと言わんばかりに、居心地悪そうに肩をまわした。

エレベーターが到着した。ドアが開く直前、ライは人が出てくることに備えて身構えた。だがなかには誰もいなかった。彼は手でドアを押さえた。

「まだ二十四時間あるな」ライは言った。

「でもすぐに点滴をはじめるわ」

彼は小さくうなずいた。「幸運を祈ってる。バイオレットが元気になったかどうかは、きみが有名になるかどうかでわかる」

「そのためにやるんじゃないのよ」

「わかってる」

「そんなふうに思われたまま別れたくない」

「思ってないさ」

言いたいことはたくさんあった。だがこちらの口数が増えるほどに、ライは無口になっていく。「気をつけて、ライ」ブリンはつま先立ちになると、遠慮がちに彼の頬にキスをした。

だが彼女が離れたとたん、ライが空いているほうの手を彼女のうなじに添えて、唇を寄せてきた。命懸けのようなキス。飢えたような激しいキスは、はじまったと思った瞬間に終わっていた。

ライはブリンをエレベーターのなかに押しやった。「この先長いこと、後悔しそうだよ。きみの服のなかに入れればよかった」

彼はドアを放した。

三階でふたたびドアが開いたときもまだブリンの唇は脈打ち、ライの別れの言葉が頭のなかでこだましていた。状況が異なれば、ふたりがこんなふうでなければ、ふたりの仲は変わっていたかもしれない。いずれそのことをあれこれ考えるのだろうが、いまはそんなことより、しなければもっと後悔することがある。

ブリンは廊下を歩きだした。個室のドアはすべて閉まっていた。喫茶室や談話室には誰もいなかった。廊下の突きあたりの部屋に近づくにつれて、胸が高鳴ってくる。危険を冒しているからではなく、バイオレットと家族に喜びをもたらすことができるからだ。

ドアを軽くノックした。当直の付添人がドアを開け、廊下に出てきた。「あら、オニール先生」

ブリンは愛想よくほほ笑んだ。へとへとで髪を振り乱し、ろくに着替えもしていないことなど、日常茶飯事のようにふるまった。「こんばんは、アビー。感謝祭はどうだった？　一日じゅう仕事だったの？」

「いいえ、わたしは午後の四時に来たんですよ。先生はいかがでした？」

ブリンはかすかにほほ笑んだ。「ふだんの感謝祭とは大ちがいだったわ」

「今夜、いらっしゃるなんてびっくり」

「バイオレットのことが気になって。今日一日どうしてたかと思って立ち寄ったのよ」

若い付添人の笑顔が揺らいだ。「あら、てっきり先生はご存じかと思ってました」

午後八時一分

ライはエレベーターが閉まってブリンの姿が消えたあとも、長いあいだドアを見つめていた。じっと佇んでいると、携帯電話が振動した。ダッシュからだった。

不機嫌な声で電話に応じた。「モーニングコールのつもりか？」

「寝てたのか？」

「ああ」

「ホテルはどうだ？」

「正直言って、ほとんど見てない。寝床はあった。それでじゅうぶんだ」

「で、そのなかにいると？」

「そう言わなかったか？」

「ああ、だが嘘だな」

ばれていることに内心驚きつつ、いらだっているふりをした。「尾行でもしてるのか？」

「尾行すべき理由があるのか？」

ライは心のなかで毒づいた。「ふん、ばれたか。で、なんで電話してきた？　また仕事か？」

「いいや、いましがた、興味深い会話を終えたところでな。保安官助手のウィリアムズと」

「ウィルソンのことか？」

「ああ、そんなやつだ」

ライは壁にもたれて頭を預けた。「やつがなんだって？　ハワードビルでのごたごたは片付いたぞ」

「おまえの居場所を知ってるか、だとよ。まだちっとも〝ごたごた〟が片付いてないとかで、やつはいまハワードビルにゃいない。アトランタのダウンタウンにある駐車場の床で血痕を発見し、おまえがナイフを持った若いのとジャッキー・チェンごっこをしてる画像を手に入れたそうだ」

ライは目に涙が滲むほど、鼻梁を強くつまんだ。「くそ、くそ、くそっ！」

「いまの話が嘘かまことか、それでわかるってもんだ」

　ダッシュが葉巻を嚙みしめているようすが目に浮かぶ。今回にかぎっては、火をつけたかもしれない。「聞いてくれ、ダッシュ、ウィルソンがなぜあんたんとこに連絡したかわからないが——」

「やつらが知ってるおまえにつながる連絡先がおれだけだったからだ」

　両親のことを思うと、胃がむかむかする。「ウィルソンにおれの近親者の情報は伝えてないだろうな？」

「教えると思うか？　とぼけまくってやったぞ。だが、おれがなんのためにおまえをかばったか教えてもらいたくてな。凶悪犯罪なのか？　軽犯罪なのか？」

「復讐だ。そのナイフの若いのがおれにレーザー光線を浴びせた」

「そんなことだろうと思った。だが、どういうわけでそいつにアトランタまで乗せてもらった？」

「ウィルソンがそれを知ってたのか？」

「ああ、そうとも。あいつは魔術師だぞ。おまえと女医が安っぽいモーテルにしけこんだことも、ふたりの悪漢が黒いメルセデスでそこから連れだしたことも、ドクター・ランバートのところまで送り届けたことも、全部ご存じだった。ウィルソンが言うにゃ、ランバートは、女医が嘘をついて、またぞろおまえさんと逃げだしたってんで、ご立腹だそうだ。

　女医が嘘をついた理由もわかってるようだぞ。ウィルソンとアトランタ市警察はおまえたちの別の画像も手に入れててな。おまえと女医が駐車場で逢い引きしてるやつだ。といっても愛にあふれたやつじゃないぞ。ウィルソンによると、はじめのうち女医は気乗りしないようすだったのに、おまえの口車に乗せられて、まんまと外におびきだされたそうだ」

「おびきだしたわけじゃない」

「だったらなんだ？　無理強いか力ずくか誘拐か？　まだおびきだすほうがましだろ？」

ライは、ほかをいっさい聞き流して、ウィルソンとローリンズがブリンと自分を追ってアトランタに来ている事実だけを頭に入れた。駐車場の三階と一階の防犯カメラの画像が見られたとなると、ホテルまで乗った配車サービスの車のナンバーが明らかになるのも時間の問題だろう。

「ダッシュ、ウィルソンにこの電話番号を教えたか？」

「いいや」

「おれのために予約してくれたホテルについては？」

「それもとぼけまくってやった。いまホテルにいるのか？」

「いや」

「ふむ。女医さんと、このときとばかり、ふたりでしっぽり――」

「いや」

「じゃ、どこにいるんだ？」

ライは答えなかった。

ダッシュが言った。「おれになんにも言わないつもりなのか？」

「なにも知らなきゃ、またウィルソンから連絡があって圧力をかけられても、正直に答えられる」

「無事かどうかだけでも教えんか。駐車場で出血したんだって？」

「手を切られたが、ひどくはない。復讐は果たした」

「やつのタマは取らなかったんだろうな？」

「近い目に遭わせてやった。その件はおしまいだ」

「保安官助手がおまえを追ってる理由は、その争いだけなんだな？」

「誓う」

意味深長な沈黙ののちダッシュが言った。「保安官助手はそうは思っちゃおらんようだぞ」

こんなに深刻な口調のダッシュははじめてだった。ライは言った。「どう思ってるんだ？」

「はっきり教えてくれたわけじゃないが、ほのめかしてた」

「なにをだ？」

「予断を許さない容体だった飛行場の男が、いよいよよくないらしい」

ライはうめいた。「脳出血か？」

「ウィルソンによると、心臓があぶなっかしいとか」

「どの程度悪いんだ？」

「まだ、はっきりしない。だがそれが理由でウィルソンはおまえとまた話したがってる」

「発見者としてか？　それとも容疑者としてか？」

「言わなかったが、〝殺人〟という言葉をちらつかせてた」

　ライは眉をこすった。「ほかには？」

「おれに爆弾を落としてきやがった。ある名前だ」

「あててやろうか。リチャード・ハント上院議員だろ」

　ダッシュがうめくような声で腹立たしげに言った。「いったいなんなんだ、ライ？　敵を作るにしたって、もうちょっと影響力のないやつにせんか？」

「話せば長くなる、ダッシュ。あんたの飛行機を墜落させ、おれを消そうとしたまぬけ野郎たちが、ハントから雇われてるってだけで、おれには本来関係ないんだ」

「なんで上院議員からにらまれることになった？」

「おれがにらまれてるんじゃない、問題は荷物だ」

「ウィルソンはしきりにあの黒い箱のことを言ってた。あれがどうした？」

「おれから訊きだそうたって、無理だぞ」

「だったら、おれの飛行機には二度と乗せん！」

「明日までのことだ」

　ダッシュが怒りに息を荒らげ、葉巻をぐしゃぐしゃと噛む音が聞こえてくる。だが、ふたたび口を開いたときには、少し落ち着いていた。「彼女はどうなんだ？」

　彼女といったらブリンしかいない。「どうでもない、いいな？」それでもダッシュは続きを待っていた。ライはエレベーターをちらりと見てから静かに続けた。「そっちも終わった」

ダッシュは無言だった。ライはエレベーターをちらりと見てから静かに続けた。


ダッシュは無言だった。沈黙に耐えかねて、先に口を開いたのは、ライのほうだった。明日の夜、コロンバスまで彼が乗る飛行機はいまも予約されているのかと尋ねた。ダッシュはだいじょうぶだと答え、それまでなにをするつもりかと尋ねた。

「疑いをかけられるいわれはないんだが、ウィルソンとローリンズ――てのが、ウィルソンの相棒なんだが――にかかずらってると、明日の夜、ここを発つのが遅れることになりかねないんで、フライトまで身を潜めとく。いずれにしても寝床に入らないと」

「どのくらい寝てないんだ？」

「長く」睡眠不足のことでダッシュから小言を言われる前にライは言った。「電話の充電が切れそうだ。朝になったら連絡する」

「いまでも最初に来た仕事をやりたいんだな？」

「よくぞおわかりで」

ライは通話を終え、人けのない廊下を歩きはじめた。がらんとした廊下にブーツの踵の音が大きく響く。守衛はテレビに釘付けだった。

さっきよりさらに熱心に観ている。ライが近づく足音を聞いて、守衛が振り向いた。バセット・ハウンドのような顔で誇らしげににっこりした。「なあ、観てくれよ。おれ、テレビに映ってるんだ」

ライはデスクに近づいて立ち止まった。「うん？」

「野球の試合でニュースの時間が遅れたんだけど、ほらな？」

守衛は笑いながら画面のなかの自分を指さした。広角レンズのカメラが、そこそこ集まった人々をとらえていた。背景はほんの数分前にブリンとともに歩いた中庭で、その後ろに建物が見える。

守衛は制服姿ゆえに、ふつうの恰好をした人や白衣姿の人のなかで目立っていた。

ライにはにわかに理解できなかった。映像の裏で流れているコメントは本当のことなのか？　画面の下部に流れる字幕に納得がいかない。だが、しだいに内容がつながり、信じがたく耐えがたい事実がわかってきた。

守衛が言った。「自分が映ってるとか言ってちゃいけないよな。これはバイオレットのニュースなんだからね。いい子なんだ」

だが守衛の言葉を聞く者はいなかった。ライは早くもエレベーターへと駆けだしていた。

第二十一章

午後八時八分

上部のランプでエレベーターがまだ三階にあることがわかった。ライが非常階段を使うのは、この三時間で二度めだった。数段飛ばしに階段を駆けあがり、速度をゆるめず踊り場を移動すると、〝3〟と書かれたドアを勢いよく開けた。息を切らしながらも、ブリンを見つけようと必死だった。

人けのない長い廊下が左右に延びていた。一方に数メートル走ったが、人影もなければ閉じたドアの奥から声も聞こえなかったので、こんどは逆方向へいちばん奥の部屋まで走った。少し開いたドアの隙間から廊下に明かりが漏れていた。

ライはドアを押し開けてなかに入った。病院用のベッドがひとつ。くたびれたピンク色のウサギのぬいぐるみが枕の上に転がっている。窓の下にツインベッドがあるが、はがされたリネン類が、むきだしのマットレスの上に置いてあった。壁にはぬり絵帳から切り取ったバレリーナの絵。

ライはそのすべてを瞬時に見て取った。

ブリンと医療用白衣に名札をつけた若い女性が、壁かけの薄型テレビの前に立ち、さっきライが階下で目にしたニュースの続きを観ていた。

ライの荒い息遣いを聞きつけて、ブリンが振り向いた。血の気が失せ、絶望にこわばった顔をしている。ライは支えになろうとブリンの隣に立ったものの、彼女には触れなかった。もうひとりの女性が突然現れたライを興味津々の顔で見ていたからだ。

テレビのニュースは、笑顔の女性キャスターによるまとめに入っていた。「ハント上院議員と夫人のおかげで、幼いバイオレットとその家族には忘れられない感謝祭になりました。マーク？」

涙ぐむもうひとりのキャスターがカメラに映った。「そのとおりです。感謝祭の夜に、なんと心温まる感動的な話でしょう。でもこれで終わりではありません。自宅に戻ったバイオレットのようすは、明日朝の番組でお届けします」

キャスターの話は続く。今日は幸福なことを数える日、励ましを必要とする人たちに幸せを広げましょう、ハント夫妻をお手本に、と。むかついたライは、キャスターのたわごとを催眠術にかけられたようにぼんやり聞いているブリンの手からリモコンを奪い、音を消した。

名札をつけた女性が不安げにライを見た。「オニール先生のお友だち？」

ブリンは気を取りなおした。「ごめんなさい、アビー、こちらは……ええと……わたしの……そう、友人よ」

ライは顎を突きだした。「やあ」

アビーがあいさつを返してから、「だいじょうぶですか、オニール先生？」と尋ねた。

ブリンは安心させるように若いアビーの腕に手を置いた。「ええ、もちろん、だいじょうぶよ。相談もなくこんなことになったものだから、ちょっとびっくりしちゃって」テレビを指さした。「バイオレットの外出許可に誰がサインしたの？　ドクター・ランバート？」

「いいえ」アビーが口にした名前を知っていたのだろう、ブリンはうわの空でうなずいた。

「知らせてくれたら、わたしもバイオレットを見送ってあげられたんだけど。無事に帰ってきてねって」

「なにもかも急に決まったから」アビーが明るい笑顔で言った。「わたしが出勤してすぐ、ゲートの外にテレビ局の車が集まりはじめたんです。前もって知らされてたのは、病院管理者だけ、それもハント夫妻が白くて長いリムジンで到着するほんの十五分前だったそうです。びっくりさせたかったからって。自分たちのためではなく、バイオレットのためにと言ってました」

「事前にテレビ局が知ってたのが不思議でしかたないんだけど」ブリンが言った。

アビーが肩をすくめた。「あそこまで有名なご夫婦だと、隠しておけないんですよ」

「リムジンでばれたのかもしれないないな」ライは言った。作り笑いを貼りつかせているブリンの能力に感心しつつ、なにかを叩き壊してやりたい気分だった。

ブリンが尋ねた。「なぜバイオレットが選ばれたのか、説明はあった？　こういう——」

「茶番に」

「——特典に」ブリンは腹立ちまぎれにつぶやかれたライの言葉にかぶせた。

アビーが悲しげに口をとがらせた。「上院議員がリポーターに言うのを聞いたんですけど、重い病気だけれど旅に耐えられる子にって」ふふっと笑った。「もちろんバイオレットに無理のかからない旅行なんですよ。バイオレットと母親が苦労しなくていいようになってるんです」

「そう」ブリンは笑みを貼りつけたまま言った。「下にも置かない大歓待なんでしょうね」

報道のバンは、ハント家のリムジンのあとに列をなして私有する滑走路まで行った。バイオレットと母親はそこに待機させてあった夫妻所有のガルフストリーム機に乗せられて、テネシーで父親と兄と飼い犬のサイと再会する段取りだった。

カメラは歓待の場面をとらえていた。パイロット二名と客室乗務員が母娘を丁重に迎え入れ、上院議員と妻は、笑顔のバイオレットと感謝の涙にくれる母親をやさしく抱きしめて送りだした。

感動の物語は、ハント家のジェット機が滑走路から雨模様の空へ飛び立つ場面で終わった。夫妻はひとつ傘の下で腕を組んで立ち、飛行機の明滅する明かりが雲のなかに消えるまで手を振り、フェードアウトするその場面を見るキャスターの目に涙が浮かんだ。

「これだけじゃないんですよ」アビーがささやき声で楽しそうに言った。「明日、『アナと雪の女王』のエルサがバイオレットの家を訪問するんだそうです。それにあの子の好きなアプリを入れた新品のｉＰａｄ、寝室にはテレビ」ぞっとするブリンをよそに、アビーはぺらぺらとしゃべっていた。

「ハント夫人はテレビで観るより本物のほうがずっときれいです。スーツはまあまあって感じでしたけど、すっごくすてきな靴をはいてて」

このままだとまだまだ服装について聞かされそうだったので、ライはブリンの肘をつかんで小声で言った。「行くぞ」

ライの緊迫感とその理由を感じ取り、ブリンはアビーに言った。「これからパーティなの。バイオレットの顔を見たくて、立ち寄っただけだから」

ライはブリンを引っ張って部屋から連れだし、廊下をエレベーターへ向かった。ブリンは抵抗せずについてきた。

アビーもいっしょに歩いてきた。「先生はバイオレットやご家族と仲良しだから、電話してあげたらきっと喜びますよ。バイオレットは火曜日に戻ってきます」

火曜日。そのころにはとうにＧＸ－42の薬効が切れている。

「そうね」ブリンは言った。「バイオレットのつぎの放射線治療は水曜日だったわね」下唇を嚙みしめる。「どんなに無理のない旅だとしても、バイオレットの自己免疫システムは弱ってるから、感染症が心配だわ。重度の疲労も」

「ハント夫人が言うのが聞こえたんですけど、飛行機の乗務員たちは週末休んで、またバイオレットを乗せて戻ってくるそうです。サポート態勢も整ってます。ノックスビルの主治医に連絡が行ってて、バイオレットが向こうにいるあいだはその先生が管理する医療チームが待機してるんだとか。上院議員がそう要求したんだそうですよ。議員はバイオレットの体のことをいちばんに考えてるんです」

ブリンとライは目を見交わした。

「ちょっと遅かったですね。バイオレットを見送れなくて残念です」

ブリンが静かに言った。「遅すぎたわ」

「わたしは仕事に戻ります」アビーが言った。「パーティを楽しんできてください」

アビーが廊下を引き返していく。ライは彼女がバイオレットの病室に入るのを確認すると、ブリンと並んでエレベーターを待ち、一階のランプがついたことに気づいた。誰かがエレベーターを呼んだのだ。誰であってもおかしくない。だがうなじの毛が逆立ち、ライは自分の直感を信頼していた。ブリンに向きを変えさせた。「急げ」

なにも尋ねない彼女を導き、非常階段を急いで降りた。一階まで来ると、ドアを細く開けた。エレベーター前にも廊下にも人影はない。守衛はいまも背中をこちらに向けてテレビにかじりついていた。「ほかに出口はあるか?」

「ビルの反対側に非常口があるけど」

「そこを開くと警報が鳴る?」

「解除する番号を知ってるわ」

「案内してくれ」

ふたりは守衛に気づかれることなくなかに入ると、足音をしのばせつつ精いっぱい歩を速めた。ライはしきりに背後をうかがって、いま出てきた非常階段のドアを確認し、エレベーターの到着を知らせるチャイムの音を聞き取ろうと耳をそばだてていた。

廊下が交わったところで曲がった。非常口はその突きあたりだった。ふたりは小走りにそこまで行き、ブリンがキーパッドに番号を入れると、大きな金属音とともに錠が開いた。ライが金属のバーを押し下げて重いドアを開いても、アラームが鳴り響くことはなかった。

彼はブリンを先に外へ出し、最後にちらりと背後を見てからあとに続いた。ふたたびドアに錠がかかる音がするのを確かめるや、ブリンの手を取って、全速力で走りだした。

午後八時十八分

シーツ類を両腕に抱えてバイオレットの病室から出たアビーは、ぎょっとして立ち止まった。背の高い男がドアのすぐ先に立っていたのだ。「ああ、もう、びっくりした」

「申し訳ない」男が言った。「驚かすつもりはなかったんだが」

「なにかご用ですか？　なかに入れるのはご家族だけです――」

「ああ、わかってる。守衛から聞いた。わたしはドクター・ランバートの今夜の運転手でね。雨で車から出たくないから、ドクター・オニールがいるかどうか見てきてくれと頼まれたんうだね」

だ。患者のことで相談があるそうで。それで守衛に訊いたら、ドクター・オニールが来たそ

「さっきまでいたんですよ。すれちがいになったんですね」

「どのくらい前？」

「エレベーターでふたりと出会わなかったのが不思議なくらいです」

「ふたり？」

「たぶん先生の彼氏ね。パーティに行く途中だとか。お急ぎならオニール先生に電話して戻ってきてもらいましょうか？　電話番号を知ってますけど」

「それが問題でね。ドクター・ランバートはこの一時間、ずっと彼女に電話をかけてる。電話が故障してるんじゃないかと言ってる」男は電話番号が手書きされた紙を差しだした。

「ドクター・オニールの番号はこれかい？」

アビーは上着のポケットから電話を取りだして連絡先を調べた。「そうです」

「ほかの番号は知らない？」

「留守番電話サービスの番号だけです」

「ドクター・ランバートはそこにもかけてみたんだが、やっぱり彼女はつかまらなくてね。電話のバッテリーが切れてるんだろう」男は後ずさりをして、笑顔を見せた。「驚かして、申し訳なかった」

男が回れ右をして歩きだしたとき、アビーははじめてエレベーターのところで待っている

もうひとりの男に気づいた。そちらは、いま話した男ほどのイケメンではなかった。こずるそうな目つきで、黒っぽい運転手の制服を着ていても、どことなくだらしなかった。殴られたような顔に見えるけれど、光の加減のせいかもしれない。

どうして運転手がふたりもいるのだろう？　アビーにはその理由がわからなかった。とはいえ、アビーはドクター・ランバートという男をよく知っている。ひとりはドクター・ランバートその人のため、もうひとりは彼のエゴのために必要なのだろうと解釈した。

午後八時二十二分

総合病院の構内はあちこちに延び広がっていた。さまざまな建物を動脈のようにつなぐコンクリートの通路は、ラスベガスの大通りさながらに煌々と照らされていた。雨のせいで多少かすんでいるとはいえ、やはり雨のせいで通路を歩く人がいないため、いやでも目立つ。短時間でずいぶん進んだものの、警戒をゆるめられるほどではなかった。

ライは迅速に動く一方で、黒いメルセデスに警戒を続けていた。ゴーリアドとティミーに追われているという確証があるわけではないが、いまはまだでも、あのふたり、もしくはハントに雇われた同じような連中が追ってくるのは、時間の問題だった。彼らが最初にブリンを捜すのは、彼女がバイオレットに会えると思っている場所になる。

主要な建物のひとつから走り去ろうとするタクシーを見つけて、ライは言った。「タクシーを止めてくるから、ぐずぐずするなよ」ブリンの手を放して、駆けだした。そして後部のドアを開けて彼女が追いつくのを待ち、ふたりして車に乗りこんだ。

「どちらまで？」運転手が尋ねた。

「とにかく出してくれ」ライは言った。「彼女に少し時間をやりたい。いとこの病状が悪いと聞かされたところなんだ」

「どっち方向に行けば？」

「とにかく出してくれ」

うめきながら運転手は前かがみになって車を出した。ライはしばらく後部の窓から見張っていたが、尾行されているようすはなかった。

「誰かが追ってくるの？」

「いや、それはなさそうだ。だが、絶対はない」

ブリンがフードを脱いだ。対向車のヘッドライトで彼女の顔がちらりと見えた。頬に残る跡は、涙なのか雨粒なのか、あるいは車窓を流れる水滴が反射したものなのか、ライには判断がつかなかった。だがその表情が物語っているとおり、ブリンは打ちのめされていた。

「あの人たちには最初からわかってたのよ。わたしがバイオレットのために薬を盗もうとすることが」ブリンが言った。「あの猿芝居のタイミングでわかる。わたしたちがハワードビルから車で戻っているあいだに手配したんだわ」

「きみはまだランバートのもとを逃げだしてもいなかった。ハント夫妻はバイオレットを手の届かぬところへ追いやることで、リスクを分散させたんだ」

「さらに悪いことに、わたしが絶対にバイオレットのところへ行けないようにしたのよ。帰宅するあの子の姿はテレビ放映される。つまりテネシーにはもっとマスコミが集まるわ。ライトやらカメラやら」ブリンはこめかみに手をやって、強く押した。「倫理的な一線を越える心の用意はできてたし、それを承知で危険を冒すつもりだった。でもその行動にスポットライトがあたるのは耐えられない」

「グリフィン夫妻に連絡したらどうだ？」ブリンはバイオレットの姓を明かしていなかったが、もはや匿名にこだわる必要はなかった。ニュースが放映されたいま、その名前は誰もが知るところとなった。ハント夫妻がそうしむけたのだ。

「電話して、きみがＧＸ－42を持ってると言ったらいい」ライは言った。「明日の午後八時前に向こうに着けば、エルサを追いだして、きみにあとを託すはずだ」

「いまさら、そんなことをすると思う？　彼らには世間の注目が集まってるのよ。わたしには確信が持てない。彼らのほうがさらにリスクが高いわ」

「自分の子どもだったらどうする？」

自分が投げかけた質問をライから投げ返されて、ブリンはわびしげにほほ笑んだ。「エルサを追いだすでしょうね」

「グリフィン夫妻だってきっとそうする」

「だとしても、向こうで医療チームが待機してるわ。上院議員がバイオレットの身の安全を

〝第一に考えてる〟から。あの子は厳重に監視されてる」ブリンは落ちこんだようすで続けた。「ハント夫妻にかぎって、手抜かりはないもの」

「ランバートが手引きしたのか？」

　ブリンは少し考えてから首を横に振った。「夫妻が計画した大芝居がテレビで放映されると知ってたら、ネイトはその中心にいたはずよ。のけ者にされて、いらだってるんじゃないかしら」そこでふたたび考えこんだ。「いかにも彼女らしいやり口だわ」

「すてきな靴をはいた妻か？」

「過保護な母熊みたいに上院議員を守ってる。やり手のプロモーターにして、勝つことに慣れた人」ブリンはシートにもたれて、目を閉じた。「闘い方は汚いけど、勝利をものにする人たちよ。わたしは医師として、この薬を無駄にできない。今夜、あの人たちにこの薬を届けるわ。頭を下げて、一時的に理性を失ったことを謝る。なんでもいい、感じよくして、ヒポクラテスの誓いを高く掲げる。それでやましさが消え、ゴーリアドやティミーを警戒してびくびくせずにすむようになる」

「きみを追ってるのはあのふたりだけじゃないぞ」

　彼の口ぶりにブリンの目が開いた。彼女はライを凝視した。

「ダッシュから連絡があった」

　彼はダッシュとの会話を伝えた。疲労とみじめさでブリンが茫然としているのはわかっていたが、割愛せずに話した。いまなにに直面しているのか、彼女に漏れなく実感させる必要があった。

「ブレイディの容体については、なにか言ってなかった？」

「〝心臓があぶなっかしい〟と。ウィルソンからそれだけ聞いたそうだ」ライは言葉を切った。「それ以外の部分は聞いてたか、ブリン？」

「ゴーリアドとティミー。ウィルソンとローリンズ。その人たち全員がこのわたしを追ってる。こんな形で人気者になるのは本意じゃないわ」

「保安官助手は見当ちがいの方向を追ってるとはいえ、少なくとも職務を果たしてる。そのほかの連中は薬を追ってる」彼はまたシートにもたれ、わずかにブリンのほうを向いた。

「おれの考えを聞かせてやろうか？」

「役に立つ考えなの？」

「聞けばきみの考えがはっきりするかもしれない」

「だったら聞かせて」

「よし。きみがハントに薬を届けたとする。頭を下げ、いい子にする。さっき言ったようなことを全部やってみる。で、薬をハントに渡したあとどうなる？」

「ハントの病気が軽くなるでしょうね。完治はしないけど、寿命が延びて、いまより健やかに暮らせるわ」

「だがきみはどうだ？」

「どういうこと？」

「ハントがけしかけた犬に攻撃をやめさせると思うか？」

「ＧＸ－42が摂取できたら、もうわたしにかかずらう理由はないでしょ？」

「裏切りだ。彼らが阻止しなければ、きみは薬をバイオレットに与えてた。おれにはハント夫妻が寛容なタイプとは思えない。それに、薬をバイオレットに与える計画が失敗に終わったいま、きみには今回のことを表沙汰にしないでおく理由がなくなる」

「でも、それにはわたし自身の過失を認めなければならないのよ」

「だが、上院議員夫妻のほうが失うものがずっと多い。世間の注目はどうだ。きみには夫妻にスポットライトを浴びせる力があるが、夫妻にしてみたら、そんな注目はどうしたって避けたい」

ブリンは推し量るようにライの目を見ていた。彼はその視線をしかと受けとめた。決めるのはあくまでブリンでなければならない。

静かな声で彼女は言った。「つまりあなたが言いたいのは、どちらの患者が薬を得たとしても、わたしはさらし者にされて非難されるだけじゃなくて、危険な目に遭う可能性があるってことね」

「おれはそこまで強い言い方はしてないが、基本的にはそういうことだ」

「で、結局どうしろと？」

「わかってるだろ、ブリン？　きみが言ってたとおりさ。最悪の事態はなんだ？　バイオレットを救えるかもしれない道があるのに、それを避けることだ」彼は薬が入っているブリンのコートのポケットに触れた。「球を持ってるあいだは、きみにも勝ち目がある」

ブリンはしばらくライを見ていたが、ついに切迫した声で言った。「今夜、ノックスビルへ飛ぶ飛行機に乗ることができれば、明日の朝早く、グリフィン家の玄関に着ける」

「マスコミが大集結してる、まっただ中に」

「でもご家族がわたしを歓迎してくれるのは確かよ。彼らにすべてを打ち明けるわ。GX－42はいらないと言われるかもしれないけど、彼らに選択肢を与えられる。同意してもらえたら、点滴をする方法を考える」

「拒否されたら？」

「戻ってリチャード・ハントに渡す」

「午後八時までに？」

「ハントは自家用ジェットの乗務員から週末の休みを取りあげるでしょうね」

ライは腕時計を見た。「空港は大混乱してるから、たぶん今夜、飛行機は飛ばない」

「車を借りるわ」

「運転してくつもりか？」

「どのくらいかかるかしら？」

「距離の問題じゃない。きみは昨日徹夜して、今日も短時間、仮眠しただけだ」

「それでも行くしかない」ブリンは身を乗りだして、運転手に言った。「空港へお願い」

運転手はしかめ面でバックミラーをのぞきこんだ。「どっちの州間高速道路も渋滞してるんですよ。飛行機に乗ろうっていうんなら――」

「やれるだけやってくれ」ライは言った。

運転手は憤然と彼を見た。「この車には翼はついてないんですけどね」

ライは笑った。「そうだな。だが、このポケットに料金に上乗せできる二十ドルがある。ぶつくさ言わずに運転すれば、十五パーセント増しになるぞ。だが主要ターミナルへの出口を使わずに、ひとつ手前の出口で降りてくれ」

ブリンが言った。「裏口？」

「裏の路地だ」

「そこになにがあるの？」

「ポルノがたくさん」

第二十二章

午後八時五十八分

デローレスは憤然と電話の画面をタップして通話を終えた。「あとちょっとのところでふたりを捕まえそこなったそうよ」

ネイトは、さっき彼女からあてがわれたデスクの席で、頭を撫でまわした。リチャードは安楽椅子の丸みのある肘掛けを握りしめた。癇癪を抑えようとしているのが、傍目にもわかる。

デローレスはゴーリアドから聞いた話をすべて伝えるにあたって、意志の力のみでふだんの声を保った。「いまの連絡によると、あのふたりは非常口から外に出たのよ。見られずに建物を出るにはそれしかないから。徒歩で構内を出たのか、それとも車を使ったのかは、ゴーリアドにもわからないけれど、いずれにせよ姿を消した。ゴーリアドはあのふたりを捜して総合病院のなかをこの二十分駆けずりまわったそうよ」

「ゴーリアドに彼女の自宅の住所は伝えてあるのか？」

「いまそちらへ向かっているわ。でもいま自宅に帰ったらばかよ。彼女がばかじゃないのは、これではっきりしたと思うけど」デローレスはネイトを見た。「どうして箱のなかに薬があることを確かめないうちに彼女から目を離したの？」

「薬を盗んだのは、わたしのところへ来てからじゃない」ネイトが語気強く言った。「非難されるべきはきみたちの番犬二匹。彼女とずっといっしょにいたんだぞ。責めるなら、わたしではなく、彼らを責めるがいい」

デローレスは腕を組み、いらいらと上腕をさすった。おおむねネイトの言うとおりではあるが、認めるつもりはこれっぽっちもなかった。そもそも、自分に言い返すとは、なにさまのつもりなの？　身の程知らずにも、ほどがある。

「なんにしろ、先手を打っておいてよかったわ。あの少女は遠く離れたところでマスコミと医療関係者に囲まれているから、ドクター・オニールには近づけない。でもドクター・オニールを捕まえなくては」デローレスは腕時計を見た。「点滴をはじめるまでに、もう二十四時間ないことは、言うまでもないわね」

デローレスはリチャードの椅子の背側に立ち、背後から夫を抱いた。「わたしたちはもっと厳しい試練も切り抜けてきたわ、あなた」夫の頭のてっぺんにキスをしてから、ネイトに言った。「もう一度こっそり薬を持ちだす件だけど、薬理学者はどういう態度だったの？」

「強硬な態度を変えておらんよ。金額を吊りあげても、揺らがない。しかも、なんというか、別の問題を提起した」ネイトはデスクから離れてバーまで行くと、ハント家の上等なスコッチをたっぷり指三本分注いだ。

デローレスは言った。「それで？」

ネイトはリチャードへ目を向けた。静かに座っているが、噴火前に圧力を高めている火山のようだ。デローレスにはその兆候が見て取れた。気づいていないネイトは、リチャードとまっ向から向かいあった。

「さっき話をしたとき、薬理学者は〝透明性〟という言葉を頻繁に口にした」

「どういう話の流れでかね？」リチャードが尋ねた。

「きたる上院委員会の聴聞会に関してだ。たしか再来週ではなかったか？」ネイトはスコッチをひと口飲んで、咳払いをした。「オピオイド系鎮痛剤の広がりによって、そう、多くの人が危機的とみなす広がりによって、治療薬が市場に出まわるようになった。そこで食品医薬品局長および複数の製薬会社の幹部は、自分たちの性急さを正当化しなければならないという苦しい立場に立たされている。リチャード、きみはその委員会のメンバーにして、試験薬推進批判の急先鋒であり、法令強化の旗振り役だ」

「わかりきった話をなぜぐだぐだするのだね、ネイト」リチャードが言った。「今夜、わたしが直面している危機は、この居間で起きているんだが」人さし指で床を指して強調した。

「もちろん、わかっている」ネイトが言った。「だが、きみはこれまで実験薬を作る製薬会社に対する〝取り締まり強化〟を主張してきた。なかでも、希少医薬品法が適用される薬に関してはとくに厳しい態度で挑み、恩恵を受ける患者数が比較的少ない薬に多額の金をかけて開発するのは費用対効果が低いという、きみの言葉が引きあいに出されるほどだ。そして、知ってのとおり、ＧＸ－42は希少薬に分類される」

　ネイトは理解させるために言葉を切ったが、デローレスはすでに話の要点は理解していた。リチャードも同じだ。

　ネイトはスコッチをグラスのなかで揺らした。「それで薬理学者は倫理上のジレンマを感じている。あの薬の試験費用を切り詰めざるを得なくなる予算削減を要求してきたきみに薬が渡ることに、葛藤があるんだ。彼に成り代わって言うと、きみが熱烈に支持してきた法律が施行されようとしてるのに、その間際に当のきみが潜りこもうとするようなものだと感じている」

　肘掛けをつかむリチャードの指が白くなっていた。「きみが言うほど清廉潔白な人物なら、その科学者がどこに倫理的なジレンマを感じるかは理解できる」

「それで？」

「だがきみには清廉さのかけらもないぞ、ネイト」リチャードは射貫くような目でネイトをにらみつけた。「よくそんな偉そうな態度がとれたものだな。わたしに向かって倫理的ジレンマや透明性を語るとは。わたしに楯突くことは金輪際、許さない」

　その言葉の余韻が残るなか、ブザーの音が響き渡った。敷地のゲートに来訪者があったことを知らせる音だ。「きっとマスコミだわ」デローレスは言った。「今日のあの少女に関するニュースの続報の取材でしょうから、家政婦に任せておきましょう」

　彼女は金のライターを手に取ると、裏に返し、表に返ししながら、室内を歩きだした。

「さしあたり、薬理学者のほうは見込みがないとして。ブリン・オニールはどこへ行ったのかしら、ネイト？」

「わたしは――」

「失礼します、議員、奥さま」家政婦が開いたドアの前に立っていた。「ドン・ローリンズ保安官助手がおみえです。重要な用件があるので、お目にかかりたいとのことです」

　ネイトは両手で顔をおおった。「あのピエロたちはあきらめるということを知らないのか？」

　デローレスはぐるりと向きを変えてネイトを真正面からとらえると、問いただした。「保安官助手がわたしたちになんの用なの？」

「さっぱりわからない」ネイトが答えた。「駐車場から出るわたしを見送ったときには、彼らはわたしの時間を無駄にしたと平謝りだったのだが」

　デローレスは家政婦を見た。「わたしたちはもう寝室に引きあげ――」

　リチャードがさえぎった。「通しなさい」家政婦は指示を受けて、退室した。リチャードがネイトとデローレスに言った。「情報は力だ。彼らの言い分を聞いてみよう。ドクター・オニールやパイロットに関する有力情報がもたらされるかもしれない」

　ネイトがスコッチを飲みほした。デローレスは壁の鏡で髪と口紅を確かめ、〝上院議員の妻のポーズ〟――足はバレエの第四ポジション、両手は腰の前で組む――になった。家政婦が保安官助手ふたりを居間まで案内してきた。

「保安官助手」デローレスは笑顔で言った。「こんな恰好でごめんなさいね。来客の予定はなかったものだから。親しい友人のネイト・ランバート以外はということだけれど。ネイトとはすでに面識がおありね」

保安官助手ふたりは帽子を手に自己紹介をし、デローレスとリチャードと神妙に握手を交わした。「お目にかかれて光栄です、議員」ローリンズは言って、ネイトに目を向けた。「ドクター・ランバート」

ウィルソンのネイトに対するあいさつも同じように形ばかりのものだった。

デローレスは愛想よく保安官助手に椅子を勧め、女主人として世話をやきはじめた。「ネイトから聞いていてよ。とても長い一日だったとか。おふたりのどちらにとっても、いい感謝祭ではなかったんでしょうね。なにか召しあがる？　ターキーサンドイッチの残りなら出しできてよ」

保安官助手は型どおりにほほ笑み、勧められたサンドイッチもパイも辞退した。「では、せめてコーヒーをお持ちして」デローレスは家政婦に言った。「わたしたちもいただきましょう」リチャードの椅子の肘に腰かけ、夫の肩に手を置く。「どうやら、議員とわたしだけが事情を理解できていないようね。なぜこちらにいらしたの？」

リチャードが言った。「知ってのとおり、わたしは法の執行官に対して支持的な立場をとっている。わたしにできることがあれば、遠慮なく言ってくれ」

ウィルソンが先陣を切り、携帯電話に入力したメモを見ながら口を開いた。「ミセス・ハント名義で登録されているジョージア州のナンバーについてお尋ねします。黒のメルセデスなのですが」彼は車両番号を読みあげた。

デローレスとリチャードは互いに顔を見あわせたのち、ふたりして保安官助手を見た。デローレスが言った。「なんのことかしら」

「わたしにもさっぱり」リチャードが言った。「われわれが所有し使用している車両の維持管理について、われわれ自身は責任をもっていないのでね。ここでもワシントンでも」

「その車は今朝、ハワードビルにありました」

「あら！　だったらゴーリアドが運転していった車ね」デローレスは言った。

「ゴーリアドの名字は？」

デローレスは笑った。「もちろん名字はあるでしょうけど、彼のことはずっとその名前でしか知らないんですよ。従業員ファイルにはフルネームの記載があるはずです」

「なにかのついでに、彼のフルネームを教えていただけませんかね」

「もちろんです。今夜はもう仕事を終えて帰らせましたが、明日いちばんに」

「おたくの町で駐車違反をしたのかな？」リチャードが如才なさを発揮して、とっておきの笑顔で尋ねた。「罰金の徴収に来たのなら、喜んでわたしが支払うよ」

ウィルソンは無理して笑ったものの、デローレスから見て好戦的な顔つきをしたもうひとりの口元は、少しもゆるまなかった。

家政婦が配膳用のワゴンを運んできた。それから数分かけて各自の好みに合わせてコーヒーが用意された。

家政婦がいなくなると、デローレスは会話を再開した。「ドクター・オニールがアトランタに無事に帰ってこられるようにゴーリアドをハワードビルへ行かせたんですよ。ドクター・オニールに大切な用事をお願いしていたので」

「ええ、その用事については彼女から聞きましたが、依頼主は聞いていませんでした」

「言うことができたと思うかね？」ネイトがいつもの気取った口調で尋ねた。「患者の秘密保持だよ」

すかさずローリンズがネイトに言った。「あんなに患者のことを心配してらしたんで、あの時間制限のある血液サンプルを研究所に持ちこんで検査の最中だとばかり思ってましたよ。

「サンプルならここに来る途中、研究所に置いてきた。ハント上院議員と夫人の前でややこしい適合プロセスの説明をしようとは思わないが」

「議員夫妻もそういう配慮は歓迎でしょう」ローリンズが言った。「ドクター・オニールの居場所は、わかりましたか？」

「いいや。見つかっていないのを感謝したいほどだ。非常に腹立たしい。彼女にはいたく失望させられた」

「いっしょに検査をしないから？」

「それだけではないが」ネイトが答えて小さく肩をすくめた。

リチャードが傍らにある小さなテーブルにカップと皿を置いた。「ネイトから聞いた話だと、ドクター・オニールはパイロットにのぼせあがり、今朝、不適切なひとときを過ごしたようだね」

ウィルソンが言った。「逢い引き場所から立ち去ったとき、おたくのゴーリアドともうひとりの男といっしょだったんですよ」

「誰のことかしら？」デローレスはすっとぼけると、リチャードを見て、説明を任せた。

「ゴーリアドが面倒を見て鍛えてやってる新人だ」リチャードが保安官助手に説明した。

「たしか名前はティミー。名字はわからない」

デローレスは些細なことだと言わんばかりに手を振った。「ドクター・オニールらしくないわ。いつもはとてもしっかりしているのよ。あのかわいい女の子の治療に必死で、命を救おうと手を尽くしているの」

保安官助手ふたりが顔を見あわせた。ウィルソンがデローレスを見た。「かわいい女の子？」

「ドクター・オニールとネイトの患者よ」保安官助手たちのぽかんとした顔を見て、デローレスは困惑に多少の辛辣さを交ぜてネイトを見た。「バイオレットの名前を伏せたまま、この方たちにすべてを説明したのかと思っていたわ」

デローレスはネイトをひっぱたきたくなった。彼はそこに座って腹話術の人形のように口をぱくぱくさせているだけで、なにも言えずにいる。

　さいわいどちらの保安官助手もネイトに注目しておらず、デローレスとリチャードを見ていた。ウィルソンがこぶしを口にあてて咳払いをした。「失礼ながら、議員、奥さま。じつはあの血液サンプルの検査は、あなた方のどちらかのためだろうと思っておりました」

「まあ」デローレスは息を吐いた。「いいえ。リチャードもわたしもおかげさまで健康ですのよ」笑顔を曇らせる。「かわいそうに、バイオレットはそうはいかなくて。リチャードとわたしは、わたしたちが支援している財団を通じてあの子の状況を知りましてね。それで、あの子と家族のために役立つことをしてあげたいと思ったんです」

「録画を観てもらったらいい」リチャードが言った。「それですべて説明がつく」

「使わせてもらったほうがいいかもしれないわね」デローレスはなかば謝っているようなほほ笑みをふたりに向けた。「わたしたちと少女の家族のあいだにとどめておきたかったのだけれど、マスコミに嗅ぎつけられてしまって。あの子の身元を隠す必要はなくなりました」

　リチャードはサイドテーブルのｉＰａｄを操作し、本棚に収められた薄型スクリーンのスイッチを入れた。録画はすでにバイオレットのニュースがはじまるところで止めてあった。

　保安官助手ふたりは興味深く鑑賞し、プライベートジェットが雲のなかに消えていくところでリチャードがビデオを停止したときには、当然ながら、ばつの悪そうな表情になっていた。ウィルソンが言った。「ご親切に、なんと気前のいい」

「それはどうも。大変な目に遭っているのだから、少しはいいことがないとね」リチャードが立ちあがった。「ほかにはないかな？　デルにもわたしにも今日は長い一日だった」

保安官助手はそろって立ちあがった。ウィルソンが帽子をいじりながら言った。「それがまだありまして、議員」

抑えたいらだちを見せながら、リチャードが保安官助手ふたりを交互に見やった。

ローリンズが言った。「昨夜、ハワードビルである男性が襲われました」ネイトに向いて続ける。「向こうの飛行場でなにがあったのか、ドクター・オニールにもう少し話をうかがいたい」

ネイトが言った。「たしかに今日のブリンは軽率ではあったが、男性を殴りつけて意識不明にできるたぐいの人間ではない」

「ただ、男のほうはそういうたぐいの人間でして」

「マレットか？」

ローリンズがうなずいた。

「ならば彼を問いただしたらどうだ？」ネイトが言った。「あの男はいまもアトランタにいるのか？　ふたりがいっしょにいるのかどうかすら、われわれにはわかりかねる」

デローレスはネイトの嘘に対する保安官助手の反応を見守った。

ローリンズが言った。「ああ、あのふたりはいっしょですよ、ドクター・ランバート。あなたのところから去ったあと、あそこの駐車場でおもしろいことになりましてね」彼はデローレスを見た。「まず、マレットが、メルセデスを運転してたあなたの従業員とその助手とひと悶着起こしました」

「なんてことなの」デローレスは驚いた声を出した。「リチャード、そんな話、聞いていて？」

「いやもちろん初耳だ」

ローリンズが続けた。「マレットとやりあったあと、防犯カメラにはゴーリアドともうひとりがメルセデスで出ていくところが、そしてその数分後には、こんどはマレットとドクター・オニールが彼女の駐車スペースで会い、徒歩で出ていくところが残っていました」

「マレットがいっさいの流血沙汰の中心にいるようだな」リチャードが言った。

「ドクター・オニールがそんな男と行動を共にしているだなんて、ぞっとするわ」デローレスは言った。「彼女の身は安全なのかしら？　どう考えても、暴力的な男のようだけれど」

ネイトが調子を合わせた。「飛行場の男性を傷つけたのはその男だと思って、まちがいないようだね」

「ええ」ローリンズが言った。「だが、動機がわからない。それにドクター・オニールはのぼせあがることはあっても、傷害というゆゆしい罪でマレットをかばうとは思えません」

「お気の毒な被害者は、襲撃犯の特徴を語っているの？」デローレスは尋ねた。

「背後から襲われていたので」

「残念ね。早くよくなられることを祈るばかりよ」

それに対しては誰もなにも言わなかった。しばらくしてウィルソンが言った。「さて、ずいぶんお時間をとらせてしまいました。彼らのどちらかに会うなり、連絡がくるなりしたら、知らせてください」

全員がひと渡り握手をしながら、有益な情報があれば知らせると言い交わした。デローレスはみずから玄関まで保安官助手を見送って居間に戻ると、バーへ直行して酒を注いだ。

「とりわけ人目を避けたいときに、ブリンのせいで、あんな田舎者たちに迫られることになるとは」ネイトがこぼした。「この世から消してやりたいくらいだ」

「それもひとつの手だ」リチャードが言った。「それにしても、見つけないことにははじまらない。彼女のことはわれわれよりきみのほうがわかっている。ほぼ毎日、顔を合わせてきたのだからな。彼女が行きそうな場所は思いついたか？　彼女を手助けしそうな人間、使えそうな資源は？　別荘は？　別の車は？　テネシーのバイオレット・グリフィンの家へはどうやってたどり着くつもりだ？」

なかばどなり声になっていた彼に対し、デローレスの口調は落ち着いていて、完全に抑制がきいていた。「うっかりしたわね、あなた」

「とてつもない大失敗だ」リチャードが言った。「ドクター・オニールを信じるとは」

「あなたが流血沙汰と言ったことよ」

リチャードが鋭い目つきでデローレスを見た。

「保安官助手は血なんて、ひとことも言っていなかったのよ。流血沙汰があったなんて、テイミーがナイフを使って争ったことを知らなければ、わかるはずがないでしょう？」

午後九時三十七分

ウィルソンとローリンズはＳＵＶに乗りこんだ。ゲートを出て公道を走りだすのを待って、ウィルソンはローリンズを見た。ふたりの声がそろった。「あいつらは嘘をついてる」

第二十三章

午後九時四十一分

タクシー運転手が言ったとおり、州間高速道路は大変な混みようだった。ライが思っていたより、目的地に近づくのに時間がかかった。ブリンに手を貸して後部座席から降ろそうとすると、彼女は正気を失ったのかと言いたげな目で彼を見た。

まがまがしいほどに物騒な界隈だった。街灯は切れているか、もしくは撃ち抜かれていた。いまだ営業している数少ない店も夜なので閉まっていた。そのほとんどの窓やドアには、押し入られないように鉄格子がはまっている。通りは閉ざされて暗く、できれば足を踏み入れたくない場所だった。

それでもライは、タクシー運転手の小さな目だかその態度だかがどうにも気に入らなかったので、目的地の二ブロック手前で車を降りた。しぶしぶながら約束どおり二十ドル余計に支払ったが、礼の言葉ひとつ返ってこなかった。タクシーのテールライトが角を曲がって消えるのを確認してから、見捨てられたような店の奥まった入口までブリンを導いた。

「残念ね。閉鎖されてるわ」ブリンがドアに貼りつけられたまま消えかけている〝売り物件〟の文字を指さした。「しばらく前から売りに出されてるみたいよ」

「来たかったのはここじゃない。タクシー運転手に目的地を知られたくなかった」

「最終目的地がどこか、わたしも知らされてないんだけど」

「きみが友だちと行った海辺のバーを覚えてるか？　世界じゅうどこの飛行場の近くにもそういう溜まり場があるという話をしたよな」

「そういう場所へ行くの？」

「数ブロック先にある。あぶなっかしい界隈の、あぶなっかしくて喧嘩早い連中が集まるバーだ」

「ポルノもたくさんあるのね」

「いまにわかる。だがテネシーへ飛ぶには、飛行機乗りのいる場所へ行く必要がある」

「すぐ近くに国際空港があるわ。そこにならたくさんの飛行機があるし、それを飛ばすパイロットも大勢いるはずよ」

「あそこだと乗客名簿やら、運輸保安庁の保安検査場やらがあって、身分証明書の提示を求められる。たとえば上院議員のような権限があれば、きみが飛行機に乗るかどうかをチェックさせ――」

「そこまで考えてなかったわ」

「リチャード・ハントは考える。レンタカー会社にも目を光らせてるはずだ」

「じゃあ、どうしたらいいの？」

「おれが個人のパイロットとの契約を仲介する」

「悪いけど、言うまでもないことを言ってもいいかしら」

「ブリン、おれは乗せてやれない。おれにも限界がある。いくらか眠らないことには操縦桿を握れない」

「飛行機なんかチャーターしたことないけど、いくらぐらいかかるの？」

「どんな飛行機かによる。だが足元を見られないようにおれが目を光らせて、公正な契約を結んでやる」

「クレジットカードの上限額を上回ると思うんだけど」

「カードで支払うのはまずい。ダッシュに連絡して、やつに払ってもらおう。あとで精算すればいい」

「彼がそんなことしてくれるかしら？」

「ぶつくさ言うだろうが、やってくれるさ。どうだ？」

ブリンはため息をついた。二の足を踏んでいるのがわかる。

彼は腰に両手をあてた。「決めろ、ブリン。チャーターするかしないか？　きみが決めるんだ」

ブリンは一、二秒考えて、言った。「まだ心は決まってないけど、タクシーは帰ってしまったし、この通りで別のタクシーを拾うのはほぼ不可能よ。その溜まり場とやらの近くまで来てるんだったら、チャーターを検討してみるのも悪くないわね」

「まだだ」ライは歩きだそうとするブリンの腕をつかんだ。「もうひとつ、注意しておく。あそこにはきみが新鮮な肉に見える男たちがごまんといる。大半が酔っぱらいで、下品で、猥雑なことを口にする」

「うまくあしらえるわ」

粋がって断言する彼女がおもしろくて、ライはからかうように尋ねた。「本当か？」

「修道院で育ったわけじゃないのよ」

「そりゃそうだが、飛行機乗りに誘われたことはあるのか？　やつらは時間を無駄にしないぞ。こまやかなことをしてる暇はないんだ。一、二時間のうちに飛び去るとなれば、できるときに手に入れようとする」ブリンの尻に手をやって引き寄せ、頭を下げて、口を彼女の唇に近づけた。

「やめて」ブリンは彼を押したが、手のひらはジャケットの内側の胸に押しあてたままだった。「もし八時間の睡眠がとれたとしたら、どうなの、ライ？」

ライは無言だった。

「答えないのが答えってわけね」ブリンは両手を離し、後ろに下がった。「さようならのキスのつもりだったのね？　つぎの飛行機乗りにわたしを託して、あなたは飛び立つ」

「きみのためだ！　そうしたいと言ったのはきみだぞ。二度とおれに会いたくないと。ちがうか？」

「そのとおりよ。だったらなぜわざわざキスをするの？　あなたに助けを求めた覚えもないんだけど」

ライはますますブリンにキスしたくなった。後ろを振り返らず、後悔せずに立ち去れることを示すためだけにも。だが、問題は誰にそれを示すか——ブリンにか、それとも自分自身にか？

睡眠不足がひどい。とうに立ち去っているべきだった。それなのに自分はここにいて、彼女の問題を解決するために専門知識を提供して力になろうとしている。まともな人間ならみんなこうするはずだ。ブリンのためでなくても、病気の子どものために。

最後まで手助けし、後腐れなくすっきり別れる。だがブリンがキスなしでいいというなら、それはそれでいい。「テネシーへ行きたいんだな？」

「答えは知ってるでしょ」

「だったら、急げ。アトランタの人口の半分と、ウィルソンとローリンズが迫ってくるぞ。この計画が気に入らないなら、けっこう。おれの助けはこれ以上いらない？　なお、けっこうだ」話は終わりだと言いたげに両手で宙を切った。「主要空港まで送ってやる。そこから別々の道を進もう。さあ、はっきり決めろ」

ブリンは両腕を腹部にまわした。歩道の大きな割れ目からのぞく枯れた雑草をつま先でつつきながら、柵のついた窓を見、また〝売り物件〟の文字を見た。

そしてふたたびライと目を合わせた。「どのくらいどぎついポルノなの？」

午後九時五十三分

ブリンにはかなりの騒音に感じられたが、ライは彼女に聞こえるように耳に顔を近づけてどなった。「感謝祭のせいか、たいした混み方じゃない」

ライは彼女が離れないように、そして自分のものだと示すようにしっかりとブリンの肘をつかんで、ビールジョッキや炭水化物たっぷりの料理が山と盛られた皿を囲む男たちが集うテーブルのあいだを進んだ。

勝利の歓声と敗北の悪態が交錯するなかにビリヤードの音が響く。ブリンのリビングルームの壁より大きなテレビ画面に『トップガン』が映しだされていた。耳障りなノイズが混じる天井のスピーカーから、耳をつんざくような大音量で音楽が流れている。

店内にいる女性は片手で数えられるほどだった。いずれもブリンより若く、ずっと慎み深さに欠ける服装をしているが、ブリンにも同じように好奇の視線が向けられ、口笛や流し目が浴びせられた。

ライは壁際のテーブルに向かっていた。ほかのテーブルから少し離れていて、照明が暗めだった。男がふたり座っており、つまみのナチョスは欠片（かけら）ばかりになっていた。テーブルの上には空になったグラスがずらりと並べられている。ライが身をかがめた。「テーブルを譲ってくれたら、一杯おごる」

男たちはライを見てから、ブリンにいやらしい目を向けた。ひとりが言った。「一杯だ」

「いいだろう」

男たちはライを肘でつついたり、目配せしたりしながら、がんばれと言い残して立ち去った。ふたりは空いた席についた。ライが言った。「チーズバーガーとか、フライドポテトとか、ナチョスとか。どこにでもあるようなものにしたほうがいい」

「ほかになにがあるの？」

「つけあわせだ」

「たとえば？」

「チリ、ハラペーニョ」

「チーズバーガーにするわ。つけあわせなしで」

ライは通りかかった店員に合図し、テーブルを片付けさせた。「チーズバーガーをふたつ頼む」

「自分はウェイタージゃないんで」

ライは苦々しい顔つきで男を見た。「こまかいこと言うなよ。チーズバーガーをふたつ頼む。いいな？」

若者がもっと苦々しい顔つきになった。「フライドポテトは？」

「なくてどうする？　あとコーラをふたつ」

「バーボンを入れる？」

ライは首を振った。「明日、飛ぶかもしれない」

「じゃ、ラム？」

ライは笑った。「ただのコーラだ」

若者が立ち去るとブリンは言った。「慣れ親しんだわが家って感じね」

「ああ。それにどういう仕組みになってるかわかってる。ここで待っててくれ。顔を伏せてろよ。目が合うと、相手が誘われたと思うぞ」

「誰のこと？」

「そこらじゅう、どいつもこいつも」

ライは席を立ってカウンターまで行き、忙しそうなバーテンダーに合図した。まずテーブルを譲ってくれた男たちにおごる酒の支払いをすませてから、バーテンダーとふたりきりで話しだした。

ブリンはテーブルに刻まれた名前や日付や下品な言葉を読んでいた。

ライが戻った。「バーテンダーの耳にそれとなく入れておいた」

「彼がパイロットを見つけてくれるの？」

「その必要はない。パイロットのほうでおれたちを見つける」

「そういう仕組みなの？　噂を広めて、誰かがやってくるのを待つ？」

「基本的にはそうだ。だが怖がらないでいいぞ。きみを運ぶやつは、おれが品定めする。かけだしのやつには任せない」

「ありがとう」

「礼は出発のときに聞かせてもらう」

ブリンはあたりを見まわした。「ポルノなんて言ってたけど、わたしをからかってたのね」

「いや、ちがう」彼はテーブルのそばの壁を指さした。

ブリンが見ると、壁には隙間なく飛行機の絵が描かれていた。あらゆる時代の飛行機があり、機種、形、色、サイズとも、さまざまだった。

ライが言った。「おれはこれを〝飛行機ポルノ〟と呼んでる。ここにいる連中はみんな、これを見ると興奮する」

「飛ぶことに」

「飛ぶことに」彼は料理と飲み物を持ってきたさっきの若者に五ドル渡した。

テーブルの中央に置かれたビール六本が収まる容器に、ケチャップやマスタードが入れてあった。ふたりはその調味料でハンバーガーに味つけして、がつがつと食べた。ブリンは息を継ぎ、飲み物を飲んで、尋ねた。「どうしてそんなに好きなの？」

「タバスコ？」

ライの皿にはタバスコの水溜まりができていたが、ブリンには彼がそれを言い逃れに使っているのがわかった。「どうして空を飛ぶことがそんなに好きなの？」

「幼いころの体験かな。子ども時代はほぼ空軍基地で育った」

「お父さまはパイロットだったの？」

「免許はあったが、耳がよくなかった。重力加速度がかかると吐き気をもよおしたんだ」

「飛行機乗りの免許はあっても、飛行機乗りの胃がなかったのね」

　ライはブリンの冗談に笑ったが、笑顔はやがて思案顔に変わった。「親父になかったのは——」言葉が続かず、彼はしぐさで忘れてくれと伝えた。

　ブリンはひとつ残ったフライドポテトを食べ、プラスチックの皿を脇に置いて紙ナプキンで手を拭いた。「なにがなかったの？」

「わからない」

「わかってるくせに」

　ライはハンバーガーの最後のひと口を辛いソースに浸したが、食べずに皿に戻した。コーラを飲み、バーテンダーに忘れられていないのを確認するように、座ったまま姿勢を変えてカウンターのほうを見た。ようやくふたたび腰を落ち着けて、ブリンのほうを見たので、ブリンは言った。「ライ、これがわたしたちが交わす最後の会話になるかもしれない。悔いが残らないようにしましょう」

「なぜ？」

「あなたに地面に押し倒されてから約二十時間になるわ。あそこが極めつけではあったけれど、そこからつぎつぎに災難に襲われてる。ここまでの経験をしてるんだから、意味のあるなにかを見出したいと思ってもいいでしょう？」

「きみは愛撫や痺れるようなキスをはねつけた」

ブリンはライの視線を受けとめた。

彼は深く息を吐いて緊張をほどくと、椅子の背にもたれた。「正直言って、どう説明していいかわからない。自分の指紋を説明できないのと同じだ。指紋はいつもそこにある、飛ぶことに対する執着もそう。好きとか愛とか、そんなものは超えてる。なんというか……」口を閉じて言葉を探し、また指紋から連想される言葉を使った。「刻みこまれてる」

ブリンが感想を述べるか、説明してくれたことに感謝すると思っていたらしく、話はそこで終わりだった。だがブリンはそのまま彼を見つめて、聞く姿勢を崩さなかった。

しばらくすると、話の続きがはじまった。「物心ついたころからずっと、おれは空にいたかった。できるだけ滑走路に近づいて、飛び立つ飛行機を見ていた。つぎからつぎへ、何度も何度も飛び立っていく。見飽きることはなかった。操縦席にいるやつをうらやみながら、〝ああ、早くあんなことができるようになりたい〟とずっと思ってた」

ライはその上に広がる空を見るように、天井を見あげた。ブリンに目を戻した。「おれは今日に至るまで、操縦桿を引くほんの十億分の一秒前まで離陸への期待に胸を躍らせてる。いまだにその瞬間が待ちきれない」

ブリンは鼻をすすり、目に浮かんだ涙を押し戻した。「ほら、話してみればむずかしいことじゃなかったでしょ？」

「詩的とは言いがたいが」

「そんなことない」感極まって、かすれ声になった。だが、彼にも気持ちは通じたはずだ。

ライが体を起こし、テーブルに肘をついた。「よし、ドクター・オニール、きみの番だ。なぜ医者になった？　同胞を救えという神の呼びかけに応えたのか？」

「そんなところね。幼いころ母を亡くしたわ。まだ医学的に手に負えない病があるなんて理解できないころだったから、母を治してくれなかった医者を恨んだ。医者はなんのためにいるのって」

「その医者より腕のいい医者になりたかったんだな」

「それも理由のひとつだったでしょうね。少なくともはじめのころは。でも、医者になることで――」

「ちょっといいかな」

ブリンとライは声をかけてきた男を見あげた。ライと同年配だが、髪を短く刈って、きれいにひげを剃っていた。ハワイアン柄のシャツの裾はジーンズにしまってある。リーバイスのジャケットを人さし指にひっかけて肩にかけていた。

「ライ・マレット？」

ライはいらだたしげにバーテンダーを見た。「あいつに名前は言わなかったぞ」

「このレディをまだ明かせない目的地へ早急に運んでくれるパイロットがいるんだろ？」

「計器飛行資格があるのか？」

「ああ」

「計器飛行方式での飛行経験は何時間だ？　飛ばす機種は？」

「おれの売りこみじゃないんだ」

ライの口調が険しくなった。「だったらなんだ？」

「ビリヤード台のあたりで、警官があんたとこの人の特徴に合う女性を見た者はいないか聞きこみをしてる。飛行機をチャーターするか借りるかできる場所をしらみつぶしにあたってるそうだ」

「くそっ！」

「じゃ、身に覚えがあるんだな？」

「ああ、ある」ライがぶすっと言った。

「なにをしてアトランタ市警察を怒らせたんだ？」

「なにをしようと、かまわないんだろ？　でなきゃ、わざわざおれに警告しに来ない」

「人殺しよりましなこととか？」

「はるかにましだ。じつは彼女は医者で、人の命を救おうとしてるんだが、時間切れになりかけてる。駐車場の防犯カメラに、ナイフで襲いかかってきたばか野郎におれが礼儀を教えてやってる姿が映った。そのばか野郎は、何日か股間を氷で冷やさなきゃならないだろうが、息はしてる」

男はその説明に納得したようだった。ジャケットに袖を通した。「警官は便所へ行ったが、じきに出てくる。おれがデート相手の振りをして、彼女といっしょに店を出る。警察は防犯カメラからとった画像を持ってる。ちらっと見えたんだ。ぼやけた写真だが、用心するに越したことはないから、おれのキャップを使ってくれ」

男はライに〈アトランタ・ブレーブス〉の野球帽を渡した。ライはそれをかぶり、ボマージャケットを脱いだ。

「そうそう」男は言った。「いかしたジャケットだが、それも手配書に載ってる。外で会おう」男はブリンに言った。「準備はいいかい、スイートハート？」

男は後ろにまわって彼女の椅子を引いた。

ブリンはすっかり動転してライを見た。警察から正式に捜索されているのみか、この見ず知らずの男に自分が託されることになったからだ。さっきはあんな態度をとったが、いま、ライに放りだされるのはいやだった。

「あなたは来るの？」ブリンは尋ねた。

「離れずついてく」ライが答えた。「さあ、行け！」

ブリンは立ちあがった。立っていられるかどうかわからないほど、脚が震えている。見知らぬ男に肩を抱かれ、出口まで歩かされた。だが出口を外に出るや、ブリンは立ち止まった。

「この先は、ライといっしょでなければ行かない」

「きみを助けたいんだ、嘘じゃない」

「なぜ？」

「おい、ライ・マレットだぞ。冗談言っちゃいけない。彼は伝説的な人物だ」

そのとき伝説の男がバーから出てきた。彼は片隅に寄せて停めてあるパトカーを認め、ブリンの手を握って引き寄せた。「あんたのおかげで助かった。恩に着る。だがここまでだ」

「車はどこにあるんだ？」

「車はない」

「まじかよ。こっちだ」男はふたりについてくるように合図し、区画線を無視してあっちこっちに車が停められている迷路のような駐車場を進んだ。そして自分の車までたどり着くと、キーリモコンでロックを解除して、後部座席のドアを開けた。

ライが言った。「ここまでしてもらったら、名前を聞かないとな」

「ジェイク・モートン」

男はライに敬礼した。

バイオレット

今日の夜は自分のベッドで寝た。病院よりやわらかい枕がある。みんな病院のことホテルって呼んでるけど、なに言ってんのかな？　ほんとは病院で、すごく明るい電気がついてないだけなのに。あそこに泊まってるのは病気の人だけ。あたしはがんの子どもたちのフロアにいる。放射線治療を受けるときにママとあたしはあそこに泊まる。放射線治療はきらい。でも水曜日まで、忘れていい。

四日か五日か、自分の家で寝られる。あたしが家に帰るなら、オニール先生にそう言ってもらいたかったとママは言ってる。病院を出るとき、オニール先生はいなかった。

なにがあったか説明しないとね。あたしはうとうとしてた。目が覚めたら、部屋にみんなが入ってきた。ひとりは上院議員の男の人。その人の奥さんはミセス・ハント。赤い口紅をして金髪だった。みんな静かな声であたしに話して、ずっとにこにこしてた。奥さんはあたしをかわいらしいと言った。議員はあたしの肩をなでて、勲章をもらってもおかしくないくらい勇敢だって言った。

あたしを兵隊だと思ってるのかな？　ばっかみたい。

小さい声でママにそう言ったら、シーッって。あとで説明してあげると言ったけど、してくれなかった。議員の奥さんがずっとしゃべってて、口を閉じてたのは写真にとられるときだけだったから。奥さんにテレビに出るのはわくわくするかと訊かれたんで、あたしは「はい、します」と答えた。ママが〝お行儀よくして〟という顔をしてたから。奥さんにカメラに手を振ってと言われたから、そのとおりにした。怒らせたくなかったから。みんながミセス・ハントの言いなりみたいだった。

飛行機のなかにはカウチがあって、横になれた。あたしは吐かなかった。ダークブルーのワンピースを着た女の人がジンジャーエールをくれた。全部は飲まなかった。女の人に欲しいものはないかって何度も訊かれたけど、べつになかった。

飛行機を降りたら、もっとたくさんの人がいて写真をとられた。あたしたちは飛行機のところまで行ったときと同じ、長くて白い車に乗って家まで行った。オートバイに乗ったおまわりさんがふたり、あたしたちの前を走ってた。

うちに帰ったら、庭に人がいっぱいいた。その人たちもみんな写真をとってた。あたしはくたくたで、手は振れなかった。とにかくパパに会いたかった。パパは玄関から走って出てきて、階段をおりて、あたしを抱きしめた。パパはサイを抱きあげて押さえつけておかなきゃならなかった。サイがテレビの人たちに吠えまくったから。

あたしの部屋にはたくさんの風船があった。お兄ちゃんがひとつ割っちゃった。パパは落ち着けと言った。

先生――オニール先生じゃなくて、最初のお医者さん――が来てあたしの検査をした。夜は看護師さんがうちに泊まった。

みんな部屋から出てって、パパだけが残った。パパはベッドに座った。飛行機はどうだったかって訊かれたんで、あたしはカウチとかジンジャーエールのことを話した。パパはあたしの頭をなでて、毛が生えてきてるぞって言った。全然生えてないのは知ってるけど、とりあえずにっこりしといた。

パパはかがんでほっぺにキスしてくれた。おやすみと言って、明日はすごい日になるからゆっくり休みなさいと言った。パパは泣きだしそうになって、あたしに見られないうちに出てった。パパはときどき泣いてる。あたしが知らないと思ってるみたいだけど、あたしは知ってる。子どもって、おとなが思ってるよりうんとお利口なんだよ。

お兄ちゃんたちが部屋にいる音がする。テレビゲームのことでけんかしてる。ママと看護師さんとそれからいまはパパも、キッチンでケーキを食べてコーヒーを飲んでる。パパたちがサイのベッドをあたしの部屋に入れてくれた。サイはそこで寝てる。あたしが病気になってからも、前と変わらないのはサイだけだ。

パパは、明日、すごくびっくりすることがあると言ってた。目が覚めたらオニール先生がいるのかも。上院議員と奥さんは、あたしが家に帰ることをオニール先生に許してもらったのかな。もしそうしてなかったら先生はすごく怒るよね。だって、先生はあたしをよくしようと必死だから。

もちろんあたしだってよくなりたい。もしあたしが死んだら、先生がすっごくがっかりしちゃう。

第二十四章

午後十時二十二分

敬礼されたライは、一発殴られでもしたように、後ずさりをした。「やめてくれ」

ジェイク・モートンは愛想よくにっこりした。「了解。だが車に乗ってくれ。どこでも好きなとこまで送るよ」

「とにかく感謝する」ライが言った。「だが面倒には巻きこめない」

「あんたを置いてくわけにはいかないよ、マレット。問答無用だ」ジェイクはライとブリンの背後のバーをちらっと見た。「あの警官の小便だって、一生は続かない」

ライは態度を軟化させて、ブリンにうなずいた。三人とも車に乗りこみ、ブリンとライは後部座席に座った。ジェイクはすかさず車を発進させて、バーから数ブロック遠ざかってから、どこへ行きたいか尋ねた。

ライが言った。「だったら空港まで頼む。手荷物受取所の外で降ろしてくれ。タクシー乗り場のあたりだ」

ジェイクが言った。「いいから、場所を指定してくれ。そこまで送るよ」

「それはできない」ライは言った。「おれたちと店を出たのを目撃されてるかもしれない。空港にしておけば、あとで質問されたとき、そこから先は知らないと正直に答えられる」

「警察とのいざこざはそんなに深刻なのかい？」

「いや。だが彼女の患者は深刻な状態だ」

ジェイクがバックミラーでブリンを見た。ブリンは言った。「詳しいことは話せないけど、生死に関わる状況なの」

ジェイクは表情を引き締めてうなずいた。「じゃ、空港だな」

「あんたも飛ぶのか？」ライが尋ねた。

「ああ、そうさ。ボナンザを持ってる」

「いいな」

「古いやつだが、しっかり整備してあるし、二年前に新しいエンジンに付け替えた。今日は休みなんだ。霧が出てなけりゃ、ひとっ飛びしてたんだが」

「本業はなんだ？」

ジェイクが笑った。「飛ぶことさ」彼は雇われている貨物輸送の会社名を言った。

ブリンとライは目を見あわせた。ライは眉を吊りあげ、ジェイクこそ今回のパイロットにふさわしいのではないかと無言で尋ねた。ブリンがうなずきかけたとき、ジェイクが言った。

「今夜の〇〇三〇に飛ぶことになってる。カンザスシティまで行って、朝食には戻ってくる」

つまり今夜は塞がっているということだ。ブリンは心からがっかりしている自分に気づいた。ジェイク・モートンならよかったのに。ライも彼に好感を抱いているのを感じた。

ライが尋ねた。「なぜおれを知ってた？　どこかで会ったことがあるのか？」

「あんたと同時期にアフガニスタンにいた」

ライが緊張に体をこわばらせる。ブリンにも感じ取れるほど、激しい変化だった。ジェイクの話は続いた。「おれはバグラム空軍基地でＣ－１３０を飛ばしてた。兵士やら水やらジープやら。なんだって運んだ。あんたみたいに最悪の場所へは行かなかったが、話は聞いてる。まさか本人に会える日が来るとはね」

ライは顔をそむけて窓の外を見ると、沈んだ声で言った。「今夜は手を貸してくれて助かった」

「なあに、むしろ光栄だよ」

空港周辺はふだんより混雑していたが、ジェイクはじりじりと車を歩道に近づけ、発車したミニバンのあとのスペースに突っこんだ。ライが助手席側の後部座席のドアを開けた。

「わざわざ降りなくていいぞ、ジェイク。急がなきゃならない」

「了解」ライが野球帽を脱いで返そうとしているのに気づき、ジェイクが言った。「それは持ってていいから、握手をさせてくれ」彼はシートの背の上から手を差しだした。

ライは手を伸ばして、その手を握った。

ジェイクが言った。「あんたの気持ちがわからない飛行機乗りは世界じゅうどこにもいない。あんたにビールをおごらない飛行機乗りもだ。みんな、即行でおごる」

ライは何秒かジェイクと目を見交わしたあと、そっけなく言った。「元気でな」

ブリンは奥の席から体を横にずらして車を降りた。ライがドアを閉め、ルーフを二度叩く。

ジェイクの車は走り去った。

ジェイクとの遭遇は、唐突にはじまり、唐突に終わった。現実とは思えないほどだが、ブリンにも、別れ際の男たちのやりとりが双方にとって重要なものであったことが感じられた。ライに尋ねてみたいけれど、そんな場合ではない。

そこらじゅうに警官がいる。

さいわい、警官は行き来する車や歩行者の世話に手いっぱいで、どうにか収拾をつけようと熱心に働いていた。ふたりは警官の注意を引かないようにタクシー待ちの列に加わり、一度に二、三歩ずつじりじりと進んだ。

「ごめんなさい」ブリンは言った。

「なにが?」

「あなたはわたしと手を切りたがってたのに」

「まあな。きみにしたって、好きでおれとくっついてるわけじゃない」

「自分でレンタカーを借りて、ノックスビルまで運転してもいいのよ」

「ああ、そうだ。そしてバックミラーにゴーリアドとティミーが現れるのを待つ。もしくは、きみがふたりに警戒してるのを見越して、新たなふたり組が現れるかもしれない。連中が来たのに気づいたときは、もはや手遅れになってる」

「ハント夫妻がわたしの処刑を命じるとは思えないわ、ライ」

ライはせせら笑った。「あれがきみのコートのポケットに入ってるからか？　現実を見ろよ、ブリン。若い女性の失踪事件など、珍しくもない。ランバートが公式にお悔やみを述べてくれるだろうが、彼は入ってくる現ナマに慰めを見いだす。ハントはGX－42を手に入れ、きみの命は、目的を果たすうえでのささいな損失として処理される」

「ずいぶんひねくれたものの見方ね」

「それが人生だ。悪人は栄え、善人は死ぬ」

戦友のことを言ってるのだろうか。「具体的に誰かのことが頭にあるの？」

「ブレイディ・ホワイトでないことを祈ろう」

ジェイクの忠告どおり、ライはジャケットを着ていなかったが、ポケットを探って携帯電話を取りだした。音声でＳｉｒｉに番号を調べさせ、その番号に電話をかけさせた。ブリンは聞き耳を立てた。

「ハワードビル・コミュニティ病院です。どちらにおつなぎしますか？」

「ブレイディ・ホワイトの友人だ。経過が思わしくないと聞いてね。最新の容体を教えてもらえないだろうか？」

「手術室におつなぎします。看護師長に聞いてください」

さい」


「ブレイディは手術中なのか？」

「あの……少しお時間をいただけますか？　状況を確認してくるので、そのままお待ちください」

ライは電話を切り、ブリンに言った。「今朝、ＥＲの女性はなにひとつ教えようとしなかった。いまの女性は電話をつないだままにさせようとしてる。逆探知してるってことだ」

「でもブレイディが生きてることだけはわかったわね」

「電話したかいがあったってもんだ。よかったよ。だがまだ、きみをバイオレットのところへ行かせるという任務が残ってる」

「なにかアイディアがあるのなら、喜んで聞くわ」

「まず、新しい電話を入手しなきゃならない」ライはいま使った携帯電話の電源を手早く切り、近くのごみ箱に捨てた。「遅かれ早かれ、ハワードビルの保安官事務所はあの番号がおれのものだと突きとめる。その情報がウィルソンとローリンズに流れ、さらにはアトランタ市警察にも手配される。そして番号からおれを捜してここへたどり着くが、おれはどこか別の場所にいるというわけだ。このくそいまいましい列を動かすことができればだが」

ライは列の前を見て、どのくらいで自分たちの順番がまわってくるか測ろうとした。野球帽をかぶったままなので、ブリン以外には彼の目がつねに人混みを探り、制服姿の人物に見つかる気配がないかどうかを警戒しているのがわからない。

「どうするつもり？」ブリンは尋ねた。「ホテルに戻る？」

たぶん防犯カメラの画像で、駐車場からホテルまで乗った配車サービスの車のナンバーが割れているだろう。ライはその不安をブリンにも伝えた。「だが、戻るしかない。フライトバッグが置いたままだ」

彼はまたもや列の長さを測った。「いまのおれたちは無防備そのもの、なんとしても手に入れなきゃならないのが車だ。ジェイクに会えたのは幸運だったが、守護天使はそうそう現れないし、タクシーやレンタカーを使うのは危険すぎる。

すぐに車を貸してくれそうな知りあいはいないか？　感謝祭の深夜でもしつこく質問しない人、信頼できる人物だ。医者仲間とか、女友だちとか、恋人とか？」

ブリンはライから視線をそらせた。

「おっと」ライが言った。「虫歯に冷風を吹きかけられたような顔をしてるぞ。男がいるんだな？」

「むかしのことよ」

ブリンが避けようとしても、ライはその目の動きを追った。「夫か？」

「婚姻関係にはないわ」

「だが深い関係だったんだな」

「しばらく暮らしてたの」

「へえ」ライの目は帽子のつばで影になっているが、視線が肌に突き刺さるようだ。「きみはさっきキスを拒んだ。その男のせいなのか？」

声をとがらせてブリンは問い返した。「助けてもらえるんなら、なんでもいいんでしょ?」

ライは横を向いてぶつくさ言っているが、ブリンが思うに、聞こえないほうがいいのだろう。やがて彼はふたたびこちらを見ると、なげやりに肩をすくめた。「プロペラが停止したら、着陸する場所を探さなきゃならない。場所は選んじゃいられない」

午後十時四十七分

「なるほど、おまえがティミーか」

元ギャングが立たされて厳しく叱責されていた。リチャード・ハントは軽蔑もあらわに彼を見ている。

デローレスから見ても、哀れを誘う光景だった。隣に立っているのが、自制心の権化にしてハンサムなゴーリアドとあっては、なおさらだ。その左で話を聞かされているティミーの顔には、ライ・マレットから受けたむごたらしい殴打の跡がありありと見て取れた。

「今回の初仕事はオーディションのようなものだ」リチャードが言った。「これまでのところ、おまえの仕事ぶりには見るべきところがない。特殊な能力を生かしてわたしのもとで働く者には、人に気づかれることなくその能力を発揮することが求められる。隠密性だ。おまえにはこの言葉の意味さえわからないのではないか? 無謀な企てや愚かな行動によって、わたしの家に田舎の保安官助手を呼び寄せるようなことはしないという意味だ」

「イエス、サー」

ゴーリアドが前に出た。「ティミーは衝動的な行動をとりましたが、正当防衛です」

ティミーは勢いよくゴーリアドを見て、まともににらみつけた。「おれが殴られてたのに、あんたは木の切り株みたいにぼーっと突っ立って、ただ見てやがった！」

「おれはナイフが振りまわされてるところに割って入るほどばかじゃない」ゴーリアドは淡々と言い返した。

デローレスが口をはさんだ。「あなたたち、非難しあってもなんにもならないし、残り少ない貴重な時間を無駄にするだけよ。わたしが聞きたいことはただひとつ、ドクター・オニールの居場所がわかったかどうかだけ」

「申し訳ございません、奥さま。まだです」ゴーリアドが答えた。

リチャードが小声で毒づく。

顔を伏せ、腕組みをして室内を歩きまわっていたデローレスが、ティミーの前で足を止めた。「ちょっと席を外してもらえる？」

ティミーは警戒のまなざしで首をかしげ、猛獣を察知した動物のように耳をひくつかせた。

「なんでですか？」

「あなたには鎮痛剤が必要だからよ。家政婦がキッチンに薬を置いているわ」デローレスはティミーにやさしく笑いかけた。「ゴーリアドもすぐに行くから」

ティミーの目が細められる。追い払われているのが明らかでも、おとなしく従うしかなかった。すでにリチャードによって窮地に追いやられている。

「どっちですか？」

デローレスは手ぶりで両開きのドアから出るよう指示した。「左へまっすぐよ。行けばわかるわ」

ティミーはゴーリアドに恨めしげな一瞥を投げかけつつ、言われたとおりに退室した。デローレスは彼が出ていくとドアを閉めた。

リチャードがゴーリアドに尋ねた。「今回の状況をあの男はどの程度知っている？」

「医者が関わっているので、箱の中身が医療品関係であることは察知してます。ですが、それ以上のことは知りません」

「その状態を保て」リチャードが言った。「組織全体から見ても、このゆゆしき事態を任せられるのはおまえしかいない。ドクター・オニールから薬を手に入れなくてはならない」

「わかっております」

「ティミーは詳細から遠ざけておくべきだ」リチャードは続けた。「なんにしろ、当面は。あの男はなにをしでかすかわからない。いずれあの男の特殊能力が必要になったとき、居場所がわかってさえいれば」

「そのとおりね」デローレスは迷わず同意した。「刃傷沙汰だなんて、信じられない。あのパイロットからどんなに挑発されたとしても」彼女はゴーリアドに言った。「彼には、わたしたちがケガを心配していた、今夜はもういいからベッドで休め、とでも言っておいて。明日になったら、また彼に連絡して、仕事に戻れる状態かどうか確かめるのよ」

「承知しました、奥さま」

リチャードが言った。「では、もうひとつの問題だ。ドクター・オニールはどこだ?」

ゴーリアドは気を引き締めて答えた。「考えうる場所はすべて捜しました。オフィス、勤務先の病院付近、自宅。自宅はしっかり施錠されていました。電話の追跡も試みましたが、今回は成果がありませんでした。彼女は――というよりマレットでしょうが――電話を追跡されないようにしてます」

「ネイトから彼女の親しい知人のリストを受け取っているはずだが」

「その半分ほどに連絡をとりました」ゴーリアドが答えた。「彼女の携帯を拾ったので、返すために連絡先にある電話番号にかけたという口実で。湖畔の別荘など、休暇を過ごすような場所はないかと尋ねてみましたが、答えはノーでした。彼女名義の車は一台のみ、その所在は知ってのとおりです」

「父親については?」

「前科のあるオニールはごまんといます。調べさせていますが、時間がかかりそうです」

「保安官助手から彼女の父親の名前を聞きだせなかったネイトを蹴飛ばしてやりたいわ」デローレスは言った。

ゴーリアドとティミーが来る直前に、ネイトはやっかいな同僚捜しを夫妻に任せてこそこそ帰っていった。とはいえ、ネイトは役立たずなうえ、くどくて独断的なコメントがデローレスの癇に障りはじめていた。

「いまさら保安官助手に彼女の父親の名前を尋ねても、注意を引くばかりだ」リチャードが言った。「それに、彼女が一カ所にとどまるとは思えない。あの少女のところへ向かう」

「ハッカーを使って、航空会社とレンタカー会社をチェックさせてます」ゴーリアドが言った。「これまでのところドクター・オニール、マレットの名前は出てきてません。それから――」息を吸った。「もうひとつやっかいな問題が持ちあがりました」

「まあ、すばらしい。まだあるなんてね」デローレスはつぶやいた。

ゴーリアドは申し訳なさそうにデローレスを見てから、説明した。「動向を見張らせてる情報屋が街じゅうにいるのですが、そのひとりがアトランタ市警察の動きを察知しました。マレットのようなパイロット連中が集まる空港近くのバーで、ふたりを見なかったかと訊きまわっていたそうです」

「アトランタ市警察?」デローレスは尋ねた。

「ティミーとその刃傷沙汰のせいか」リチャードが言った。

「おそらく」ゴーリアドがかしこまって答えた。「なによりドクター・オニールの追跡が警察とかぶることだけは避けなければなりません。わたしが誰のために働いているかは、広く知られてます。彼女になにかあれば、あなたに影響が及びます」

リチャードが両手で顔を撫でおろした。「で、わたしたちはどうすればいいのだ?」

「当面、捜索を続けますが、慎重に動きます。なにかが見つかるといいのですが」

「なにも見つからないまま、時間切れになる可能性もある」

ゴーリアドはお手上げとばかりに、両手を広げた。「突破口が開けないことには、わたしにもどうしたらいいものかわかりかねます、サー」

デローレスは漫然と室内を歩きまわりつつ、会話をしっかり追っていた。「突破口が開けるのをあてにするわけにはいかないわよ。ドクター・オニールは秘密裏に動いているようだから、なんとかして彼女を表に引きずりだすの」

「たとえばどうやって？」リチャードが尋ねた。

「わからない。でも誰かが考えつかなければ、いますぐに」彼女はゴーリアドを見た。「どこでもいいからティミーを連れていって眠らせたら、すぐに戻ってきてちょうだい。あなたが撒いた餌になにかがかからないかどうか、ここで見張っていてもらいたいの。リチャードとわたしはくたくただから、しばらく休みます。横になるんだったら、あなたは書斎のソファを使って」

「すぐに戻ります」ゴーリアドはドアに向かった。

デローレスは彼について歩きだし、リチャードに言った。「見送ってきます。キッチンからなにか持ってきましょうか？」

「いや、けっこう」

デローレスとゴーリアドはいっしょに部屋を出た。ティミーの姿はなかった。彼女はゴーリアドを立ち止まらせた。「ふたりきりで話せる時間があってよかった」デローレスはささやいた。「あなたに知らせておいたほうがいいことがあるの」

デローレスは、リチャードが保安官助手にうっかり流血沙汰と口をすべらせたことを伝えた。「わたしたちは争いがあったのを知らないことになっていたのによ。実際、ふたりとも話を聞かされたときは、ショックを受けたふりをしたの。もしかしたら気づかれなかったかもしれないけれど」

ゴーリアドが顔をしかめた。「こちらの失態に気づいて、嘘をついた理由をあやしまれていると思っておいたほうが、無難でしょうね」

デローレスは肩を落とした。「そこがなにより心配で。あなたと話したかったのは、そういうわけよ」無念そうな顔で、デローレスはつけ加えた。「わたしたちはすべてをあなたに押しつけて、あなたに頼りすぎているわ」

「とんでもありません」

「いいえ、そうよ。同じくらい疲れているはずなのに、あなたは献身的に尽くしてくれている。あなたの忠誠心が評価されていないんじゃないかと思わせてしまうことがあるかもしれないけど、わたしたちも当たり前とは思っていないのよ。本当にあなたがいなかったらわたしたち、途方に暮れてしまうわ、ゴーリアド」

デローレスは彼のシャツの前にそっと手を置いた。「あなたなしでどうしたらいいのか、わたしにはわからない」体を寄せて、続けた。「ティミーのことは完全には信用していないの。正直言うと、少し怖い。あなたが戻ってきて同じ屋根の下にいるとわかるまで、眠れそうにないわ」

「なるべく早く戻ります」

「ソファで寝心地悪くないかしら？」

ゴーリアドは音をたてて唾を飲んだ。「だいじょうぶです、奥さま」

「おやすみ、ゴーリアド」

「おやすみなさい」

デローレスは彼のシャツの前から手を離すと、くるっと背中を向けて、ひそかにほくそ笑んだ。追放されてデローレスと永遠に引き離されることを恐れているゴーリアドは、まちがっても欲望に任せた行動をとらない。衝動に屈して、契約解除されかねない行動に走るくらいなら、苦しみに悶々としながらも、そばにいて彼女を見ていられることを選ぶ。

ゴーリアドは決して手を出してこない。だがデローレスは折りに触れ、彼にその欲望の深さを思い知らせてやることにしていた。

第二十五章

午後十一時十一分

ローリンズはSUVを路肩に寄せて、エンジンを切った。彼もウィルソンも動かずに、その住宅を観察した。暗い通りは静まり返り、エンジンが冷えていくカチカチという音しか聞こえない。外から見るかぎりでは、室内の明かりが消してあった。ポーチには照明があるが、その明かりも点灯していなかった。

「どう思う？」ウィルソンが尋ねた。

「確認するまでわからない」

「こちとら、くたくただ。おれをこのシートから降ろしたかったら、尻でもついてもらわないとな」

ローリンズが鼻を鳴らした。「遠慮しとく」

彼は運転席のドアを開けて車から降りた。ウィルソンはうめきながらドアを開けて車から出た。ふたりはひさしのある玄関まで小道を歩いた。ローリンズが呼び鈴を押すとチャイムの音が聞こえた。

　さらに二度鳴らすと、ようやくなかの明かりがつき、頭上にあったポーチの照明もついて、明るさに目がくらみそうになった。錠が外されて、ドアが開いた。

　スクリーンドアの奥に、白いTシャツと、ペンギン柄の赤いフランネルのパジャマのズボンをはいた裸足のウェス・オニールが立っていた。彼は言った。「おれはやってない」

　ウィルソンは笑顔になった。「ご無沙汰だな、ウェス」

「ご無沙汰すぎて、いつぶりだかわからんくらいだ。おまえの髪、みんなそろってどこへ行っちまったんだ？」

　楽しげな口調で言われると、腹も立たない。ウィルソンは尋ねた。「近ごろ、どうしてた？」

「つい二分前までは清い心で眠ってたさ。ハワードビルからこんなところまで、わざわざふたりで足を運んでくるとは、どういう風の吹きまわしだ？　あっちへはもう長いこと行ってないぞ。なにがなくなったか知らないがな、やったのはおれじゃない。おれはまっとうに生きてる」

「入ってもいいかい？」

「なんで？」

「まっとうに生きてるなら、心配することもないだろ？」

ウェスは悩んでいるようだったが、やがてスクリーンドアのフックを外し、ドアを押し開けた。ドアの蝶番(ちょうつがい)がきしむ。ウェスはふたりに背を向け、先に行って明かりをつけた。フォーマイカの天板のカウンターとスツールで、リビングエリアとこぢんまりとしたキッチンとが仕切られている。小さな丸い食卓に不揃いな二脚の椅子が置いてあった。卓上には対局中らしいチェス盤。そしてばかでかくて見苦しい栗色をした革製の安楽椅子が、床のスペースの大半を占領していた。

「めったに客がないんで、椅子はこんだけしかない」ウェスは安楽椅子にどっかり座った。

「いい椅子だな」ウィルソンが言った。

「盗品じゃないぞ」

「まっとうに生きてるんだもんな」

「だからじゃない。こんなもんは運べんからだ」ウェスは詰め物をした両側の肘掛けを撫でた。「不用品セールで買った。現金払いだぞ。おれには仕事がある。ウォルマートで九時から五時まで働いてるんだ」

「品出し係か?」

「店内警備さ」

ローリンズがげらげら笑った。「キツネに鶏小屋の番をさせるようなもんだ」

「だから得意なのさ」ローリンズを横目で見ながらウェスが言った。「あんた、なんて名前だったか忘れたが、顔は覚えてるぞ。クレムソンでフットボールをやってたな?」

「そのとおり。ドン・ローリンズだ。ハワードビル郡保安官事務所の新人時代に、自動車部品店への不法侵入であんたを逮捕した」

ウェスがにやりとした。「不起訴になったぞ。オーナーがブースターケーブルを貸してやると言ってくれてたんだ。翌朝、店が開くまで待てと言うのを忘れてただけで」

ウィルソンは喉の奥で笑ったが、おもしろさがわからなかったローリンズは、いままさに全米王座決定戦でアラバマ大学との試合に挑もうとしているような顔つきで言った。「なかを見せてもらえるか？」

ウェスは腕を大きく広げた。「好きなだけやってくれ。見えてるもんしかない。寝室とバスルームは向こうだ」開いたドアを指さす。「ドアの裏にバスローブがかかってる。持ってきてくれんか。妙に肌寒い」

ばか丁寧にローリンズが尋ねた。「ほかになにかご所望は？」

「よくぞ、訊いてくれた。ベッドの脇にスリッパがあるはずだ」

ローリンズは向きを変えて、ゆっくり部屋から出ていった。

ウェスはウィルソンに顔を戻した。「愉快なやつだ。で、探しものはなんだ？」

「ただの確認さ」

小声でウェスが言った。「よく言うな」

ウィルソンはチェス盤が置かれたテーブルに近づいた。「誰とやってるんだい？」

「だいたいは自分とだな」

「インチキするのか？」

「しないでか」

ウィルソンはテーブルの下から椅子を引きだすと、ウェスと向かいあわせになるように、椅子の向きを変えて腰をおろした。そのうちに戻ってきたローリンズは、ウィルソンに首を振った。ブリン・オニールが奥の部屋に隠れていなかったという意味だ。彼はウェスの椅子の前にスリッパを落とし、ローブをウェスに放ってから、カウンターのスツールに座った。

ウェスはフランネルのローブに袖を通した。「ちっとはましだ。さてと、用件はなんだ？」

「ブリンのことで来た」

ウェスの顔から笑みが消えた。「なんてことだ」胸に手をあてて横に倒れ、安楽椅子の肘掛けをつかんだ。

ウィルソンは急いで彼女の無事を伝えた。「おれたちが知るかぎり、ぴんぴんしてる」

ウェスは手を胸にあてたまま、深呼吸して心を落ち着けた。「つまり、近親者に知らせを届けるってたぐいじゃないんだな？」

「ちがう。そんなふうに思わせるつもりはなかったんだが」ウィルソンは言った。「すまなかったな」

「そうとも、すまないぞ。死ぬほどびっくりした」ウェスは体を起こし、頬を膨らませて息を吐きだした。「ブリンの身に異常がないんだったら、なにが起きてる？」

「実際のところ、よくわからなくてな、ウェス。神に誓ってほんとだ。だが、わかってることを教えよう」

　ウィルソンは、ブリンが迎えに行った飛行機が墜落したことから話をはじめた。父親は口をはさまずに聞いていた。彼がつぎつぎと起きる奇怪な出来事に当惑しているのが、ウィルソンにはわかった。ここ数時間の出来事を話すころには、ウェスは見るからに心配そうな顔つきになっていた。

　ウェスは首をめぐらせて、ローリンズを見た。彼がいまの話を丸ごと否定するか、ただの冗談だと言ってくれるのを期待しているようだったが、やがてウィルソンに顔を戻した。

「つまりブリンは消えちまったってことか？」

「あやふやな状況が続いてるってことだ。ブリンは同僚に嘘をついて、下の駐車場で人に会った。防犯カメラに男と出ていく姿が映ってた。マレットというやつと」

「ひいき目に見てもうさんくさい男と」ローリンズがつけ加えた。

　ウェスの目がぎらついた。「そいつが娘を傷つけようもんなら、おれが殺してやる」

「気休めになるかどうかわからんが」ウィルソンは言った。「そいつが物理的にブリンを傷つけるとは思えない。むしろ、おれが思うに、ハントの手下ふたりから守ってるようだ」

「待ってくれ。ブリンがその箱を持って無事に戻ってこられるように、ハントがハワードビルに部下を送りこんだんだろう？　なぜそいつらから守ってもらう必要があるんだ？」

　ローリンズが説明を引き継いだ。「どうやらハント上院議員夫妻には、隠された事情があるらしい」

「ばかを言うもんじゃないよ、シャーロック。ハントは政治家だぞ」

「ああ。だがあの箱には血液サンプル以外になにかが入ってたらしい」

「たとえばなんだ？」

「わからない。だが、なんであろうとそれがリチャード・ハントのもので、あんたの娘がそれを持って逃げてるとしたら、どうなる？」

「ちょっと待ってくれ」ウェスが言った。「おれは泥棒だ——だった。それは認める。だがブリンが？　ありえない」

「そうかもしれないが、今日の彼女は不審な行動をとり、連絡に応じないようにしてる。携帯電話にかけてもすぐ留守番電話につながるし、伝言サービスの確認もしてない。彼女が逃げこみそうな場所はすべて捜索した」

　ウェスが椅子の背にもたれた。皺だらけの顔から不明瞭さが消えていた。「そうか、なるほどな。これでようやくあんたらが来た理由がわかったぞ。あの子がパパのところに逃げてくると思ったんだな？」

「いいや」

　ウィルソンはその口調に辛辣さを感じ取った。「ブリンに会ったのか、ウェス？」

「話はしたか？」

「いいや」

「最後に話したのは？」

「二年前だ。いや、三年かもしれん」

　昨晩、ブリンから聞いた話と一致している。

「正確な時期は思いだせない」ウェスが続けた。「最後に刑務所に入る少し前だ。ブリンが医学実習を終えて、あの病院に入ったとき。自立したときだ」

「彼女はそのときからドクター・ランバートと働いてたのか？」

「そんな名前、数分前にあんたから聞いたのがはじめてだ。ブリンから仕事の話は聞いたが、おれがわかるような一般的なことだけだった」

「バイオレットという患者のことを話したか？」

「患者の話をしたかどうか覚えてないな。なんでだ？」

「七歳かそこらの少女で、重い病気をわずらってる。ブリンにとっては思い入れの深い患者らしい」

　ウェスは肩をすくめた。「知らんな。それが今日の出来事にどんな関係がある？」

「今夜、テレビを観たか？」ローリンズは隅に置かれた古いテレビを指さした。

「壊れてる」

「ふむ」ローリンズはウェスをひたと見据えた。「娘の行きそうな場所がわからないのか？たとえば友人のところとか？」

「娘の友人はひとりも知らんからな」

「トラブルに巻きこまれてるかもしれないのに、隠すのか？」

てないだと？　そんなことが信じられると思うのか？」

「隠してない！」

ローリンズがスツールから立ちあがった。「もう何年も娘と会ったり、連絡をとったりしてないだと？　そんなことが信じられると思うのか？」

ウェスがにらみつけた。「おれは盗人ではあるが、嘘つきじゃないぞ」

やりとりがエスカレートする前にウィルソンは割って入った。「落ち着けよ、ウェス」

「これが落ち着いていられるか」ウェスは椅子から立ちあがった。「あんたらに叩き起こされ、ブリンが危険だ、相手は上院議員の意のままに動く殺し屋だと聞かされたんだぞ。大金を賭けてもいいがな、その上院議員ってのはおれよりうんとよこしまな、いかさま野郎にちがいないんだ。しかもブリンがいっしょにいるのは……避雷針みたいにトラブルを引き寄せる安手のパイロットだと？　こんなとこでおれをいびってないで、ブリンを捜して街じゅうを駆けずりまわったらどうだ？」

ウィルソンは立ちあがった。「電話はあるかい、ウェス？」

「持ってないやつがいるか？」

ウェスとウィルソンは電話番号を交換した。「脅して悪かったな、ウェス。最終的になんの害もない筋の通った結果になることを願ってる。ローリンズとおれの考えすぎで、ハント夫妻のことも、ドクター・ランバートのことも、まったくの見当ちがいかもしれない」

「でもなんかがおかしいと直感したんだろ？」

「ああ、強く感じる」ウィルソンは言った。「それにブレイディ・ホワイトを襲撃したやつに罪を償わせなきゃならん。ブリンが悪事に手を染めているのかいないのか、それはわからない。だが、彼女のまわりにはたくさんの疑問が渦巻いてて、いまのところ、彼女から率直な答えはもらえてない」

「まるでブリンが逃走中の犯罪者みたいな口ぶりだな」

ウィルソンは言った。「じつは、ここに来るちょっと前に、事務所から連絡があった。マイラからだ。覚えてるか？」

「ああ、ああ、覚えてるとも。で、なんだって？」

「ハワードビル病院に、ブレイディ・ホワイトの容体を尋ねる男からの電話が入ったそうだ。病院の電話交換手には、ブレイディの件で電話があったら、誰からだろうと、できるかぎり情報を引きだしてもらいたいと頼んであった。交換手はまごついちまった」彼はウェスにそのときの会話の要旨を聞かせた。「それであやしまれたんだろう。電話を切られた」

「ブレイディの友人てのがほんとで、知りたいことがわかったからかもしれない」

「ありうる。だが、番号が逆探知できたんで近隣の警察署や保安官事務所に手配したところ、通話に使われた電話が飛行場のごみ箱から発見された。これは逃走中の人間が追っ手をまくときのやり方だろ」

「ブリンにかぎってありえない」ウェスが言った。「おれならありうる。だがブリンにはありえない」

「マレットならありうる」悪い警官の口調でローリンズが言った。「彼女から連絡があったら、すぐに知らせてくれ。彼女もしくはマレットを匿ったときは、いの一番にあんたの保護観察官に通報させてもらう」

ウェスはローリンズをにらみつけた。「脅したって無駄だぞ、クレムソン。おれはムショなんか怖くない。娘を見つけて、無事を確認してくれ。大事なのはそれだけだ」ウェスは玄関のドアを開いた。「さっさと出てって、捜してこい」

ウィルソンは戸口で立ち止まった。「おれの番号はわかったな、ウェス」

「ああ、ああ」ウィルソンがドアから出ると、ウェスはスクリーンドアの掛け金をかけて、ばたんとドアを閉めた。かちりと錠がかかる音がした。

保安官助手ふたりはSUVに戻った。ウィルソンが言った。「なにも知らないようだな」

「心底、驚いてるようだった」ローリンズは小声で笑った。「おれが信頼性を疑ったら、本気で怒ってやがった」

「そういうやつなんだよ、ウェスは」ウィルソンは言った。「あいつは盗人ではあるが、嘘つきじゃない」

午後十一時二十三分

ウェスは明かりを消し、寝室に戻った。

部屋に入ったとたん、ドアの裏から腕が伸びてきた。肘の内側で喉を固定されて硬い胸に引き寄せられ、窒息しそうなほど喉笛を押さえつけられた。

「しゃべるな」低い声が言った。

空気が吸えず、蚊の鳴くような声すら出せない。出せたとしても出さなかっただろう。盗人ではあるが、豪胆じゃない。

目の端に、黒い人影が見えた。ウェスの見まちがいでなければ女が、正面の庭が見える窓辺に立っている。女はブラインドの隙間から外をのぞいていた。

ウェスの肺から空気がなくなりかけたころ、女が言った。「立ち去ったわ」

喉を押さえる腕から力が抜けて、離れた。ウェスは喉仏をさすりながら、しわがれ声を絞りだした。「ブリンか？」

「そうよ」

「だいじょうぶなのか？」

「ええ、だいじょうぶ」

ブリンが近づいてきて、しだいに姿がはっきり見えるようになった。男がバスルームの照明をつけるとさらによく見えるようになったが、男はバスルームのドアをほんの少ししか開けなかった。

ウェスが娘の顔を見るのは数年ぶりだった。暗い影におおわれてはいても、驚くばかりの美しさ。母親もそうだった。疲れのせいか少しやつれているが、ケガはないようだ。

最後に別れてから、連絡はとってこなかった。険悪な別れだったのだ。保安官助手はあんなことを言っていたが、まさかブリンがここに来るとは思っていなかった。だが、娘はここにいて、ウェスは言葉を失っている。

長引く沈黙によってブリンも同じ気持ちだとわかると、ウェスは言った。「なるほど、パパのところへ逃げてきたわけか」

「ほかに手がなかったから、それだけよ」ウェスと同じように、ブリンも彼のようすをつぶさに観察していた。「なぜペンギンなの？」

ウェスは丁寧なお辞儀でもするように、だぶだぶのパジャマのズボンを横に広げてみせた。

「安くなってたんだ」

「本当にウォルマートで働いてるの？」

「明日はブラックフライデーだから二時間の早出だ。ひどくごった返すだろうが、混雑のなかの仕事じゃない。ビデオ画面のある警備室がおれの仕事場でな。万引き犯を見張るんだ」

「万引きの手口なら、全部知ってるものね」

「ほとんどはな。ただし、ちょっとばかし錆びついてる。盗人もハイテクになってきた。捕まえるほうだって同じだがな」

「だからまっとうになったの？　以前は捕まるのが怖くてもやめなかったじゃない」

「ふむ。相変わらず口の減らないやつだ」

「そのユーモアでほかの人たちは魅了できても、わたしにはとうのむかしに効かなくなってるんですけど」ブリンが冷ややかに言った。

ウェスは咳払いして後ろを向き、バスルームの明かりでシルエットになっている背の高い人物を見た。「で、あんたは？」

「安手のパイロットさ」

ウェスはじろじろ見まわし、不興げに鼻を鳴らした。「聞いたところによると、あんたが娘のやっかいの種だそうじゃないか」

「逆だよ。おれは昨日の夜、彼女のために荷物を運ぶまでは、順調な人生を送ってた。以来、トラブル続きだ。さて、心温まる家族の再会がすんだところで、おれたちが来た理由に話を進めたいんだが」

「どんな理由だ？」

「逃走用の車がいる。盗んでもらえるか？」

第二十六章

午後十一時二十七分

パイロットが首を動かしてウェスを示した。「これがその男か?」

「ええ、そういうこと」ブリンが言った。

「いっしょに暮らしてたという」

「そう。あなたが言うところの深い関係の」

「ああ、だがわざとおれがそんなふうに思うように——」

「あなたが勝手にまちがった結論に飛びついたのよ。わたしにはどうしようもないわ」

「よく言うな」

ウェスは興味津々でこのやりとりを聞いていた。ブリンは急にウェスがいることを思いだしたようで、小声で紹介した。「父のウェスよ。父さん、こちらはライ・マレット」

ウェスは言った。「いまの段階じゃ、会えて嬉しいという気分じゃない」

「同感だ」

「おれの喉笛をつぶす必要があったのか？」

「あるかもしれなかった。おれは運任せにはしない」

両方にいらついているらしい口調でブリンが言った。「コーヒーが飲みたいんだけど？」

ウェスがコーヒーを淹れているあいだに、ライ・マレットはリビングの窓をすべてまわってブラインドがしっかり閉まっているのを確認した。さらに玄関の施錠も確かめた。

コーヒーができると、ウェスとブリンはチェス盤をはさんで向かいあわせに座った。スツールに腰かけたマレットは、鷹のように油断なく目を光らせている。いや、パイロットの目かな、とウェスは思った。探して避けろ。そんな飛行機乗りの文句がなかったか？　彼は音に対しても警戒を怠っていなかった。

ウェスはそれを追いつめられた不安感の現れだと看破した。マレットが窮地から抜けだすのは、これがはじめてではない。見るからに、そういうたぐいの男だ。

「どうやって入ってきたんだ？」ウェスはマレットに尋ねた。

「住居侵入の手口をブリンに教えたろ」

ウェスはブリンを見た。「窓から入ったのか？」

「父さんに教わったとおりに」

ウェスは喜んだ。「おれも多少はおまえの役に立てたわけか。うちのなかには警官がいた。おまえは物音ひとつたてなかった。でかしたぞ」

ブリンは褒め言葉に反応を示さなかった。「タクシーで来たんだけど、運転手に数ブロック手前で降ろしてもらって、残りを歩いたの。そしたら家の前にSUVが停まってて、保安官助手ふたりがポーチにいたから、裏へまわって、帰るのを待ったわ。寝室の窓が二センチばかり開いてた」

「何年も独房棟で眠ると、新鮮な空気を吸いたくなる」

「ローリンズは寝室に入っても、開いてる窓に気づかなかった。ちょうど会話が聞こえる程度に開いてたのよ」

「ローリンズとウィルソンの話は全部ほんとなのかい？」

「多かれ少なかれ」ブリンが答えた。

「多いほうと、少ないほうの、どっちだ？」

「飛行場の男性を傷つけたのは、ライでもわたしでもない。わたしたちはただ心配してる」

「信じる。だけど？」

「だけど、リチャード・ハントが自分のものだと思ってるものをわたしが持ってるのは事実なの」

　ウェスは肩を落とした。「おまえの母親は、まさにこのことを案じながら死んでった」

「このことって？」

「おまえにおれの悪癖が受け継がれ、いつかそれが花開くことをさ」

　ブリンがため息をついた。「落ち着いて、父さん。わたしは盗み癖は受け継いでない」

「盗みなんかせんぞ」ウェスは言った。「ただ――」

「自分のものでないものをいただく」マレットが続きを言った。

ウェスはじろりと彼を見た。「けち臭い根性でやるんじゃない。うらやましいからでも、意地汚いからでもない。そんなことじゃなくて、ただ……」

「ただ……？」

「手近にあったからだ」

「なるほど。詳しい説明、痛み入る」パイロットはわざとらしくコーヒーのマグカップを掲げた。

ウェスはブリンに顔を戻した。「おまえが持っている、上院議員が自分のものだと思っているものとはなんだ？」

「話せないの」

「おれは舌を切られたって、おまえのことを告げ口せんぞ」

「わかってる。でも知らないほうが父さんのためよ。面倒に巻きこみたくない」ブリンはいらだたしげにマレットを見た。「ライの言ったことは気にしないで。わたしたちのために車を盗んでほしいわけじゃないから。でも、借りられる車があればすごく助かる」

「保安官助手が言ってた病気の女の子と関係があるんだな？」

ブリンが小さくうなずいた。「頼むから、それ以上は尋ねないで」

「わかった。だがウィルソンと相棒から聞いた話だと、おまえたちはただ警察から追われてるだけじゃない。うんと物騒な連中にも追われてるそうじゃないか」ウェスはマレットの左手の切り傷を顎で示した。「駐車場での喧嘩か？」

「ティミー」マレットが言った。「なにかと人に見せつけたがる、根性曲がりだ」

「つまり危険だと」

「きわめて危険だ」

ウェスは口元を撫で、ブリンを見据えた。「スイートハート」

「その呼び方はやめて」

「そりゃそうだ。だが頼むから親父の話を聞いてくれ。人間ときには、両手を上げて隠れ場から出なきゃならないこともある。降参するんだ。当局に身柄を預けるなんざ避けたいに決まってるが、それが最善の策のこともある」

「降参するつもりはないんだけど」

「厳密には降参じゃない。ウィルソンはおまえから〝話を聞きたい〟と言ってる。逮捕ってことじゃない。やつから電話番号を聞いてる。おれが電話してここに戻ってきてもらったら、みんなで座って――」

「だめ」

「ブリン――」

「だめよ！　彼らに身柄を拘束されるわけにはいかないの。とにかく、いまはまだ」

「そうか、わかった。考える時間がいるんだな。よし、じゃあ、明日の朝いちばんでどうだ？」

　ブリンは首を振った。「それで無罪放免されたとしても、すべてを明らかにしてる時間がないの。一刻を争うのよ」

「一刻？　なんの時間だ？　期限があるのか？」

「生死に関わる問題よ」

「だったらなおさらその時間を止めるべきじゃないか。いますぐウィルソンに電話しろ。なんなら取引して、ウィルソンとローリンズにハントに関するなにかを渡してやれ――」

「だめよ」ブリンは椅子から身を乗りだした。「父さんの言い分は聞いたから、こんどはわたしの話を聞いて。外からどう見えようと、わたしはいいことをしてる。母さんのお墓に誓うわ」

「だが、どんないいことかは言えないと？」

　ブリンはうなずいた。

「ローリンズはこわもてだが、ウィルソンは話が通じる。説明すりゃ、わかってくれる――」

「すべて終わったら説明してもいい。でもそれまでは無理」

「なぜだ？」

「あの人たちに阻止されてしまうから」

「されないかもしれない。善良な目的だと納得させればいい」

「ちゃんと聞いて。犯罪とか罪がないとか、そんな問題じゃないの。時間がないのよ」

「スイートハート、ブリン、こういうことについちゃ、おれは場数を踏んでる。警察との交渉はお手のものだ。おれから——」

「手を貸してもらうわけにはいかないわ、父さん。それに父さんには仕事がある」

「仕事なんか休むさ」

「そんなことさせられない」

「だが——」

「話すだけ無駄だ」マレットが言った。

ウェスは彼を見た。「おれと娘の話だぞ。口出しせんでもらえるか」

マレットが言った。「ブリンは身柄を預けない。おれも同じだ。彼女はあんたと言い争うことで、もっとましなことに使える時間を無駄にしてる」スツールから立ちあがる。「車のことはイエスなのかノーなのか？　ノーならば、おれたちは出ていく」

ウェスはふたりを交互に見て、両方の顔に決意を読み取り、二対一で自分が孤立していることを認めた。眉間に皺を寄せて、うろたえぎみにブリンを見た。「そういや、あのときもやんちゃなヘンドリックスのぼうずとのデートをやめさせられなかった」

「そしてわたしは彼を乗り越えた」

「ああ、だがいまのこの状況はどうだ？」ウェスはマレットを指さした。「言わせてもらえば、こいつはさらに見劣りするぞ。だが——」ため息。「必要なだけ、おれの車を使え」

ブリンは安堵を隠そうとしなかった。「なりゆきによっては、返すのが数日後になるかもしれないわ。職場にはどうやって行くの？」

ウェスはチェス盤を指さした。「近所に住んでる店内案内係と友だちでな。ときにはいっしょに出勤する。帰る途中にピザを買って、チェスをやりながら食べたりするのさ」

「彼に迷惑かけない？」

「彼女だよ」ブリンが驚くのを見て、ウェスはくすくす笑った。「おれは盗人ではあっても、修道士じゃないぞ」

ブリンはテーブルの上に手を伸ばしてウェスの手に触れた。「ありがとう」

ウェスはうなずき、またため息をついてから、腿を叩いて立ちあがった。「さてと、どこの州がいい？」彼はいぶかしげなふたりの表情を見て、言った。「ナンバープレートを交換しなきゃならんだろうが」

寝室へと向きを変え、歩きながら振り向いて言った。「逃走するんなら、学ぶべきことがたっぷりあるぞ」

午後十一時三十九分

ウェスは平素から〝非常用品〟を家のどこかに備蓄していた。現在は、クローゼットの床板の下のせまい空間にあった。古いトランクのなかには、抹消していないナンバープレートや、まだ開封していない新品の携帯電話がいくつか入っていた。ブリンとマレットはジップロックに入れた現金は断ったが、刑務所支給の衛生用品はブリンがもらうことにした。

マレットの手を借りて、ウェスは床板を元に戻した。ブリンは失礼と言って、男性用の洗面用具を入れたポーチを持って洗面所へ行った。ウェスとマレットはリビングに戻り、コンセントにつないで携帯電話を充電した。

ウェスは安楽椅子に座った。マレットはテーブルの席につき、椅子を後ろに傾けて、壁にもたれかかった。

「ブリンはへとへとのようだが」ウェスは言った。

「どちらも睡眠不足でね」

「なんなら朝までここにいて、仮眠したらどうだ？」

「ローリンズの言葉を忘れたか。戻ってきておれたちがいるのが見つかれば、保護観察官とやっかいなことになる。それに、ブリンには行かなきゃならないとこがある」

「どこだ？」

マレットは首を振った。「ブリンが言わないのに、おれが言えるか？　義理立てするんなら彼女にだ」

「そりゃそうだ」ウェスはうなずいた。だが、問題は、その義理立てとやらが、ただの連帯感にもとづくものなのかどうかだ。ふたりは目を合わせるたびに火花を散らし、互いの視線を避けているときでさえ、爆発しそうなほど意識しあっている。

ウェスはぼんやりと脇の下を掻いた。「娘と会ったのは昨晩がはじめてなのか？」

「そうだ」

「ふうむ」

「なんだ？」

「いや、べつに」ウェスは安楽椅子のなかで、さらに姿勢を楽にした。「娘の問題にやけに深入りしてるなと思っただけだ」

「深入りしすぎた」マレットはまたもや追いつめられて不安げなようすになった。「だが終わりは近い。ブリンが出発すれば、おれは抜けだせる」

「ブリンは自分の道を行き、あんたはあんたの道を行く」

「そうだ。予定より一日遅れたが」

「しかも大変な一日だった」

「まったくだ」

「ブリンとはこれからも連絡をとりあうのか？」

「いや。誰にとってもそのほうがいい」

「とくにあんたにとって」

マレットの緑の目がかすかに細められた。「まったくもって、そのとおり」

ウェスは非難のまなざしを向けると、鼻を鳴らした。「おれなんかの娘とは、つきあえないってことか」

「そうじゃない、反対だ」

「そうか」ウェスは深く息を吸い、ゆっくり吐きだした。「おれにとっても、もったいない娘なんだ」

「言えてる」マレットはみすぼらしい部屋を見まわした。「切羽詰まってなければ、ブリンはここには来なかった。あんたと関わりを持ちたくないんだ」

「ブリンがそう言ったのか？」

「口に出すまでもない」

ウェスは寂しげに笑って、静かに言った。「悪いが、あんたは誤解してる」

「なにをだ？」

ウェスは手を伸ばし、チェス盤からビショップを取りあげて、両手のひらのあいだで転がした。「ブリンは過酷な育ち方をした。悪い条件がずらりとそろってたが、懸命に努力して、死ぬほど働いて、夢を叶えた。医者になって、病院で働くことになったとき、世界広しといえども、あそこまで娘を誇らしく思った父親はいないだろう」

ウェスは言葉を切り、チェスの駒をまじまじと見た。ところどころ塗料が剝げている。

「おれはブリンに肩身のせまい思いをさせたくなかった。生きる過程で、なんだかんだ説明させたり、申し開きさせたりしたくなかった。ムショ帰りの年寄りを近親者だと言わせたくなかったんだ」うつむいて、上目づかいにマレットを見た。「ブリンじゃない。おれなんだよ、関わりを持たないことにしようと言ったのは」

マレットは彼の視線を受けとめながら、ゆっくりと椅子の前脚を床に戻した。

互いに目を見交わすうちに、ブリンが戻ってきた。

マレットはブリンを見て、静かに告げた。「行くか」

午前〇時四分

中古車にしても古びたウェスの小型車が走りだして十五分ほど、ふたりのあいだにはほとんど会話がなかった。

ブリンは助手席の窓を見て、ガラス窓を流れ落ちる雨粒を目で追っていた。指先でその流れをたどりながら、彼女は沈黙を破った。「あの人、元気そうだったわよね？」

「おれは以前の彼を知らない」

「今夜みたいな感じよ。白髪が増えて、お腹に四、五センチ余計なお肉がついたくらいで、あとは変わってないわ」

「女友だちといっしょにピザにかぶりついてるからな」

ブリンは切なげにほほ笑んだ。「女友だちがいたことなんて、いままでなかったのに」

「仮釈放とつぎのお勤めのあいだが短すぎて、女友だちを作れなかったんじゃないか？」

「かもね。それにわたしもいたし」ブリンは言った。「きっとわたしがいたことも、父の恋愛のさまたげになってたんだと思う」

どちらも無言だった。ライは小型車を溺れさせるほどの水しぶきを撥ねあげる十八輪トラックを追い越してその前に出ると、尋ねた。「なんできみのほうから親父さんに背を向けたとみんなに思わせたんだ？」

「そんなことしてないわ」

「いや、してる。少なくとも、そう思われてても訂正しなかった。どうしてだ？」

ブリンは振り向いてライを見た。「わたしのことやわたしの人生については、なにも知りたくないんでしょ？」

「何度その台詞を言えば気がすむんだ？」

「噛みつかないでよ。わたしはあなたが決めた規則に従ってるだけなんだから」

これにはなにも言わなかったが、顎がこわばり、ハンドルを握る手に力が入った。その後は沈黙が続き、ただ車のルーフに激しく打ちつける雨音だけが聞こえていた。

ホテルに到着すると、駐車場の入口のネオンサインに満車の表示が出ていた。ライは小声で悪態をつきつつ路上の駐車スペースを探し、最初に目についた場所に車を停めた。前にふたりが利用した脇のドアの近くだった。

こわばった声でブリンが尋ねた。「出発前に、部屋に入ってもいい？　バスルームを使って、ミニバーのスナックを食べたいんだけど」

「もちろん」

ふたりは浮かない顔で、降りしきる雨に打たれなければならない距離を見つめた。どちらも雨風を避けられる車内から出る気になれなかった。まるまる一分間車内にいたが、ついにライが言った。「待ってても小降りになりそうにない」

　ふたりはドアへ走った。たどり着いたそのとき、ライはヘッドライトの明かりに気づいて、建物の角に目をやった。

　警察車両だ。

午前〇時二十六分

ライは部屋のカードキーを差しこみ、ドアを開けて、ブリンをなかに押しやった。あわてたブリンは、ライのブーツにつまずいた。「ライ？　どうしたの？」

「警察だ」

　ふたりは長い廊下を走った。警官が追ってくるものと思って、ライはちょくちょく背後を振り返ったが、そのまま廊下の突きあたりまでたどり着き、角を曲がって視界から外れた。

ライはエレベーターを避け、ブリンを非常階段のドアへと導いた。

　ブリンが先に立って階段を駆けのぼったものの、ライは彼女の背中のくぼみに手を置いて、さらに急きたてた。ブリンが振り返って言った。「一階のどこかに隠れてて、車に戻ったほうがいいんじゃないかしら」

「フライトバッグを置いてくわけにはいかない」

　七階に着くと、ライは用心しながらドアを開けた。廊下の左にも右にも人影はなかった。

まずブリンを先に出し、小走りで部屋まで行った。

部屋の前まで来ると、ブリンを脇にどけて、膝をついた。出発時、ベッドカバーの糸を引き抜いて、ドアとドア枠のあいだにはさんでおいたのだ。糸がそのままだったので、ドアの錠を開けた。ブリンが部屋に飛びこむ。ライはいま一度、廊下を確認してから、彼女に続いてなかに入り、ドアに錠をかけた。

「糸？」

「映画で観た」ライは言った。

「ここを出たとき、わたしを先に行かせてエレベーターを呼んでおかせたわね」

「そのときだ。やっておいてよかった。おかげで少なくとも誰も部屋に入ってないのが確認できた」部屋を出たとき、バスルームの照明だけをつけていた。「ほかはつけるな」ライはブリンに言い、出ていったときのまま、クローゼットの床にフライトバッグがあるのを確かめた。

それから窓に近づき、壁とカーテンの隙間から外をうかがった。「まいったな！　ひとりきりで助手席には誰もいないが、通りの端に車を停めてる。ライトは消え、排気口からガスは出てない」

「ただ車のなかで座ってるの？」

「ただ座ってる」

「わたしたちとは無関係かもしれないわ」

「かもな」

「ただのパトロールかもしれない」

「かもな」

「ねえ、ライ。かもな以外のことを言ってよ」

「そりゃ、悪かった。いまはそれしか言えない。おれにはあいつがあそこでなにをしてるかわからない。わかるのはあの車から脇のドアがはっきり見えることだけだ」

ブリンが時計を見た。「そろそろ出発しないと」

ライは状況の困難さを測りながら、うわの空でうなずいた。「警官に見られずにあの出口から出てウェスの車に乗ることはできない。それでも、一か八かやってみるか？」

「〝あるいは〟？」

「あるいは、ロビーを突っ切って玄関を出たら、あの車を迂回して、こっそり車まで行く」

「それでも見られる可能性があるわ」

「もうひとつの〝あるいは〟は、警官が立ち去るのをしばらく待ってみる。コーヒーを飲みにいくかもしれないし、たんにあそこに停まっただけかもしれない」

ブリンは少し考えた。「それが理にかなってるわよね？　だってさっきわたしたちが入っていくのを見て、誰だかわかったら、追ってきたはずよね？」

「そうともかぎらない。連絡して指示を仰ぐかもしれないし、応援を待つかもしれない」

「わたしたちを捕まえる応援？　わたしたちは社会の敵一号、二号じゃないわよ」

「法的にはそうだが、ハントから見たらどうだ？　しかもハントなら警官を買収しててもおかしくない」

「だったら……どうすればいいの？」

「しばらく待って、状況を見きわめる」

ブリンはがっくりと肩を落としつつも、それ以上の反論はせずにコートを脱ぎ、雨水を払って、クローゼットにかけた。ライは革を乾かすため、ボマージャケットをデスクの椅子にかけて、ミニバーを指さした。「なにか飲むか？」

ブリンは首を振った。

ライはベッドの端に腰をおろすブリンを目で追い、その姿をじっくりと眺めた。そのうちにブリンが見られていることに気づいた。「なに？」

「きみの人生について知りたい」彼は言った。「きみのこと、ウェスのことを。なんで自分のほうから親父さんを遠ざけたように思わせたか話してくれ」

ブリンはいまにも拒否しそうだった。だが、あきらめの表情になると、顔をそむけて、聞き取れないぐらいの小声で言った。「つらすぎるから」

ライは警察車両を確認した。まだ停まっている。あと窓から見えるものといったら、激しい雨だけだった。彼はベッドへ近づき端に座った。「なにがつらすぎるんだ？」

「拒まれること。そして拒まれたと認めること。だからわたしが父を拒んだのだとみんなに思わせたの」彼女は顔にかかった湿った髪を耳の後ろにかけた。「そんなごまかしがずいぶん前からはじまってたのよ。父が逮捕されても、わたしは平気な振りをした。無関心のバリアに隠れれば楽だし安全だった。人前では父を恥じてるような顔をしてたけど、本当は……」声が引きつる。彼女はひと息ついた。「ただただ父といたかった」

彼女は黙って、羽根布団を撫でていた。「父は盗みをする本当の理由をあなたに語ったわ。自分のものにしたいとか、儲けたいとか、そういうんじゃないの。盗んだものを手元に置いておくことはめったになかった。父にはなんの価値もなかった。

父はいたずら者でいたかった。父にとっては捕まらないことが大事なんじゃなくて、捕まえる人たちと親しくなることが大事だった。わたしと暮らすよりも、町の〝変わり者〟として生きることが大事だったの」

ブリンは掛け布団に置いた手を見おろした。「わたしは母の手を受け継いだみたい。手が細くて指が長いから。父の手は大きくて、指が太い」ふふっと笑う。「父がわたしの髪をツインテールに結おうとしてた時期があってね。だいたいはなぜかいびつになっちゃって。小さなボタンがかからないと言って、悪態をついてたこともあったわ」

バスルームからの明かりで顔の半分が影に沈んでいるが、ライには彼女の顔に哀愁に満ちた笑みが浮かんでいるのがわかった。

「あるとき、わたしが野の花をいっぱい摘んできて、花瓶を欲しがったの。盗んでくるのかと思ったら、父は苦心して料理保存用のガラス瓶にスパンコールを貼りつけてくれた。完成したころには花がしおれてたんだけど、わたしはそれでも花瓶に花を生けた。いまだにその花瓶を持ってるのよ。あんな不恰好な花瓶、見たことない。でもわたしにとってはかけがえのない宝物なの」

ブリンは一瞬、喉を詰まらせたものの、すぐにもちなおした。「今夜の前、最後に父に会ったときのことよ。父から、おまえもすっかりおとなになってうまくやってるんだから、これからは関係を断って、別々の人生を歩もう、と言われたわ。父と何度も離れ離れになってきたわたしなら、そう言われたって、免疫ができてると思うわよね？

でもわたしにはもう、子どものころのような回復力や信じる心がなくなってた。いつか状況が変わってよくなるとか、父はわたしがいないのが寂しくて、いっしょにいたいと思うようになるとか、そんなならちもない希望には、しがみつけなかった。だって、そのときの別れは父がみずから決めて一方的に言い渡されたのよ。わたしはそれまでを束にしてもかなわないほど深く傷ついた」

ブリンはしばらく動かずにいたが、何秒かするとベッドを離れ、バスルームへ行った。

「ドライヤーはあったかしら？」少しして、ドライヤーの音が聞こえてきた。

ライは立ちあがり、また外を確認した。「くそっ」警察車両は動いていなかった。警官は持ち場についたまま眠っているのかもしれないし、ドアを監視しているのかもしれなかった。どちらなのか知るすべはなく、それを知るにはわが身をさらすしかない。

ドライヤーの音が消えた。ブリンが出てきたが、髪は一部しか乾いていなかった。彼女は毛先をタオルで手早く拭いていた。「まだあそこにいるの？」

「ああ。だがほかに人がいる気配がないから、応援部隊は呼ばれてないんだろう。呼んでれば、もう到着してる」

「出発してもだいじょうぶだと思う？」

「あそこで見張ってるんでなければ」

ブリンは下を向いて、額を拭いた。「失敗は許されないわ。絶対に」

「おい」ライはブリンに近づき、手からタオルを取って床に落とした。「きみは失敗しない。方法は見つかる。かならず余裕を持ってバイオレットのところへ行ける」

ブリンは顔を上げ、濡れた目ですがるようにライを見た。「約束できる？」

「おれはきみに全幅の信頼を置いてる」ライは歩をゆるめることなく、前に進んだ。ブリンは後ろに下がるしかなく、ついには壁際に追いやられた。ライは両手で彼女の頭を支えた。

「これはなんなの？」

「体温を分けあうんだ」彼女の腹に腹を寄せた。

ブリンが下を向き、頭を彼の胸の中央につけた。「ねえ、ライ、わたしが郷愁にふけったのは疲れてるせいよ。湿っぽい話をしたけど、哀れんでもらいたいわけじゃないの」

「だったらおれを哀れんでくれ」

ブリンが顔を上げた。「なぜ？」

ライは彼女の胸にかかる髪を手に取り、指でしごいた。「この二十四時間、ほぼずっときみが欲しかったからだ。そのことにうんざりしてる」

ブリンが唾を飲み、かすれ声で言った。「何度も機会があったのにあなたは見送ったわ」

「おれの記憶では、最後に迫ったときは、きみから押しのけられて、キスを拒絶された」

「別れのキスなら、わざわざするまでもないでしょ?」

「おれはキスしたかったんだ」

「わたしにそんなことをするつもりはないと言ったじゃない」

「なあ……」彼は身を寄せた。触れあっていた腹が重なりあう。そして両手をブリンの腰にやって、セーターを引きあげはじめた。拒む時間を与えるため、ゆっくりと脱がせる。手を払いのけて、やめさせようとするかもしれない。彼女はなにもしなかった。

ライはかがんで唇を彼女の唇にこすりつけ、さらにセーターを脱がせて、胸をあらわにした。ブリンの両腕が上がる。彼は頭からセーターを脱がせて、無造作に床に落とした。

ブリンは腕をおろしたきり、動かなかった。ライは彼女がなすがままなのをいいことに、その姿を堪能した。ほっそりとした首、首元の三角形のくぼみ、頭を預けるためにあるような胸。ブラジャーは一番星が現れる直前の、黄昏どきの空の色だった。

両手の指先で鎖骨をたどり、ブラジャーの肩紐に指をかけた。「おれはたしかにそんなようなことを言った。信じられないのは……」サテンの肩紐をじれったいほどゆっくりと下げていくと、ブラジャーのカップが胸の先端に引っかかった。「……きみがそれを本気にしたことだ」

乳房の下に手を動かし、それを押しあげながら顔を伏せて、黄昏色の布の上にのぞくふくらみに唇を押しあてた。口を開いてキスし、舌をゆったりと這わせて、やさしく肌を吸った。満足げな声とともに、ブリンの体から力が抜けた。彼女は上を向いて、目をつぶった。下唇を噛んでいる。ライはささやいた。「続行のお許しが出たと思っていいのか？」

ブリンは目を開き、両手で彼の頭をつかんで引き寄せた。互いの唇がかつえたように相手を求めた。慎ましいキスではない。彼女の舌は与えながら奪い、どこまでも官能的に彼の舌を吸い入れた。

ライのなかの野性が荒々しく目覚めた。彼女の口を求めて所有権を勝ち取り、たとえかりそめにもこの口を味わった男たちを痛めつけてやりたかった。やんちゃなヘンドリックスのぼうずを絞め殺したい。

ライは手をまわしてブラジャーのホックを外した。ふたりのあいだに落ちたブラジャーが、やがて離れた。続いて彼女の乳房に唇を押しあてて、乳首をふくんだ。昂（たかぶ）って硬くしこり、ブリンは体を弓なりにして、乳房を押しつけてくる。じらしたり、吸いついたり。彼女を喜ばせることが、ライの人生のただひとつの目的になった。

そうするうちに彼女の手がライのジーンズの前に移動し、金属のボタンを外しはじめた。彼女は器用だった。たちまち彼女の手に包まれ、心臓が止まりそうになった。だが、突き進みたいという男の本能を抑えこむことはできなかった。

だからそうした。まずは握りしめられた彼女の手のなかだった。絶妙な力で締めつけられた。皮膚がこすれあわされる摩擦に陶然として、彼女が先端までたどり着くころには、硬く張りつめすぎて爆発寸前だった。彼女の親指が割れ目を横切り、圧を加えてくる。

「おい、ブリン」ライはあえいだ。「待ってくれ」彼女の手を引き離した。

「またわたしを追いやるの？」

ばかげた質問を笑い飛ばそうとしたが、息がすっかり上がっていた。「まさか。そんなわけあるか。服を……」言い終えることすらできず、しぐさで残りの服を脱ぐように伝えた。

ブリンは視線を合わせたままベッドに腰かけ、ブーツと靴下を脱ぎ、立ちあがってジーンズを脱いだ。そしてベッドカバーをはいで横になったが、腿は慎み深くそろえていた。

そのあいだにのぞくのは、パステルカラーのレースの布切れ。激しい欲望がライの全身を駆けめぐった。なんてすてきなのだろう。だが、あの布切れにはどこかへ行ってもらわなければならない。

ライは服を脱ぎ捨て、財布からコンドームを取りだした。ベッドに乗り、彼女の腿を開いてあいだに入り、両手で腰をつかんで、臍（へそ）から股間までの魅惑の一帯にしっかりと口づけした。もっと注目して、愛でてやらなければ。まぎれもなく神聖な場所なのだから。

だが、それは別の機会に譲ろう。

顔を近づけて、唇を三角形のレースに何度かこすりつけた。それから同じくらいもどかしげなブリンとともに、ついに下着をはぎ取った。またしても呼吸のしかたを忘れた。えもいわれぬ美しさだった。

指先で三角形の柔らかな毛に軽く触れてから、片手を腿のあいだにすべらせた。指を彼女の内側の温かな蜜にひたし、さらに深くまで差し入れて、なかをさすった。彼女は腰を持ちあげ、股間のふくらみを彼の手のひらに押しつけると、ライにも負けない熱っぽさで彼の手のつけ根にすりつけてきた。

ライは手を離して、彼女の体におおいかぶさり、首筋にむさぼるようなキスをした。少しぎこちないのは、コンドームを包みから出して装着していたからだった。

そして——やれやれ、やっとだ——途中、止まることなく、いっきに奥深くまで入り、すっぽり包みこまれた。またしても野蛮な所有欲が湧いてきて、ほっそりした首筋を軽く噛んだ。しばらくそのまま噛んでいたが、やがて顔を上げてブリンの顔を見おろした。

頬が紅潮していた。薄明かりで銀色に輝く目が彼の目を見つめていた。唇のあいだから、息が漏れている。唇が赤くふくらんで湿っているのは、キスのせいだ。

「プライドなんてかまってられない」ブリンがささやく。「欲しかった。これが欲しかった」

ブリンは両手を彼の尻にまわして支えると、さらに深くへと導き、彼の下でベリーダンスを踊るように腰をくねらせた。リズミカルに丸まったり傾いたりする腰の動きにつられて、ペニスが脈を打ちだす。これほどの快感がなければ、痛みを感じていたかもしれない。

ライは鼻で彼女の髪をかき分けて、唇を耳に押しあてた。あえぎや悪罵、称賛や祝福、官能の呪文のひとつずつを、漏れなく聞かせたい。やがて彼女は絶頂へとのぼりつめ、彼も不明瞭なうめき声とともに自分を解き放った。

ただひとつ、取り消したいことがあった。あんなことは、彼女に聞こえるところで、自分に聞こえるところで、言わなければよかった。心地よく満ち足りて彼女の上に倒れこみながら、途切れ途切れにため息とともに口にしてしまった。そう——ブリン、と。

第二十七章

午前〇時三十七分

ネイトは自宅に帰っていた。

なんとも不穏な気分なのは、ハント夫妻がそのことにまったく関心を示さなかった気がしたせいだ。

今週のはじめ、リチャードとデローレスから、あぶない橋を渡ってでも一回分のＧＸ－42をこっそり入手してくれと涙ながらに訴えられた。「いくらかかってもかまわない。なんでもする」とリチャードは言った。「わたしに薬を投与して、こいつをやっつけてくれ」

感情を昂らせたデローレスは言葉にも詰まるほどだったが、涙に濡れたすがるような目で、かすれ声を振り絞った。「わたしたちの希望はあなただけよ、ネイト」

だがデローレスに尊ばれたのもそこまでだった。今夜、夫妻から向けられたのは、軽蔑と疑念に満ちた冷ややかなまなざしだった。まるでブリンではなくネイトが裏切ったかのような仕打ちではないか。

ブリン。信頼する同僚にして共謀者だった彼女は、受容者(レシピエント)の最終決定には失意をあらわにしたものの、仲間としてこの危険な計画に一貫して打ちこんできた。こうなってはじめて、ネイトには彼女がかならずや得られるであろう医学界のパイオニアとしての名声を欲していたのがわかった。

ジョナス・ソーク。クリスチャン・バーナード。ネイサン・ランバート。

ネイトは最終的にGX－42に自分の名前がつけられることを夢見ていた。そんな高みに到達するのがブリンになるとは想像もしなかった。

バックヘッドにある高層マンションの自宅に着くと、ジャガーを駐車場の係員に預けて、音の静かなエレベーターで二十二階まで上がった。自宅のリビングから望める街の景色は目のくらむようなすばらしさだが、今夜はそれも雨でかすみ、そうでなくとも、景色を楽しむ気分ではなかった。

なにも入れずにウイスキーをグラスに注いだ。ふだんはひと晩に二杯までと決めていて、すでにハント家のリビングで二杯飲んでいた。三杯めを飲んだのは、それが眠りの誘い水になるのを願ってのことだ。プレッシャーをゆるめ、心が軽くなれば、なお助かる。

奇矯なアーティストや大酒飲みの作家が求める半昏迷状態でいれば、創意あふれる閃きが得られないともかぎらない。無意識が天才的な計画を思いつき、それによってハント家の好意を取り戻し、時間切れになる前に大逆転できるかもしれない。

ウイスキーを飲みほし、決まった手順で就寝の準備をすませ、明かりを消してベッドに入った。だが一時間以上たっても眠りは訪れず、アルコールによるすばらしいアイディアも浮かんではこなかった。

ようやくうとうとしかけたとき、インターホンのブザーが鳴った。最初は夢のなかでブザーが鳴ったのかと思った。もう一度ブザーが鳴ると、こんどはなぜ管理人がこんな時間に連絡してくるのだろうといぶかった。患者の誰かに医療的な緊急事態が発生した場合は、携帯電話に連絡が入ることになっている。ネイトは呼び出しを無視することにした。

だがブザーは執拗に鳴りつづけた。彼はカシミアの毛布をはいで、シルクとウールの混紡のカーペットを歩いて壁のインターホン装置のところまで行った。点滅するボタンを押し、いらだちを滲ませて応答した。「なんだ？」

「おやすみのところ、失礼します、ドクター・ランバート。正面玄関にあなたにお会いしたいという男性がおみえです。ミスター・ハントのお使いの方だとか。あなたもご存じの件で、緊急の用があるそうです。お通ししますか？」

「名前を聞いているかね？」

「ゴーリアドと」

心臓がどきりとした。ブリンが見つかったのか！　GX－42も。ネイトをすみやかに邸宅へ運ぶため、ゴーリアドが派遣されたのだろう。

「上に通してくれ」

裸足に室内ばきをつっかけて、ローブを着た。急いで帯を結んでいると、ドアベルが鳴った。速歩で部屋を抜けて玄関を開けた。

そこで後ずさりをした。「ここでなにをしている?」

「やあ、先生」

ティミーはネイトの胸の中央に手を置き、彼を室内に押し戻しながら、ぶらっとなかへ入ってきた。

午前〇時三十九分

ティミーの世界では、報復はたんに期待されるものというより、必然だった。

意図的であろうがなかろうが、人に恥辱を与えたら、与えた側は用心したほうがいい。許しという概念など、ティミーは聞いたこともなかった。侮辱は絶対に許されない。憤りは永続し、もし満足を得られないうちに原因を作った人物が死ねば、恨みはそれに代わる人物、憎悪の継承者に向けられる。

ティミーは今夜、ゴーリアドに対してそんな憎悪をいだいた。

あのラテンアメリカ人は、ティミーがマレットに去勢されかけているのに止めに入ろうとしなかったばかりか、そのあとティミーがリチャード・ハントから無能扱いされて厳しく叱責されているのに、知らん顔をしていた。車でティミーを自宅まで送り届けるときも、引きつづきハント家で働きたければおとなになれ、喧嘩腰な態度を改めてちゃんとしろ、と偉そうな口調でずけずけと説教した。

それこそティミーがやってきたことだ。とはいえ、あの命令を出したときは、ゴーリアドもそんな説教を忘れていたはずだが。

玄関に出てきてティミーを見たときの、ドクター・ランバートの顔つきときたら、パジャマのズボンにちびりそうだった。ドクターはパジャマの上にすべすべした光沢のある生地でできたローブを着ていた。

ティミーはその襟をいじった。「何年か前に観た映画に、ちょうどこんなローブをはおったでっけえ黒人が出てきてさ。麻薬売買の親玉だった。至近距離から四五口径で誰かの頭を吹っ飛ばしてた」人さし指の先をドクターの眉間に押しあてて突いた。「パーン！　ローブは捨てたんだろう。脳みそってのはきれいに洗い流せねえからな」

ドクターはしきりにまばたきをして、そわそわと唇を舐めた。「ゴーリアドはどこだね？」

「最後に聞いた話じゃ、ハント家のソファで寝るってさ」彼はバーへ向かい、二十五年物の高級スコッチを手に取った。キャップを外してクンクン嗅いでから、瓶の口を直接くわえた。

「な……なぜわたしの住まいを知ってる？」

「ゴーリアドが建物を指さして教えてくれたぜ。ほら、おれ見習い中だろ。そういうことを知ってなきゃいけないからさ」

「ひとりで来たのかね？」

「おれだけさ」ティミーが両腕を広げ、その動きでウイスキーが瓶からこぼれた。「おっと」床に飛び散った液体を見る。「そういやあ、下のメインロビーだけど、どうやったらあんなに床が光るんだ？」

ドクターが咳払いした。「あれは、その、半透明の素材で床を張って、下から照明をあてるんだ」

「照明をあてるってか。へえ。そうなのか、かっこいいな」

「ゴーリアドの名を使ってわたしの自宅に入りこんだと知ったら、ゴーリアドは感心しないのではないかね」

「だろうとも」ティミーは小首をかしげて、片目をつぶった。「わかったぞ」

「なんだ？」

「その頭、なんかに似てると思ってさ。ずうっと気になってたんだが、やっとわかった。座薬だ」げらげら笑う。「だから偉そうに頭を高く掲げてられんだな」

ランバートはローブの帯を締めなおした。「なぜゴーリアドはいっしょに来なかったのかね？」

「誘ってないんだ」ティミーはドクターに平然と背中を向けた。この浣腸野郎になにかできるとは思えないが、万が一ばかなことをしようとしても、リビングを囲むガラスの壁に姿が映っている。

「いいとこじゃねえか。晴れた夜なら、すげえ眺めだろうな。こんなに高層だとさ」ティミーは少し前かがみになって、下の通りを見おろした。「下までずいぶんあるな。高い、高い」

「用件はなんだね、ティミー？　ドクター・オニールの居場所について新情報があるのか？」

「いまんとこねえみたいだぜ。彼女、いいおっぱいしてるよな？」

「わたしは気づかなかった」

ティミーは爆笑し、窓からこちらを振り返った。「やっぱしな、んなことだろうと思った」

その発言のせいか、ドクターが気色ばんだが、艶やかなローブを着ていては滑稽でしかない。「きみがここに来たことは、ゴーリアドを通じてハント夫妻に報告せざるをえない。ゴーリアドがきみの監督者なんだろう？」

「あいつがおれをなんと呼んだか知ってるか？」

「なんだね？」

「ゴーリアドがハントの運転手のひとりと話してるのを聞いちまった。ゴーリアドのやつ、おれをゴキブリ呼ばわりしやがった」

「それはたしかにいただけないな」

「いただけないだと？」ティミーは笑った。「おれに対する最高の褒め言葉さ。なぜって？　ゴキブリは順応性が高くて、何億兆年も生き延びてきたんだぜ」

ドクターは黙って、ただうなずいた。

「ほらな、おれも順応性が高いんだ」ティミーは両手で自分の胸を指さした。「思ってもみないときに、状況が百八十度ころっと変わって、いろいろまずくなっても、おれは振り返って原因を探ったりしないし、終わったことで嘆いたりしない。そうとも。あわてず騒がず、先だけを見てる」手を矢のようにして前方を狙った。「それにさ――おれ、まじ、悪運が強いらしくて――百八十度状況が変わると、だいたいおれのほうが有利になる」

長年の実践で身につけた手さばきで、ティミーは袖から飛びだしナイフを出して開いた。ドクターがウサギみたいにぴょんと跳ねる。ティミーはそんなドクターに陰湿な笑みを向けると、なに食わぬ顔でナイフを放りあげては、柄をつかんでキャッチした。

「今回の大騒ぎの原因は、女先生が奇跡の薬だか若返りの薬だか聖水だかを持って逃げまわってることなんだろ?」彼はランバートの驚いた顔を見て大笑いした。「あんたもほかのやつらと同じで、おれが知らないと思ってたな。おれがそれを探りだせないほどばかだってか?

マレットが後生大事にしてた書類を見たんだ。金属の箱はオハイオの製薬会社の研究室から発送されてた。極秘扱い。医者ふたりがそれを手に入れようと競りあって、上院議員は自分のものにしようと必死だ」彼はナイフを放りあげるのをやめて、切っ先をランバートに向けた。「あれはなんだ?」

ランバートの目は飛びだしナイフに釘付けだった。きっと唾が出ないのだろうが、なんとか声を絞りだした。「無断で口外するわけにはいかない」

ティミーはその姿勢のまま動かずにいたが、ふと肩をすくめた。こんどもドクターがびくりとした。「まあ、いいさ」ティミーは言った。「医者の言葉でなんだかんだ言われても、どうせちんぷんかんぷんだもんな。それに、なんだって関係ねえさ。

ただハントが猛烈に欲しがってんのは事実だ。で、おれがどうしたいかって？　おれはあいつらに気に入られて、うまくやりたい。で、ゴーリアドが長年やってきたみたいに、甘い汁を吸いたい。どうやってって、そりゃ、問題を解決してさ」

ドクターの視線がナイフからティミーの目に移った。「どうやって解決するつもりだね？」

「単純な話さ。誰も思いつかなかったのが不思議なくらいだ」ティミーは笑い声をあげると、またウイスキーをあおった。

第二十八章

午前〇時五十分

ブリンは彼の重みが恋しかった。なめらかな肌をくすぐる体毛。彼の肌のにおい。外側にも内側にも感じる彼のすべてが恋しかった。激情の嵐は過ぎても、その余韻にふけって、飽きることがなかった。

しぶしぶ目を開いた。

ライが目の前にいた。身じろぎもせずに、自分を見ていた。彼に与えられた絶頂後のまどろみから目覚めるのを待っていたようだ。彼は人さし指の先でブリンの首に触れた。「痛むか？」

「いいえ」

「思ったより強く嚙んでしまった」

「たいしたことないわ。わたしの肌は、じっと見られただけで、痣（あざ）になるの」

「昨日の夜、おれが地面に押し倒しただろ？　あのときの痣は？」

「一カ所」ブリンはライのほうへ転がって背中を見せた。

彼は顔をしかめ、腰のすぐ上にできた痣をやさしく撫でた。「すまない。ひどいことをして」独り言のように続けた。「おれは誰に対してもひどい」

「さっき電話で話してた人のこと？」

ブリンを見つめるライの目が鋭くなった。撫でる手を止めて、急に内側に引きこもったのを肌で感じた。

「わたしがバスルームから出ると、あなたが化粧台に携帯を投げてたわ。なんだか動揺してるみたいだったから」

ライはあおむけになった。「どこまで聞いた？」

「〝おれも愛してる〟」

ライは無言だった。

ブリンは枕カバーの端をいじった。「奥さま？」

「ちがう」

ブリンは切れ切れに息を吐いた。「いまごろ尋ねるのもなんだけど、不倫じゃないとわかってほっとした」

「その点は問題ない。それどころか、あらゆる点で問題ない」

彼はシーツをはねのけて立ちあがった。窓辺へ行き、通りを確認した。「おれたちの友人は相変わらずだ」

　ブリンの父親からもらった携帯電話は、ナイトスタンドで充電されていた。彼はプラグを抜いて、画面の表示を確認した。「よし、これで使える。信頼できる人物にこの番号を教えるといい」バスルームへ向かいながら、床のジーンズを拾った。

　彼の唐突さに驚いて、ブリンはシーツを胸に引きあげて、ベッドに起きあがった。「ベッドに戻る？」

「いや、外を見張る。先にバスルームを使うか？」

　ブリンは小さく首を振り、さらに慎ましくシーツを引きあげた。「お先にどうぞ」

「すぐ出る」

　実際そうだった。水洗の音がした。シャワーの水音が約九十秒、聞こえた。わずか数分で出てきた。ジーンズをはいていた。髪はまだ濡れていた。ブリンの目を見ていなかった。いや、そもそもブリンのほうを見ていなかった。

　彼は拾いあげたシャツを着ようとして、袖が裏返しになっているのに気づいた。シャツを振って絡まった布をほぐそうとした。「少し寝ろよ。警官がいなくなったら、起こす」

「あなたも寝たほうがいいわ」

「さっきも言われたよ。ダッシュに」

「ダッシュと話したの？」

「バスルームでメールを出した。新しい電話番号を知らせたんだ」

「ダッシュはウィルソンからなにか聞いてた？」

「いや。おれも尋ねてみたんだが」

「外の車はウィルソンたちが手配したのかもしれない」

「あのふたりがここまで追ってきてるなら、とっくにわかってる。あのふたりならこんな隠密行動はとらない」

　ブリンも同感だった。つまり、なおさら外の警官には警戒が必要だということだ。ウィルソンとローリンズは脅威ではあるが、彼らには法律遵守という制限がある。最悪でも、留置され、時間内にバイオレットのところに行くのを阻まれるだけだ。

　それが汚職警官となると、はるかに危険だ。ゴーリアドやティミー同様、法律には縛られず、リチャード・ハントのためなら、極端な行動もいとわない。彼らが暴力を振るうことは、ライの左手を見ればわかる。「その傷の手当てをしてなかったわね」

「だいじょうぶだ」いまだ彼は片方の袖に腕を通そうと四苦八苦している。

「袖と格闘するのはやめて。寝ないんなら、せめて座って」

「なんでそう口うるさいんだ？」

「なんでそうばかなまねをするの？」

　ライはシャツとの格闘をやめて床に投げた。「とびきりのセックスを無意味でくだらない会話で台無しにするのはもったいないからさ」

　ブリンはしばらく彼の目を見返していたが、彼に背を向けて横になると、顎までシーツを引きあげた。「一時間以内にあの警官がいなくならなかったら、覚悟を決めてこっそり抜けだしてみるわ。そうしてほしいんでしょ。わたしから解放されるものね」

ライは悪態をついた。そしてぼそりと言った。「母親だ」

ブリンは振り返って彼を見た。「え？」

「きみが立ち聞きしたおれの電話相手」

ブリンは肘をついて体を起こした。

ライは傲慢さを保っていた。喧嘩腰だった。「ほかに聞きたいことはあるか？」

「お母さまはどこにお住まいなの？」

「オースティン郊外の湖畔だ。親父はバス釣り用のボートを持ってて、ほぼ毎日釣りに行ってる。ありきたりの親父さ。逃した大物の話をして退屈させるような」

「ご家族はどんな感謝祭を過ごしたの？」

「楽しい感謝祭さ。いちばん年下の甥以外は。歯が生えてきたらしい」

「いくつなの？」

「知ってると思うか、ブリン。会ったこともないんだぞ」

「どうして？」

ライは黙って頬の内側を嚙んでいた。ふたたび窓に近づいて外をのぞいたが、ブリンにはそれが顔をそむける口実のように思われた。

「なぜ実家に帰らないの？」

「おれの予定が読めないからだ」

「お母さまはその言い訳で納得する？」

　ライが振り向いた。怒った目を見れば、急所を突いたのがわかる。だが、ブリンは怯まず前進した。「寝てるときびくっとするのはなにが原因なの？」

「びくっと？」

「今日の朝、キャビンで仮眠をとってたときよ。あなたがびくっとするから、何度か目が覚めたの。体を引きつらせて、なにかつぶやいてた」

「悪かったな。つついてくれればよかったのに」

「なにが眠りの邪魔をしてるの？　それになぜ地上にいたくないの？　着陸したあと、しばらく地上にとどまるという意味だけど」

「空にいるほうがいいからだ」

「そんなふうに言ってたわね。飛ぶことを愛してると。執着してる、刻みこまれてると」そこで言葉を切り、意味ありげに彼を見た。「逃げてる、とも言える。でも、なにから？」

　ライは腕時計を見て、両手を腰にあてた。「話はすんだか？」

「ジェイクは、あなたが伝説の男だと言ってた」

「ドラキュラ公は伝説の男だった。シリアルキラーのテッド・バンディも」

　ライの無頓着な態度を真に受けずに、ブリンは食いさがった。「ジェイクがでまかせを言ったとでも？　あなたは最悪の場所へ飛んだことがないと？」

「話というのは、大げさになりがちだ。勝手にひとり歩きする」

「たしかにね。でもそのなかにはいくらかの真実があるものよ」

「好きなように信じたらいい」

「あなたなら引く手あまたでしょうに、どうして〈ダッシュ・イット・オール〉のようなところで飛んでるの？」

「それのなにが悪い？」

「なにも。でも名誉や評判はあまり得られない」

「名誉も評判もくそ食らえだ。こういうふうに飛ぶのが好きなんだ」

「なぜ？」

「たいていはひとりで飛べるからさ」

「どうしてひとりがいいの？」

言いたいことが明確に伝わるように、彼はかがんでブリンに顔を近づけた。「人に話すつもりはない」

「向こうであったなにかに関係があるの？」

「向こうとは？」

ブリンは黙って彼を見つめ、ライのほうが視線を外した。

彼は首筋をさすり、左右に傾けて首を鳴らした。だが、緊張をほぐすには足りなかった。

ぶすっとしながらミニバーを開き、ビールを手に取って、窓辺の安楽椅子に向かった。そして外を見ながら小声で悪態をつき、警察車両はまだ動かないとブリンに告げた。

彼は椅子に座りこみ、プルタブを引いて、缶ビールを飲んだ。「眠る前に楽しい物語を聞かせろってか？　残念だな。そういうやつじゃないぞ」

ブリンは起きあがり、膝を立てて腕で抱えた。

ライは気だるそうに話しはじめた。「C－12機のパイロットの物語だ。C－12とはなんだかわかるか？」

「飛行機なんでしょうけど」

「ビーチクラフト・キングエアの軍用機仕様だ。兵士や物資の輸送、部隊支援、救助、偵察に使用される。属する部隊や目的によって、用途はさまざま。C－12は移動式屋台にもなれば、救急車にもなる。ときには霊柩車にも」

ライは手にした缶ビールを見つめ、ひと口飲んだ。「とにかくその日、二機のC－12が戦闘機のパイロット数人とその司令官および補佐官数人を乗せてバグラムから飛び立つことになってた。バグラム基地に何日か滞在して、悪のタリバンを倒すため、ヌーリスターン州の潜伏場所について最終打ちあわせをしてたんだ。おれたちの任務は彼らを所属基地へ送り届けることだった。

どんな意味でも最悪の場所じゃなかった。実際、あんな場所ならちょろいもんだ。一六〇〇、つまり午後四時に離陸予定だったが、軍隊ではよくあることで、軍事会議が長引いた。それでもろもろが先送りされ、おれは待機中に仮眠をとることにした。

つぎに気がついたのは、もうひとりのパイロットに起こされたときだ。〝飛行機は滑走路上にあってすでに飛行前点検がすんでいる。続々と飛行機が入ってくるからさっさと離陸しろと管制塔にせっつかれてる〟と彼に言われた。おれは装備を手にして、〝小便したらすぐに行く〟と言った。

するとそいつは、〝おれが一機めに乗ることになった。あの新品の〟と言った。戦闘機パイロットの飛行中隊と司令官はすでに搭乗してる、おまえはエコノミークラスだな、と。二番めの機は古くて、特別仕様じゃなかった。軽量の物資と補佐官を乗せていた。彼はからかうように敬礼して出てった。〝うたた寝してると機会を逃すんだぞ〟と言って」

ブリンの喉がせばまってきた。両手を握り、口に押しあてた。

彼は飲み終わったビールの缶をことさら丁寧に脇のテーブルに置いた。「ここで補足しておくと、同じブランドの同じサイズ、同じ型のジーンズを買っても、なじむまではそれぞれ少しずつはき心地がちがうだろ？

飛行機も同じなんだ。エアークラフトであることは同じだ。型も同じ、配置も操縦席の計器盤も同じ。だが、一機ずつ癖がある。おれはその新品の飛行機を何十回も飛ばし、すでにスコーク・リストを提出して――」ライはブリンの当惑顔を見て言葉を切った。「ああ、スコーク・リストか。いま言った癖を記録した書類だ。

時間がなくてまだ整備士はそういう癖を点検してなかったし、そのパイロットもスコーク・リストを見てなかった。しかも副操縦士を連れて飛ぶようなやつじゃなかった。副操縦士はいなくてもいいんだが、操縦室でもうひとりと何時間か過ごせば役に立つこともある。おれは二機めの操縦席に座った。副操縦士がおれに敬礼した。ロールスロイスならぬフォルクスワーゲンを飛ばすことになったな、とそいつにもからかわれた。二機で滑走路を走りだした。一機めが離陸した」

ライはそこでためらいを見せ、何度か呼吸した。「一機めが出力全開で飛び立った直後、おれには制御に問題が生じたことがわかった。おれが例のリストで報告した問題のひとつが、新品の飛行機の操縦桿についてだった。引っかかるんだ。力を入れて、いっきにすっと引かなきゃならない。そうすればうまくいく」

彼はその動きを真似て、握った両手を胸に引き寄せた。

「そのパイロットはそれを知らなかったから、わずかな抵抗を感じると、あわてて修正しようと力任せに引き戻した。おれはヘッドセットでそいつに叫んだ。〝やりすぎるな！　やりすぎるな！〟と。だが急いで機首を上げたんで、角度がつきすぎてほぼ垂直になり、そのせいで失速した。彼にはもう立てなおせなかった」

ブリンは涙が目に染みるのを感じながらも、まばたきで押し戻して、動かなかった。彼の気をそらさずに最後まで話をさせたかった。

「なにがぞっとしたって？」ライが言った。「飛行機がみごとなまでに美しい弧を描いて、そのあと急降下してったことさ。まるでオリンピックの競技をスローモーションで見てるようだった」乾いた陰鬱な笑いを漏らす。「当然ながら、燃料は満タンだ。ど派手な火の玉になった」彼は前かがみになって膝に肘をつき、親指でまぶたを押さえつけた。

押し黙っていたブリンは、少しして言った。「あなたが操縦してたら、立てなおせた？」

彼は両手をおろした。「肝心なのはそこさ、ブリン。おれが操縦してたら、立てなおさなければならないような事態にならなかった。おれが居眠りしたせいで十三人が死んだ」彼は血に染まってでもいるように手のひらを見つめた。「おれは乗ってた戦闘機乗りの全員を知ってた。すばらしいやつらだった。精鋭中の精鋭だ。そいつらが犬死にした」

「せめていっしょに死にたかったと思ってるのね？」

ライが顔を上げ、血走った目でブリンを見つめた。

「そうなんでしょ？」ブリンは静かに問いかけた。「そこが問題なのね。その日、あなたが死ななかったことが」

「死ぬ確率が高かったのに死ななかった」

ブリンはゆっくりうなずいた。「でも長く飛んでいれば、たびたび飛んでいれば、非常に危険な状況で飛んでいれば、しだいに確率が高まって、いずれは……」

「運が尽きる」

彼の考え方はあらかた予想していたものの、ブリンは悲しげにうめいた。「あなたは死にたいの？」

「死にたいんじゃない」ライは答えた。「ただ……こんなものを抱えながら、これ以上生きていてもしかたがない」

ブリンは苦悩に満ちた彼の目を探った。どう答えたら、彼の考えを変えられるのだろう？彼の論理を組み替え、罪悪感から解き放つには？　せめていくらかの慰めを与えたい。けれど、なにも浮かんでこなかった。「あなた以外にあなたを助けられる人はいないんじゃないかしら、ライ」

「誰かに助けてもらえるとは思ってないさ。誰の助けもいらない」

「ひとりで苦しんだほうがいいのね」

「そして、このことについて話す必要に迫られないほうがいい」

「だとしたら、あなたを気にかけてる人たちにとっては、とてもつらい状況だわ」

「だな」

「だからあなたは家族とのつきあいを絶ってるの？」

彼は立ちあがり、背中を向けた。「家族だけじゃない。誰ともだ」

言うまでもなく、そのなかにはブリンもふくまれる。彼とは情熱的に愛を交わした。彼からささやかれた刺激的な言葉の数々も、ただの口説き文句だとは思わなかった。すでに彼に心を奪われていたからだ。けれど、肉体的な親密さが精神的なそれへと移行すると、彼はたちまちブリンを遠ざけた。

ブリンはいますぐライのもとへ行って、抱きしめ、彼が長く苦しんできたとわかってつらいと伝えたかった。だが、こちらは慰めたくとも、向こうは拒絶する。それがわかっているので、その場から動かなかった。

窓辺でライが言った。「変化はない。あいつはまだ動かないし、どしゃぶりだ。どうする?」

ブリンは時計を見た。あと少しで一時半。「正直に言うと、疲れてて運転できる状態とは思えないの。路上に出たら、自分なりほかの人なりを危険にさらすし、向こうに到着するのが五時半ごろになるわ。そんな時間にグリフィン家に押しかけてこんなことを伝えても、うまくいくかしら?」

「決めるのはきみだ。きみが行くと言えば、いつだっていい。おれが外のやつを引きつけて、きみをここから出してやる」

ブリンはちらっと窓を見た。「彼はなにもしてこないし、ほかも現れないから、休みましょう。ほんの数時間。夜明けに出発して、午前中のまともな時間に訪問するわ。それでもまだ時間には余裕がある」

ライはベッドを見た。「うたた寝くらいならいいぞ。びくっとしないとは約束できないが」

「わたしは話しかけないと約束する」

彼は唇をゆがめて笑った。「決まりだ」彼はベッドまで行くと、やっと袖を戻して、シャツを着た。新品の電話とカードキーを手に取り、バスルームの照明を消した。「寝ろよ。すぐに戻る」

「どこへ行くの?」

「ダッシュに電話だ」

「なぜ？」

「さっきメールしたときに伝え忘れたことがある。おれ以外の誰も部屋に入れるんじゃないぞ」

そしてライは出ていった。

第二十九章

午前一時二十二分

ゴーリアドはパトカーの横に車をつけて、警官に窓を開けさせた。警官がたわむれに敬礼した。

ゴーリアドは尋ねた。「ふたりを見かけたか？」

「入るのも出るのも見てないな」

「部屋番号は？」

「七〇七。こちら側に面した南端から三番めの窓だ。カーテンは閉まってる。明かりがついてるとしても弱い光だ。おれが到着してからなんの変化もない。動きもない。なかにいるんだかどうかもわからない」

「おれは建物からもっとも遠い列にいる」ゴーリアドは言った。「こちらから知らせるまでここにいて、なにかあったら教えてくれ」彼は車の窓越しに現金を入れた封筒を警官に渡すと、車を動かして、ホテルの建物全体が一望できる駐車スペースを見つけて車を停めた。ティミーを寝床に運んだあとハント家に引き返し、インターホンでデローレスに戻ったことを伝えた。デローレスは礼を言い、ふたりはおやすみと言い交わした。

だがゴーリアドはソファを使わなかった。

ひとつには彼女のハスキーなささやき声のせいだった。あなたが近くにいてくれたら心強いと言われて、下半身が勃起したままになった。たびたび悩まされる現象だ。デローレスに触れられた今夜は、なおのこと欲望がふくれあがり、いてもたってもいられない。士気がそがれ、それが破滅的な害をもたらす恐れがあるのに、本人にはいかんともしがたかった。

いっそ辞めて、デローレスから完全に離れようかと考えたことも、一度や二度ではない。金になる雇い主なら簡単に見つかる。これだけの経験があれば、メキシコの麻薬カルテルでも貴重な人材とみなされるだろう。生まれてからずっと国境のアメリカ側で暮らしてきたので、米国人（ノルテアメリカーノ）の生活様式や、そこでの身の処し方がわかっている。スペイン語なまりのない流暢な英語を話せる。仕事など選び放題だ。

それでもゴーリアドはとどまった。デローレスに対する報われない愛は責め苦だったが、それにも耐えられた。ほぼ毎日、彼女と会え、彼女が動くのを見ることができ、声を聞くことができるという、ただそれだけの理由で。笑顔や感謝の言葉は愛撫に等しかった。

彼に許された唯一の愛の表現は、彼女に徹底的に忠誠を尽くすことだった。だから書斎のソファで休まずに、ブリン・オニールとライ・マレットの捜索を続けた。引きつづき情報屋に連絡を入れ、金で手なずけた警官たちにさらなる賄賂を渡した。

誰も報告すべき情報は持っていなかった。ホテルやモーテルをしらみつぶしに調べても、マレットやオニールという名前の客は見つからなかった。だが、マレットが車内で受けた電話の会話を思いだし、彼が仕事をしている会社の名前で部屋が予約されている可能性に思いあたった。

グーグルで検索すること十分、〈ダッシュ・イット・オール〉のオーナーの実名がわかった。そしてハーツフィールド・ジャクソン空港への移動に困らない距離にあるホテルやモーテルに電話をかけ、ミスター・ダシール・デウィットの部屋につないでくれと頼んだ。

六本めの電話であたりが出た。ホテルの交換手はゴーリアドを待たせて部屋を呼びだしたが、彼は部屋につながる前に電話を切り、賄賂を受け取ることで有名な堕落した警官に電話をかけた。

警官はそのホテルへ出かけていって、ミスター・デウィットからホテルの駐車場に停めてあった車からライフルが消えたと通報があった、とフロント係に言った。そして、最近、銃乱射事件があったので、捜査当局は武器が関わる事件を重要視している、と訴えた。ミスター・デウィットから至急、より詳しい話を聞かなければならない。フロント係は進んでミスター・デウィットの部屋番号を伝え、脇の出入り口を使うといいと助言した。

警官はこの情報をすべてゴーリアドに伝え、ドアの近くに駐車して、少しでもふたりの姿が見えたらすぐに知らせるようにとの指示を受けた。

新情報を入手したゴーリアドは、邸宅での見張りをほかの人間に引き継がせて、ひとり、ホテルへと車を走らせた。

暗闇と雨のせいで視界が悪かったが、ゴーリアドは双眼鏡を使って教わった窓を見た。警官の言ったとおりだった。カーテンが引かれ、部屋は暗いようだった。

だがそのとき、カーテンの端にわずかな光が見えた。ほんのかすかな、それも一瞬の動きだったので、まばたきしていたら見落としていただろう。

ゴーリアドは双眼鏡をおろして笑みを浮かべた。

新たな展開を伝えるため、ハント夫妻に連絡するべきだろうか？　迷った末、報告するのは薬を手にしてからと決めた。

午前一時二十六分

ライは廊下へ出ると、ドアにもたれて後頭部を硬い表面に押しつけた。自分が弱々しく、動揺していて、不安定になっているのを感じる。昨晩の墜落の直後よりなおひどい。

自分のせいではないが、その責めを負わせるとしたら、自分しかいなかった。自分が原因でこうなったのだ。こうなるようにしたのだ。まずいと知りながら、ブリンに触れてしまった。ああ、そうだ。彼女と交わったときの、あのすばらしさ。恐ろしいほどだった。なぜなら、絶頂に達したとき、すべてを投げだしていたからだ。体も頭も。心も。

それだけでも驚くほどの変化なのに、そのあとさらに魂をぶちまけ、いままで誰にも話したことのない苦しみの諸相を彼女に打ち明けた。

彼女と二十四時間をともにしただけで、自分に課したルールをことごとく破ってしまった。人とつながらない。関わらない。いかなる人とも。

ライはブリンにささやかな嘘をついた。ダッシュにメールで言い忘れたことがあったと言ったが、そうではない。本当は、ダッシュの最後の質問に答えていなかったからだ。ダッシュは再度、質問を送ってきていた。答えがいることを強調するため、汚い言葉まで添えて。

いまも明日の夜、うちの仕事をする気があるのか?

つい数分前まで、ライには自分の答えに確信がもてなかった。自分としてはノックスビルへ出発するブリンを見送り、幸運を祈り、それで終わりにすると決めていた。

だがどうにもこうにもブリンを投げだせなかった。めくるめくセックスをしたからでもなければ、心を開いてブリンに個人的な悲劇を打ち明けたからでもなかった。いまだにブリンの邪魔をしようとするやからがいるから、そして彼女が懸命にやろうとしていることを成し遂げてほしいからだった。バイオレットに命の薬を受け取らせたい。

ブリンが無事にテネシー州まで行くのを見届けたあとでも、コロンバスへ行く時間はある。民間航空機でそこまで行けなければ、自費で飛行機をチャーターすればいい。ダッシュを失望させるようなことはしない。山ほどのローマンレッドの革を運んでやる。ただ、ダッシュには現時点で予定の変更を知らせない。知らせるとしたら、対応する時間がなくなる直前だ。

いまダッシュに告げれば、癇癪玉を爆発させるだろうし、ここで言い争いはしたくなかった。彼は肯定の返事を送った。

すぐに返事が来た。**返事が来ても喜べんな。なぜ眠ってない？**

寝るところだ。じゃ、明日。

明日。そう、すべてがブリンにとっていい結果となり、彼女に別れを告げたあとで。だが、その前にまずは彼女に手を出すことなく、ひと晩過ごさなければならない。

午前一時三十二分

ブリンはライがいないあいだにすばやくシャワーを浴びた。タオルを体に巻いてバスルームから出たが、ライの気分を考えると、裸のままベッドに戻るのは無神経な気がした。下着を探しているうちに、椅子の背にかかっているライのボマージャケットに目がいった。彼と離れて単独であると、なんだか不思議だった。ジャケットは彼の一部であると同時に、彼の成長の過程を表すものでもあった。

ブリンは指で襟の端をなぞった。革には皺が寄り、擦れていた。年季を感じさせるが、いい味わいが出ていた。ライが目を細めたとき、目の両端に浮かぶ皺と同じ。

ブリンは衝動に屈して、タオルを床に落とすと、椅子からジャケットを取りあげて、袖に腕を通した。ブリンの体には大きすぎて重いけれど、素肌に触れるシルクの裏地はうっとりするほど心地よかった。

袖の小さな傷をじっくり見ていたら、ドアが開いてライが入ってきた。彼はブリンを見るなりぴたりと立ち止まり、ドアが自然に閉まった。

ブリンはあまりの気まずさに硬直した。「ごめんなさい。ただちょっと……あなたはこれをすごく気に入ってて、特別な思い入れがあるのよね。どうして……どうしてこんなことしてしまったのかしら。そんなものに触れるなんて……わたし……しかもこんな……」

「もういい」ライはブリンの前を通って窓へ近づいた。

変化があったと言わないところを見ると、警察の車はまだ動いていないのだろう。ライが振り向いた。ふたりのあいだの距離を詰めてきて、ジャケットのジッパーの両側をしっかりつかんだ。ブリンの額に額を合わせた。「これが終わったら、おれはまた去る」

「もう十回は聞かされてるけど、最初に聞かされたときから、わかってるわ」

「にしたって、やってくれるじゃないか、ブリン」

「なに?」

ライは顔を上げてブリンを頭のてっぺんから足のつま先まで見て、ささやいた。「なんで知ってるんだ?　おれのお気に入りの空想そのものだ」

「そうなの?　いつから?」

「あのドアを入ったときから」

彼はうめきながらブリンの唇に唇を押しあて、絶妙に傾けた。無遠慮に進入してくる舌が、はじめてキスされたときに劣らないスリルと興奮をもたらす。いや、それ以上かもしれない。そのキスによって、彼の口や手や彼自身に対する欲望にふたたび火がついた。

ブリンは彼のシャツを脱がせて、首にかじりついた。彼はジャケットのなかに手を入れ、手のひらで乳房を撫でおろしてから、腰の両側を支えて抱きあげ、後ろ向きにベッドの端まで行って腰をおろした。

ブリンを脚のあいだに立たせておいて乳房に鼻を擦りつけ、舌で乳首をつつき、臍のまわりを甘く噛んだ。腰骨の下のくぼみにも舌で円を描く。

彼がさらに下へと移動しだしたとき、ブリンは彼のやさしい手にうながされるまま腿を開いた。さらに大きく広げると、荒い音をたてる彼の吐息が皮膚にあたり、唇が、そして開いた口の湿っぽい熱が皮膚をかすめた。彼の舌が動き、円を描いて、押しつけられる。

ブリンはあえぎ声で彼の名を呼び、髪をつかんだ。彼の口は情け容赦なかった。予想外の動きに炎をかきたてられて、息を奪われた。絶頂に体が震えるまで、あとほんのひと撫でと迫ったとき、彼女はライの頭を引き離した。「まだよ」

ライの肩をつかんで自分の体を支え、彼をベッドに押し倒した。ライはベッドの頭側へと移動しながらジーンズのボタンを外し、腰の下までおろした。ブリンは彼の脚にまたがった。腿の内側に触れるやわらかなデニムの感触に、信じられないほど官能を刺激される。波打つ彼の胸板。胸郭の下でぐっとへこんだ硬い腹。どくどくと脈打ち、早くも先端が艶を帯びているペニス。そんな彼の姿に見惚れた。

ライの息は荒くなっていた。「きみが乗ってくれないというなら、神など存在しない」

ブリンはほほ笑みながら、明るい褐色の胸毛を指で梳き、かがんで彼を口にふくんだ。野性味のある男性的なにおいと味に欲望をそそられ、彼が全身を震わせながら放った低く動物的な雄叫びにぞくぞくした。なおも口で愛撫していると、彼は吐息とともにブリンの名を呼び、髪をつかんで彼女の頭を引きあげた。

「いまだ」ライは自分自身を手でつかみ、膝立ちになった彼女のなかに導き入れた。ブリンが腰を沈めると、長々と息を吐いた。そして、ブリンが彼らしいと思うようになった細めた目で、彼女を見た。うっとりするほど刺激的で、貪欲に所有を主張する目つきだった。「あ、すごい」

彼は両手の親指で彼女の腿のつけ根のくぼみを撫でた。それから手を彼女の後ろへまわして、たくましい手でヒップをしっかりつかんだ。体を持ちあげてはおろし、硬く屹立したものと彼女とをこすりあわせて、耐えがたいほどの喜びをもたらす。

動きはしだいに速くなり、切迫感を帯びていった。彼はがばっと上体を起こすと、開いたジャケットのなかに顔を突っこみ、乳首をくわえた。ふたりがつながった部分まで手を動かして指の腹で蜜を集め、そっと撫でたり、押したり、円を描いたりした。何度も何度も繰り返される動きに、ついにブリンはそのときを迎えた。

激しい絶頂感が延々と続いた。ライは余韻に身を震わせる彼女を抱いたままベッドに倒れこみ、開いた手で腰を抱えて引き寄せると、彼女を深く貫いて、ついに果てた。

ブリンは彼の胸にぐったりともたれかかって動かなかった。ものうげに髪を梳く彼の指を感じ、耳に響く彼の鼓動を聞きながら、いつしか眠りに落ちていた。

午前二時十四分

ブリンはほどなく彼から離れた。彼は眠たげにつぶやいてあらがい、抱き寄せようとしたが、彼女は体を引き抜き、ジャケットを脱いでベッドの足元に置いた。ライがうめきながら立ちあがり、窓の外を見る。「せめて外のやつには、不快さを味わってもらいたいもんだ」

彼はジーンズを脱ぎ、ベッドに戻った。

ブリンはふたりの体に上掛けをかけ、彼に寄り添った。彼に頭を抱えられて、上掛けのなかでふたりの脚を絡めあわせた。

彼の胸の筋肉にキスし、舌先で乳首を舐める。彼が気持ちよさそうにうめいた。「目覚ましをセットしたほうがいいかしら？」

「おれが目を覚ます」

「本当に？」

「ああ」

ブリンは姿勢を整えて眠りかけた。てっきり彼もだと思っていたら、つぶやきが聞こえた。

「やんちゃなヘンドリックスとかいう小僧とはどうなったんだ？」

ブリンはふふっと笑った。「なんでそんなことを持ちだすの?」

「そいつを見つけだして殺したほうがいいかどうか迷ってた」

「だったら彼は命拾いしたわね。なにもなかったもの。父にそう思わせただけで、デートすらしてない」

「なんでそんなことを?」

「父の気を惹きたかったのよ」

それまで枕に頭をつけて目を閉じていたライが、目を開いて頭をもちあげ、ブリンの顔をのぞきこんだ。

ブリンは小さく肩をすくめた。「一週間かそこらはやきもきさせてやれたわ」

ライはしばらく彼女を見ていたが、指先で彼女の唇を撫でると、それ以上なにも言わずにブリンを横向きにさせ、背後から体を合わせた。彼女の体に腕をかけた。その重み。そして彼女を抱き寄せた。

第三十章

午前五時三十二分

「信じられない」デローレスは腹立たしげに電話を切った。ネイトに連絡をとろうとしているのに、またしてもつながらない。「わたしひとりで孤軍奮闘している気がしてきたわ」

「コーヒーは？」リチャードが尋ねた。

いらないとはねつけたつぎの瞬間、デローレスは口調をやわらげた。「ごめんなさい。あなたにあたるつもりはなかったのに」

「わたしも同じくらい気を揉んでいるんだがね、デローレス。きみ以上と言っていい。末期がんを患っているのは、このわたしなのだから」

リチャードに致命傷でも負わされたように、デローレスは後ずさりをした。

彼は髪をかきあげた。「こんどはわたしが謝らなければならないね。ふたりで言い争っていてもエネルギーを使うばかりで、なんの成果もない。落ち着こう。いいね？　取り返しのつかないことが起きたという知らせが入ったわけではないのだから」

「起きていないという知らせも入っていないわ。みんなどこへ消えたの？」

ふたりはほぼ同時に目を覚まし、ローブと室内ばきの姿で主寝室を出た。家政婦はあと二時間しないと仕事を開始しない。デローレスはコーヒーの準備をリチャードに頼んで、ゴーリアドのもとへ向かった。

だが書斎にいたのは信頼できる調整役ではなかった。イボイノシシのように高いびきをかいてソファで眠っているのは運転手だった。デローレスは居丈高に運転手を叩き起こした。

ゴーリアドはどこなの？

これは答えの出ない重要な疑問のひとつにすぎなかった。ネイトはどこでなにをしているのか？　ネイトは昨夜この家を出るとき、自宅で何時間か寝てくるが、ブリンに関する知らせが入ったらすぐに連絡してくれと言い置いていった。

デローレスはこの三十分間、繰り返しネイトに電話した。何度かけても応答がなかった。ゴーリアドは説明もなしに家を離れ、行方知れずのまま、電話にも応答しない。デローレスはどちらにも腹が立ってしかたがなかった。

デローレスが断ったにもかかわらず、リチャードは彼女のマグカップにもコーヒーを注いで、彼女の好みどおり粗糖を二個入れた。彼はアイランド型のカウンターテーブルの向こうから妻にカップを手渡した。彼女はスツールに腰かけてひと口飲むや、また勢いよく立ちあがった。

「人生でもっとも重大な日に、みんながわたしたちを放りだすなんて」

「ゴーリアドは見張りを頼んだ理由を運転手に言い置いたはずだが」

「すぐに出なければならないから急いで来いと言っただけで、理由は説明しなかったのよ。運転手にもわたしたちにも」デローレスはいらだちをあらわにつけ加えた。「連絡を怠るなと口を酸っぱくして言ってきたのに。連絡って、そんなにむずかしいこと？」

「わたしたちの眠りをさまたげるほど重要ではないと思ったのかもしれない」

「でもここを離れるほど重要な用件ということでしょう？」

「デローレス、歩きまわるのをやめてくれ。座って、コーヒーを飲みなさい」

デローレスは花崗岩をぴしゃりと叩いた。「そんなにどっかり落ち着いていないで」

「どちらかが平静でなければならない」リチャードはそこではじめて、声を荒らげた。

「ヒステリックになって、なにかいいことがあるかね？　きみにもわたしにも」

デローレスはスツールに腰をおろし、カウンター越しにリチャードの手に触れた。「ヒステリックにはなっていないわ。怖いのよ」時計を見た。「ネイトに点滴を開始してもらわなければならない時刻まであと十五時間足らずなのに、まったくその方向に動いていないのよ」

「結論を早まるんじゃない。なにを根拠にそんなことを言っているんだね？　何度か電話がつながらなかっただけだ。筋道の通る説明はいくらでもある」

「そんなの詭弁（きべん）だわ。ふだんならそうかもしれないけど、今日はちがう。ネイトはこれに自分の未来がかかっているのを知っているのよ。いつもなら、わたしたちのどちらかが飛べといえば、どのくらい高く飛べばいいかと尋ねる。そんな人が、わたしからの電話を無視しているのよ。気がかりに決まっているじゃない、リチャード。ネイトがドクター・オニールの考えに同調したら、どうなるの？」

「ネイトにかぎってそれはない」

「わたしにはもうあの男がまったく信用できない」

「そこまで言うのは時期尚早だ」

「遅すぎるくらいよ」デローレスはつぶやいた。

「昨夜、ゴーリアドと最後に話したのはきみだ。なにを話した？」

「彼がそばにいてくれると心強いと伝えたのよ。それなのにどう？　運転手に代わりをさせるなんて。彼はわたしたちを見捨てるほどばかじゃないわ。どこへ行ったの？」

「情報屋のひとりがドクター・オニールの居場所を見つけ、彼女がまた逃げる前に行動しなければならなかったのかもしれない。彼が必死で追跡するより、逐一、詳細を知らせてくれたほうがいいというのか？」

「こんなときは両方してもらわないと」デローレスはコーヒーを飲み、しばらく考えてから、また電話を手に取り番号を押した。

「こんどは誰だね？」リチャードが尋ねた。

「ゴーリアドがドクター・オニールを見つけて必死で追跡してるのなら、ティミーを連れていってるはずよ」

午前五時三十五分

ティミーの携帯電話が不快なラップのビートを刻みはじめた。画面を見たティミーは、ネイトにウインクしながら電話に出た。「おはようございます、ミセス・ハント」

ネイトの胸がへこんだ。といってもこの四時間ですでにへこみきっているのだから、これ以上へこむはずもないのだが。ネイトは自宅のコンドミニアムから手荒く連れだされ、その際、与えられたのは、どうにか寝間着からスーツに着替えてネクタイを締めるだけの時間だった。

ティミーがうるさく言うので、最新式の高速エレベーターは使えなかった。代わりに家具を傷つけないように綿入りの保護パッドで養生された、ビルの補修係が利用するエレベーターに乗った。ティミーから車が停めてあるのは駐車場の何階かと尋ねられて、ネイトはオレンジ色に明るく光る二階のボタンを押した。エレベーターはぎしぎしいいながら下り、到着時には保護パッドに包まれて死亡しているのではないかと怖くなるほどだった。

だが生きたまま到着し、ティミーにこづかれながら人けのない駐車場を自分の車まで行き、運転しろと言われた。助手席に乗りこんだティミーは、ジャガーの内装に感心して長い遠吠えのような口笛を吹いた。

ネイトは言われたとおり駐車場から車を出し、それが人生最悪の時間の幕開けとなった。

ティミーはときおり携帯電話の地図を確認しながら方向を指示した。これほど悪い運転条件があるだろうか。どしゃぶりのなか、車輪が濡れた路面をすべってハイドロプレーン現象が起きた。悪天候で唯一いいことがあるとしたら、交通量が極端に少ないため、意識の半分を助手席に座るジャッカルに向けていられることだった。

ネイトはパニックを食いとめるため、ひたすら自分に言い聞かせた。もし自分を殺したいのであれば、いまごろリビングの床に血を流して倒れていたはずだ。もしくは、自宅の二十二階の窓の下の歩道で血しぶきを飛び散らせているか、車のトランクのなかで最後の息を吸おうとあがいているか。

それに殺すつもりなら、わざわざちゃんとした服装をさせないだろう。

それともそのまま棺桶に入れられるようにしただけなのか？

そんなおぞましい考えが浮かんでくるものだから、ティミーに言われるがまま行動するしかなかった。口答えせず、何キロも旅を続けているうち、おのずと目的地がわかってきた。

テネシー州ノックスビル。

雨は容赦なく降りつづき、雨脚は北へ進むほどに強まった。山がちな地形になり、木々におおわれた山の頂は、雨雲と霧をまとっていた。ノックスビルまであと三十分の地点まで来ると、ティミーが伸びをしながらあくびをし、股間を掻いた。

「つぎの出口にマクドナルドがある。腹が減った」

ネイトは出口を降り、マクドナルドへ行き、言われたとおりドライブスルーのレーンに入った。ティミーは朝食用のマフィンサンドとコーヒーを注文した。ネイトは食べ物を断り、とてもカフェインを受けつけられる精神状態ではなかったので、オレンジジュースを注文すると、それがなぜかティミーをおもしろがらせた。

窓口で品物を受け取り、ティミーが車を路肩に寄せて停めろと命じた。ネイトは言われたとおりにした。ティミーがハイエナのテーブルマナーでサンドイッチをがっつき、ゆったりシートにもたれてコーヒーを堪能していると、携帯電話があの暴力的な音を奏でた。

そしていま、デローレスからの電話だと知らされて、ネイトはそれがいいことなのか悪いことなのか判断がつかなかった。助かったと意気を高揚させるべきだろうか？　それとも、恐怖に怯えたほうがいいのか？　助けを求めて叫ぼうか？　いや、そんなことをしたらティミーを刺激して、いまこの場で喉を掻き切られるだろうか？

臆病が勝った。ネイトは無言のまま、運転席でさらに身を縮め、会話の片方だけに耳を傾けた。

「ゴーリアド？」ティミーが言った。「いいえ、なぜ？　へえ。ええと、わかんないです。昨日の夜、アパートで降ろしてもらって、痛み止めをのんで休めって言われて、必要に応じて連絡するって。それから連絡ないです」しばらく間があり、そして「ドクター・ランバート？　ああ、そんなら知ってます。いま彼を見てるんで」

デローレスの驚きの声が聞こえた。それをおそらくはリチャードに伝える声も。

「どこにいるかって？」ティミーがネイトのために質問を繰り返した。「ノックスビルから三十分くらいのとこで、腹ごしらえしながら、ちょいと時間をつぶしてんです。早く着きすぎちゃいけないんで」

デローレスが三十秒ほどしゃべりつづけたが、早口すぎてなにを言っているのかわからなかった。彼女が息を切らすと、すかさずティミーが言った。「よければ説明させてくださいよ、ミセス・ハント。あのですね、昨日の夜、家に帰ったんすけど、ベッドには行かなかったんすよ。ゴーリアドにはそうしろって言われてたんすけどね。

で、この状況をじっくり考えてたら、頭の上に電球がパッてついたみたいになったんすよ。ほら、漫画であるやつ？　じゃなきゃ、神のお告げとか。とにかく、全体を見たとき、あの病気の女の子、テレビであなたと議員といっしょに映ってたあの子がどこにあてはまるか、ぴんときて。なんだか知りませんけどね、ドクター・オニールが持って逃げてるあれのことで、あの子とあなたたちは張りあってるんすよね。ちがったら、言ってください」

電話の向こうには静けさが広がっていた。デローレスがしゃべっていたのかもしれないが、だとすれば、小声すぎてネイトには聞き取れなかった。

ティミーがはしゃいだ調子で続けた。「で、思いついたんすよね。あの子を州の外に送りだすだけじゃまだ足りないって。あなたと議員はそこまでしかしなかった。でも、もしあの女先生がおれたちみたいにここまで車で来たとしたら、そんで、女先生が持ってて、あなたたちが欲しがってるなにかについてもう競争相手がいなけりゃ、あとは……」ティミーは言葉を切ったが、電話の向こうからはただ沈黙が伝わってくるだけだった。

「ミセス・ハント、おれが思ってるとおり、あなたが頭のいい人なら、おれの言ってることわかるでしょ？　このレースに確実に勝ちたきゃ、競争相手を消すしかないっすよね？」

ネイトの胃がせりあがった。酸っぱいものが込みあげてきて、喉を刺した。

デローレスの声もリチャードの声もしないなか、ティミーが続けた。「お礼はあとでもいいっすよ。ああ、ひょっとしてゴーリアドから連絡があったら、あなたたちが電話を待ってるって伝えときますから」

言うなりティミーは電話を切り、脇に置いた。「まったく、座りっぱなしでケツがひりひりするぜ」背筋を伸ばして、肩をまわし、指の関節を鳴らした。「ドライブスルーまで引き返せよ。朝メニューのパフェを食べるぞ」

ネイトは茫然とティミーを見るばかりで、動かなかった。「気がおかしくなったのかね？」

「うまいんだぜ。まじで。ぱりぱりのグラノーラが入っててさ。あんたも食べてみなよ」

ネイトの胸は絶望感に苦しいまでに締めつけられた。声帯にじゅうぶんな空気を送れないほどだった。「〝競争相手を消す〟だと？　きみはあの子を殺すつもりなのか？」

「まさか！」ティミーはふっと笑いだすと、腹を抱えて笑い転げた。「まさか、なわけないっしょ。そう思ったの？　いいや、おれはやらないよ」下品な笑いはいきなり止まった。ティミーが非情な目でネイトをねめつけた。「やるのはあんたさ」

バイオレット

いまは朝で、雨が降ってる。

今日はとくべつな日だから、早起きしなくちゃいけなくて、ママから急いでって言われた。あたしは点滴してるから、毎日はお風呂に入れない。だからベッドで体をふいてもらう。いつもは看護師さんがやってくれるけど、今日の朝はママがやってくれた。あたしは大好きなガウンを着た。ピンク色で、胸のとこに、お姫さまがかぶるキラキラのかんむりがついてるやつ。

あたしのとくべつな日だから、パパは仕事じゃなくて家にいる。

お兄ちゃんたちも早起きしなきゃいけなくて、教会のときの服を着なきゃいけないって、ぶうぶう言ってた。上のお兄ちゃんは、ぼくのとくべつな日じゃないから、ぼくは着なくていいはずだって言ったけど、パパはめそめそ言うのはやめろって。

お兄ちゃんたちが怒るのもしょうがないなって、少し思う。だって、あたしだって〝とくべつな日〟にしてほしいかって、誰からもきかれてないもの。

夜担当の看護師さんは帰って、べつの人が来た。ジルっていう人。髪の毛をいっぱい編みこみにして、いっぱいビーズをつけてる。まだ若い女の人。スニーカーの底のまわりにぴかぴか光る電気がついてて、いい子にしてれば、同じような靴がもらえるかもしれないって、言ってくれた。上のお兄ちゃんは、あの人かっこいいねって。あたしもそう思う。

あたしはプレゼントをもらった。新品のｉＰａｄ　ｍｉｎｉ。お兄ちゃんたちがそれを横取りしようとした。

先生が来た。ランバート先生にくらべたらましだけど、オニール先生ほどよくない。

オニール先生のお母さんは、先生が小さいときに死んじゃったんだって。だから先生はお医者さんになりたかった。先生はだんなさんや子どもがいない。どうしてってきいたら、みんなを元気にするのにいそがしいからって言ってた。ほんとは、結婚したいほどいい男の人が見つからないってこと。オニール先生が結婚したいと思ってる人がランバート先生じゃなくてほんとによかった。おえっ。

前にオニール先生から言われたことがある。あたしと同じがんの人をたくさんなおすために手伝ってって。あたしは先生をがっかりさせたくないって言った。先生はグータッチして、それからいつもより長くぎゅっとしてくれた。

先生が来たらすぐわかる。だってベッドルームの窓から前の庭が全部見えるから。でもいま外にいるのはテレビ局の人たちだけ。雨だからみんな車のなかにいる。

もしあたしのとくべつな日のびっくりプレゼントがオニール先生なら、まだここには来てない。

第三十一章

午前六時三十二分

ライは目を覚ますと、絡みついていたブリンから離れて、ベッドを出た。まっすぐ窓へ行き、外を見た。「ブリン」

ぴくりともしない。

「ブリン」

「ん？」

「警察車両がなくなってる」

ブリンが起きあがり、顔にかかった髪を払った。こんなときでなければ、のんびり彼女の愛らしさに見惚れているだろうが、いまは急いで服を着るしかなかった。「警官が立ち去った」彼は繰り返した。「給料の安い哀れな警官がシフトのあいだじゅう寝てただけなのかもな。服を着るんだ。おれはコーヒーを持ってくる」

ジャケットを着ると、かがんでブリンに一瞬キスした。

「ミルク入り、砂糖なしで」後ろからブリンの声が聞こえた。

七階にはコーヒーを扱っている自動販売機がなかったので、客用エレベーターで下へ行き、混雑したロビーに降りた。それでなくとも霧で足留めされていた旅行客が、降りつづく豪雨のせいでさらに足留めを食らって、出発が遅れていた。

自分のスペースを確保した人たちが、いたるところで眠っていた。壁にもたれて、顔を伏せている人たちもいる。ぐずる赤ん坊をなだめようとあやす若い母親は、困り果てた顔に疲れを滲ませている。

明けそめた空は灰色で、日の出までまだ一時間ほどあるため、ロビーはいまだ薄暗く、俯せに寝転ぶ人たちをよけながら歩くのも、ひと苦労だった。なんとか誰も踏まずにロビーの隣のダイニングルームまでたどり着くと、厨房のスタッフが朝食ビュッフェの用意をしていた。ありがたいことに、コーヒーバーはすでにサービスを開始していた。

使い捨てカップにポットからコーヒーを注いでいると、若い男がのたのたと隣にやってきた。ちらりと見たちょうどそのとき、彼があくびをした。無精ひげを生やし、目は充血している。そんなありさまにもかかわらず、驚いたことに、ライを目にするや、姿勢を正して話しかけてきた。「おはようございます、ミスター・デウィット」

そこでようやく、昨日、忙しくチェックインの手続きをしていたフロント係だと気づいた。まさかこの若者に顔を覚えられているとは思っていなかった。「おはよう」あまり関わりたくないので、ふたつめのカップにコーヒーを注ぐ作業に意識を集中した。

「ライフルは見つかりましたか？」

ライフル？　なんの話だ？　見当もつかなかったが、ダッシュの名前で呼ばれた以上、このフロント係の人ちがいとは思えない。ライは調子を合わせることにした。「ええ、まあ」

「では盗まれたんじゃなかったんですね？」

「ああ、置いてきてしまったんだ。義理の両親の家に」

「それを聞いて安心しました。うちの駐車場でものがなくなるのは、よろしくありませんからね」

「心配いらないよ。なにも問題ない」

頭をフル回転させながら、ライは横にずれてふたつのカップに蓋をした。若者がコーヒーポットの前に立った。「あの警官もそれを聞いて安心したでしょう。近ごろは、銃器が紛失したら、それだけで警戒しなきゃなりません」

「まったくだよ」

「だから、あの警官は朝まで待たずに、あなたに話しに行ったんでしょう。熱心なおまわりさんですよ。お部屋に警官が行ったのは何時ごろでした？」

「正確には覚えてない」

「一時か、一時半でしたかね？」

「そのあたりだな」

フロント係が偶然、漏らした話から不穏なシナリオが浮かびあがってきた。ライは探りを入れているのを悟られないように、なにげなく言った。「なんの連絡もなく警察が上がってきたからびっくりしたよ」

「そうだったんですか？　あらかじめ連絡したと言ってましたけど。ただ部屋番号を忘れただけだと」彼は心配そうな顔になった。「まだおやすみじゃなければ、よかったですが」

「いや、起きてたよ」ライは小さく笑って、両手でカップを持ちあげた。「冷めるから。きみもおいしいコーヒーを」

「ご予約はひと晩でしたよね。本日、チェックアウト？」

「すぐにも」

もう足元にかまっていられなかった。乱雑なロビーをかまわず進んだ。決然と先を急ぎ、ふたつのコーヒーカップをエレベーター付近のごみ箱に放りこんだ。もうライにもブリンにもコーヒーを飲んでいる暇はなかった。

午前六時四十四分

乱暴にドアが閉められる音を聞いて、ブリンがバスルームから飛びだしてきた。ライをひと目見るなり、尋ねた。「どうしたの？」

「支度はすんだか？」

「ブーツがまだ」

ライはクローゼットの床からフライトバッグを引っ張りだし、ベッドの脇に放った。「誰か、というかあの警官が、フロント係にミスター・デウィットのライフルがなくなったと話したらしい。おそらく――」

「ミスター・デウィットって?」持ち物を手早くサイドテーブルから集めてダッフルバッグに詰めこむライの動作につられて、ブリンもあわててブーツに足を突っこんだ。

「ダッシュだ。こざかしいやつがダッシュの名前を探り、それを使っておれたちをここまで追ってきた。ウィルソンとローリンズとは思えない。やつらなら乗りこんでくる」

「じゃあ、あの警官は――」

「おそらく別口に雇われて、おれたちを見張ってたんだ」

ブリンはブーツをはき終え、クローゼットのハンガーからコートを取った。「いま、警官はどこに?」

「わからない。だが尋ねまわってる場合じゃない」ライはフライトバッグを肩にかけ、ドアまで行き、ドアノブに手をかけた。だが、そこで止まってブリンの手を取り、ウェスの車のキーホルダーを押しつけた。「いいか。この先なにが起こるかわからない。だが、なにがあろうと、きみは出発するんだ。猛スピードで運転しろ。いいな?」

「なにがあると思って――」

「わからないが、なんらかの理由でおれが足留めされたとしても、きみはなにがなんでもウェスの車でテネシーへ向かうんだぞ」

「あなたを置いてけないわ」

「行ける。行くんだ。バイオレットのもとへたどり着け。じゃないと、これまでおれたちがやってきたことが意味を失う。絶対にやり遂げるんだ、ブリン」

ブリンの唇に抗議の言葉が浮かびそうになっている。ライはそれをすばやく強いキスで押しとどめて、繰り返した。「絶対にやり遂げろ」

ブリンは彼の目をのぞきこみ、よくわかったとうなずいた。

ライはのぞき穴から外を見て、ドアを開けた。背後にブリンを引き寄せて左に向いた。

そしてゴーリアドに衝突した。いや、正確には、突きだされたゴーリアドの拳銃に。

午前六時四十七分

ふたりが泊まっていた部屋と隣の部屋とのあいだのくぼみに隠れていたのだろう。ゴーリアドはひとりだった。ライは尋ねた。「相棒はどこだ？　眠れぬ夜を過ごしてるやつは？」

「帰らせた。あいつが陣取ってるあいだは、あんたたちも出てこないと思ったんでね」

「賢いな」そして精いっぱいおどけた口調で言った。「銃をおろしてもいいんじゃないか。おれを撃つつもりはないんだろ」

「世の中のためには、そのほうがいいんだが」

ライは笑った。「まったくもってそのとおりさ。だがおまえは、おれたちのどちらが目的のものを持ってるか知らないだろ」

ゴーリアドの動きが止まった。

ライは片方の眉を吊りあげた。「ほらな？　ひとりを撃って、ひとりを捕まえたとしても、そいつじゃないかもしれない。そうなると死体を探らなけりゃならない。そしてその隙に撃たれなかったほうが騒ぎだす。目撃者となりうる人間はホテルじゅうにいるぞ。防犯カメラもあちこちにある」

ライは首を振った。「その筋書きの先には、おまえが逮捕されて、刑務所送りになる結末が待ってる。モーテルでも同じジレンマがあったよな。だが、今回はさらに問題が山積みだ。助手はいないし、逃げるためには七階からおりなきゃならない。そうだろ、ゴーリアド。そんな結果を招くほどおまえはばかでもまぬけでもない。

おまえの身元は数分で割れる。すぐにハント家とのつながりがばれてあらゆる意味で困ったことになる。頭を絞らなくても、十以上の悪い結果が思い浮かぶぞ。真っ先に思いつくのは、おれを殺したところで、議員の命をつなぐ秘薬が手に入る保証はないってことさ。議員はそのためにおまえを送ってきたんだよな？　おれにはやつらがそんな失敗を許すとは思えない」

ライは怯むことなく彼を見つめていた。ゴーリアドの黒曜石のような目は、まばたきすらしない。ライは言った。「なぜおまえがおれたちを撃たないと思っているか、本当の理由を聞かせてやろうか？　撃つつもりなら、すでにやってるからさ」

　ゴーリアドを説得できれば撃たないでもらえると思うほど、ライは世間知らずではなかった。ゴーリアドはこちらがあれこれ言う前から、殺害に伴う困難をわかっていたはずだ。だから、そう、ゴーリアドは発砲しなかったが、かといって銃をしまうこともなかった。

　ゴーリアドはブリンに銃を向けた。「薬はどこだ？」

　彼女より先にライが答えた。「もうひとつ。考えたほうがいい障害があるぞ」

　ゴーリアドがライを見た。

　ライは浮ついた態度を引っこめた。「彼女を傷つけたら、おれはおまえを殺す。目撃者がどんなにいようと関係ない」

　ゴーリアドの目がかすかに鋭くなったが、彼はその目をまたブリンに向けた。「先生の恋人にはいっそ死んでもらいたいが、先生に無残なことはしたくない。先生は思いやりに満ちた人らしい。それには敬意を払う」

「それはどうも」

「おとなしく薬を渡してもらえれば、おれは去る。あとはすべきことを続けてくれ」

「その薬がわたしのすべきことなのよ」

「だがそれはおれのものだ」ゴーリアドは拳銃を握る手に力を込めた。

　ブリンが心を鎮めようと、息を吸った。「ハント上院議員のほうが、ずっと時間に余裕があるわ。彼のがんの進行は――」

「それを決めるのはおれじゃない」

「でもあなたも判断すべきよ」ブリンは強調した。「バイオレットのニュースを観たでしょう？　だったら、あの子の命がはかないことがわかったはずよ。これがあの子のただひとつの希望なの」

「薬を渡してくれ」

誤解の余地のない、明確でゆっくりとした口調。それはライが思うゴーリアドらしい口調だった。ハント夫妻によるこの男の支配は絶対だった。ゴーリアドの慈悲心や人間らしさを凌駕し、彼の道徳的な信念さえも圧しているようだった。ブリンがどんなに熱心に言葉を尽くして説得しようとも、この男は揺らがない。

彼女が尋ねるような目つきでライを見た。ライは〝渡したほうがいい〟という意味を込めて、まばたきした。

ブリンはゴーリアドに言った。「コートのポケットよ。取りだすから撃たないで」

ゴーリアドはいったんうなずいたものの、片手を上げて制した。「あんたは」彼はライに言った。「三メートル下がって、バッグを床に置き、後ろを向いてジャケットとシャツの裾をめくれ」

「おれが銃を持ってるとでも？　持ってたとしてもなんになる？　おまえに弾倉を取りあげられたまま、装塡してない」

「さあ、マレット」

彼は驚愕の表情でゴーリアドを見てから、言われたとおりにして、腰のまわりをぐるりとゴーリアドに見せた。一周してふたたび向きあうと、ゴーリアドは、手を上げたまま体から離しておけと言い、ライはそれに従った。

ゴーリアドに身ぶりでうながされるまま、ブリンはコートのポケットのファスナーを開いて、気泡シートに包まれた薬瓶を取りだした。「光と熱に弱いの。バクテリアにさらさ――」

「注意する」ゴーリアドが手を差しだした。

そのとき、すぐ先のドアが開き、三人ともぎょっとした。清掃係がカートを廊下に押しだした。彼女は歌うような調子で明るく朝のあいさつをした。

するとブリンが速足でゴーリアドをよけ、ピンク色の制服を着た清掃係に近づいた。この行動にゴーリアドはすっかり虚を突かれ、ライは肝を冷やした。「いいところに来てくれたわ。昨晩、タオルを使いきってしまったの。何枚かもらえる？」

ブリンは答えを待たずにカートに積んであったタオルを何枚か手に取ると、いきなり走りだした。ゴーリアドもライもすかさずあとを追ったが、ゴーリアドのほうが三メートル先を行っていた。

ぎょっとした清掃係が壁にぴたりと背をつける。ゴーリアドはその前を通りすぎざま、片手でカートをつかんで、廊下の真ん中に押しだした。全速力で走っていたライが衝突し、ひっくり返ったカートから積まれていたものが散乱した。彼は洗濯したてのタオルやトイレットペーパーを飛び越えた。

ブリンは非常階段を使うつもりだったようだが、エレベーターの近くまできたとき、上のベルが鳴った。彼女はタオルをゴーリアドに投げつけた。彼はタオルを叩き落とし、蹴飛ばし、踏みつけながら、彼女を追った。

ブリンは開いたドアからエレベーターに乗りこんだ。ゴーリアドは人から見えないように拳銃を体につけて、彼女のあとから乗りこんだ。ライが猛ダッシュして閉まりかけたドアのあいだに身をすべりこませた。

彼はゴーリアドの後ろに体をねじこんだ。エレベーターに乗っていたのは、ほかに五人。銀髪の夫婦は奥に追いやられて不快そうだった。十代の少女ふたりはイヤホンをして携帯電話の画面を眺めていた。もうひとりは短パンにビーチサンダル姿の太った男だった。

その男が乗ってきた三人に愛想よく声をかけた。「おはよう。下のビュッフェに行くのか？ビスケットとグレービーが絶品だよ。グリッツも」

少女たちは顔を伏せたまま、携帯電話をいじりつづけている。老夫婦は礼儀正しくほほ笑むだけで、どちらも無言だった。ブリンはライの左側に位置するエレベーターの隅で、目立たないように縮こまっていた。彼女も無言。たぶん息を殺しているのだろうとライは思った。

ゴーリアドが向きを変えてドアのほうに顔を向けた。ライはドアを背にしたままなので、ゴーリアドと目を合わせるかっこうになった。エレベーター内のほかの人たちに気取られることなく、ライは短い銃身の小型拳銃の銃口をゴーリアドの腹に突きつけた。ゴーリアドの目に驚きが浮かび、腹が引き締まったが、人目を引く反応は示さなかった。

ライはささやいた。「弾倉の話は嘘だ」廊下を走りながら、ボマージャケットのポケットからどうにか拳銃を取りだした。前夜のうちに、フライトバッグに入れておいた予備の弾倉を装塡してあった。

ここまで閉鎖的な空間だと、ブリンと言葉を交わそうにもその方法がない。それにエレベーターのドアが開いたとき、ゴーリアドがどう出るかわからないので、助言のしようもなかった。まさか銃を持つ手を上げて撃ちあいをはじめるとは思えないが、その可能性も排除できない。

ゴーリアドの動きはブリンによってうながされたものだ。ゴーリアドは誰も傷つかない平和的解決を持ちかけていたが、これで彼女が戦わずしておめおめとGX－42を渡すつもりがないことがはっきりした。

ゴーリアドがどう出ようと、数秒のうちにそれを感知して正しい行動をとらなければならない。さもなければ誰かが死ぬ。だが、何年ものパイロットの訓練でライにはそういう行動が身についていた。

ゴーリアドのとる問題解決の手法はもっと緩慢だ。

そこがライの有利な点だった。

そう願いたい。

エレベーターが止まった。ライの背中でドアが開きはじめた。ブリンはこんども一瞬の隙を突いた。影のようにライの後ろをすり抜けて、ドアが開ききる前に飛びだしたのだ。

「熱々のビスケットを食べる気だな」ビーチサンダルの男が朗々とした声で笑った。

ライは出ていくブリンに押されたふりをしてゴーリアドに倒れかかり、体勢を崩させた。「悪い」と謝って、エレベーター内のほかの人に聞かせつつ、念のために拳銃でゴーリアドの腹を突いておいてから、くるっと向きを変えて、ブリンのあとを追った。

彼女はごった返したロビーを避けて、前に使った脇の通用口が突きあたりにある長い廊下へ向かった。通用口までたどり着くと、振り返ってライがついてきていることを確認してから、ドアを押して外に出た。ライがそこまで来たときには、駐車場を水しぶきをあげながらウェスの車へと必死で駆けていく彼女が見えた。

ほっとしたのも、つかの間。

外に出ようとハンドルを押しさげるより先に、ゴーリアドがやってきて、ジャケットの襟をつかんだ。ライは壁に叩きつけられ、横隔膜をしたたか殴られて、肺から空気がなくなった。死ぬほど痛かったが、銃弾を食らうよりはましだ。ゴーリアドはいまも銃撃戦を望んでいない。廊下で怯えた清掃係に目撃されたとあらば、なおさらだろう。

だが、素手とはいっても、扱い方を心得ていれば、銃器と同じように命に関わるダメージを与えることができる。ゴーリアドは体重でも筋力でもライを上回っていた。ライにはゴーリアドを倒せない。腕を振りまわして殴りあっても、勝てない。だからライは腹部を両腕でかばい、痛みにうめきながら体をふたつ折りにしていた。

そのうちに、体を起こしてゴーリアドの顎を下から頭突きした。歯がぶつかる音がした。

ゴーリアドの頭が勢いよくのけぞり、頭が元に戻ったときには、ライは両手で拳銃を握って、ゴーリアドの顎の下のやわらかな部分に短い銃身を押しあてていた。

ライは肩で息をしながら言った。「銃を捨てろ」

ゴーリアドの銃が鈍い音をたてて足元のカーペットに転がった。

しわがれ声のままライは言った。「いっそ手を引いて、少女に薬を譲ったらどうだ？」

「おれの雇い主はその子じゃない」

「石頭のろくでなしめ」

ライは拳銃の銃把でゴーリアドの鼻筋を殴るや、ぐるっと回転してドアから飛びだした。顔に打ちつける雨と冷たい風が心地よい。おかげで頭がすっきりし、猛スピードで近づいてきた車を後ろへ跳んでよけることができた。ウェスの車だ。運転席にいるのはブリンだった。

車はけたたましい音とともに、ライのすぐ傍らで急停車した。あわてて助手席のドアを開けたせいで、肩が外れそうになった。右足を車内に引き入れる間もなく、ブリンがアクセルを踏んだ。通用口のガラスの向こうには、片膝をつき、顔を片手で押さえたゴーリアドの姿があった。

無言のまま駐車場を出ると、傾斜路を通って高速道路に入り、猛スピードで追い越し車線を進んだ。そのころには、ライの呼吸もほぼ戻っていた。「あれを持ってると言ってくれ」

「持ってるわ」

「無事なんだな？」

「ええ」

ライはシートにもたれかかって目をつぶった。「大事なのはそこだ」

「あなただって大事よ。痛む？」

「心配いらない」

「ゴーリアドは？」

「前ほど美形じゃなくなった。鼻をいじらなきゃならないだろう」

「でも、だいじょうぶなのね？」

「命に別状はないし、じきに回復するから、あまり時間がないぞ。だが、心配の種はやつだけじゃない。防犯カメラがあると言ったろ？　嘘じゃないんだ。あの騒動が気づかれないはずがない。この車のナンバーが誰かの手に渡る。メーカーや車種もだ。ウェスに影響が及ぶかもしれない」ライは顔を上げて、彼女を見た。「そんなことになったら悲劇だ、ブリン」

「父が窮地に陥るのは、これがはじめてじゃないわ」

「ああ、だがおれが窮地に陥れたことはない」彼は考えこんだ。「ウォルマートへ行こう」

「父の勤めるウォルマートのこと？　なぜ？」

「ナンバープレートを交換したとき、トランクの中敷きの下に元のナンバープレートを入れておいた。それを戻して、車を残し、停めた場所をウェスに伝える。誰かが車を探しにきても、ウェスは仕事をしていて、車は店の駐車場にある」

「名案を思いついてくれて、ありがとう」

「ウェスをトラブルに巻きこみたくない」

「それはそうだけど、車なしで、どうやってテネシーまで行けばいいの？」

ライは身を乗りだし、雨が滝のように流れるフロントガラスを透かして、重く垂れこめた厚い雲を見あげた。「飛ぶのさ」

第三十二章

午前七時二十分

ふたりは高速道路を降り、今日は営業していないセルフの洗車場へ行った。ブリンが区画のひとつに車を入れた。ライは数分で、元どおり、ウェス名義のナンバープレートにつけ替えた。

ライが車に乗りこんだちょうどそのとき、彼の携帯電話が鳴った。「この番号を知ってるのはひとりしかいない」そうブリンに言って、湿ったジーンズの前ポケットから電話を取りだした。「やあ、ダッシュ」

「三度も電話したんだぞ」

「最後のメールのあと、ちゃんと眠れるように電源を切ったんだ。まともに寝たとわかって嬉しいだろ。今夜は、すっきりした気分で空を飛べる」

「あの仕事ならほかにまわした」

耳を疑ったライは、ブリンに一瞥を投げて小声で断ると、車を降りて数メートル離れた。ダッシュは計画の変更を知らず、いまもライが今夜、アトランタ空港から民間航空機に乗ると思っているはずだった。

「タイトではあるが、不可能なスケジュールじゃない。飛ぶと言ったら、おれは飛ぶ」

「スケジュールの問題じゃないんだ、ライ」黙りこむ。ため息。悪態。「明け方くそ早い時間にアトランタの航空局から連絡があってな。ハワードビルの保安官助手ふたりが小器用に立ちまわって命令系統のてっぺんのお偉いさんをつかまえたらしい。で、ふたりと話したお偉いさんは、おまえが昨日の朝、行った事故報告は杜撰で不備があると考えるに至った」

「天候がよくなりしだい、詳細な報告書と写真を送ると言ってある。まだ天候がよくなってないんだ」

「ああ、だがおまえは飛行機の損傷具合をごまかして――」

「暗くて霧が出てたんだ。顔の前に出した手さえ見えないのに、被害の評価ができるかよ」

「レーザーについての言及がなかった」

「その件については、当面なにも言いたくなかったんだ。まわりを巻きこんで、大騒ぎになるからな」

「だが、結局、あっちが大騒ぎしだした。墜落のせいで男がひとり病院送りになったと聞かされちゃな」

「そうじゃない！　墜落現場からブレイディ・ホワイトが襲われた場所までは、二キロ近く

ある。おれが事故報告をした時点では――いや、いまだって――墜落と襲撃に関係があると
は確認されてなかった」
「ああ、けどな、そんな話は航空局には通用せんのだ。で、おつぎは国家運輸安全委員会だ。
保安官助手たちは、おまえが重罪事件に関与しているという、疑念の種をまきやがった。当
局は墜落現場でパーティを開いて、おまえを主賓として呼びたいそうだ」
なんたること。「いつだ？」
「明日の朝、九時きっかりにハワードビルの保安官事務所に集合だ。おまえがあちらこちら
走りまわって、連絡がつかないもんだから、おれが連絡係を仰せつかった」
土曜の朝、九時きっかり。休暇中の週末。搭乗者も無事なら、墜落機周辺でも死傷者は出
なかった。それなのに当局は深刻に受けとめている。ウィルソンとローリンズが大げさに言
ったのだろう。「わかった」
「ちゃんと行くな？」
「わかったと言ってるだろ」
「いいだろう。当局はじかに飛行機を見て、おまえの説明を聞き、そのうえでしかるべき措
置を講ずるんだろう」
「措置って？　おれに罰金を科すとか？」
「ありうる」
「免許停止とか？」

「ライ、いいから聞け――」

「免許取り消しとか？」

「そこまではせんだろ。通知書が来たとしても、審理を求めればいいし、事実がすべて明らかになれば、おまえが勝つ。だが、それまではおまえを使うわけにいかない」

「冗談だろ」

「こっちだってつらいさ。だがな、商売は守らにゃならん。知ってのとおり、航空業界ってのはあっという間に噂が広がる。他社の仕事を受けるのもむずかしいかもしれん。

とそんなわけで、おれとしては、アトランタの航空局のトップに急いで連絡をとることを勧める。昨日の連絡ではっきり報告しなくて悪かったと謝るんだ。電話に出た職員の感謝祭が台無しになっちゃ申し訳ないと思った、調査には率先して協力すると伝えて、会う前に味方につけるんだぞ。あとは、原因が明らかになって丸くおさまるまで、飛ばずにいろ」

飛ぶな。飛ぶな。飛ぶな。

その言葉が脅しとなって、ライの血を凍らせた。「ダッシュ、そりゃあんまりだろ。事実無根の過剰反応だ。二度にわたって遠征したアフガニスタンでだって、ハードランディングすらしたことがないんだぞ。ずっと飛んできて、一度のへまもなかった。今回がはじめてだ。事故になりかかったことさえない」

「おまえの操縦技能を疑ってるわけじゃないんだ、ライ。だが、頭のほうはまともじゃない」ダッシュは声のトーンを下げて、言葉に重みを添えた。「戻ってからずっとだ。いいか、厳しいことを言うようだがな、ほんとのことだし、自分でもわかってるはずだぞ。おまえはアフガニスタンでの出来事に蝕まれて、いまやおれでさえ恐ろしいほどだ。そう簡単にびびらない、このおれがだぞ」

「水曜の夜におれを送りだしたのは、あんただ」

「そうとも。あれからずっと悔やみっぱなしだ。飛行機は墜落。それにおれは疑って――」

「なにを疑ってるかはわかる。冗談じゃないぞ。あれはレーザー光線で目を射られたせいで起きた事故だ。死にたくてやったんじゃない」

「前にも言ったろ、それは信じてる」

ライはブリンが車の窓から心配そうにこちらを見ていることに気づいていた。懇願する姿を見せまいと、彼女に背を向けた。「地上待機にしないでくれ、ダッシュ」

ダッシュはまた悪態をついた。「おれが好きでそんなことをすると思うか？ おまえはおれが知るなかで一番の飛行機乗りだ。だが、おまえには整理する時間がいる。当局とのごたごたを解決せにゃならん。それまでは、こっちも自分の商売を守るしかない」

ライは見るともなしに雨を見つめた。落胆と怒りが心のなかで闘っていた。怒りが勝った。

「あんたがそのつもりなら、こっちにも考えがある。ここ三回分の払いが残ってる。小切手を送れ」

「やけになるなよ」

「いいや、気が変わった。フェデックスで届けろ」

ライは電話を切った。切ると同時に電話が鳴った。ダッシュの名前を見て音を消したが、電話はしばらく手のなかで震えていた。それが止まるのを待って、車に戻った。

「なにがあったの？　ダッシュはなんて――」

ライはそっけなく首を振り、ブリンの言葉をさえぎった。「少し黙っててくれ」声をやわらげて、言い添えた。「頼む」

ライは顎に電話を打ちつけながら、この先の方策を練った。選択肢はふたつになった。ダッシュの忠告どおり、当局にごまをすり、ことが丸くおさまるまで、飛ばないでおくか。あるいは、防げたかもしれないもうひとつの死をいつまでも嘆きながら生きていくか。

キャリアが危機に瀕していた。だが、それは魂も同じだった。

「知ったこっちゃない」彼は吐き捨てるようにつぶやき、ブリンに車を出せと指示した。

「ウォルマートへ」

移動中にジャケットの胸ポケットから名刺を取りだし、その番号にかけはじめた。ブリンが尋ねた。「またダッシュに連絡するの？」

「いいや」力強い握手を交わしたとき、手のひらに押しつけられた名刺を取っておくつもりはなかった。ましてや二十四時間もたたないうちに連絡をとることになるとは、思いもよらなかった。「ジェイク・モートンに電話してる」

午前七時三十八分

ウォルマートの駐車場は悪天候にも負けないブラックフライデーの強者客で満杯だったので、駐車スペースを見つけるのもひと苦労だった。ブリンはそのあとウェスに電話して、ようすを尋ねた。

ウェスは店内の修羅場を話して聞かせた。「万引き三件。殴りあいの喧嘩が二件。ディスプレイのひっくり返し一件。でもって、シフトが終わるまであと五時間もある」

ブリンは、仕事を終えたウェスが車に乗れるよう、駐車した場所を伝えた。「西側の五列、二台めよ。貸してくれてありがとう」

「何日か返せないかもしれないと言ってたじゃないか。任務完了なのか？」

「本当に、父さんは知らないほうがいいのよ」

「つまり、ノーってことだな。無事なのか？　それだけでも教えてくれ」

ゴーリアド。拳銃。ホテルでの追跡劇。間一髪で逃れたこと。

「無事よ」

「まだマレットといっしょなのかい？」

「ええ」

ウェスが鼻を鳴らした。「てことは、無事じゃない」

「そう悲観したもんじゃないわ。ヘンドリックスみたいな若造と逃走するよりましでしょ」

「比較の問題だがな、あのやんちゃぼうずのほうがまだましだった」ウェスはため息をついた。「車のキーはイグニッションに挿しといてくれ。ポンコツ車を誰かが盗んでくれりゃもっけのさいわいってもんさ」

「じゃあね、父さん。どうもありがとう」

「ブリン？　電話しろよ。したいときは我慢するな」

「父さんがいい子にしててくれたらね」

ウェスは笑った。「もっともな条件だ」

父が和解への小さな一歩を踏みだした。もう傷ついたり失望したりしたくないので、父親との関係修復に前のめりで乗りだすつもりはなかった。少しずつ慎重に進めよう。でもこれがはじまりだと思うと、頬がゆるむ。ブリンは電話を切った。

ライが尋ねた。「ウェスは今日、万引き犯を取り押さえたって？」

「いまのところ三人。そうそう。わたしがつきあうなら、やんちゃなヘンドリックスぼうやのほうがまだましだと思ってるみたいよ」

「まったくだ」

「わたしの身を案じてるの」

「当然だ。きみがあのホテルの廊下で逃げだしたときは、心臓が止まりかけた。前もって警告しておいてもらわないと」

「そうしたらあなたはどうした？」

「わからない」ブリンの目を見つめるうちに、ライの表情が変わった。彼は手を伸ばしてブリンの頬を撫で、親指の腹で唇の端に触れた。「警告といえば、二度めのときも警告してもらいたかった。コンドームをつけるのを忘れてた」

ブリンは小さく息を吸った。「ええ、そうね。でもそんなこと――」

「おれもだ」

「――思い浮かばなかった。こんなことはじめて」

「おれもだ」

どちらも動かず、無言だった。ただ探るように見つめあい、張りつめた沈黙がふたりのあいだに広がっていった。

呪文を解いたのは二度にわたる車のクラクションだった。ジェイクが後ろに車をつけていた。思いきって雨のなかに出ていくしかない。ライはブリンのためにジェイクの車の後部座席のドアを開け、自分は助手席に乗りこんだ。髪の雨を払いながら、ライはジェイクに急な呼びだしに応じてくれた礼を述べた。「空はどうだった？」

「いつもの仕事さ」

「早く戻ってくるかどうかもわからなかったんだが」

「ぎりぎりだったよ。まだ家に帰ってないんだ」ジェイクは制服姿のままで、ネクタイだけをゆるめていた。

「急いでノックスビルへ往復してもらえるか？」

「これから？」

「離陸準備ができしだい、すぐにも。もちろん代金は支払う」

「金の問題じゃない」ジェイクが言った。「いや、喜んでやりたいよ。だが、また今夜、飛ぶんだ。規則で八時間、睡眠をとらなきゃならない」

「規則は百も承知だ」ライが低く重い声で言った。「窮屈でしかたない」

「必要とあらばチャーター機を手配するよ」

ライは首を振った。「いや、きみが飛べないんなら、おれに必要なのはボナンザだ」

第三十三章

午前七時四十九分

ジェイクは呆気にとられつつも、答えは返さず、まずは混雑した駐車場から出ることに集中した。渋滞する大通りをすばやく横切り、五時まで開かないレストランに車を停めた。駐車場は独り占め。ジェイクはエンジンをかけたままギアをパーキングに入れた。

「おれの飛行機が必要？　だったら遠慮なく使ってくれ」

「そう簡単な話じゃない」ライは腕時計を見た。「時間をかける余裕はないんだが、承諾する前によく考えてもらいたい。そこを強調しておく」

ざっくりと状況を説明した。「おれたちはノックスビルまで飛ばなきゃならない。きみの身を守る意味で、詳細は控える。知っていることが少なければ少ないほどいい」

「それは昨夜、察してた。説明は不要だ。おれの飛行機はいつでも貸せる。ただ借りると言ってくれればいい」

「借りるんじゃない。料金を払う」

「燃料代を払ってもらえば、それでいい」

「払わせてもらえないんなら、話はなしだ。チャーターにさせてくれ」

「いつか恩を返してくれればいいさ」

「恩も返すが、料金も払う」ライはひと息ついた。「みっともない話だが、航空局と国家運輸安全委員会がおれの事故を調べてる」

「いったいどうして？」

「まだ正式じゃないんだが、調査されてる」

「なににについて？」

「おれがささいな墜落事故とみなしたことについてだ。あちらさんは意見がちがうらしい。おれは酒もドラッグもやってなかったし、ドラッグを運んでもなかった。法も破ってない。ただブリンに時間がないんで、つかまらないように身をかわしてる」

　ライはブリンを振り返ってから、先を続けた。「助けようという心意気はわかるし、ありがたいとも思ってる。だがな、ジェイク、安請けあいしていいことじゃない。捜査関係者がおれたちのことを尋ねてきたら、危険を冒さず、本当のことを言え。免許も計器飛行方式の免許も持ってるおれから大金を払うと言われた、それしか知らない、と答えるんだ。おれたちがなにかから逃げてる感じはしたが、そこまで深刻な話だと思わなかった、と」

「そんなに深刻なのか？」

「そうだ。なぜなら別の問題があるからだ。おれたちは有力者と争ってる。相手は膝を砕いたり、喉を掻き切ったりする連中を手足のように使ってる。嘘じゃない」ライは左手を掲げて、ジェイクに関節の切り傷を見せた。

「いまだ指がくっついてて、運がよかったよ。だからバッジを持たない誰かがおれたちについて訊きに来たら、知らぬ存ぜぬで通してくれ。どう言われようと、楯突くな。とんでもないばかで、新生児のように無垢で、おれたちのことなど聞いたこともない、というようにふるまうんだ」

「ノックスビルに着いたらどうなるんだ？」

「きみに関してはなにも。おれは取って返して、飛行機を返す。数時間あれば往復できる」

ライは息を継いだ。「なあ、ジェイク、こんなじゃなければ、赤の他人に頼みごとを――」

「あんたにとっちゃおれなど赤の他人だろうが、おれにしてみりゃそうじゃない」

ライは自嘲の笑いを漏らした。「その伝説とかいうやつだが、おれはきみが考えてるような人間じゃない。話に聞いてるのとはちがうんだ。その手の話は、たいがい兵舎でのたわごとと決まってる。そんなヒーローは存在しない。いたためしがない。だがおれは誓って、飛行機を飛ばせるし、かすり傷ひとつつけずに返す」

「心配なのは飛行機じゃない、あんたたちふたりさ。切り裂き魔に追われてるとした――」

ライはさえぎった。「多少でも迷いがあるなら、断ってくれ。受けないほうがいい」

「断るつもりはないよ。ただもう少し手助けさせてもらいたいだけだ」

「飛行機を使わせてもらえば助けになる」

ジェイクは振り返って、ブリンに話しかけた。「生死に関わる問題だと言ったね」

「ええ。それに時間がなくなってきてるの」

ジェイクはライを見た。「これも救助なんだな？」

ライはためらったのち、答えた。「そんなようなもんだ」

「あんたはいつも、もっとも危険な作戦に志願した。決して兵舎でささやかれるたわごとじゃない。公式記録に載ってる事実だ」

ライはそれにはなにも言わなかった。

「飛行機を使ってくれ」ジェイクが言った。

ライはコンソール越しに手を伸ばした。「ありがとう」

握手しながら、もうひとりのパイロットが乾いた笑いを漏らした。「感謝しないほうがいいぞ。おれはいまカンザスシティから飛んできた。気象レーダーを見たか？」

午前八時二十八分

ジェイクはアトランタから西に三十キロ行ったところにある運航支援業者の格納庫を借りていた。管制塔はあったが、着陸にせよ、離陸にせよ、近々に飛行機を飛ばそうとしているパイロットはライだけだった。

三人が雨水を滴らせながら入っていくと、天候の回復を待つ社用ジェットのパイロットふたりがテレビの前の肘掛椅子にどっかり腰かけて、太陽が照っているどこかで行われているフットボールの試合を観ていた。受付の女性はペーパーバックの小説を読みふけっていた。

ブリンとライは後ろで待ち、ジェイクが受付係に、悪天候を押して飛び立つ理由を説明した。「家族が医療的にあぶない状態にある」とか、「別れを言う最後の機会になるかもしれない」とかいう言葉が漏れ聞こえた。

ライはフライトプランを提出した。飛行前点検はライとジェイクふたりで行った。雨が降っているので、ジェイクが格納庫内で搭乗して外まで牽引してもらうよう手配してくれた。すべての準備が整うと、ブリンはジェイクを抱きしめてお別れを言った。「ほんとによくしてもらって。いつかすべてお話しするわね」

「患者の幸運を祈ってるよ」

ライはもう一度ジェイクに礼を述べ、最後の警告をした。「おれの言ったことを忘れるなよ。誰かがなにか訊きに来たら、自分の身を守ってくれ」

ジェイクはライの肩を叩き、ふたりの安全な空の旅を祈った。

地上走行する飛行機のフロントガラスには、雨が叩きつけていた。滑走路の端まで来ると、ライが手を伸ばしてブリンの膝の上のあたりを握った。ブリンは跳ねあがった。その驚きっぷりを見てライはほほ笑み、エンジンの騒音に負けない大声で言った。「怖いか？」

ブリンは首を振った。

「嘘つき」

彼女が副操縦席の端を、関節が白くなるほど必死につかんでいるのに気づいたのだ。ブリンは操縦室から見る景色に怖じ気づきつつも、操縦室の後ろに四つある客席よりライの隣にいたかった。

ライは真顔でブリンの目を直視した。「ブリン、これがおれの仕事だ」

自信に満ちたライの姿が心を落ち着かせてくれる。「ほかのパイロットなら、わたしはここにはいないわ」

ライは彼女のまなざしを受けとめた。やがてヘッドセットを通じて離陸許可が伝えられ、口頭で了解したと返事をした。

ブリンは、昨晩バーでライから聞いたことを思いだした。ライは離陸への期待に胸が躍ると言っていた。いまだにその瞬間が待ちきれない。

そしてライがスロットルレバーを引いたとき、ブリンは彼に勝るとも劣らない高揚感を覚えた。

午前九時十二分

こんなことならもう一度打ちのめされたほうがましだ。ゴーリアドはそんな思いを抱えながら、努力のかいもなく空手でハント家の邸宅に戻った。

家政婦が屋敷に迎え入れた。「あなたが現れるのを待ちながら、朝食を召しあがっておられますよ。あなたが来たとお伝えしてきます」

彼女はなんの感情も見せずに、鼻にあてるアイスパックを持ってくるかと尋ねた。鼻は腫れて赤くなり、矯正手術をしないかぎり、永久にゆがんだままになりそうだった。それでもゴーリアドはアイスパックを断った。この際、腫れた鼻や目など、ささやかな問題だった。彼は、いつも内輪の話しあいがもたれる、主寝室の居間へ向かった。

ほどなくリチャードがつかつかと部屋に入ってきて、すぐあとにデローレスが続いた。彼女は一分の隙もなく完璧に身支度していたが、危機的な状況だといつもそうなるように、彼女特有のエネルギーで周囲の空気に火花が散っているようだった。

議員が険しい表情でまっすぐゴーリアドに近づいてきた。「おまえが姿を消したことについては、疑わしきは罰せず、大目に見ていた。デローレスにも、ドクター・オニールに迫っているにちがいないから、リラックスして待てと言っていた。だが、おまえは戻り、ドクターはいない」

「居場所は突きとめたのですが、まんまと逃げられました」

「それはどうした？」リチャードはゴーリアドの鼻について尋ねた。

「マレットです。息のかかった警官の協力で、ふたりが宿泊するホテルまで行ったのですが、遅い時間でした。ひと晩じゅうなにも起きなかったので、あなたをわずらわす必要はないと判断しました。今朝になって、彼らが出発するところを取り押さえました」ゴーリアドはふたりに接触したときのようすを語った。「騒ぎを避けて、ドクターを説得しようと思ったのです」

「彼女はその考えに同調しなかったようだな」

「隙を見て逃げられました」ゴーリアドはエレベーターのなかで身動きがとれなかったと話した。「出口のところでマレットに迫るまでは、どうすることもできませんでした。そしてマレットにやられ、外に出たころには車のテールライトしか見えず、車のナンバーも読み取れませんでした」

「〝どうすることもできなかった〟って、あなた」デローレスが繰り返した。「そんな言い訳が通ると思うの、ゴーリアド？」

「できることはありませんでした。あなたを巻きこむリスクがあったからです、奥さま。そしてあなたを、議員」

「そのときは、おまえを公然と非難することもできた」リチャードが言った。「それが前々からのわたしたちの取り決めだ。もし犯罪行為で逮捕されるようなことになったら、おまえは自力で対処することになっていた」

「その取り決めはいまだ有効です」ゴーリアドが言った。「今日でなければ七階でふたりを撃っていたでしょう。それで捕まったとしても、おふたりはいっさい関知しないで切り抜けられる。ですが今日は、警察沙汰を避けたいだろうと思いました」

「彼の言うとおりよ、リチャード」デローレスが言った。「法の執行官はきっと彼とわたしたちのつながりを突きとめていた。そう、こんなふうに」パチンと指を鳴らす。「わが家の門にこれ以上警官が押し寄せるなんて、ごめんだわ。また質問されたり、腹を探られたりするのよ。今日はとりわけ、慎重さが求められる日だもの」

「慎重さだと？」上院議員が妻を見た。「いまこうして話すあいだにも起きていることを考えたら、なんとも好奇心をそそる言葉を選んだものだな」

「成功まちがいなしだわ、ダーリン。あることが避けがたく起きる。わたしたちにはなんのつながりもない。ただ、直前にほどこした死にゆく子どもとその家族に対する慈善行為が称えられるだけよ。報道されるとしてもその程度がせいぜいでしょうね」

ゴーリアドは刻一刻と目の周囲が腫れてきているのを感じた。鼻がずきずきする。不快感で集中力がそがれているにしろ、ふたりの会話についていけないのは、そのせいではない。

「すみません。自分の不在中になにがあったのでしょう？」

デローレスが笑顔で彼を見あげた。「あなたがホテルでドクター・オニールと追いかけっこをしているあいだに、もっといい案が生まれて、実行に移されたのよ」

「誰がそんなことを？」

「それがね」デローレスが軽い笑い声をたてた。「ティミーなの」

冗談でも自分の聞きまちがいでもないことを確かめるように、ゴーリアドは目の前のふたりを交互に見やった。昨夜の夫妻はティミーを鼻つまみ者扱いして、一刻でも早く家から追いだしたがっていた。ところがいまやふたりはティミーをいたくお気に召しているようす。

リチャードがマントルピースの上の時計を見た。「そろそろ連絡があるはずだ」

「なんの連絡ですか？」ゴーリアドは尋ねた。

デローレスが答えた。「問題が解決したという連絡よ」

午前十時二分

ノックスビル周辺の天候もアトランタと五十歩百歩だったが、どしゃぶりの雨のなか、ライは、グリフィン家が暮らす郊外の住宅地の端にある市営飛行場に非の打ち所のない着陸をした。ほかの飛行場と同じように、動きはほとんどなかった。ロビーの隅でふたりの男がトランプで遊び、椅子で寝ているのがひとりいた。

年配の男性が受付にいた。ライが受付で相談しているあいだに、ブリンは配車サービスに連絡し、グリフィン家までの車を手配した。

「五分から七分で来るそうよ」ブリンはライのもとに戻ると、言った。「これくらいの時間はありそう」ライにコーヒーのカップを手渡した。

「サンクス。グリフィン家に連絡したのか？」

「さんざん迷ったけど、しないことにした」

「知らせたらツキを逃すと、まだ思ってるのか？」

「ばかみたいでしょ」

「そんなことない。パイロットも縁起をかつぐ」ライはコーヒーを飲んだ。「向こうへ着いたら、すぐにでもとりかかれるのか？」

「人道的使用の申請をしたときに、グリフィン夫妻から同意書にサインをもらってるの。でも、もう一度、一から夫妻に確認しようと思って」ブリンは手順を説明しはじめたが、ライがうわの空だと気づいて話すのをやめた。ふいにあることに気づいたのだ。「あなたは来ないつもりなのね」

ライは目を伏せて、残り少なくなったブリンのカップを見た。「飲み終わったか？」

彼女は黙ってカップを差しだし、ライは自分のといっしょにごみ箱へ捨てに行った。戻ってくると彼は言った。「ああ、おれは行かない。だが、きみから彼らの家に入ってすべて問題ないと連絡をもらうまでは、このへんにいる」

「今夜コロンバスに飛ぶにしても、時間はたっぷりあるわ」

「それについては急ぐ必要がなくなった」ライが先ほどのダッシュとの会話を話して聞かせた。ブリンは面食らった。「どうして教えてくれなかったの？」

「ショックがやわらぐまで時間がほしかった」

「あなたが車に戻ってきたときに、ダッシュの電話で腹を立ててるのはわかったんだけど」

「最初はな」ライは認めた。「だがそうはダッシュを責められない。生計に影響が出かねないんだ」

「明日、事故調査員に会うの？」

「朝のうちに。やつらは遊びにくるわけじゃない。おれがどの程度、無謀で無責任だったか決めるのはやつらだ」

「あなたは無謀でも無責任でもないわ」

「やつらはその反対だと考えるかもしれない」

「てことは、深刻な事態なのね」

「深刻だ。生死の問題ではないにしろ」

「でも、同じようなものだわ、ライ。あなたの人生が脅かされてる」

しばらくブリンの目を見ていたライが、彼女の背後に視線をそらせた。「車が来たぞ」

ブリンはライの腕に触れた。「お願いだからいっしょに来て、ライ。もう少しいまの話をさせて」

「話してなんになる？」

「わかった、だったらその話はしない。ただ来てほしいの。バイオレットと家族に紹介するあいだだけでいいから。彼らもきっとあなたにお礼を言いたがる」

「礼などいらない」

「ジェイクに飛行機を返したいのはわかるけど、一時間遅くなってもたいしたちがいはないでしょ？」

「きみはほかのみんなには、そう言ってない」

「それとこれとは話がちがうわ！」

そこでブリンはまた別のことに気づかされ、顔に平手打ちを食らったように感じた。ブリンは沈んだ笑い声を漏らした。「当然よね。すぐに気づかないなんて、どうかしてた。あなたはわたしと寝たからこそ、わたしと別れたがってる」

ライは無言のまま、いつもの冷静な態度を装っていた。

「それともまさか、病気の少女と顔を合わせるのが怖いとか？　心を揺さぶられ、人間らしい感情を味わって、なにかを感じるかもしれないことが？」

「そんな理由じゃない」

「だったらどんな理由なの？」

「これはきみの見せ場だからだ、ブリン。行ってスターになれ」

ブリンは胸に手を置いた。「まあ、なんておやさしい方でしょう。わたしのために離れてくれるのね」そこでまた辛辣な笑い声でいまの発言を打ち消した。「認めたらどう？　あなたは明日の朝、その会合があることを内心、喜んでる。あわてて逃げだすかっこうの口実になるから」

「この手のことを長引かせる理由がないというだけだ」

「わたしだってそうよ」ブリンは一蹴した。「わたしには救わなければならない命があって、それはあなたの命じゃない。あなたは見込みがないもの。罪悪感と不幸のまったただ中に猛スピードで突っこもうとしてる。そしてそのせいで命を落とす。さあ、好きにしたらいい」ブリンは外の滑走路にあるジェイクの飛行機を指さした。「もう引き留めないから」

午前十時九分

ブリンがドアを開けて外に出た。後ろを振り返らない。車に乗った。車は走り去った。

ライの背後で誰かが鼻を鳴らした。「上出来だな」

彼は振り向いた。トランプをしていたパイロットのひとりがにやにやしていた。ブリンの終わりのほうの言葉をいくらか立ち聞きしたのだろう。

「うせろ」ライは男を押しのけ、悪態を無視してパイロットたちが集まるラウンジへ向かった。ライの電話の受信音が鳴り、メールの受信を知らせた。ダッシュからだ。**そっちの番号は教えなかったが、絶対に電話しろよ‼**　そのあとに電話番号が書いてあった。

人と話したい気分ではないが、航空局の調査員が明日の会合の件で連絡をとろうとしているのであれば、いまからごまをすりはじめたほうがいい。ライはその番号に電話をかけた。

「ローリンズだ」

「おっと、こいつはいいや」ライは言った。「おかげでいい日になったよ」

「切るな」

「切らないほうがいい理由を言ってみろ」

「おまえの友だちのダッシュは、おれたちの話でことの重大さを認識した」

「ダッシュになにを言った？　航空局と国家運輸安全委員会を使って、揺さぶりをかけたのか？　なんにしろ、ありがたいこった。もし免許が取り消しになったら、いや、免許停止でも、みじめな人生を送らせてやるから、覚えてろ」

「聞く気があるのか、ないのか？」

「たぶんないね」

「聞いたほうがいい。ドクター・ランバートに関することだ」

ライは旧友について尋ねるように言った。「ネイトは元気にしてるか？」

「問題はそこでね、うぬぼれ男さんよ。あの先生までドクター・オニールと同じように、蒸発しちまった。オフィスにも、病院にもいない。立ち寄ってさえいなかった。おれたちが最後に彼を見たのは、ハント邸だ。で、引きあげた。家政婦の話ではハント夫妻もずっとランバートに連絡をとろうとしてたそうだ」

「そろそろおもしろい話になるのか？　早くしてくれないと、退屈しそうなんだが」

「ランバートは豪勢な高層コンドミニアムを所有してる。管理人に確認してみた。昨夜遅くドクターに来客があったそうだ。ゴーリアドと名乗った」

「おや、おや。やつも忙しいこった」

「ああ、そうとも。アトランタ市警察から、早朝ホテルで乱闘騒ぎがあったと聞いた」

「いまいましい防犯カメラが、いろんな楽しみを奪い取る」

「おまえのフライトバッグはこっちで預かってる」

「ありがとよ。明日の朝の会合に持ってきてくれ」

「ウィルソンが先を急げと言ってる」

「じゃ、彼に一杯くらいおごってやるか」

「ドクター・ランバートの昨夜の来客はゴーリアドじゃなかった」

ライはローリンズの口調の変化を察知して、皮肉のきいた受け答えは不適切だと判断した。ようやく本題に入るらしい。「誰だったんだ？」

「ビデオに男が映ってるが、途切れ途切れでな。管理人から聞いた人相書きをメールでそっちに送る。アドレスを教えろ」

ほんの数秒でメールが届いた。ライはローリンズに言った。「ティミーだ」

「ティミーか。この男がドクターをマンションから連れだし、ふたりでドクターの車に乗って出ていった。防犯カメラの映像から判断するに、仲良しこよしの間柄ではなさそうだ」

ライは額をさすった。「おれはネイト・ランバートの応援団じゃないが、雲行きがよくないようだな」

「ウィルソンとおれもそう考えてる。それでだ——こっからが電話した理由なんだが、こっちの地元テレビ局の朝のニュースで、昨日の夜にある少女が飛行機で——」

「その話は知ってる」

「だろうと思った。もう一度、メールを見ろ。テレビ放送からとった静止画像だ。リポーターがテネシーの少女の家の外で中継をしてた。届いたか？」

ライの電話に写真が届いた。「ああ」

「リポーターの背後を見ろ」

ネイサン・ランバートが立っていた。まちがいない。その隣に、ドクターと少し重なるようにしてティミーがいた。

ライの心臓が止まり、つぎの瞬間、激しく打ちだした。「切るぞ」

「ドクター・オニールはそこにいるのか、マレット？」

ライはためらった。

「マレット？　ドクター・オニールはいるのか？」

「少女の家へ向かってる」ティミーのいる場所に。

「いま、おまえはどこに？」

「飛行場だ。ついさっき、彼女を運んできた。警察の人間は……こっちの……保安官事務所に通知できるか？」

「で、なんと言う？」

「んなもん、おれが知るかよ。たとえば――」

「血液サンプルしか入ってない箱があるとか？　おまえとゴーリアドがやりあったとか？　おまえがドクター・オニールを不可解にも誘拐したとか？　上院議員がどうもあやしいが、いまのところ法に抵触してないとか？　なんと伝えればいい？　え？　犯罪のにおいはするが、なんの犯罪なんだ？　そろそろおれたちに話したらどうだ？」

「話す。だがいまじゃない。グリフィン家に警官を派遣してくれ」

「どんな理由で?」

「時間がないんだ、ローリンズ。とにかくやってくれ!」

「ブレイディ・ホワイトの心臓が手術中にへたばったというのにか?」

「おい、なんだって?」

「知らなかったのか?　手術中に心不全を起こした。医者が十分だか十二分だか――」

ライは電話を切り、壁に背をすべらせてしゃがみこんだ。ゴーリアドに殴られたとき以上の衝撃だった。怒りに胸が締めつけられて、胸骨が折れそうだった。

ブレイディのデスクにあった、彼と家族の写真が目に浮かんだ。病院のベッドから笑顔で見あげていたブレイディ。マーリーンが言うには、〝そいつに会うのが待ち遠しい〟と言っていたらしい。

ライは両手のつけ根で目をこすってそんな映像を遮断した。

考えている暇はない。ブリンのところへ行かなくては。

ブリン。自分が追いやってしまった。

まっすぐティミーのところへ。

ライはブリンの新しい携帯電話にかけた。応答がない。ボイスメールにもつながらない。

「くそっ!」

勢いよく立ちあがって、ラウンジを飛びだすと、部屋から部屋へと駆けまわって、さっき悪態をついたパイロットを捜した。男はレーダーのモニターを見つめていた。

息を切らしながらライは言った。「すまん、さっき言ったことは謝る。車がここにあるなら、貸してもらえないか?」

第三十四章

午前十時三十九分

飛行場からグリフィン家の近くまで、二十分の道中のあいだブリンの携帯は、ほぼ鳴りっぱなしだった。発信者はライとしか考えられないが、ブリンはあえて携帯を手に取らなかった。結局、同じことになるのに、口論を繰り返す意味があるだろうか？　ライの言っていたとおり、長引かせてもしかたがない。

とはいえ、そんな個人としての心の痛みも、もうすぐバイオレットと両親にいい知らせを届けられるという幸福な予感に水を差すことはなかった。グリフィン家が近づくにつれて、胸が高鳴ってくる。

研究し、検討し、疑問と格闘し、バイオレットの両親を慰め、ネイトと議論を戦わせてきた年月が、望みうるかぎり最善の形で実を結ぼうとしている。バイオレットの病状は改善し、もしかすると助かるかもしれない。

運転手がグリフィン家のある通りの端で車を停めた。「ここで降りてもらえますか？　あっちに向かう車が多すぎて、Uターンしにくくなりそうなんで」

「かまわないわ」

ブリンはコートのポケットにあるものだけを携えて、目的の家へ向かう斜面を上がっていった。おそらくグリフィン家のものと思われるミニバンが家の前の私道に停められていた。テレビ局のバンが通りの両側の路肩にずらりと駐車していた。

家の前には、リムジン二台もあった。

そして列の最後尾に、ネイト・ランバートのジャガーが。

それを見て、ブリンは立ち止まった。ネイトの車にまちがいなかった。ブリンは日々、病院のオフィスビルの駐車場でその車の隣に自分の車を停めていた。

ネイトがここにいる理由はひとつしかない。バイオレットに投与する前に薬を奪うためだ。なぜこの事態を予見しなかったのだろう？　ネイトはバイオレットが家に帰されたと知ったブリンが、バイオレットを追ってくるのを見越して、先回りしたのだ。

それでもなおブリンのほうが有利だった。バイオレットの主治医は、ドクター・ブリン・オニールだ。あの子も両親もブリンに全幅の信頼を置いている。ブリンがここにいると知り、来た理由を知れば、大歓迎してくれる。

翻ってネイトはどうか。さすがのネイトも、自分の患者のためにバイオレットに薬を渡せないとは言えないだろう。彼が力ずくで薬の所有権を争うとは思えない。ネイトは苦境に立たされる。自分の不誠実さを隠したままでは、なにも言えないし、なにもできない。

　球を持ってるあいだは、きみにも勝ち目がある。

　ライの言葉に背中を押されて、ブリンは行き止まりにあるグリフィン家に向かって歩きつづけた。悪天候にも負けず、傘をさした近隣の住民たちは、興味津々で歩道をふさいでいた。人集り(ひとだか)まであと少しというところで、一群のなかからネイトが現れたが、近づいてくる彼はいつもの自信過剰のうぬぼれ屋ではなかった。傘もフードも帽子もレインコートもなく、びしょ濡れで、あわてふためいているようだった。

「ネイト?」名前を呼んだものの、ふだんとまったくちがうことをいぶかしんでいたせいで、独り言のようになった。

「あいつ、ちいとばかし緊張してんだよ」

　その声はあまりに近くから聞こえた。発言者の吐息が髪にあたるのを感じたほどだ。急いで振り向くと、ティミーと顔を突きあわせるかっこうになった。彼はレインジャケットを着て、フードをかぶっていた。

　ティミーが言った。「切られたくなかったら、ばかなまねすんなよ」

　ブリンは下を見た。銀色の細い刃が彼女のコートの腰のあたりに押しつけられていた。

「ばかなまねはしないわ」

「残念だったな」その下卑た笑みに、怖気(おぞけ)が走る。いよいよ近づいてきたネイトは荒い息を繰り返しながら両手を揉みしぼり、いまにも泣きだしそうな顔をしていた。「ブリン、薬を渡してくれ」

「わかるでしょ、ネイト、この薬はバイオレットに与えるべきよ。彼女の例外的使用の申請書には、わたしと並んであなたの名前も書いてある。あなたはあの子が――」

「頼む。いまさら言い争ってもしかたがないんだ」声が割れていた。「とにかく渡してくれ。さもないと――」

「こいつがあの子を殺す」

耳を疑う発言に、ブリンはティミーを見た。「なんですって？」

「ランバートはここに来てからしゃべる力がなくなっちゃったみたいなんで、おれから説明してやるよ」ティミーが言った。「こういうことさ。あんたが薬をドクター・ランバートに渡さなかったら、こいつはあの子の点滴に空気を入れる。死んじまったら、もう薬はいらねえ。だろ？　で、それは例のあの人のもとに行くってわけだ」

ブリンは度肝を抜かれて、ネイトを見た。「まさか冗談よね」

「冗談でもなんでもない。薬を渡してくれ」

頭がぐらぐらする。ブリンは言った。「家族に会ったの？　バイオレットには？」

ネイトが小さくうなずいた。「あの子は無事だ。疲れていて、億劫（おっくう）そうだが。だがうちに帰れて喜んでいる。わたし……わたしは……」ネイトはティミーにおずおずと目を向けた。「詳しく検査をさせてもらいたいと頼んだ。あの……あの……」

「エルサのあとで」ティミーが言った。「いま家にはエルサがいてショーをやってんだぜ。

ときどき歌声が聞こえてくるだろ。エルサと市長が同時にやってきた。別々のリムジンでさ」

ネイトは無酸素でエベレスト登頂しているように荒い息をしていた。「特別ゲストが到着して、ほかの者は外で待つよう言われた。わたしをふくめて」

「ショーが終わるまで待って、戻ってこのサイコパスに言われたとおりのことをするというの？　あの子を殺すつもりなの？」

ブリンはいつしか声を張りあげていた。ティミーはにやにや笑いを顔に貼りつけたまま、食いしばった歯の隙間から言った。「おとなしくしてろよ、先生」

ブリンは後ろを振り返った。誰も自分たちに注目していなかった。マスコミと野次馬の意識は、出てくる有名人を見ようと家の玄関に注がれている。ティミーの目を盗んでその人たちの誰かに苦境を知らせるのは不可能だ。

ブリンはネイトに顔を向けなおすと、嫌悪と軽蔑をあらわにした。

ネイトの唇が震えた。「彼が自宅まで押しかけてきた！」唾を飛ばしながら言った。「遠回しに脅迫されて、ここまで運転させられたのだ」

「ハント夫妻の指示なの？」

「おれだよ、おれが思いついたんだぜ」ティミーが答えた。

「夜明けごろ、彼はデローレスと話していた」ネイトが言った。

「デローレスが許可したの？」

「ああ。いや、ちがうな。なんも言わないで、電話を切った」

ネイトにもブリンにも、その意味するところは明らかだった。ティミーにもだ。ブリンが見ると、ティミーは言った。「ボスたちは、すっげえ喜んでくれてる」

「あなたはまだ薬を手に入れてないわ」

「その件だけど、おれの我慢もそろそろ限界でさ」

ネイトがすがるようにブリンの名を呼んだ。「頼むから、言われたとおりにしてくれ。リチャードが当初の予定どおり薬を得る。それで終わる」

「バイオレットにとってはたしかに終わりだわ」

「いずれにしたって、バイオレットは終わりだ」

「本気で殺す気なの？」

「そこなのだよ！　もしやらなければ――」

ティミーが唇で音をたてた。「バイオレットとおれはダチなんだぜ。こんなふうに」人さし指と中指を交差させた。

ブリンはぞっとした。彼女はネイトを見た。「彼をバイオレットに近づかせたの？」

「わたしにはどうしようもなかった！　耳を切り落とすと脅されたんだよ」

「個人アシスタントだって紹介してもらってさ」ティミーが言った。「バイオレットに手品をしてやったよ。あの子、ノック・ノックって言葉遊びで笑ってさあ。だからおれがまた寝室に行っても、誰も疑わない。ピンクの寝間着を着てたぞ。王冠が描いてあるやつ」

ブリンは吐きそうになりながらも、挑戦的な態度をとった。「子どもをベッドで殺して、どうやって逃げきるつもり？」

ティミーはくすくす笑った。「そんな心配いらねえって。あんたがあの子を殺させるわけねえもん。おれたち三人ともわかってる。はったりだと思ったって、やってみろとは言えねえだろ？」

たしかにそのとおりだった。ブリンは、ライがティミーについて父に言ったことを思いだした。なにかと人に見せつけたがる、根性曲がりだ、と。

ネイトのおかげで、不穏な物思いから現実に引き戻された。「家族はきみが来るのを知っているのかい、ブリン？」

ブリンは首を振った
「きみが薬を持っていることを話したのか？」

「いいえ。希望を抱かせておいて、届けられなかったらいけないから」

「ならばバイオレットも両親も、どんな機会を失ったかわからない。それに、ことによると、新たな規制強化が行われる前に人道的使用が認められるかもしれない」

「新たな規制強化？」

ネイトは自分がうっかり口をすべらせたことに気づいた。「それについてはあとで話そう」

「ネイト、いい加減にして。なんの話？」

ネイトは途切れ途切れの早口で、実験薬や治験に関する上院委員会公聴会が近く開かれると説明した。

「ハント上院議員は取り締まり強化を求める立場だというの？」

赤らんだネイトの顔がすべてを物語っている。

「つまり現時点ではこれが唯一の薬、予測しうる未来においてもこれだけだというのね」

「ほんと、気の毒だよな」ティミーがナイフの切っ先でブリンのコートを突いた。「さあ、あきらめちまいなよ」

「ブリン、頼む」ネイトがうめいた。「きみの負けだ。いさぎよく手放してくれ」

「じゃなきゃ、自分の命を手放すか」ティミーが言った。

ブリンは冷ややかに笑った。「これだけの人の前で殺せないでしょ」

ティミーは獲物に襲いかかる蛇がごときすばやさで、ブリンのコートの脇の縫い目から反対側の縫い目までを、断熱繊維がむき出しになるほど深くすぱっと切った。「ほらな、できるんだぜ。つぎんときは、あんたのすべすべのかわいいお腹がぱっくり口を開けるぞ。ランバートのジャガーにあんたを突っこんで、人知れず失血死させてやってもいいんだぜ」

口だけではないと思わせるものが、ティミーにはあった。心臓が喉までせりあがり、息が入ってこなくなった。ブリンが屈したのを察して、ネイトがポケットを探りはじめる。ブリンは恐怖に凍りついて立ちつくしていた。

ネイトが気泡シートに包まれた瓶を見つけて取りだした。

と、唖然とするネイトとブリンをよそに、ティミーがネイトからそれを奪い取り、野球ボールのように放りあげて、空中で受けとめた。「なにをするんだ、ばか者！　それを渡しなさい」ネイトは手を差しだした。

「おれが持っとく」

「わたしが持っていたほうが安全だ」ネイトが言った。

「ナイフ持ってんのかよ？」

「ナイフ？　いいや」

「だったら、すっこんでろよ」

ネイトは引きさがり、ティミーが瓶をレインジャケットの内ポケットに入れるのを不安げに見守った。

「さあ、手に入ったことだし、帰るとすっか」ネイトが腕時計を見た。「もうすぐ十一時だ。三時か三時半には戻れる。じゅうぶん間に合う」

「あんたとおれは後ろだ」ティミーがブリンの腕をつかみ、ネイトの車へ引きずりはじめた。

「ブリン！」

ブリンとネイトとティミーの三人が同時に大声が発せられたほうを見た。ライは角に停めた車の後部座席にまだ片脚を残したままだった。彼は這うようにして外に出ると、ドアを叩き閉めて、三人のほうへ走ってきた。

「なんたること」ネイトがうめいた。「よりによって。あの男は疫病神だ」

ブリンのなかに新たな希望が芽生えた。

ティミーは猫のような敏捷さでブリンの隣に移動してきて、ナイフを彼女の左脇の下に押しつけた。

「そこで止まれ、マレット」小声ながら、声自体に人を殺しかねない凄みがあった。

ライは急停止し、その勢いで前につんのめって、バランスを崩しかけた。

ティミーが言った。「女先生のおっぱいを切って、心臓をひと突きにしてやるぜ。風船みたいに割れるぞ」

ライが言った。「そのあと生きたまま自慢できると思ったら、大まちがいだ」

「試してみりゃいいだろ」

ブリンは息を吐きだした。「わたしはだいじょうぶよ、ライ」

「いまんとこな」ティミーが言った。「でもおまえが下がらなきゃ、そうじゃなくなるぜ」

「ひどいご面相だな、ティミー」ライが言った。「今朝のおまえのタマはどんな色だった？」

「その借りを返してやる」

「そうとも。ナイフを使いたきゃ、おれにかかってこい。ブリンを放せ」

ブリンには、ライのサングラスに映る自分とティミーの姿が見えた。サングラスをかけているのは、ティミーにどこを見ているか悟られないためなのだろう。ブリンは口をはさんだ。

「もう争う必要はないわ」

「なんでこいつはきみにナイフを突きつけてるんだ？」

「手にした薬を議員まで確実に届けるためよ」

「そのとおり」ネイトが言った。尊大な態度がおのずと戻ってきた。「当初の計画どおりだ。

こんな茶番はもとより不必要だったのだぞ、ブリン。きみがちょっかいを出さなければ、こんなことにはならなかった」そして、ティミーに言った。「さあ、行こう。長い道のりが待ってる」

ライが淡々と言った。「なんならおれといっしょに飛行機で戻らないか？」

「そいつはどうかな、飛行機野郎」ティミーが言った。「こちとら、おまえの飛行機が落っこちるのを見てっからな」

ライの提案にほっとしたせいで、ブリンの膝から力が抜けた。ティミーの言葉を無視して言った。「とってもありがたいわ。そう思わない、ネイト？」

ネイトはきょろきょろした挙げ句、最後にティミーを見た。「いい考えだ。時間が節約できる。だが彼に飛んでもらう必要はない。ハント家のプライベートジェットを使おう」

「でもパイロットがいないわよ」ブリンは言った。

「どういうことだ？」ネイトが尋ねた。

「外来患者用の宿泊施設で働いてるアビー、知ってるわよね？　彼女が昨晩、パイロットはバイオレットを連れ戻す火曜日まで休みだと言ってたの」

ライが言った。「おれも聞いた」

「ならばきみか、もしくは四時間の車の旅か」ネイトが言った。

ティミーはいまだ疑心暗鬼で、気乗り薄のようだった。「そこそこでかい飛行機なんだろうな？」ライはわざとティミーを眺めまわし、はじめてその体格に気づいたように言った。

「おまえが乗るにはじゅうぶんさ」

ネイトが後押しした。「飛行機ならば、時間的に車では得がたい安心感がある。もろもろあったあとだけに、遅れてハント夫妻を失望させたくはなかろう」

それでティミーも折れたが、ライにこう言うのを忘れなかった。「おかしなまねをしやがったら、あんたのねえちゃんの命はねえぞ」

午前十一時二十二分

ライが車を借りようとしたパイロットは、さっき言われたとおりに言い返した。「うせろ」それで車を呼ばなくてはならなくなった。到着までに四分かからなかったが、それが何時間にも感じたし、ブリンから聞かされた住所へ向かう道のりも果てしなく思えた。そしてようやく到着してみれば、警察はどこかといぶかしむことになった。グリフィン家周辺は武装キャンプさながらの光景になっていて、ティミーはランバート誘拐の嫌疑で拘束されているものと思っていた。

だがウィルソンとローリンズは球を受け損なった。地元警察に連絡しなかったのだ。

警察が集結している代わりに、恐ろしい光景を突きつけられて、ライの心臓は破裂しそうになった。神とはもう長らく話をする間柄になく、ただでさえもろくなっていた絆は、ブレイディ・ホワイトの死によって断ち切れたも同然だった。にもかかわらず、気がつくとブリンが無傷で苦境を切り抜けることを祈っていた。

だが脅威をもたらしているのがティミーであることを考えると、いくら祈っても祈り足りない。ティミーは貧相な肉体を補うべく、卑劣さと自発性を過剰に発揮していた。ライがグロックを持っていることを覚えていて、グリフィン家の庭に集まった野次馬たちの注意を引かないように気をつけながら、通りの側溝に捨てさせた。

拳銃を手にした瞬間、ティミーの額を狙って引き金を引こうかという考えが頭をよぎった。だが、ティミーがブリンを突き刺す前にやり遂げられるという確信がもてなかったので、しぶしぶ拳銃を側溝の金属格子のあいだから落とした。

そしていま、一行はランバートの車に乗りこみ、ジェイクの飛行機が待つ飛行場へ向かっていた。運転しているのはランバート、ライは助手席、ナイフを持ったティミーがブリンとともに後部座席にいた。

「飛行時間はどのくらいだね？」ランバートが尋ねた。

「一時間かそこらだ。状況によるが」

「たとえば？」

「天候。ハーツフィールド付近の航空交通状況。アトランタの管制塔に待機状態で待たされるかも――」

ネイトがさえぎった。「ハント家の飛行場が使える」

「私設飛行場か？」

「屋敷の裏の牧草地にあんだぜ」ティミーが言った。「ゴーリアドに見せてもらった」

「長さは？」

「そんなことおれにわかっかよ。長いさ」

「飛行機の種類によって、安全に着陸するために必要な滑走路の長さが異なる」ティミーが笑った。「失敗したらどんな目に遭うか、おまえはいやというほど知ってんだよな？」

気のせいだろうか？　ライにはティミーが不安から無理にばか笑いしたように感じられた。

ネイトが言った。「夫妻のプライベートジェットはそこを使ってる」

「だったらじゅうぶんだ」ライは言った。

「けど、滑走路の場所も知らないんじゃ、どこに飛んでけばいいか、どうやったらわかるんだ？」ティミーが尋ねた。

「GPSを使う。飛行場の認識コードをセットするだけでいい」

「飛行場に着いたら、わたしからリチャードとデローレスに連絡しよう」ネイトが言った。

「必要な情報はすべて提供されるはずだ。到着時には、レッドカーペットを敷いて歓迎してくれるだろう」

ネイトが笑いかけてくる。世界が正常に戻ったといわんばかりのその笑みを見て、ライは殴り倒してやりたい気持ちをやっとのことで抑えた。

助手席の窓からサイドミラーに目をやり、後部座席の窓越しにブリンが見える位置に頭を動かした。彼女は雨にけぶる車窓の景色を眺めながら、物思いに沈んでいるようだった。ここまでふたりで言葉を交わす機会は一度もなかった。

グリフィン家へひとりで行かせたことを謝りたかった。いや、自分が追いやったのだ。いっしょに行っていれば、彼女が命の危険にさらされることはなく、もしかしたらバイオレットはいまごろ点滴を受けていたかもしれない。

償わなければならないことがたくさんある。ここのところ、それがパターン化しつつあるように感じた。

飛行場に着くと、滑走路に駐機してあるのはジェイクの飛行機だけだった。「あれがその飛行機か？」ティミーが言った。

「そうだ」

「古っちいな」

「古い。が、エンジンは新品だ」

「古いのはどうなったんだ？」

「フレームアウトしたんだろ」

ティミーはライにおちょくられていることに気づいたようだった。彼はネイトに、自分と彼はブリンは入口で降ろせと言った。「雨のなか、女先生を歩かせるんじゃ、申し訳ねえもんな」

彼はブリンの腕を引っ張って、前に追いやり、ちらっと振り返ってライにウインクした。

ブリンは前方を見たままだった。

ネイトがビジター用の駐車場に車を停め、あたりを見まわした。「ここに車を置いていくのは気が進まない。なにごともなければいいのだが」

「いらない心配だと思うぞ」

「盗まれるかもしれん」

「いらない心配だと思うぞ」ライは繰り返した。「上院議員に薬を与えたら、あんたは用済みになる。まさか、気がついてないわけじゃないよな?」

血の気の引いたような顔を見れば、ネイトがそんな未来を想像していなかったのがわかる。だがこの先は、そのことで頭がいっぱいになるはずだ。ライは車を降り、雨のなかをビルまで走った。ネイトがあとに続いた。

さっきいた者たちは全員いなくなり、受付の年配の男だけが残っていた。ライに気づいて手を振ってよこした。「こんななか、飛ぼうってんじゃないだろうね?」ドップラーレーダーの画像が表示されたテレビの画面を指さした。広範囲が赤く染まっている。

ライは毒づいた。

「続々と気象情報が流れてくる」年配の男が言った。「しばらく待ったほうがいい」

いまの苦境をこの男に伝える方法はなかった。そんなことをすれば全員を危険にさらし、この男まで巻きこむ。彼が警告を発して、911に通報すれば、警察が到着するうんと前に、全員ではないにしろ、何人かの死傷者が出る可能性があった。

そして最初に犠牲になるのがブリンだろう。ティミーは彼女を自分のそばから離そうとしない。いまナイフが見えないからといって、安心はできない。ティミーには一瞬にしてナイフを取りだす能力がある。

しかもティミーの人質はブリンだけではない。GX－42の薬瓶もそうだ。どんな形にしろ争いになれば、薬をだめにする恐れがある。

ライは三人のほうへ歩いていった。「嵐が過ぎるまで待つぞ」

当然ながらネイトが抗議した。「しかし、飛行機を利用するポイントは時間を短縮できることにある」

ライは手ぶりでガラス張りの壁を指し示した。この建物に入ってから、天候は悪化の一途をたどっていた。ジェイクの飛行機は激しい雨に打ちつけられ、暴風にさらされていた。

「このなかを運転していきたけりゃ」ライは言った。「運転してったらいい。一時間は余計にかかるぞ」

ネイトは決めかねて下唇を嚙んだ。「この天候がどれぐらい続くと思う？」

「見てみよう」

ライは三人をカウンター上にコンピュータが並ぶ部屋へ連れていった。どの画面にも気象予報のサイトが表示されていた。ライはその一台の前に座った。「現在地がここで、ここまで行く」地図上のふたつの地点を指さした。「帯状の嵐がこの二地点のあいだに延びて、居座ってる。赤は状況が悪いことを示している。紫はさらに悪い。ここはひょうが降ってる」

画面上の別の地点を指さした。

「おれはもっと悪天候のなかでも飛んできた」彼は背後をうろつくネイトを見た。「喜んで飛ぶぞ、あんたとあいつとなら」ライは頭を動かしてティミーを示した。「だがブリンには残ってもらう。あんたたちが死ぬのはかまわない。おれが死ぬのもいい。だが彼女の命を危険にさらすつもりはない。あんたたちのためとなれば、なおさらだ」ランバートがふくれっ面になったが、気にせず続けた。「さあ、どうする、ランバート？　あんたが決めろ」

「決めるのはおれだぜ」ティミーが言った。「待つぞ」

彼はブリンを壁際に並んだ折りたたみ椅子のひとつに座らせ、隣に腰をおろして、彼女と腕を組んだ。

午後〇時十三分

ハント夫妻に電話しているネイトの陽気さが、ブリンの神経に障った。

彼は電話に向かって快活に話しかけた。「いい知らせと悪い知らせがある」慎重に言葉を選びつつ、彼は夫妻にティミーの提案した思い切った手段をとる必要がなくなったことを伝えた。

「ドクター・オニールがわれわれが求めてきたものを手放してね。彼女はいっしょに戻る。ミスター・マレットがわれわれを飛行機に乗せ、おたくの飛行場に降り立つ。悪い知らせかね？　離陸ができるようになるまで暴風雨が去るのを待たなければならない」しばらく聞き、そして「ああ、コインを投げて決めたようなものだが、飛行機のほうが時間がかからないという意見で、全員が一致した」と言った。

ネイトは相手の言葉を聞き、ときおり、すばらしい、とかそのたぐいの言葉をつぶやいた。「完璧だ。ミスター・マレットが言うには、必要なものが……なんだったかな？」

「滑走路の認識コードだ」ライが言った。

ネイトを介してライにコードが伝えられた。「到着予定時刻を知りたいそうだ」

「離陸して、天候に恵まれれば、飛行時間は約一時間。嵐をいくつかよけていかなければならないときは、その分、余分に時間がかかる」

ネイトは離陸直前にメールを送るとハント夫妻に約束し、電話を切った。「ゴーリアドが車で滑走路まで迎えに来てくれるそうだ」

「そりゃ、待ちきれないな」ライが言った。

同じだけ皮肉を込めてネイトが応じた。「リチャードとデローレスもきみに会うのが待ちきれないそうだ。きみについてはいろいろ聞かされているからね」

言い終わるのを待っていたように、彼の電話が鳴った。「なにか言い忘れたことがあったのだろう」ネイトは画面を見た。「おや、ミセス・グリフィンだ」

はっとしたブリンは、立ちあがってネイトのところへ行こうとしたが、ティミーに引き戻された。「話をさせて、お願い」

「わたしに任せてもらおう」ネイトが電話に出て名乗り、しばらく話を聞いた。「ええ、ええ、彼女ならここにいる。もちろん、バイオレットに会いたがっていたとも。だが、エルサのショーの邪魔をしたくなかった」

ネイトの話を聞くうちに、ブリンの気持ちは沈んでいった。ネイトは、ブリンが到着した直後、受け持ち患者の容体悪化の報が入ったと説明している。「それで大急ぎでアトランタへ引き返すことになってね。ドクター・オニールも、出発前にバイオレットに会えなくて残念がっていたよ」

彼は相手の話を聞き、そして言った。「そういえば、彼女から電話が故障したと聞いたな。そちらから連絡をとろうとしたことは伝えておく。手が空きしだい、彼女からそちらに電話するように伝えよう。では、これで失礼させてもらいますよ、ミセス・グリフィン」

ネイトはそっけなく電話を切った。ネイトに話すつもりがないとわかると、ブリンは尋ねた。「グリフィン家の人たちは、どうしてわたしがあそこへ行ったことを知ってたの?」

ネイトは咳払いをした。「バイオレットが寝室の窓からきみを見たそうだ」

ブリンはうなだれた。「わたしが家に入らなかったからがっかりしたかしら?」

彼女と目を合わせないようにしつつ、ネイトが答えた。「なに、気にすることはない。担当の看護師はとても有能のようだ」

「犬っころがいっしょだしな」

ライはそれを聞いてティミーをじろりと見た。その目つきを見て、ブリンは、ティミーはよほど度胸が据わっているか、無謀な愚か者なのだろうと思った。

そこから待機に入った。ここまで流れるように過ぎていった時間が、のろのろと這うようにしか進まなくなった。ティミーさえいなければ、ブリンはゆっくりでもかまわなかった。自分の手にはなくとも、GX－42のある場所はわかっている。それにバイオレットはほんの数キロの場所にいて、点滴をはじめなければならないタイムリミットまで、あと八時間ある。そしてライがいっしょだった。こういった要因のおかげで、希望の炎を保つことができた。

だがティミーはぴったり隣にくっついて離れなかった。しかもライの手が届かず、かつ話をすればティミーやネイトに聞こえる場所にブリンをとどめている。だからライとはふたりきりで話せずにいるけれど、幾度となくこちらを見る彼の目は、言葉より饒舌だった。彼のまなざしを見ていると、ともに感じたじれったさや、怒り、情熱がよみがえり、思いだす内容によって、気持ちが底まで沈んだり、高く舞いあがったりした。

わずか二日足らずのつきあいなのに、ライはこれまで出会った誰よりも、苦しみと喜びをもたらした。

でも、バイオレットは別かもしれない。

なぜそんなことになったのかわからない。

ブリンはバイオレットを愛していた。

ティミーは三人をそのせまい部屋から出させなかった。一度、受付係がドアまで来て、ロビーのほうがくつろげるよと声をかけてくれた。ライは礼を述べたうえで、みんな嵐の動きが気になるものだからと応じた。

ティミーは立ち去る受付係を目で追った。「あのじいさんも、好奇心は抑えといたほうが身のためってもんだぜ」

「放っておくのも悪いと思ったんだろ」ライが言った。

「出しゃばりめ」ティミーが不機嫌に言った。

ライとブリンは目を見交わした。受付係が心配だった。

ネイトはわが身を案ずるので手いっぱいで、微妙な雰囲気を感じ取れずにいる。うろつきまわりながら片方の目は時計を、もう一方はレーダーの画面を見つづけている。そしてうるさくライに尋ねた。「嵐が通過したら、すぐに離陸できるのかね？」

「フライトプランを提出し、機体の飛行前点検をしてからだ」

「なぜいまのうちにフライトプランを出さない？　先に片付けておいたらどうだ？」

「出発予定時刻（ETD）の二時間以内に飛ばないと、計器飛行方式のフライトプランは失効する。もう一度提出しなければならなくなるんだ」

「つまりあと二時間かかるかもしれないってことか！」

ライはブーツのつま先をレーダーの画面に向けた。デスクの椅子にもたれて、両手を頭の上で組み、足をカウンターに乗せていた。いかにもリラックスしているふうだが、ブリンの目はごまかせなかった。必要とあれば、いつでも飛びだせる状態にある。

「天候はおれの責任じゃない。あんたが行くと言えば、出発する。だが、条件はさっき言ったとおりだ。ブリンはここに置いていく」

「いや、いや、デローレスはブリンが同行すると聞いて喜んでいた」

意地の悪い満足感を味わうためだ、とブリンは思った。

レーダーの画面を見ていたティミーが言った。「赤いやつがなくなるまで待つからな」

その状態が実現するには、二時近くまで待たねばならなかった。

バイオレット

オニール先生がうちに入らないで帰っちゃった！

通りの端からうちのほうに来るのが見えたときは、すごくうれしかった。パパが言ってたとくべつなサプライズって、先生のことだってわかってたから。

でも先生がここに来るまで、なにも言えなかった。エルサが歌ってるのに、じゃましたら失礼だから。ここにエルサが来て、みんな大さわぎだった。「ほら、バイオレット。エルサよ！」

みんな知らないのかな？　あたし、本物のエルサじゃなくて、エルサそっくりの服をきた女の人だって気づいてるんだけど。でもいい人だった。あたしにがん以外のことをいろいろ尋ねてくれた。オニール先生が来たとき、エルサが歌ってなかったら、もっとよかったんだけど。

通りにはテレビ局の人がたくさんいたけど、オニール先生が歩道でティミーと話してるのが見えた。

ティミーはランバート先生の友だちなんだって。でもランバート先生はティミーのこと、あんまり好きじゃないみたい。あたしもそう。へんてこな冗談を言うし、手品だってトリックがわかっちゃった。お兄ちゃんのほうがずっとじょうずだ。ティミーが部屋に入ってきて、やなかんじだった。ベッドのすぐ近くに立って、点滴のくだをいじってた。ジルみたいな看護師さんじゃない人は、さわっちゃいけないのに。

ランバート先生はあたしの心電図とかチェックして、ジルに質問した。ママがなんでランバート先生が来たのか訊いたら、オニール先生がこの週末の休暇のあいだは仕事をしないって言ったたって。でも嘘だった。だって、ランバート先生がそう言ったすぐあとに、オニール先生はここに来たんだもん。

オニール先生はランバート先生とティミーと会って、うれしくなかったんだと思う。話してるあいだ、ずっと首をふってた。ランバート先生はオニール先生のコートのポケットからなにかを取りだした。ティミーがそれを取って、返さなかった。

そうしたらべつの男の人が走ってきた。オニール先生ぐらいの年だけど、着てるジャケットはすごく古そうだった。太陽は出てないのに、サングラスもかけてた。でもその人、オニール先生以外は、ほとんどなんにも見てなかった。

ティミーがオニール先生を車の後ろの席に押しこんで、あとから乗ったから、男の人はすごく怒ってた。きっとあの背の高い人はオニール先生のとなりにすわりたかったのに、ランバート先生といっしょに前の席にすわるしかなくなった。

エルサが帰ってから、ママに、オニール先生が外にいたことを話した。ほんとなの、って訊かれた。あたしは何回も、うん、ほんとだよ、と言って、がんだから目が見えなくなったと思ってるの、って訊いた。ママはそんなこと言うもんじゃありませんって言ったけど、オニール先生にもどってきてって言うために電話してくれた。でもオニール先生が電話に出なかったから、こんどはランバート先生に電話したら、オニール先生は急用があって帰らなくてはいけなかったとランバート先生が言った。

それであたしは泣いちゃった。

みんながとくべつな日にしてくれたのは、きっとあたしが死ぬからなんだ。だったらあたし、エルサじゃなくてオニール先生に会いたかった。

第三十五章

午後一時五十七分

「赤い部分がなくなった」ネイトが言った。「われわれの向かう方角にはない」

ライは三十分以上前から気づいていた。大雨はいまも激しく、雲は低く垂れこめているものの、危険な暴風雨は過ぎ去っていた。その情報をひとり胸にしまっていたのは、フライトをぎりぎりまで遅らせるためだった。

離陸してしまえば、バイオレットにはもう希望がない。ブリンはそれがわかっており、その心の痛みがライにはひしひしと感じられた。バイオレットの母親から電話があったあとは、ブリンの落胆ぶりが手に取るようにわかった。

ティミーの気をそらすなり、彼をねじ伏せるなりして、なんとか活路を開きたかった。だが、打開策が思いつかなかった。なにかをすれば、ブリンを傷つけるか、もっと悪い結果につながる可能性があった。そしてついに時間切れになった。

ライはカウンターから足をおろし、もよりのコンピュータの画面を確かめた。「ああ、出発できそうだ」携帯電話に手を伸ばす。

ティミーがすっと隣に来て、ほんの二回ほど画面をタップしたところでライの手を止めさせた。「どこに電話してんだ?」

「アトランタのフライト・サービス・ステーションだ」

「なんのため?」

「フライトプランを提出するためだ」ライはすでに仕上げてあった計画書を掲げた。

ティミーは用紙をひったくり、内容を確かめた。「これ、どういう意味なんだ?」

ライは各欄を指さした。「機種。機体番号。この文字はこの飛行場、つまり離陸地点。着陸地点。ランバートがおれに言うのを聞いてたろ。離陸時刻、協定世界時一九三〇。つまりここでは二時三十分。飛行時間、約一時間。飛行速度、高度、燃料搭載量。搭乗者数四名」

「ソウル?」

「業界用語だ。ほら、墜落して死ぬと、そうなるだろ」

ティミーは飛ぶのを怖がっている。そう看破したライは、そこを突くことにした。ささやかな報復でしかないが、ティミーをびびらせることでいくらか溜飲を下げられそうだ。

ティミーはもう一度ざっと目を通してから書類をライに返し、顎で携帯電話を指し示した。

「よし、電話しろ。でも電話に出るやつの声を聞かせんだぞ」

ライは肩をすくめ、無料の番号を入力し、電話をティミーが聞こえるところに差しだした。

男が電話に出た。「はい、レイドス・フライト・サービス」

ライは眉を吊りあげて問いかけた。ティミーはうなずいたが、計画書に記入された内容を読みあげるライの言葉を逐一追っていた。最後にライは言った。「総搭乗者数四名。三名は人間。一名は魂をなくしたティミー」

ティミーが中指を立てる。

電話の向こうの男がライに、いい空の旅を、と言った。「いい？」ライは言った。「おっしゃるとおり。私設の飛行場。側近のお出迎え。レッドカーペットまで敷いてあるかもしれない。おれみたいなフレイトドッグにしてみたら、身に余る光栄だよ」

相手の男は笑った。「認識コードでわかったよ。誰にとっても光栄さ。楽しんでこいよ」

ライはティミーを見た。「到着するのが楽しみだ」

午後二時二十七分

ライは機体の飛行前点検をすませ、手招きして三人を建物から呼びだした。彼らは列をなしてやってきた。ライは乗りこむブリンに手を貸しながらささやいた。「ブレイディが手術中に亡くなった」

それが新たな衝撃となり、ブリンは思ったとおりの反応を示した。まだ教えないほうがよかったのかもしれないが、ブレイディの死が自分にとって転機になったことをブリンにわかってもらうことが大切だった。ライは小声で言った。「全面的に協力する」

「なにしてんだ？」後ろからティミーが言った。

「彼女のシートベルトが引っかかった」ライはベルトをいじりながらささやいた。「きみを二度と見捨てない。これが終わるまでは。なにがなんでも」ブリンの手を握った。キスをしたかった。猛烈に。しかたがないので彼女の目を見て、シートベルトを引っ張った。「これでだいじょうぶだ」

ライはランバートに向かって、もうひとつの客席を指さした。ランバートが乗りこみ、ライはドアを閉めた。「おれが先に行くぞ」ティミーにそう声をかけて、翼に足をかけた。

「そうはさせねえ」

ライは足をおろした。「操縦席は左側だ。おれが先に乗らなかったら、おまえの上を這わなきゃならない。それともおまえが操縦席に座って飛行機を飛ばすか？」

ティミーは不承不承、脇によけた。ティミーが乗りこむやいなや、ライは彼の向こうに手を伸ばした。

「おい！」ティミーがすばやくナイフを取りだした。

「ドアが完全に閉まってるのを確認するんだ」ライは言った。「きちんと閉まってなかったせいで、真っ先に空から落ちたいと言うんなら別だが」

ティミーはライの手がドアに届くように後ろに引いたが、ナイフの刃は出したまま、寝かせた刃で腿を叩いていた。ライはドアが閉まっているのを確認できると、シートベルトを締めた。

ティミーが言った。「おかしなまねをすんじゃねえぞ」

「したら、どうする？　ナイフで刺すか？　パイロットを殺して、いいことあるか？」

「そうだな。だから代わりにおまえのねえちゃんを刺してやる。殺しゃしねえよ。大量に血を流させるだけだ」

ライは答えなかった。だが離陸するなり、言ってやった。「ちっ、しまったな」

ティミーが警戒の目を向けてくる。「なんだ？」

「持病の薬をのんでくるのを忘れた」

午後四時四分

ライの予想どおり、降水セルをいくつか回避しなければならなかったので、その分、飛行時間が延びた。降下の際に激しく揺れたが、なめらかに着陸して、いまは滑走路の先まで自走している。ブリンは飛行機の窓から滑走路の端に待機する車を見た。シークレットサービスが使用しているような車だった。

ネイトはブランド物のスーツの痛ましいありさまを嘆いていた。雨に打たれていまだ半乾きの状態だ。「こんなずぶ濡れの恰好で行かねばならないとは」

ブリンにはくだらない見栄をはるネイトが我慢ならなかった。希望を挫かれた自分は、強固な敗北感に胸を押しつぶされそうになっている。ブリンはこの試練のあいだじゅう、リチャード・ハントの血管内に薬が入るまでは、まだバイオレットに薬がまわるチャンスがあるという原則にしがみついてきた。いまにしてみると、ばかばかしいほど甘く楽観的な考えだとしか思えない。どうしたらこんな強大な相手を打ち負かして、自分の思うとおりにものごとを運べるだろう?

だが、敗北よりもっと悪いのは、バイオレットが捨てられたと感じていることだった。

滑走路の端まで来ると、ライは飛行機の向きを変え、機体右側の乗客の昇降口が黒い大型SUVに向くようにした。車の脇にゴーリアドが立っていた。ライがエンジンを切ってプロペラが停まりだすと、ゴーリアドがすかさず飛行機に近づいてきた。彼は外から客室のドアを開け、なかをのぞいて、外に出るようネイトに合図した。彼ははずむような足取りで降りていった。

ブリンは差しだされたゴーリアドの手を無視して、自分で降りた。ティミーが副操縦席から翼を歩いて降りてきた。

最後がライだった。地面に降り立った彼はゴーリアドとにらみあった。

ライは今日の早朝、自分がつけたゴーリアドの顔の傷を無遠慮に眺めた。「その見た目同様、痛みがひどいといいんだが」

ゴーリアドはライの挑発にも持ち前の克己心で耐えた。「借りを返すのはさぞかし楽しいだろうが、議員ご夫妻がお待ちだ」

「じゃ、行くとするか」ライがＳＵＶへ踏みだすや、わずか一歩で、ゴーリアドに胸を押されて制止された。「あんたは呼ばれていない」

ブリンの鼓動が速くなる。あわててライを見ると、彼もこの段取りが気に食わないようだった。「ランバートから、ハント夫妻がおれに会うのを楽しみにしてると聞いたぞ」

「ランバートのまちがいだ」

「失礼ながら」ネイトが言った。「わたしはデローレスから直接――」

ゴーリアドにひとにらみされて、ネイトは口を閉じた。ゴーリアドはふたたびライを見た。

「この滑走路は私有地だ。ハント夫妻は飛行機が着陸したと保安官事務所に通報し、そこから地元の航空局に連絡が行った。すると、あんたの名前はすでに知られていた。明日、ハワードビルの墜落事故の件で調査員と話すそうだな。この不法侵入の件が加われば、こってりしぼられることになるぞ。それがいまからはじまる」

ゴーリアドが頭を動かし、全員がそちらを見た。一台のパトカーが滑走路と交差する道路を回転灯を点滅させながら急行してくる。

ライは手早くサングラスを外し、ゴーリアドに一歩迫った。「冗談きついぜ」

「冗談？　まさか。航空局もおもしろがってないぞ、マレット。今回ばかりは、ごまかしや言い逃れはきかない。あんたはおしまいだ」

側面に保安官事務所と書かれたパトカーがＳＵＶの隣に停まった。制服を着た保安官助手がふたり降りてきた。近づきながらひとりが言った。「ライ・マレット？」

「おれだ」

「昨夜から捜してた。街じゅうで聞きこみをしたり、ごみ箱から携帯電話を発見したりしながらな。ついにご対面だ。われわれの縄張りに降り立った」

もうひとりが言った。「正確に言えば、上院議員の裏庭だ。議員から不法侵入罪で正式な被害の届け出があった」

「フライトプランを提出してある」ライが言い返した。

「承知してる。着陸を見て、すぐにこっちからフライト・サービス・ステーションに確認した。あんたが話した係員は覚えていた。到着したらレッドカーペットまで敷いて歓迎してくれるかもしれないと言ったそうだな」

「おれもそれを言いたかった。ハント家はおれが来るのを知ってる」

「だが招かれてはいない」保安官助手が言った。「議員はジェットをお持ちで、専属のパイロットがふたりいる」軽蔑のまなざしでライを眺めまわした。「わざわざあんたに頼む必要があるか?」

「どうかしてるわ!」ブリンが声を張りあげ、振り返ってネイトに訴えた。「こんなの茶番よ。連絡をとりあったあなたには、わかってるでしょ。黙ってないで、なんとかして」

ネイトは冷淡で計算高い目をしていた。「わたしはきみにせっつかれて、彼と飛行機で来ることに同意したのだよ、ブリン。だが、わたしは航空関係の規則や法令はなにも知らない。彼が違反しているとしても、わたしにはいかなる落ち度もない」

ブリンはネイトに向かって目を剝いた。「あなたに良心があるのなら、こんなことはできないはずよ、ネイト」

だが、まちがいなく彼にはできた。ゴーリアドがネイトをSUVへうながした。「ハント夫妻がお待ちだ、ドクター・ランバート」なんのためらいもなく、ネイトは悠々と車へ近づき乗りこんだ。

ゴーリアドがブリンの肘をつかんだ。彼女はその手を引き離した。「わたしは行かない」

「ハント夫妻が会いたがっている」ゴーリアドが言った。「たってのお願いです」

「たってのお願いだろうとなんだろうと、ハント夫妻の願いなどわたしには関係ないわ。この件が解決するまでどこへも行かない。ライはハント夫妻の承諾のうえ、許可を得て、感謝されて、この飛行場まで飛んできたのよ」

ふたりの保安官助手が顔を見あわせてから、ブリンを見た。ひとりが言った。「わたしたちはそう聞いてませんよ、お嬢さん」

「だったら夫妻が嘘をついたんだわ。ミスター・マレットに落ち度はないの」

ゴーリアドが近づいてきた。「あなたの父親が彼の証言を裏付けてくれるかもしれない」

穏やかに語られた遠回しの脅迫に、ブリンは貨物列車に衝突されたような衝撃を受けた。唇を開いたものの、細い息が漏れただけで、言葉が出てこなかった。

ゴーリアドは続けた。「保安官助手にあなたの父親を連れてきてもらうこともできる。当然ながら、保護観察官に知らせが行く」腫れたまぶたの隙間に見える彼の目には情けのかけらもなかった。

ブリンはライを見て、お手上げだとしぐさで伝えた。

「だいじょうぶだ。行け。こっちはなんとかなる」

「でも――」

「おれのためにあぶない橋を渡るな。いずれにせよ、おれは明日には去る身。だろ?」話は終わりと言わんばかりに、ライはサングラスをかけなおして、ブリンから目を隠した。シートベルトを留めてくれたときは、あんな言葉をささやいてくれたのに、またしても彼はブリンを締めだして、別れを告げている。

ふたたびゴーリアドに腕をつかまれたときは、もはや抵抗する気力を失っていた。SUVに乗りこんだ。ティミーがすばやく後部座席の隣に乗ってきた。「いやあ、彼がいなくて寂しいよなあ?」ブリンの耳元でキスの音をたてた。

ブリンは無視した。軽蔑の一瞥を投げるにも、反応するには気力がいるが、その気力がない。彼女の闘志は涸れ果てていた。

午後四時十七分

ライは本当なら、大暴れしてでも、ブリンをあのSUVに乗せたくなかった。だがゴーリアドはウェスをもちだして脅した。本人が認めているかどうかは別にして、彼女は困り者の父親を愛している。父の身や仮釈放があやうくなると思ったら、身動きできなくなったようだった。

距離を置いた冷静な態度を取れば、ブリンが信じるのはわかっていた。傷ついた表情をしていたから、真に迫っていたらしい。謝ることはあとでもできる。まずはこの保安官助手たちを突破しなければならない。自分が策略にはめられ、ブリンが危険な状況にあることをわからせるのだ。

ＳＵＶが走り去ると、ライは保安官助手たちと向きあった。「ウィルソンとローリンズと話したか？　ハワードビルの保安官助手だ。そのふたりなら、ここで実際になにが起きているか知ってる。ドクター・オニールがあぶないかもしれないんだ」

「あぶない目に遭わせるのはおまえだろう？　わかってるんだぞ。だからハワードビルの保安官事務所は、昨日の夜、おまえが駐車場でドクター・オニールを誘拐したあと、おまえの捜索指令を出したんだ」

「誘拐だと？　そうじゃない、聞いてくれ。そのあといろいろあった。ブリンには命の危険があった。小柄でキツネ顔の男がいたろ？　あの男が午後のあいだじゅう、彼女にナイフを突きつけてた。ランバートも同様にあぶないんだが、エゴに邪魔されてわからずにいる。あいつとは相思相愛の仲とは言えないが、やつのことも心配だ。まだ打ち明けられない――」

ライは言葉を切った。保安官助手たちが、まるでこちらが古代語をしゃべっているような反応しか見せていないことに気づいたのだ。どちらもライの話を聞いて気色ばむようすがなかった。まばたきひとつしない。そこでようやく思いあたった。このふたりはハントに買収されている。

議員を悪事に結びつけようものなら、即刻、檻のなかに入れられるだろう。許可されることになっている一本きりの電話すら、かけさせてもらえず、釈放を待つうちに、独房の錠が錆びつく。だからゴーリアドはあんなに自信たっぷりに、おまえはおしまいだ、と言い放ったのだ。

ライは地平を見渡した。丘を越えてやってくる騎兵隊はおらず、滑走路と交差する松の並木道にも、車の姿はなかった。ライがいま頼れるのは自分だけだった。

保安官助手のひとりが善良な警官よろしく、手帳を見た。「あんたはこの飛行機の所有者として登録されてないな、ミスター・マレット」

「友人から借りた」

「そうなのか？　じつは、所有者に連絡をとった。ジェイク・モートンだね？　ああ、条件付きで貸したが、あいつのことはよく知らない、と言っていたぞ」

「おれが言うなと……」ライは言いかけてやめた。

「なにを？」保安官助手が詰め寄った。「なにを言うなと言ったんだ？」

ライは無言を通した。ジェイクもこのふたりを信じなかったのだろう。彼はライの忠告に従っただけだが、そのせいでライは、みずからの忠告によって首を絞められようとしていた。

「ミスター・モートンは、自分の飛行機が、アメリカ上院議員の私有の滑走路に許可なく着陸する予定だと知っていたのか？」

「いや。土壇場であわただしく計画が変更になった。だが、〝許可なく〟じゃない。ミセス・ハントを通して手配されたはずだ。議員に伝えるのを忘れたんじゃないか」

「おふたりの親密ぶりを考えるに、ありえない」保安官助手が言った。「それにミセス・ハントはなにかを忘れる人じゃない。自分の身の危険に関わることとならなおさらだ」

ライは反論しなかった。この状況でなにかを言えば、すぐにハント夫妻の耳に入り、ブリンをさらなる危険に陥れることになるかもしれない。

保安官助手のひとりが銃を所持しているかと尋ねた。

「いや」

「あんたの名義でグロックが登録されている。銃の携帯ライセンスも持ってるな」

「ふたりともほんの数時間でそこまで情報を集めたのか？　仕事熱心なこった」

「議員の身の安全を思ってのことだ」

「おれが恐ろしく見えるか？　あの黒服のふたりの男たちはどうなんだ？」

「小さいほうは新人だが、ゴーリアドとは旧知の仲だ」

「そうだろうとも」

「いいやつだ。ちゃんとしてる」

「ふむ」ちゃんと袖の下を渡してくれるというわけか。

武器は持っていないと答えたにもかかわらず、ライはボディチェックされた。保安官助手の片方が言った。「続きは事務所で話そう」

「ジェイクに今夜、飛行機を返す約束をしてる」

「悪いな。その約束は破るしかない」

「ここから、ジェイクが借りてる運航支援業者の格納庫までほんの二十分だ。そこでおれを拾ってくれ」

片方が鼻で笑った。「あんたを操縦席に戻したら、アフリカのティンブクトゥまで飛んでくかもしれない」

「燃料にはかぎりがある」

当意即妙な答えも功を奏さなかった。保安官助手がホルスターのスナップを開けて、手を拳銃の銃把に置いた。「楯突くつもりか、ミスター・マレット？」

ライは両手を上げた。「そのつもりはないが、こうしたらどうだ？ ひとりがおれと向こうまでいっしょに飛べばいい」

「で、人質になれと？」ふたりして嘲笑した。「いい考えとは思えない」

「いや、神に誓って――」

「手を後ろにまわせ」

「まじかよ。本気で逮捕するつもりか？」

ひとりがプラスチック製の手錠を取りだした。「あなたには権利があ――」

「やめてくれ。頼む。明日の朝九時きっかりにハワードビルに行かなきゃならない。行かなければ、操縦士免許を失う」

「行動する前にそこまで考えて――」

「くそっ、待てったら！」ライは叫んだが、両手首を背後でしっかりと固定された。「このまま友人の飛行機を放置するわけにはいかない」

どんなに抗議しても無視された。被疑者の権利を聞かされながら、乱暴にパトカーへと連行され、後部座席に押し込まれた。「取り返しのつかないまちがいだぞ」ライの顔のすぐ前で車のドアが大きな音をたてて閉まった。

ライを乗せて車が滑走路を離れた。何分か前にゴーリアドのＳＵＶが通ったのと同じカーブを曲がったとき、はじめてハント家の邸宅が見えてきた。

丘の頂に立つその家は、難攻不落の城郭のようだった。垂れこめた雲のせいで薄暗いため、建物を取り囲むように効果的に配置された庭の明かりが早くもともされ、邸宅を煌めきに包んでいた。

アーサー王のキャメロット城かよ、とライは思った。念の入ったことに、その城内では不実な行為が繰り広げられている。

ブリンがあそこにいる。あのなかに。なにをしているんだろう？　ハント夫妻を前にして自分のしたことを神妙に詫びているのか？　いや、それはない。ブリンはそんなことはしない。卑屈にはならず、医者としての誓いをまっとうすべく、ランバートに頼まれれば助手として働く。言っていたではないか、ひとつしかない貴重なＧＸ－42を無駄にはできないと。

たとえその薬の恩恵を受けるのがバイオレットでなくとも。

だがライがなにより案じているのは、それが終わったときにブリンの身に起きることだった。さっきブリンとランバートに忠告したとおり、ひとたび体内に薬が入ってしまえば、リチャード・ハントはこれまで以上に、自分の病気や、薬を手に入れるために仕組んだ謀略を厳重に隠そうとするだろう。秘密を表に出さないようにする確実な方法はただひとつ、秘密を知る者の口を永久に塞ぐことだ。

ライの血が凍った。ブリンのもとへ行かなければ。

いま一度、保安官助手に訴えた。「頼む、聞いてくれ。いまここではあんたたちが考えている以上に危険なことが起きてる。複数の人間の命がかかってるんだ。ドクター・オニールとネイト・ランバートが――」

ライは言葉が続けられなくなり、反対側のドアに叩きつけられた。運転席の保安官助手が、中央線を越えてきた対向車との正面衝突を避けるため、右に急ハンドルを切ったのだ。

保安官助手は側溝に落ちまいとしてハンドルを戻しすぎたが、どうにか立てなおして、思いきりブレーキを踏みこんだ。

対向車がバックしてきてパトカーと並んだ。運転手側のスモークガラスが下がった。開いた窓から現れたのは、いまにも食ってかかってきそうなローリンズの顔だった。

第三十六章

午後四時五十一分

ゴーリアドはネイトとブリンを玄関から邸宅に導き入れた。その後ろにティミーが続いた。

「行き方はわかっている」ネイトはもどかしげに言うと、尊大な足取りで主寝室の居間へと進んでいった。

まったく熱意のないまま、ブリンはあとに続いた。

ここへはこれまでに二度、来たことがあった。最初はネイトといっしょに、夫妻に実験薬の人道的使用の申請に関する説明をしたとき。そして、ネイトから一回分の薬をこっそり運ぶ計画を聞かされたときだった。

「代償は高いが」とネイトが言っていたのを思いだす。そのときはお金のことだとしか思わなかったが、いまになって代償の本当の意味に思いあたった。バイオレットの命だ。

ブリンは両開きのドアから居間に入った。長身でハンサムで押しだしのよいリチャード・

ハントが部屋の中央のシャンデリアの下に立ち、ネイトとブリンが近づいてくるのを待っていた。

議員はネイトと握手し、会えて嬉しいと言った。「わたしもだ」ネイトは息を吐きだした。「控えめに言っても、大変な一日だった」

議員はハクトウワシのように鋭い目をブリンに向けた。軽蔑を隠そうともせず、彼女のくたびれた姿を眺めている。「ドクター・オニール」

同じ冷淡な口調でブリンは返した。「上院議員」

夫の隣に立つデローレスは頬を染め、花嫁のように輝いていた。身につけているクリーム色のカシミアのセーターとウールのスラックスは仕立てがよく、美しい曲線を描く肉体を水のように包みこんでいる。豊かな金髪は艶やかに輝き、化粧は一分の隙もない。そしてこれ見よがしではないけれども高価な宝石を身につけていた。

笑顔とは裏腹に瞳は氷のようだった。「ドクター・オニール。今日、バイオレットに会いに、はるばるテネシーまで行ったそうね」

「ええ」

「あのかわいい、おませさん。議員とわたしが手配した特別な一日を楽しんでたかしら？」

その甘ったるい口調に、ブリンは歯ぎしりしたくなった。「わかりません」両開きのドアの前にゴーリアドと並んで見張りをするティミーに目をやった。「待ち伏せされて、会えなかったので」

「まあ、残念。じゃあ、無駄足に終わったのね」

デローレスはくるっと向きを変えてネイトを歓迎し、軽く抱擁して頬の両側でキスの音をたてた。夫の手を取り、両手でつかんだ。「いよいよね。さあ、はじめましょう」

巨大な安楽椅子の傍らに点滴台が用意されていた。すでにそちらに向けて、三脚に載せたビデオカメラが据えてある。周囲には補助ライトがいくつも置いてあるが、カメラをのぞいたネイトは、病院とは異なる心地よくてぬくもりのある雰囲気にするため、ランプの明かりのみを使用することにした。彼はシャンデリアの明かりを弱めた。

カメラの装置一式はハント家のものだが、ネイトが〝医学史上、記念すべき瞬間〟と呼ぶひとときを記録するビデオの監督および主演をつとめるのはネイトだった。

ブリンは排除されてありがたかった。たとえネイトからともにスポットライトを浴びようとか、カメラに向かってなにか言えとか言われたとしても、固辞していただろう。

その場面を見学しているだけで気分が悪くなった。自分が超現実的な舞台の小道具になったような気がした。ゴーリアドから黒い瞳で注視されていなければ、とうてい現実のこととは思えなかっただろう。どうやら彼はブリンが点滴の邪魔をしないように見張りを命じられているようだった。ここで強硬手段に出ても、彼に阻止されるだけのこと。

ネイトは何日か前に、必要な器具を運び入れていた。彼が使用する簡易テーブルが置いてあった。ネイトはそのテーブルと議員の椅子に滅菌シーツをかけた。そしてラテックスの手袋をはめ、パチッと音をたてて手首まで引きあげると、点滴シャントを議員の肘の内側の静脈に穿刺した。

デローレスが笑い声をたてた。「薬以外すべてそろったわね。誰が持っているの?」

ティミーがぶらっと歩みでて、内ポケットから薬を取りだした。

なじみのある小さな包みを見て、ブリンの胸が締めつけられる。

デローレスがまず手に取り、頬ずりしてから、夫に渡した。彼は言った。「この瞬間が来ないのではないかと思ったこともあった」

ブリンが見守るなか、リチャードは薬をネイトに渡した。ネイトは気泡シートを破り取り、テーブルの上の注射器の隣に置いた。

そしてカメラに向かって、この先の手順を説明した。「なんのことはない。注射器を用いてGX－42をこの融和性静脈内輸液の点滴バッグに注入する。終了までおよそ一時間。投与後、GX－42の効果が表れる」

ネイトは動物実験で目覚ましい結果が得られたと解説した。ブリンがライにした説明に比べると、科学的により深く具体的に薬の機序を伝え、血液がん治療を飛躍的に前進させるだろうと語った。

雷鳴がとどろき、ブリンは鎧戸の閉まった窓に目を向けた。ライのことが頭をよぎった。無事空を飛んでいるだろうか?

ネイトはスピーチに全身全霊を注いでいた。みずから先駆者と名乗り、薬の有効性を実証するため、食品医薬品局の正式な認可を待たずに治験を行うと述べた。「しかしながら、わたしは医師としての名声を賭し、多大なる危険を覚悟のうえで、患者にとって正しいと信じる道を選んだのです」

ブリンはいぶかしんだ。ネイト本人以外に、誰がこのビデオを見るのか？　個人で鑑賞し、ひとりで偉業を祝福して、どれほどの満足感を得られるのだろう？

ハント夫妻は議員のがんを隠すことに関しては、一貫して厳格だったので、録画をネイトに許可したこと自体がブリンには驚きだった。エゴの塊であるネイトが、ライバルとみなす同業者に見せようとするかもしれないとは、ちらりとも思わなかったのか？

ブリンは点滴の準備をして椅子に腰かけている上院議員を見た。妻のほうは傍らのオットマンに座っている。ふたりとも一見すると話を聞いているようだが、ディナーのあと、演壇に立った人から退屈なスピーチを無理やり聞かされるようなものだった。

ネイトは自分の演説に酔いしれているせいで、夫妻がおざなりにしか耳を傾けていないことに気づいていなかった。どちらもネイトがカメラに語りかける内容に無関心だった。

ブリンは、リチャード・ハントが投薬を受けたあとどうするか、ライが警告していたのを思いだした。

ハントがけしかけた犬に攻撃をやめさせると思うか？

これでなぜハント夫妻が妙に満足げなのか、そして快くネイトに録画を許しているのかがわかった。ネイトは録画を活用しようにも、たくさんの要因に阻まれることになる。第一に、彼は録画を手に入れられない。カメラは夫妻のものだ。仮にネイトがどうにか録画を入手できたとしても、人に見せるのは憚(はばか)られるはずだ。彼は話を大げさにふくらませたことで、みずからの首を絞めた。そして最後に、もし愚かにも夫妻を脅して公表させようとすれば、リチャードとデローレスは対策を――究極の対策を――講じるだろう。そう、確実にそれを避けるために。

ブリンのうなじの毛が逆立った。もう一度、絵に描いたような理想の夫婦を見た。さもネイトの話を聞いているようで、その実、ネイトなど眼中にない。

ブリンを見ている。

ネイトが注射器を手に取った。「準備はいいかね?」

「まだよ」デローレスがゆったりと立ちあがった。「これはリチャードとわたしにとって、大切な瞬間なの。関係ない人には出ていってもらいたいわ」

「すばらしい」ネイトが言った。彼はゴーリアドとティミーに向いた。「諸君、われわれだけにしてもらえるかね」

デローレスはブリンを見てほほ笑んだ。「彼女もいっしょに出ていって」

午後五時十八分

ウィルソン保安官助手はライがパトカーの後部座席から降りるのに手を貸しながら、黙っているよう警告した。

ローリンズはふたりの保安官助手を脇に呼んで、まず道路からあやうく押しだしかけたことを詫びた。「また逃げられそうで、気が気じゃなかったもんだから」肩越しに親指をライに向けた。

ローリンズは、今回の不法侵入を複数の罪状につけ加えることになるが、ライには明朝ハワードビルにいてもらわなければならないと訴え、こちらで留置させてもらいたいと頼んだ。

「うちと航空局と国家運輸安全委員会に優先所有権がある」

相手は揺らがなかった。数分続いた交渉のあいだ、ライは精いっぱい神妙な顔をしていた。ようやくローリンズが勝った。ライは手錠をされたままSUVの後部座席に乗せられた。ローリンズはエンジンをかけたものの、アイドリングしたまま、パトカーが丘の向こうへ消えるのを待った。

ライが口火を切った。「なんでこんなに時間がかかったんだ?」

「ハワードビルまで半分ぐらい帰ってた」ローリンズが言った。「引き返してくるのに時間がかかった。ひどい雨だったしな。文句をつけるとは、おまえもいい根性してやがる」

「秘密のメッセージが通じなかったのかと心配になりはじめてた」

「どうやってやってのけたんだ?」助手席のウィルソンが尋ねた。

「携帯電話の三者通話を使った。直近の通話を呼びだし、タップ一度であんたに電話をかけた。案の定、ティミーに疑われて、そこで止められた。やつからフライト・サービスに電話をしていいという許可が出ると、そこに電話して、三者通話にした。ティミーは気づかなかった。あんたが電話でしゃべりだしそうで、ひやひやした。そんなことになったらおれは一巻の終わりだ」

「いや、メッセージは伝わった」

「フライトプランの情報を最大限会話に詰めこんで、あとはあんたらの勘のよさを祈った」

「理解できたぞ」

「また無視されるかもしれないという心配もあった。助けを送るつもりがなかったんなら、なんでティミーとランバートがグリフィン家にいるとおれに警告したんだ？」

「送ろうとしたんだよ」ウィルソンが言った。「地元警察にすっかり説明するのにえらく時間がかかった。やっと上のほうまで伝わったと思ったら、これまたうるさいやつらでな。警官が行ったらテレビに映る。上院議員が手配して、市長まで参加してる死にそうな女の子のパーティをめちゃくちゃにしたといって、非難を受けたくないとぬかした。

　ようやく連中が勇気を振り絞り、人を集めて、グリフィン家へパトカーを送ったころにゃ、あんたたちは影も形もなかった。どこの飛行場にいるのか、どんな飛行機を飛ばすのか、さっぱりわからなかった。あんたの携帯もブリン・オニールのも追跡できなかった。この点についちゃ、自業自得だぞ。ランバートの電話も試してみたが、この天候じゃ――」

「よし、わかった、過ぎたことだ」ライは言った。「来てくれて助かったよ。おれを逮捕したあのふたりは汚職警官だ。ハントの手先になってる。おい、ローリンズ、車を出してくれ」ライは首を動かしてハンドルを指さした。

「どこへ行く？」

「ハント家だ。ブリンがあそこにいる」

保安官助手ふたりは顔を見あわせ、そのあとまたローリンズがライを見た。「なあ、マレット。ウィルソンとおれが、おまえの電話ごっこにつきあって、はるばるここまで戻り、賄賂を受け取ってる警官から救ってやったのは、おれたちに恋人を連れ戻させる、それだけのためなのか？　そもそも彼女は連れ戻されたいのか？　おまえと離れられてせいせいしてるんじゃないのか？」

ライは身を乗りだした。「おれと離れられてせいせいしてるのはまちがいないが、彼女は危機的な状況にある。おれが電話でティミーと言ったろ？　なぜその名前をあんたらに伝えたと思う？　おれが電話ごっこをしてるあいだ、そいつは彼女にナイフを突きつけてたんだぞ！　さあ、行くぞ。早く！」

ふたりともすぐには動きださなかった。ウィルソンが言った。「リチャード・ハントとその奥方が嘘つきなのはわかってる。あんたとティミーの喧嘩のことで嘘をついたんだ。にしたって、ハントはいまだわが国の上院議員だぞ。この前、おれたちが自宅に押しかけたときは、尻尾を巻いて逃げ帰るはめになった。理由もなしに、また押しかけるわけにはいかないのさ」

「説明してる暇はない」ライは言った。「時間がかかりすぎる」

「だったらさっさとはじめろ」ローリンズが太い腕を胸の前で組んだ。「そもそものはじまりから、いっさい省かずに。説明がないかぎり、おれたちはどこへも行かんぞ。ハワードビルに帰り、そのときにはおまえを連れてくだけのことだ」

ライはダッシュボードの時計を見た。五時二十五分。すでにブリンと別れてから一時間以上たっている。それが永遠にも思えた。ティミーがその気になれば、ものの十秒でブリンを殺せる。

ライは口を開き、一語一句に意味を込めた。

率直さを心がけ、捜査を混乱させるためにした行為も認めた。GX－42のこと。ジェイクとバーで出会い、二度にわたって助けられたことを話した。

「ジェイクはほっといてやってくれ」ライは言った。「あいつはおれがこの飛行機で〝不法侵入〟することを知らなかった。困ってるパイロットがいたから、助け船を出した。ほかの飛行機乗りにも同じことをしただろう」

「どうだか」ローリンズが言った。「彼はスターに会って舞いあがったんだろ」

「おれはそんなことは言ってない」

「そんな印象を受けたぞ。アフガニスタンでおまえの噂を聞いてたんだってな？」

「噂話しか楽しみのない飛行機乗りのたわごとだ」ライは小声で言い、首をめぐらせて助手席の外を見た。また雨が降ってきた。空は荒れ模様だ。丘の頂の邸宅も、もう見えない。

ローリンズが言った。「マイラがおまえのことをさらにもうひと調べして、あっちであったことの詳細を探りだした。おまえが操縦するはずだった飛行機が墜落したそうだな」

「マイラこそ宝だな」

「だから、おまえはそんななのか？」

ライは振り返ってローリンズを見た。「おれがどうにかなってると、誰が言ったんだ？」

ローリンズがライをじっと見た。ウィルソンが口にこぶしをあてて咳払いをした。

ライは小声で悪態をついた。「わかった。おれは問題を抱えてる。そうじゃないやつがどこにいる？」

「おれたちが聞いた話だと、おまえには責任がなかった」

「おれの責任だと感じるんだ。ブレイディについてはおれに責任がある。おれがいなければあの夜、彼はあそこにいなかった」

「ブレイディはおまえを恨んじゃいない。それどころか、明日おまえが町に戻ったらまた会いたがってる」

ライはどきっとして、ローリンズを見た。この保安官助手はわざとそんなことを言って、いたぶっているのか？　ライはウィルソンのほうを見た。

「ブレイディは元気だぞ」ウィルソンが言った。「容体は安定してる」

ライはローリンズに向きなおった。「この野郎！　手術中に亡くなったと言ったよな」

「心不全を起こしたと言ったんだ。医者ががんばって生き返らせた。全部話す前に、おまえが電話を切ったんだ」

耳がわんわん鳴っている。「で、ブレイディは無事なんだな？」

「どこがどうわからないんだ？」ローリンズが言った。

「いいか、このくそ野郎、おれはブレイディが死んだと思って、死ぬほど苦しんだんだぞ」

「そうか、死んでないぞ」ローリンズはいらだたしげに手を振った。「話を続けろ」

「まだ足りないのか？」

「ウェス・オニールについては？」

ライはため息をついた。「おれたちが彼の家に行ってみると、まだあんたらがいた。彼から車を貸してもらった」ライは言葉を切り、ふたりを順繰りに見てから、ナンバープレートを交換したことを認めた。「駐車違反に毛が生えたようなもんだ。ウェスを追わないでくれ。まっとうにやってこうと努力してる」ライはもう一度、ふたりを気づかわしげに見た。「これで行かせてもらえるか？」

「洗いざらい話したのか？」

「ああ、話したとも」

ブリンと愛しあったこと以外は。

愛しあった？

その言葉についてはまたひとりのときに考えるとして、いまは彼女が崖っぷちに立たされていることをこのふたりにしっかりわからせなければならない。「あんたらがおれを好きじゃないのはわかる。あんたらの感謝祭を台無しにしちまったんだからな。

だがブリンは仕事にすべてを捧げる献身的な医者で、自分の評判が危険にさらされ、おれに耐えてでも、血液がんの子どもの命を救おうとしてる。それを犯罪行為とみなすようなら、あんたらは救いようがない。だがおれには、どうしてもそうは思えない」

「おまえの話だと、薬はハントの手に渡った」

「まさにいま」

「だとしたら、夫妻はそれを追い求めてたわけだから、これで満足する。それなのにドクター・オニールになにが起こるというんだ？　そりゃ彼女はがっかりするだろうが、なぜ彼女の身の安全を心配する？」

「ハントの薬を横取りしようとしたからだ。ハント夫妻がそんな裏切りを捨て置くとは思えないし、この件が人に知られて平気なわけがない。多少なりとも。そしてゴーリアドはばかがつくほどの忠義者だ。やれと命じられればなんでもする。この件について知っている人間の口を永遠に塞ぐこともふくめて」

ウィルソンは半信半疑のようだった。「おれには夫妻が人殺しを命じるとは思えない」

「ブリンとランバートが死ねば、あんたの考えも変わるだろうよ」

ウィルソンはなにも言わなかった。

「たとえ彼らにそのつもりがなくても」ライは話を続けた。「ティミーがいる。ティミーは絶望的に病んでる。命じられなくても、なにをしでかすかわからない。本人はおもしろ半分にだ。なにがとは言いがたいが、あいつにはどこか尋常じゃないところがある」

「あいつは態度のでかい不良だが」ローリンズが言った。「いまのところ彼の罪はおまえとの喧嘩くらいだぞ。正直言って、もしおれがおまえに消火器で顔を殴りつけられて、ナイフを持ってたら……」

「わかった、ローリンズ。言いたいことはわかるが――」ライは下唇を嚙んだ。「最初の夜、保安官事務所で、おれが尋ねたのを覚えてるか？　濃霧のなか着陸を誘導してくれたブレイディを殴りつけたい理由があるかって。あんたらはそれに答えられなかった」

「そうだな」

「そうだ。そこで質問だ。おれにも答えがわからない。ティミーがあそこへ行ったのは、おれが運んだ薬をブリンに確実に持ち帰らせるためだった。だったらなんであいつはレーザーをおれに照射して、墜落の危機にさらしたんだ？　動機はなんだ？」

「動機はいらない」ローリンズが言った。「病んでる。おまえがさっき言ったとおりだ」

「かもしれない」ライは車のドアにもたれると、手首を動かして、外れないプラスチック製の手錠をこすりあわせた。「だが今日、時間に遅れずハントに薬を届けるため、おれがアトランタまで飛行機で送ろうと提案すると、ティミーはその案に飛びつかなかった。空を飛ぶのを怖がってた。それも事実なんだが、あの男はまるで……」

ライは言葉を切り、目をつぶって気持ちを集中させた。「まるで、間に合おうが間に合うまいが関係ないようだった」そこで、ライは閃いた。「ティミーはおれを墜落させたかったんだ。飛行機を墜落させて、薬をだめにしたかった。ちがうか？」どちらからも反応がないので、もう一度、繰り返した。「ちがうか？」

「なんでだめにしたかったんだ？」

「わからない。だが探りだしてやる」いまやライは手錠を外そうと必死になっていた。「この邪魔くさいやつを外してくれ。おれはあそこへ行く」

「さっき言ったとおり、理由もなく押しかけるわけにはいかな――」

「わかった。あんたたちは残れ。おれは行く」

手をいましめられたまま、ライはドアの取っ手を探って引いた。ドアが開いた。後ろざまに転げ落ち、舗装された路面で背中を強打した。

第三十七章

午後五時三十三分

ゴーリアドはブリンに、さっき追いだされた居間の外の、壁際に置かれた布張りの長椅子を勧めた。「待ってるあいだあそこに座るといい」

「立ってたほうがいいわ」

「いいから座って。さあ」

ブリンは腰をおろした。

ティミーが背を丸めて向かいの壁にもたれた。どこかに隠してあったナイフを出してきて刃を剝きだしにし、無造作に空中に投げあげはじめた。何度かくるくると回転させては、柄を受けとめている。

無視しようとしても、ティミーのその手すさびがブリンの神経に障った。

ゴーリアドも同じだったのだろう。「やめろ」

ティミーは動きを止め、壁から離れた。「腹減った。キッチンで働いてるばあさん、まだいっかな？」

「今日はもう帰らせた」

ティミーがしかめ面をした。「だったら、なんか探してくっか」

「いまはだめだ。呼ばれるかもしれない」

「腹が減ったんだよ。テネシーまで行って帰って来たんだぜ」

ゴーリアドは少し考えてから言った。「すぐ戻ってこい」

ティミーはぶらぶらとキッチンのほうへ歩いていった。

居間の会話が背後の壁を通して聞こえてくる。だが、くぐもっているので、ブリンにも内容まではわからなかった。

「あれで議員は治るのか？」

ゴーリアドから質問されて、ブリンは驚いた。いまのいままで、この件の結末を気にしているそぶりすらなかったからだ。

「いい結果になると思うんだけど」ブリンは答えた。「やってみなければ、どのくらいの効果があるか誰にもわからないの」

ゴーリアドは思案顔でうなずいた。「あの少女は苦しむのか？　つまり最期に」

「わたしが手を貸してあげれば苦しまないですむでしょうね。でも家族の苦しみには手の施しようがない」

ゴーリアドはブリンを見つめ、それからキッチンのほうへ視線を動かした。「やつを見てくる。ここにいてくれ。あなたを痛めつけたくない」

ゴーリアドは立ち去った。ブリンは時刻を確認した。居間から追いだされてまだほんの数分だが、腕時計の長針が示す時間よりもずっと長く感じられた。ネイトはどこまで処置を進めただろう？

GX－42はすでに点滴用輸液に注入されたのだろうか？

午後五時三十四分

ゴーリアドが飲食店の厨房のように大きいキッチンに入っていくと、カウンターに腰かけたティミーが下のキャビネットのドアを踵で蹴りながら、バナナを食べていた。ゴーリアドは身ぶりでおりろと命じた。「仕事に戻れ」

ティミーはカウンターから飛びおり、バナナの皮をフックショットの要領でシンクに投げ入れた。手の甲で口を拭く。「あんたがあの女のあとをついてまわってんのは、一発やりてえからだろ？」

すでに戻りかけていたゴーリアドが振り向いた。「なんだと？」

「ボスの奥さまさ」ティミーは舌を卑猥に動かした。

ゴーリアドの腫れた顔が怒りで黒ずんだ。

ティミーは含み笑いをしながら、目の端をつついた。「おれさまにはお見通しだぞ。わかっちまう」

「おまえはなにもわかっていない」ゴーリアドはふたたび回れ右をして立ち去ろうとした。

「そこがあんたの思いちがいさ。おれにはわかる。あんたは絶対にデローレスのパンティのなかに入れねえ。それに、腎臓の場所もわかってる。ちょうどこのあたりさ」

ティミーは背中側からゴーリアドの右脇腹に短剣を突き刺した。柄だけを残して深々と。

ゴーリアドが体をそらせて、後ずさりをした。よろめきながらティミーのほうを向くと、ぎょろっと目を剥いたティミーが、小声で「ブー！」と言った。

ゴーリアドはティミーの前で膝をつき、顔から磨かれたタイルの床に倒れこんだ。ティミーが言った。「アディオス、アミーゴ」

ティミーはかがみこみ、ゴーリアドの両脇の下に手を入れ、ぶつくさ言いながら、床を引きずった。「これじゃまるでセメント袋じゃねえか」

歩いて入れる食品庫は通常のサイズよりかなり大きかったが、ゴーリアドの大柄の体軀をおさめるにはぎりぎりだった。ゴーリアドを引きずり入れておいてから外に出るには、注意して死体をよけなければならなかった。

ナイフはゴーリアドの背中に突き刺さったままにしておいた。栓代わりになっている。あとで死体の始末をしに戻ったときに、大量の血液を拭き取るのは願いさげだ。

午後五時三十五分

ネイトは仰天してデローレスを見た。「どういうことかね、やってみたいとは？」

「言葉のとおりよ。わたしが点滴バッグに薬を注入したいの」

リチャードが言った。「すばらしいね、ダーリン。名案だ」

デローレスはかがんで夫の唇に軽くキスした。「ここまでずっといっしょにやってきたのよ。これぞという役割はわたしが担いたいわ」

「ぜひそうしてもらいたい。ネイト？」

「わたしには、まったくもってすばらしいとは思えない」

「重要なのは、リチャードとわたしとで実現することよ」ネイトを見ようともせずにデローレスは夫の頬を撫でた。

ネイトが言った。「しかし、あなたには医学的な資格がない」

「脳外科手術じゃないのよ。むずかしいことなんてある？」

「むずかしくはないが、あなたはやり方を知らない」

デローレスがネイトに振り返った。「あなたは知ってるとでも？」挑むように尋ねた。「自分を偉大に見せるのに忙しくて、雑用は看護師にやらせてるんじゃないの？」

「わたしは――」

「これまで医者として働いてきて、これをやったことがあるの、ネイト？」

ネイトは唇を舐めた。「インターンのときからないね」不安げな視線をカメラに投げる。

「そんなつまらないビデオ、映りなんか気にしなくていいのよ」デローレスは言った。「必要なものはもうもらっているもの。ねえ、リチャード？」

「必要なもの？」ネイトの声が弱々しくなった。

リチャードが言った。「デローレスが言っているのは、きみが職業倫理を破ったと、華々しく告白したことではないかな」

ネイトがぽかんと口を開けた。何度か口を開いては閉じたが、ぐうの音も出なかった。

「心配するな、表沙汰にはならない」リチャードが穏やかに続けた。「そもそもきみはビデオをこの部屋から持ちだせない」

「ああ、ああ、もちろんだとも。もとよりそのつもりはなかった。ビデオはあなたのためだけに撮ったのだ。そして後世に残すため」

デローレスは忍び笑いをしながらカメラに近づき、電源を切った。「これはもう不要ね。あなたもよ、ネイト」テーブルに置いてあった箱からラテックスの手袋を引っ張りだし、手にはめた。「さあ、どうすればいいか教えて。というか、大事なのは失敗しないためになにをしてはいけないかね。あとはわたしに任せてくれたらいいわ」

午後五時三十七分

キッチンから戻ってきたティミーはひとりだった。

ブリンは背筋をこわばらせた。「ゴーリアドは?」

「まだキッチンにいる」

「どうして?」

「腹が減ってんじゃねえの」ティミーはブリンの正面に立った。

ブリンは立ちあがった。「わたしも食べるものを探してくるわ」

ティミーが横に動いてブリンの行く手をさえぎった。「なんだかおれのこと嫌ってるみたいだな。なんでだ?」

ブリンは精いっぱい高慢な表情を作った。「あなたに我慢ならない理由は無数にあるわ。実際、あなたを見てると、虫酸が走るのよ」

ティミーが小さく口笛を吹いた。「なんだ、その口のきき方は」

「どいてよ」

ティミーはブリンの顔の数センチ前で人さし指を振った。「あんた、あのパイロットと寝たんだろ、え?」

言い返そうとしたら、ティミーが勢いよく倒れてきた。ブリンは急いで飛びのき、ティミーはそのまま倒れて、床で顔を打った。ぶ厚いラグがなければ、額を割っていただろう。

背後からこっそり近づいたライが、ティミーの腰のあたりを蹴ったのだ。彼はティミーのうなじをブーツで踏んで床に押さえこみ、かがんでささやいた。「ちょっとでも身動きしたり、音をたてたりしてみろ。首をへし折ってやる。こんな痩せこけた首、鳥のウィッシュボーンみたいにぽっきりいくぞ」体を起こす。「ブリン、こいつの体を探ってくれ。急げ」ブリンはそれでようやく、ライが後ろ手に縛られていることに気づいた。

ブリンはぐずぐずせずに膝をついた。目の隅からこちらをうかがうティミーの目は、見るからに怯えている。ライの脅しをただの脅しだと思っていないのだ。ブリンも同感だった。

ブリンは身じろぎひとつしないティミーのポケットを探っていった。ナイフが見つかった。

「足首も確認しろ」

右足首に鞘が巻きつけてあり、小型のナイフが入っていた。

「手首のこいつを切ってくれ」ライが言った。

本来なら強力なニッパーでなければ切れないが、ティミーのナイフは剃刀のように鋭利だった。一度刃をあてただけで、硬いプラスチックを切ることができた。

ライが言った。「こいつがおれの飛行機を墜落させようとした理由か？　薬はここに届かないことになってたんだ」

ほんの一瞬、ブリンの視線がライのそれと絡みあう。だが、とりあえずそれ以上の説明は不要だった。ブリンは両開きのドアからいっきに隣室に駆けこんだ。

デローレスがガラス瓶の蓋を開けるところだった。

「だめ！」ブリンは体を投げだして、肩からデローレスに体あたりした。デローレスがバランスを崩して、点滴台をひっくり返した。彼女の手から薬瓶がすべり落ちる。

すかさずブリンが手を伸ばし、薬瓶を中空でつかんだ。

「返しなさい！」美しさも落ち着きも失ったデローレスが、怒った雌猫のように近づいてきた。ブリンはさっと後ずさりをすると、奪われないよう薬瓶を背中にまわした。

「瓶の蓋を開けて、そのあとどうするつもりだったの？」ブリンは尋ねた。

「嘘をついても無駄だぞ」ライの声によって、デローレスの返答がさえぎられた。

振り向いたデローレスは、捕らえられたティミーを目にした。その両手は背後でつかまれ、肩甲骨のあいだに持ちあげられている。ライはティミーのナイフをその持ち主の喉元に突きつけていた。

身の程知らずのちんぴらは消えていた。その両目は見開かれ、命の危険にわれを失っている。ティミーは甲高い声で言った。「言えよ、おばはん」

「ブリン、なにをしている？」ネイトが尋ねた。「どういうことだ？」

立ちあがっていたリチャード・ハントは、ライからティミー、そして妻へと視線を動かし、最後にブリンを見た。背中にまわされた彼女の手には、まだしっかりと薬瓶が握られていた。

最初に冷静さを取り戻したのはデローレスだった。ライを見て言った。「あなたがミスター・マレットね。ようやくお目にかかれて、こんなに嬉しいことはないわ」

「それはどうかな。なぜこの男を使って、おれの飛行機を墜落させようとした？」

「よくそんなばかげたことが言えたものね」

ライがティミーの両手をさらに上げて、肩のあいだまで持ってくる。関節が外れる音がして、ティミーが痛みにわめいた。「嘘つきのくそ女」ティミーは後ろのライを見た。「この女に一万ドルもらったんだ。飛行機を墜落、炎上させろって。でもそうならなくて、それでこんなことになっちまった。昨日この女から、なにがなんでも薬をここに持ってこいって言われて、それで――」

「言うに決まっているでしょ」デローレスはなおもよどみのない口調で、理性的に話していたが、ブリンはその作り笑いのなかに緊張を感じ取った。「夫の命を救うために、あらゆる努力をしてきたのよ」

「そうなのか？」ライがティミーの首を浅く切る。血が喉を伝った。

それを契機にティミーがぺらぺらと話しはじめた。「薬をここまで運んだら、この女が自分で台無しにするからって言ってさ。話はこれで全部だぞ、な？　この女はハントに薬をやりたくなかったんだ。ゴーリアドは議員にものすごく忠実だから裏切らない、もしゴーリアドがこの企みを知ったら、やめさせるか、議員に言うだろうって。で、おれを雇ったんだ」

デローレスは両脇で手を握りしめた。「お黙り！」

あまりのことにブリンは呼吸するのも忘れて、ネイトを見た。ネイトからはひとこともない。彼は壁際まで下がって、手で口元をおおい、哀れっぽい声を出していた。リチャード・

ハントの目は妻に向けられていた。

朗々とした深みのある声でリチャードが言った。「デローレス？」

「みんな嘘をついてるのよ、リチャード」

「そうかね？」上院議員は怒りに煮えくり返っていた。「ゴーリアド！」大声で呼んだ。「いったいどこにいるのだ？」

「ブリン」ライは鋭く彼女の名を呼んだ。「いますぐ出るぞ！」

「薬を持っていかせるわけにはいかない」リチャードがブリンに一歩近づいた。

「動くな、議員！」ライが言った。「ブリンに触れてみろ。マスコミにつつかれて、弁明に追われることになるぞ。警察がこちらに向かってる。ランバートが口裏を合わせてくれると思ったら大まちがいだ。こいつはわが身かわいさで、カナリアみたいにぴーちく語るぞ」

ブリンは大急ぎで簡易テーブルをめぐり、通りすぎざまネイトから泣きそうな声で名前を呼ばれたが、いっさい目をくれなかった。

ブリンが開いていた両開きのドアまで来ると、ライはティミーをデローレスの足元に突き倒した。そして両開きのドアを閉め、ブリンの手を取って、広々とした玄関ホールを駆け抜けて、フォーマルなダイニングルームへ入った。フレンチドアがひと組、開けっ放しになっていた。

「ここから入ったんだ」ライはブリンを引っ張りながら言った。「急ぐぞ。ウィルソンとローリンズに追われてる」

「あの人たちはどこにいるの？」

「ローリンズはおれを追いかけようとUターンして、SUVを側溝に落っことした」

「あのあといろいろあったのね」

「それはもう」

ライはゴーリアドが私設飛行場からの送迎に使っていた車に近づいた。

「ゴーリアドは――」ブリンは言った。「どこにいるのかしら？」

「そう遠くではないはずだ」ライが答えた。

「キーは車のなかにあるの？」

「運がよければ」

キーはカップホルダーのなかにあった。ふたりは急いで車に乗りこみ、ライはヘッドライトを消したまま猛スピードで公道まで出ると、滑走路のある右側に折れた。

午後五時四十四分

ティミーはよろよろと立ちあがり、リチャードの前に立ってデローレスを顎で指し示した。

「この女が金をくれたんだ。あんたに薬を渡したくねえって。こいつは飛行機が墜落しても事故に見えると言った。そしたらあのパイロットが――」

「もういい！」リチャードがどなった。「あらましはわかった」

気がついてみると、ネイトはこんな状況のなか、意気消沈していた。すべてがおかしくなってしまった。いったい、いつどこからこうなったのだろう？　勝利の瞬間になるはずだった。デローレスの裏切りに面食らいつつ、ネイトは言った。「薬をだめにしたかった？　いままでずっと？　なぜなのだ？」

焼けつくような目で夫ににらみつけられながら、デローレスは居住まいを正した。明るみに出たことによる屈辱からではなく、負けん気からだった。髪を後ろに振り払った。「この十六年間、重要な決定はすべてわたしが下してきたわ。わたしはあなたを励まし、背中を押し、あなたのために駆け引きした。そんなわたしがいなければ、あなたはいまだに安っぽい家を売り歩いていたはずよ、リチャード。機関車はわたし、あなたはわたしに引っ張られるおんぼろの家畜運搬車だった。

そうよ、だからこんどはわたしの番だった。わたしは表向き、あなたの死を悼む。〝なんと恐ろしいことでしょう、あんなに強靭で、活力にあふれていた人が、希少な血液がんに倒れるとは、誰に予測できたでしょう。ミセス・ハントは悲しみに打ちひしがれています〟。

そう、そんなふうに報道されていたでしょうね」デローレスは笑った。「そして、大々的な葬儀のあと、わたしはあなたの衣鉢を継ぐ。あなたの跡を継いで上院議員になるなんて、なんて勇敢だろうと人は言う。松明を掲げて、前に進むこと、それが亡きリチャード・ハントが残される妻に望んでいたことだと」デローレスは至福の笑みを浮かべた。「そしてみながあなたのことをきれいさっぱり忘れるのに、たいして時間はかからない」

あきれ果てた演説を聞きながら、ネイトは来るべきリチャードの反応に身構えた。地震や落雷やビッグバンに匹敵する激しい衝撃を伴うものとなるはずだった。ところが、ネイトは驚きに目を丸くすることになった。上院議員の顔にゆっくりと笑みが広がったのだ。

話しだしたリチャードの声は、この場にふさわしい憤怒にかすれた低い声ではなかった。むしろ、同情心の滲むやわらかな声だった。「世間知らずにもほどがあるよ、デローレス。本当に、わたしがきみの計画に気づいていないと思っていたのかい？　ドクター・オニールが入ってきて薬を奪わなければ、わたしが奪っていた。きみがしようとしていたことがわかっていたからね」ティミーへ視線を向ける。「わたしが自分でしっかり吟味せずに、この都会のハゲワシを雇うことをきみに許すと本気で思ったのか？」

デローレスは笑った。「あなたは気にも留めなかったわ」

「そう思いたければ思えばいい」リチャードは肩をすくめた。「キス、愛撫、涙、愛の告白。そのすべてが嘘だった」

「知らなかったくせに！　知っていたはずがないわ」

「きみは自分で思うほど、優秀な策略家ではない。要は、わたしのほうがずっと上手だということだ」

デローレスがふたたび髪を振り払った。「いまとなっては、どちらが上手だろうと関係ないわ。あなたは誰にもこのことを話せない。あの粗野なパイロットが言っていたとおり、自分で自分の首を絞めることになるからよ。あなたがこのささやかな企みを承諾していた証拠となるビデオはわたしの手にあって、あなたはそれを人に見せられない。だってあなたは、食品医薬品局に対する規制強化を声高に叫んできたのよ。このスキャンダルが明るみに出たら、あなたの正義の戦いは取り返しがつかないほど傷つくわ。

だから」デローレスは腕を両脇に広げた。「これは内々にとどめておきましょう。結婚生活はいままでどおり続行するのよ。そのうちに、ネイトがまたＧＸ－42を調達してきてくれるわ」

リチャードは気の毒そうな笑みをデローレスに向けた。「不可能だよ、ダーリン」

「じゅうぶんなお金があれば、なんだって可能よ」

「金の問題じゃないんだ。いままでどおり続けるわけにはいかない。なぜならきみは死ぬからね。きみを愛していた男の手で殺されるんだよ」

「あなたにはわたしを殺せないわ」

「そのとおり。だが彼にはできる」

リチャードが両開きのドアにうなずきかけた。ドアはゴーリアドによって音もなく開かれており、そこに立つ彼の手には拳銃が握られていた。

ティミーがまぬけ面で口を開いていた。「死んでねえのかよ」

ゴーリアドはティミーの額の真ん中を撃ち抜いた。ティミーには感じる暇さえなかった。

デローレスはゴーリアドを見ると、名前を呼んで訴えた。

「あなたには高潔さがない」銃弾は彼女の胸を貫き、デローレスは崩れ落ちた。

ゴーリアドが腕をおろし、拳銃が手から床に落ちた。「申し訳ありません、サー」彼はリチャードに言った。

いつ見ても不気味なほど生気がないとネイトが思っていた彼の黒曜石色の目から、こんどこそ本当に命の光が消えて、つぎの瞬間、体が床に転がった。その背中からはナイフの柄が突きだしていた。

午後五時五十分

雨が降りしきるなか、ヘッドライトもつけていないのに、ライは屋敷から滑走路までアクセルを踏みっぱなしだった。片手でハンドルを操り、もう片方で携帯電話を耳にあてて、フライトプランを申請した。「搭乗者二名」通話を終えたのと、滑走路の端にたどり着いたのは、同時だった。

激しい雨がSUVに打ちつけていた。ライはブリンを見た。「理想的な天気じゃないが、高度約八千フィートのところを突き抜ける。それでいいか?」

「ええ、お願い。たどり着けるわよね?」

「だいじょうぶだ」

「時間は間に合う?」

「だいじょうぶだ」彼は力を込めて繰り返した。「だが、離陸直前まで明かりはつけないほうがいい。飛行機まで行けるか?」

暗闇にうっすら飛行機の形が見えていた。「なんとかするわ」

「先に行け」ライが言った。「おれもすぐ行く」

ブリンはフードをかぶったが、豪雨でほとんど役に立たなかった。飛行機の右側面に着いたころには、息が切れて、寒さに震えていた。ライが追いついた。

彼が先に行った。副操縦席側のドアを開けて乗りこみ、操縦席に移った。ブリンは彼のあとから乗りこんだ。ライが手を伸ばしてドアのロックを確認する。「シートベルトを締めろ」

ライはヘッドセットをつけ、エンジンをかけた。彼の手が同時に十以上のことをしているようにせわしなく、けれど迷いなく動いている。彼は機体のタクシー灯だけをつけて、滑走路の端まで行き、向きを変えた。

「離陸許可が出た」ライは言ってブリンを見た。「いいか?」

「いいわ」

ライが飛行機のライトをつけ、PTTスイッチを使って滑走路を照らし、エンジンを全開にした。

そのときひと組のヘッドライトが滑走路の向こう端に見えた。まっすぐこちらに向かってくる。ライが飛行機のブレーキを踏みつけると同時に、ライの携帯電話が鳴った。車はぐんぐん近づき、飛行機の機首から二十メートルのところでようやく停まった。

盛大に悪態をつきながらライはヘッドセットを外して電話に出た。「ローリンズ、あんたか？」

「飛行機を停めろ」

「お断りだ。どいてくれ」

「おまえは証拠をいじりまわし、殺人現場から逃げた」

「なんの話だ？」

「屋敷で複数の殺人事件があった」

「殺人などおれは知らない」

「ランバートが911に通報してきた。で、おまえを逮捕した保安官助手ふたりが駆けつけた。死亡者三名。ティミー、ミセス・ハント、ゴーリアド」

「なんと」彼はブリンを見た。漏れ聞いていた彼女も同様に度肝を抜かれていた。

「おまえたちふたりがその場にいたことをランバートが保安官助手に伝えた。で、こっちに連絡が入った。おまえが逃げるならここだろうと察しをつけて、おまえを引き留める役目を引き受けた。繰り返す。飛行機を停めろ」

「おれたちが出てきた時点では、誰も死んでなかった。それしか知らない」

「よし、それを刑事に話せ」

「戻ってから話す」

「行かせるわけにはいかない」

「ブリンをテネシーに運ぶ。今夜、いますぐだ」

「この滑走路でおれと度胸試ししようってのか？」

「おれにとっちゃゲームじゃない。死にかけている子どもに薬を届けるために飛ぶんだ」

「なるほど。だが行くなら、最悪の状況になるぞ」

「そうか？　さて、こっちのプロペラはちょうどあんたの鈍い頭の高さだ。どっちが最悪の状況だ？　おまえかおれか？」

ウィルソンが後ろでなにか言っている声がブリンの耳に聞こえた。ローリンズが毒づいた。

「話しあってる暇はない」ライは言った。「いまおれたちが行かなかったら、あの少女はいなくなる。少しは役に立つことをしたらどうだ？　先導する警察を呼んでおいてくれ。ブリンから空港の名前をメールさせる」

「行かせるわけにはいかない」

「いいかげんにしろ！　間に合わなかったと言えばいいだろ。長くはかからない。ブリンを降ろしたら、すぐに戻る。こちらから出頭してやるよ。取り調べも受けるし、留置場にも泊まる。嘘発見器にだってかかってやる。だがいまは、そこをどけ」

「おまえが帰るとなぜわかる？」

「おれが帰ると言ってるんだ」

「くそ食らえ」ローリンズが電話の向こうでどなった。

ライはため息をついた。「もしおれに追いついたら、くそったれのわからず屋になってるだろうと思って、ＳＵＶの運転席にあるものを残しておいた。それが担保だ」

「それとは？」

「おれの操縦士免許だ」

バイオレット

午後七時三十七分

青と白の光が窓の外でピカピカしてるのが見えたときは、救急車があたしを病院に連れに来たんだと思った。エルサと市長とのとくべつな日で、すごくつかれちゃったから。

ほんとのことというと、新しいテレビで、サイとお兄ちゃんとママとパパといっしょに、『アナと雪の女王』を見たかった。市長はなんかお口がくさかった。エルサは映画より歌がじょうずじゃなかった。でもいい人で、がんの話をしなかったし、あたしがかわいいとか言わなかった。もう一回とくべつな日があるなら、テイラー・スウィフトやアリシア・キーズに来てほしい。

市長とエルサが帰って、庭にいたテレビの人たちもうちに帰ったあとは、気分が悪かった。オニール先生がこんにちはも言わないで帰っちゃって、ずっと悲しかった。

いまはジルじゃなくてべつの看護師さんが来てる。三つ編みもいっぱいないし、ピカピカ光る靴もはいてない。

　パパがお兄ちゃんたちにピザを食べさせて、映画を見てろって、部屋に行かせた。パパとママはしょっちゅうあたしを見にくる。このごろのあたしは、パパとママがふつうに心配してるときと、すごく心配してるときがわかる。いまはすごく心配してる。

　ママがパパに言ってた。「心配してたとおりになってしまったわ。でも議員ご夫妻のご厚意がありがたかったから」

「断ることなんかできないよな」

「できなかったわ。でも……」

　それしか聞こえなかった。パパとママはキッチンに入って、救急車を呼んだんだと思う。でもいま見たら、救急車のライトじゃなかった。オートバイにのったふたりのおまわりさん、それとパトカーだ。あたしたちを寝椅子つきの飛行機にのせるために来たのかな？　今夜、アトランタに帰るのかな？

　そうじゃないといいな。くたくたなの。それに、もう一回、サイといっしょに自分の部屋で寝たい。泣くのはいや。あたしが泣いたら、みんながつらくなる。

　待って。オニール先生がパトカーの後ろの席からおりてきた！　もどってきたんだ！

　古い革のジャケットを着た背の高い男の人もいっしょだ。でも、よかった！　ティミーとランバート先生はいない。

　オニール先生と男の人は小道を走ってきた。ママとパパは出迎えようと外にいた。ママがオニール先生を抱きしめて、パパは背の高い男の人とあくしゅしてる。

きっとあの人はオニール先生とすごくなかよしなんだ。ふたりとも、何度も近づいてて、でも、失礼って言わないから。

ママがふたりになかに入ってもらおうとしたけど、男の人は首をふって、ことわってる。パトカーのことを言ったみたいで、うしろ向きでそっちのほうに歩きだした。オニール先生はその人の手をにぎって、帰ってほしくないみたい。でも男の人はずっと首をふってる。

ママがその人を抱きしめて、パパがまた両手であくしゅして、それからふたりはなかにもどってきた。

オニール先生と男の人は立ったまま見つめあってて、それからぶつかるみたいにしっかり抱きあうと、小さい子が見ちゃいけないテレビの映画みたいにキスした。ええ？　あたし、おとながキスして赤ちゃんを作るって、知ってるよ。

オニール先生が背の高い男の人にもっと近づいて、体の上から下までぴったりくっついた。もしかしたら先生はあの人と結婚したいのかも。でももし結婚したとしたら、ふたりの子どもはがんにならないといいな。

キスをやめると、男の人がオニール先生をポーチのほうにちょっと押した。

男の人はパトカーに歩いてった。オニール先生は向きを変えて小道を走ってきた。

玄関のドアが開いて閉まる音がした。先生が早口でママとパパと話してる。そしてみんなしてあたしの部屋に走ってきた。オニール先生がいちばん先だった。先生のほっぺたはピンクで、ずっと走ってたみたいに息が速かった。コートにおっきな穴が開いてて、なかにつめてあるものが見えてた。ブーツはどろだらけ。髪の毛はブラシでとかさなきゃいけない。でもそんなのどうでもいい。先生に会えてめっちゃうれしいから。

でもあたしに会えて、先生のほうがもっとうれしそう。

エピローグ

六週間後

見覚えのある古びたルームキーを使ってキャビンに入ったライは、部屋に足を踏み入れるなり立ち止まった。ブリンがベッドの端に腰かけていたのだ。

グリフィン家で別れを告げてからはじめて見る彼女の姿に脈が乱れ、平静を装っていられなくなった。それでもなにげない足取りを心がけて部屋に入り、ドアを閉めた。

「いまはこのキャビンに漏れなくきみがついてるのか？」ライは懐かしい黄麻布のランプシェード、ぬり絵アート、すり減ったベッドカバーを眺めた。「きみのおかげで、内装がうんと引き立てられてる」

「ありがとう。わたしのこと、覚えてないかもしれないと思ってたわ」

ライは両方の眉を吊りあげながら、ジャケットを脱いだ。「その辛辣な口調には聞き覚えがある」

「ごめんなさい。いきなり責めるつもりはなかったんだけど」

「ふむ。おれのろくでなし加減をちくちくやるつもりだったのか?」

「ええ、徐々にね」

ライは座っているブリンの正面へ行き、化粧台に腰かけた。「一種類の服装しか見たことないから、見ちがえたよ」

ブリンが小さく笑った。「あなたと最後に会ったあと、多少は身なりを整えたから」

ライはボマージャケットを賭けてもいいくらい、ブリンの顔がどんなに好きか覚えていると思っていた。だが賭けていたら、大切な宝を奪われていただろう。呼吸している生身のブリンに比べたら、どんなに鮮やかな記憶も色褪せてしまう。

彼女は黒いタイトスカートとハイヒールのブーツをはいていた。淡いグレーのセーターも、厚手ではなく薄地で、それが彼女の乳房に張りついていた。そう、ライの手のひらにぴったりおさまるあの乳房に。

ライは小さく咳払いした。「おれが今日来るのをマーリーンから聞いたのか?」

「何日か前に電話で知らせてくれたの。わたしの予定が空いているといいけどと言って。仲を取り持とうとしてるみたい」

キューピッドを演じるマーリーン・ホワイトをおもしろがっているかのように、ライは笑顔を作ろうとした。あまりうまくいかなかった。「マーリーンはおれの宿泊先を知らないはずだぞ」

「ええ。わたしの勘よ」

「あのマリファナ吸いを説得してキーを受け取ったのか？」

「手玉にも取ったわ」

「だろうな」ライはブリンを見た。「その恰好。手を出さなかったとは、修道士並みだよ。いや、修道士でも無理かもしれない」

　褒められてブリンは頬を染めたが、それについてはなにも言わなかった。

「ブレイディを飛行機に乗せて、どうだった？」

　こんどは自然とライの頬がゆるんだ。「まるでクリスマスの子どもみたいだった。何度か操縦桿を握らせてやったよ。実のところ、おれはものすごく楽しんでるブレイディを見てるのが、ものすごく楽しかった。谷間の開けた牧草地の上を飛んだんだが、二回めは機体を傾けて旋回し、タッチ・アンド・ゴーの要領でぎりぎりまで高度を下げておいて急上昇したんだ。ブレイディは――」夢中で話しているのに気づいて、ひと息ついた。

　ブリンはわかったような顔をして、どこか得意げだった。「そんなに彼を楽しませてあげながら、それでも距離を置いて、関わりを避けていられるなんて、よかったわね」

　ライは視線を落としてブーツのつま先を見つめた。顔を上げると、ブリンが落ち着いた目つきでこちらを見ていた。「すばらしかったよ」

　ライがそう認めても、ブリンは勝ち誇った顔をしなかった。やさしいほほ笑みの形で勝利を表した。「あなたたちどちらにとっても、今日は意味のある日よね」

「おれにはとても意味があった」

短いけれど重い沈黙のあと、ブリンは、ダッシュとはまた話せる仲に戻れたのかと尋ねた。

「ああ。あのときのダッシュは逃げ場がなかったからな。許してやったよ」

「逃げ場がなかったのはあなたでしょ。航空局や国家運輸安全委員会とはどうなったの？」

「うまくいった。ウィルソンとローリンズがひと肌脱いでくれた」

「あの夜、戻ってふたりに会ったの？」

「格納庫で、ジェイクに飛行機を返却したときに。ハント家の殺人事件を担当する刑事のところへ連れてかれて、事情を訊かれた」

「わたしは翌日、ノックスビルで調書をとられたわ」

「おれはきみを守るためにティミーを〝おとなしくさせた〟ことを認めた。ウィルソンとローリンズが、おれたちふたりは殺人事件を目撃してないと証言してくれた。おれたちが立ち去ったあとのことだから、どういう流れでどうなったのか知らないと。

　それからきみとおれが医療的緊急事態に対応してたことも説明してくれた。ランバートの口添えもあった。警察は、ころころと供述を変えるハント上院議員のほうに狙いを絞ってた。

にしても、おれが解放されるまでには数時間かかったが。

　ローリンズとウィルソンとおれは、なんとか九時の会合に間に合った。墜落現場までぞろぞろ出かけてって、おれは調査員に経緯をしっかり説明した。ティミーが飛行機を墜落させるつもりだったと自供したことに関しては、きみ、おれ、ランバートの全員の証言があった。

おれは無罪放免、調査は終了した」

ブリンの顔が笑みで輝いた。気づけばライは彼女の口を見ていた。唇の端にそっと触れたかった。親指で。いや舌でもいいな。

視線を彼女の目に引き戻した。「バイオレットはどうしてる？　薬は効いたのか？」

「マイナスの副作用はないし、最新の血液検査では、健康な血液細胞の増加が見られたし、がんは広がってないわ。息を凝らして観察してるけど、経過はよさそうよ」

「すごいじゃないか、ブリン」

「驚いたふりなんか、しなくていいのよ」ブリンがからりと言った。「ネイトから聞いてるの。バイオレットのようすを気にして、三度も電話してきたんですってね」

「知りたかったんだ」

「弁解することじゃないわ、ライ。あなたを責めてるんじゃないの、親切で思いやりのある人だと思ってる。心配してくれてありがとう。グリフィン家の人たちも感謝してるわ。あなたには当然ながらバイオレットの経過を気にかける権利がある。バイオレットがあなたに直接お礼ができたらいいんだけど」

それには答えず、ライは言った。「ランバートの話を聞いてると、バイオレットの病状の回復はランバートと彼の才能のおかげみたいだ」

「ネイトは鼻持ちのならない、感じの悪い人よ」

「そんな言い方じゃ生ぬるい」

「――でも、彼もわたしといっしょに研究してきたの。長い時間をかけてね。功績を認められる資格があるわ」

「半分もない」

ブリンはそっと肩をすくめ、考えこんだ。静かな声で言った。「あなたは見破ってた」

「なにを？」

「わたしがあれをやったのは、一部、自分のためでもあった。喝采を受けるためではない。有名になるためでもない。でも――」

「犯罪者の娘である負い目を埋めあわせるために」

「気づいてたのね」

ライは肩をすくめた。「なんとなく。なんにしろ、そいつは罪じゃない」

「わたしが野心を抱くようになったことに、母の死が関係しているのは、まちがいないわ。でも、自分の名字を恥じていた当時のわたしにとって、考えうるもっとも高い目標がドクター・オニールになることだった」

「理由はどうだっていいんだ、ブリン。なにをしたかが重要なんだ」

ブリンの喉が動いて、彼女が感極まっているのがわかった。「そうね。でも重要なのは、バイオレットが好転したことでほかの患者に治験の道が開けることよ」

ライは親指を立てた。「その調子だ、ドクター・オニール」

ああ、頰を赤らめた彼女のなんという愛らしさ。

「皮肉なめぐりあわせになったこと、ネイトから聞いた?」ブリンが尋ねた。

ライは首を振った。

「薬を投与した翌日ね、感謝祭の前夜を最後に放置してあった応答サービスに連絡したの。ほら……あんなことがあって、サービス側もわたしと連絡がとれなかったんですって。それはともかく、緊急の電話が三本入ってた。知らない番号だった。バイオレットへのGX－42の人道的使用を協議してる食品医薬品局の審査委員会のメンバーからだったの。彼女はバイオレットのニュースを観て、名前に見覚えがあるのに気づいたそうよ。それで感謝祭の夜に何時間もかけて委員会のメンバーに連絡をとり、朝までに意見を集約してくれた。バイオレットへの薬の投与が承認されて、緊急扱いとなったの」

ライは声をたてて笑った。「ほんとかよ?」

「ほんとよ。あの薬を使用する許可が直後におりようとしてたってこと。結局、わたしは倫理規定を破らずにすんだわ」

「驚いたな。ハント夫妻はバイオレットにスポットライトをあてることで、自分たちを不利な立場に置いてたわけか」

「皮肉でしょ。そしてリチャード・ハントは最悪のスポットライトを浴びることになった。メディア担当アドバイザーがたくさんいて、あれこれ言うもんだから、いまだに話が定まらないのよ。最新の話だと、ゴーリアドがティミーに嫉妬して、デローレスに執着してたんですって。めちゃくちゃだわ」

ブリンが背後に両手をついて、体を斜めにした。脚を組むと、スカートの横のスリットが開いた。彼女の言葉がライの頭に到達するのに、余分な時間がかかった。

ライは言った。「全体像がわかる日は来ないいんじゃないか。ハントは嘘をつき、策略をめぐらしつづける。永遠の先延ばしだ」

「生きるために闘いながら」ブリンが言った。「彼はひそかに化学療法や放射線治療を受けてるけど、時間稼ぎでしかないわ。ネイトによれば、いまだに公表を恐れて例外的使用の申請を拒んでるそうよ。それこそあらゆるメディアに食いものにされる、と言って」

またしばらく静かになった。ライはそのまま彼女のブーツの上に数センチのぞく腿を見つめつづけた。そこからはじめて、上へキスをしていきたかった。

恥をかくことになる前に、彼はまた気持ちを集中させた。「ウェスはどうしてる？」

「この前、万引き犯を捕まえたって」

「そのために雇われてるんだもんな」

「ええ、でも店に黙ってその女性を帰したそうよ。三歳に満たない子が三人いて、盗んだのは妊娠検査薬だったの。彼女なら見逃してやってかまわないと思ったんですって」

ふたりはほほ笑みあったが、しばらくすると、彼女の笑みが切なげになった。彼女は居住まいを正して、咳払いした。「この前、バイオレットから、古い革のジャケットを着た男の人について質問されたのよ」ライが椅子の背にかけたボマージャケットをちらりと見た。

「わたしたちが彼女の家の外でキスするのを見てたみたい。恋人なのかと訊かれたわ」ブリンは一拍置いてから続けた。「ちがうと答えた」

ライは黙って化粧台に座る姿勢を変えた。尻が痺れたからだ、と自分に言い聞かせながら。

ブリンが続けた。「人を締めだす男性を愛することはできないと話したわ。よく知らない人はまだしも、彼を気づかってる人たちのこともよ。どんなに魅力があってどんなにすてきなベッドの相手でも、彼女を助けるためなら操縦士免許まで――彼がなにより大切にしているものよ――犠牲にしてくれる人でも、飛行機を離陸させたあと、無事に着陸できるかどうかをまるで気にしないような人なら、恋い慕うことはできないもの」

ブリンは開いた手のひらを見おろし、もう一方の手でほこりを払った。「自分の命が失われることを悲しむ人たちがいるのを知りながら、命を軽視するのは身勝手よ。バイオレットには、そんな男性を求めるまともな女性は、世界じゅうどこを探してもいないと言ったわ」

「まともな女ならそうだよな」ライは言った。「どうやらその野郎は、負け犬らしいな」

「問題はそこよ。実際はそうじゃないから」

「その男のろくでなし加減を徐々に明らかにするんじゃなかったのか?」

「それでどうなるの?」

ライは化粧台からおりて、窓に近づいた。べとつくカーテンを少し開けてみた。外は寒かった。冷たい風が吹いていた。だが、空は雲ひとつなく晴れ渡っていた。ブレイディを飛行機に乗せるには、もってこいの日だった。

「おれはそういう男を知ってた」ライは言った。「無愛想で自己中心的なばか野郎だった。

自分は問題を抱えてて、生きる価値がないと思ってた。そんなくだらん思いこみにとらわれてたのは、ある飛行機の墜落事故のせいだった。十三人の死。胸を痛めない人間はいない。だがその男の問題は、自分がどうにかすればそれを避けられたという、思いあがりを持ってたことだ。自分なら、航空物理をひっくり返せた、運命、カルマ、星の配列、神の意志、なんでもいいが、それに勝てたと思ってた。だが、基本となる事実を忘れてた。つまりそれが彼らの寿命だったということだ」

ブリンに背を向けたまま、ライは窓の向こうの空を見あげた。快晴だと思ったのは、まちがいだった。小さな雲が流れ、丘の頂を撫でていた。

深呼吸をした。「とにかく、その男は、自分はその日死ぬべきだったと思ってた。そして死ななかったから、次の機会を待ってた。果たせるかな、ある晩、なんの問題もなく飛んでいたところで、飛行機のコントロールを失った。

おかしな話だが、そのまま墜落して死んでもよさそうなものなのに、そいつはそうしなかった。生きようと必死で闘った。さらにおかしなことに、その墜落は起こりうる最高の出来事となった。おかげで彼は奮い立った。目覚めたんだ。

それから数日のうちに、そいつは自分がまだ生きているのは目的があるからではないかと思うようになった。あの日、自分がC－12を飛ばさなかったことに意味があるのではないかと。子どもの命を助けてやれるかもしれない。自分では操縦できない男を飛行機に乗せて、わくわくさせてやれるかもしれない。なにがどう転ぶか、誰にもわからない」彼は両手を窓枠に置くと、背を丸めて顔を伏せた。

　かすれた声でブリンが尋ねた。「その人はどうなったの？」

「態度を改めた。いくらかね。そいつには貨物空輸会社で働く新しい友人ができた。でかい一流会社だ。そこではベテランのパイロットを募集してる。そいつはそれを検討してる。ネクタイを締めなければならないが、定住所ができるし、給料もいい。友人が自分の飛行機を買えたくらいだからな。そいつは前から自分の飛行機が欲しいと思ってたんだ。

　そいつはクリスマスを家族と過ごした。甥を抱っこした。また帰省する日程まで決めてきた。家族には、迷惑じゃなければ連れてきたい人がいる、と言ってきたそうだ」

「誰なの？」

「ああ、いい子がいてね。いやれっきとした女性だな。すごい女性だ。賢くて、生き生きしてる。人になめられない。豊かで艶のある髪。瞳は霧の色、もしくは月光に輝く雨の色。そしてゆっくりと時間をかけて、長引かせたくなる体の持ち主だ。もしくは、猛スピードでやりたくなる。そりゃもう、ひと目見ただけで生唾が湧いてくる。一度など、夢中になりすぎて、コンドームもせずに出してしまった」うつむいた顔を左右に振る。「彼女に会うまでは、空にいることに勝るものなどないと思ってたんだが」

　彼は言葉を切り、両手を腿で上下させた。「だが、しくじった」

「どんなふうに？」

「臆病だったんだ。彼女を追いやってばかりいた。締めだした」

「なにが怖かったの？　人と関わること？」

「もはや人と関われなかったんだ。彼女にタックルして、はじめてその顔を見たときのそいつは、救いようのない人間だった。そいつが恐れてたのは、彼女に自分の本性を見破られて、人生から出てけと言われることだった。

だが、哀れな男は、いつか思いがけず彼女がふたたび現れてくれることに期待をかけた。あるいは、まあもしそういうことがあっても、彼女は記憶にあるほど魅力的でなくて、それ以上、彼女を追い求める気持ちがなくなることを願ってた。ところが実際は、彼女に触れないでいるのが精いっぱいになった」

しばらくなにも語られなかった。そのうちにブリンが怒りをぶちまけた。「あなたは視界ゼロでも、二キロ半の雷雨のなかでも飛ぶのよね。それなのに見苦しいカーペットの上を三メートル歩くことすらできないわけ？　やっぱり臆病者だわ」

ライは振り向き、首をかしげた。「なんだと？　ああ、おれが自分のことを話してると思ったんだな？」

ブリンは首をすくめて笑い、そしてまた挑むような目でライを見あげた。

ライはため息をついた。「おれに追いかけさせたいのか？」

「わたしが欲しいのなら、そうしてもらうしかないんだけど」

長い脚で二歩だった。彼はブリンの両肩に手を置き、ベッドに押し倒して、彼女を組み敷いた。両手で髪をかきあげ、頭をしっかりつかんだ。「きみが欲しい」そしてふたつの唇を溶けあわせた。真昼間なのに、暗闇で解き放たれるような激しい欲望に突き動かされていた。

求めても求めてもまだ彼女が足りなかった。胸板にあたる乳房の感覚。唇をかすめる興奮と喜びに満ちた吐息。ライがしばらくして顔を上げて、彼女の目をのぞきこむと、煌めく瞳のなかにもその両方が現れていた。

「おれたちがいっしょにいたのは丸二日にも満たない」ライは言った。「人生最悪のまちがいになるかもしれないぞ、ブリン」

「のるかそるか、賭けてみるしかないわね」

ライはセーターに手を差し入れて、ブラジャーのホックを外し、両手をカップのなかに潜りこませた。そっと乳房を揉み、硬くなった先端をつまんで、探求心旺盛な口の前にさらす。

彼女は後頭部をマットレスにすりつけた。「あなたを殺してやりたい。この六週間、わたしをこんなに苦しめて」

彼は舌で乳首をなぶった。

「でも、やめないで」彼女はうめき、彼のジーンズのボタンをいじりだした。

ライは彼女のセーターを頭から脱がせ、彼女はゆるんだブラジャーを体をくねらせて取り去った。ライは乱暴に自分のシャツの前を開き、ふたたび彼女の上に身を横たえた。素肌と素肌、ふたりの心臓がともに鼓動し、ふたつの唇のあいだで息がそっと動き、視線が交わって離れなくなった。

彼はスカートのスリットのなかに手を入れ、内腿を撫であげた。パンティのなかに入り、指で広げて撫でて、すべりこませた。彼女がその指を締めつけ、腰をすり寄せてもっととせがみ、脚を動かしてパンティまで脱いだ。

ブリンがライのジーンズの前を開いた。彼女につかまれて張りつめる。その手のひらのなかで熱く重く脈打っているのが自分でもわかる。手を彼女のスカートから抜きだして、湿り気を自分自身の先端に塗りつけた。「案内してくれ」

お尻の下に手を入れて、彼女の腰を持ちあげた。入ってすぐの場所に導かれる。彼女から締めつけられて、ブリンの名をうめいた。あれが脈打って、彼女が息を凝らす。と、力強く腰を押しだして、深々と埋めこんだ。ふたりしてその場にとどまり、魂のこもった深いキスを交わした。

そしてわずかな乱れもなく、ふたりいっしょに動きはじめた。


日の光が薄れて、夕暮れどきになった。黄昏が真っ暗闇に席を譲った。時は気づかないうちに過ぎていった。

ふたりはぐったりとベッドに横たわっていた。目も手も口もフルに使って、六週間前には試すことしかできなかった行為に没頭した。あのときは愛を交わすことも、あわただしさのなかにあった。

そしてゆっくりとシャワーを浴びた。お湯が冷えてきたので、シャワーを出た。ベッドに戻り、彼はボマージャケットをブリンに着せた。彼女と向かいあわせに横たわると、片方の手で頬杖をつき、もう片方の手でジャケットの前を開いた。

ゆったりとまさぐり、じらしていると、彼女の目が煌めいた。唇が軽く開かれ、欲望で肌が赤らんだ。

ジャケットの裏地を新しいものと取り換えてもいい、とライは言った。きみをシルクに描く、いまのその姿を。鼻で彼女の髪をかきわけ、耳に口をつけてささやいた。「濡れているその姿を」

大切なジャケットを変えるなんて一大事、永続的な関係を考えてるみたいね、とブリンは言った。「わたしに飽きることはないの?」

ライは彼女をあおむけにして、腿のあいだに入りこむと、自分のものを擦りつけた。いまもこうして、さっきと同じくらい求めていることを示すために。

「離陸の直前、毎回どんなふうに感じるか話したのを覚えてるか?」

「待ちきれない?」

ライは満面に笑みを浮かべた。

謝　辞

つぎのふたりには、心からの感謝を捧げます。わたしが本書『凍える霧』を書き、そしてそれを再三にわたって書きなおし、さらに推敲しているあいだ、ずっとわたしを支えてくれました。

わが友人にしてプライベート機のパイロットであるロバート・ニュートンは、飛行に関わるありとあらゆる手順を懇切丁寧に教えてくれました――それこそ数えきれないほど何度も。そうやって口頭で教えてもらっただけでは飽き足らず、わたしは無数のｅメールを送りつけ、たくさんの「あとひとつだけ教えて」を繰り返した結果、いまや彼から、もう単独飛行できるんじゃないかと言われるに至りました。もちろん、そんなことは無理ですが、もしなにかまちがいがあれば、その責任は、彼にではなくわたしにあります。ボブ、ありがとう。

そしてわたしの愛する姉、ローリ・メーコン。希少疾病用医薬品と、その開発、実験の過程という難解なテーマに取り組んでくれて心から感謝します。綿密に調査してもらったおかげで、ヨーロッパですでに治験段階にあったＮＬＡ１０１の存在を知ることができました。本作に出てくるＧＸ－42はそれを参考にした完全なるフィクションです。近い将来現実のものとなることを祈っています。

解説

三浦天紗子

航空事故と自動車事故。自分が被害者になるリスクは、自動車事故の方が圧倒的に高いが、飛行機が落ちたら助かる見込みはまずない。悪天候の日は飛ばないのが賢明だし、この一、二年で日本でも広がりつつある悪天候によるいち早い欠航決定などの対応は、安全を考える上でクレバーな選択だ。だが、アウトローはどこにでもいるもの。サンドラ・ブラウンの最新邦訳『凍える霧』に登場するライ・マレットのように。

物語の始まりは感謝祭の前夜。アメリカ中の人たちがお祝いの準備でそわそわしていて、どこかへ移動したがっているその日、大西洋沿岸は歴史的な濃霧に見舞われていた。全米二桁の州の主要空港が、旅客機も貨物輸送機も飛ばない混乱の極みにある。そんな最悪のタイミングで、オハイオ州コロンバスからジョージア州アトランタ付近まで黒い箱を運ぶようにとの依頼が来る。依頼者はドクター・ランバート。どう見ても無茶なフライトだが、白羽の矢が立ったのがライだ。天候による危険にさえひるまない貨物輸送のスゴ腕パイロットで、フレイトドッグ（貨物犬）と呼ばれる特別なプロフェッショナル。実際、近づいてきた着陸先のハワードビル郡飛行場の管理人ブレイディ・ホワイトと、操縦桿（そうじゅうかん）を握りながら軽口を叩くほどの余裕ぶりを見せていた矢先、突如ブレイディとの交信が途絶え、次の瞬間、照射されたレーザー光線に視界を奪われる。絶体絶命の中、なんとか森に不時着したライは、文句のひとつも言おうと自分のフライトバッグと黒い箱を持って飛行場の事務所へ向かおうとする。

ところが、その現場に箱の輸送を依頼したのは自分だというドクターが現れたのだ。背後には、もみ合い言い争うライとドクターの、穏やかとは言いがたい状況を観察している怪しいふたり組がいる。彼らはゴーリアドとティミーという悪漢コンビで、このあともちょくちょくライとドクターの周辺に現れる。箱をライから受け取ろうとしたのは、ブリン・オニールという女性ドクターだが、最初は本名を名乗らず、ランバートのふりをした。しかもブリンは、箱の中身をがんとして明かそうとしない。なぜ、なぜ、なぜ。のっけから、霧の中を手探りで進むような気持ちにさせられる。おまけに、その霧は、いくつもの謎によって、ますます濃く立ちこめていくのだ。

たとえば、その箱の中身には、48時間という有用性のタイムリミットがある。つまり、48時間を過ぎたら、届いたところで無用な品物になってしまう特別な何からしい。その箱の到着をいまかいまかと待っているのは、ジョージア州の上院議員夫人、デローレス・パーカー・ハント。もちろん、上院議員である夫リチャードのためだ。ランバート医師はリチャードの主治医で、夫妻と同じく箱の到着を待っているはずだが、腹に一物あって、そのせいか必死さに欠けている。一方、ドクター・ランバートを血液疾患医療の天才医師と認め、彼の同僚として協調的に働いてきたブリンだが、ライは、なぜかブリンが箱をすんなりランバートに渡したがっていないことに気づく。ライはといえば、単に巻き込まれたクチなのだが、持ち前の情の厚さと仕事に対しての責任感のせいで、そしてミステリアスで魅惑的なブリンに惹かれているせいで、面倒な事態とわかっていても首を突っ込まずにはいられない。

何もかもがどこか掛け違っている。きっと大きな秘密が見えてくるはず。霧の中に放り出されてはたまらないと、読者は否応なく前のめりで読み進めていくことになる。

最初のころは、事情も話さず箱を渡せだの詮索するなだの自分の都合を押し通そうとするブリンに、ライだけではなく読者もあまりいい印象を持てないかもしれない。しかし、中盤に差しかかり、ブリンが黒い箱に固執した理由がわかってきてからは……。おそらく、ライとブリンが自分たちに課した、黒い箱を届けるべきところに届けるというミッションを応援せずにはいられないだろう。だが追っ手は、デローレスやリチャードだけではない。ランバート医師も、保安官助手たちもそれぞれの思惑で箱を欲しがる。忘れてはならないのが、これが時間との闘いでもあるということ。作中に繰り返し現在時刻が示され、残り時間は刻々と削られていく。さらには、ひとつトラブルをかいくぐったかと思えば、またひとつ新たな脅威が迫ってくる畳みかけぶり。最後の最後まで気を抜けない、手に汗握る物語は大団円を迎えられるのか。

本書の設定や人物たちの属性などは身近とは言いがたいわけだが、不思議と親近感を持って読める。その大きな理由のひとつが、ブリンというヒロインの魅力。一見、見た目もスペックもバッチリな高嶺の花だが、父親は生まれ故郷ではよく知られた犯罪者。汚名も重苦しい生育歴も背負っている。自身のキャリアへの欲もあり、決して清廉潔白な人物ではない。むしろ人間としての弱さも抱える普通の人が、目の前の困難に苦悩しながらも、最後には顔を上げて生きられる道を選ぶすがすがしさに胸を打たれる。また、ライはライで、ぶっきらぼうだが情にもろく、ちょいワル好きな女ゴコロをくすぐるセクシーガイ。おまけに、どうやらライは、両親との間に何か確執があり心に傷を負っているらしい。セクシーでワイルドで傷ついた陰がある男。ココロ優しい女性たちのいちばんの好物ではないか。

それにしても、「ロマサスの女王」の異名を取るサンドラ・ブラウンは、実に多彩なモチーフを料理できる作家だと思う。これまでも、著名なテレビ伝道師でもあるカルト教祖殺人事件の容疑者にされてしまった下着会社オーナー兼デザイナーの女性と、その事件を追う地方検事補とのロマンスを描いた『その腕に抱かれて』。美貌のイベント会社経営者の殺害を依頼された正体不明の殺し屋が、ターゲットであるヒロインを殺さずに拉致。ふたりで逃避行する展開ののち、「Sting」（スラングで「騙す」の意味）という原題が腑に落ちる痛快な『壊された夜に』。ホテル爆破事件で救出劇のヒーローとなった少佐への独占インタビューを二五年後に取り付けた女性テレビリポーターが、彼の息子で私立探偵で元ATF（アルコール・タバコ・火器および爆発物取締局）捜査官とともに少佐銃撃事件の真相を暴く『赤い衝動』。本書では、才色兼備の女性医師とハードボイルドなパイロットが、公にできない大切な箱をめぐるミッションに挑む。そこに、タイムリミット・サスペンスの要素もあり、アクションムービー的な緊張感もあり、誰が最終的に箱を手に入れるかのコンゲーム的な面白さもあり、今回も盛りだくさんだ。

念のために説明しておくと、ロマサスことロマンティック・サスペンスとは恋愛要素とサスペンス要素がコラボしたエンタメ全開のジャンルのこと。ラブ・サスペンスとも呼ばれている。魅力的なラブアフェアなどを織り込みながら、次から次へと巻き起こる事件に主人公が立ち向かっていくジェットコースター的な展開が魅力。

サンドラ・ブラウンのデビューは一九八一年で、エクスタシー・ロマンスと呼ばれるロマンスに重きを置いた作品を主に書いていた。筆名はデビュー時のレイチェル・ライアンから、ローラ・ジョーダン、エリン・セント・クレアといくつかを使い分け、八三年からはサンドラ・ブラウン名義がメインになる。八〇年代末から九〇年あたりには、人間ドラマやサスペンス要素を強く意識した作品に大きく舵を切り、とりわけ、九〇年に発表した『Mirror Image』（邦題『コピーフェイス　消された私』、『私でない私』より改題）は、彼女の新境地として大きく話題になった。

以後、本国アメリカでベストセラーリスト入りの常連となった彼女の作品は、ほぼ一年一作のペースで出版され続けている。本書は、ベストセラーリスト入りの記念すべき七〇作目。ちなみにアメリカでは、次の新刊『Outfox』がすでに出ている。こちらは、彼の国のアマゾン情報によれば、ＦＢＩ捜査官とシリアルキラーが相まみえるサイコ・サスペンスのようだ。

　このように、七一歳となるいまも第一線で活躍しているサンドラ・ブラウン。これだけの作品数を誇りながら、なお、出してくるカードがそのつど違う。圧巻のストーリーテラーの世界を、まず本書から体験してもらうのもいいかもしれない。

（みうら・あさこ　ライター、ブックカウンセラー）

赤い衝動

サンドラ・ブラウン　林 啓恵・訳

隠遁生活を送る国民的ヒーローの「少佐」を取材することになったリポーターのケーラ。取材終了直後、二人は銃撃される。少佐の息子、ジョンはケーラを保護し、事件の真相を追うが……。興奮度ＭＡＸのサスペンス。

壊された夜に

サンドラ・ブラウン　林 啓恵・訳

射殺事件の現場から、顔に傷のある男に拉致されたジョーディは、拘束され、緊迫の夜を過ごす。正体不明の男の目的は何なのか？決死の行動に出たジョーディだったが……。二転三転、どんでん返し連発のサスペンス！

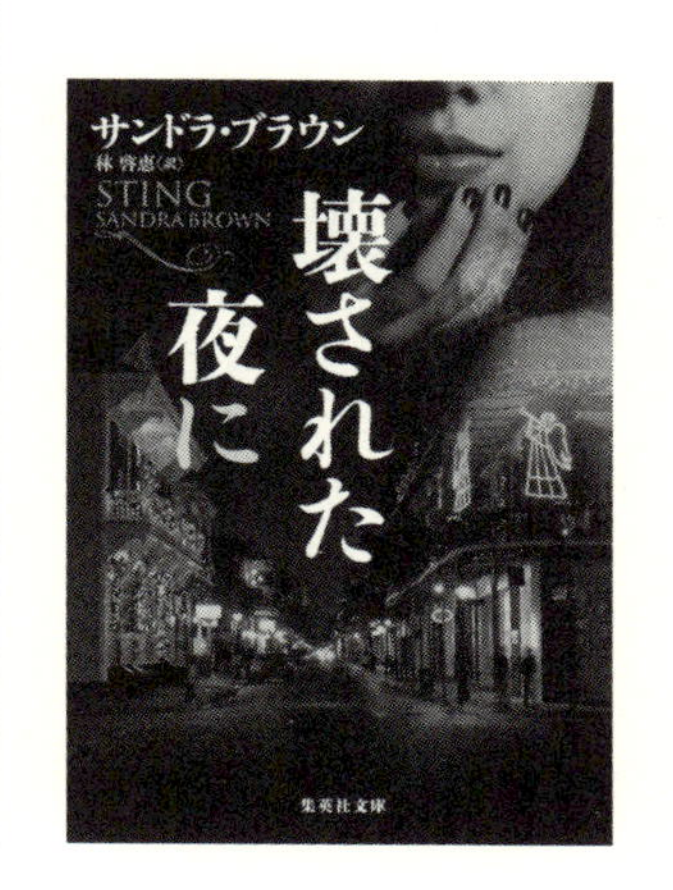

集英社文庫・海外シリーズ

偽りの襲撃者

サンドラ・ブラウン　林 啓恵・訳

誰が、なぜ、狙われたのか？　民事裁判の法廷で銃撃事件が発生。その場に居合わせたクロフォードは、女性判事ホリーを助ける。犯人の身体的特徴に疑問を覚えたクロフォードだったが……。サスペンスの女王の新境地！

S 集英社文庫

凍(こご)える霧(きり)

2019年12月25日　第1刷　　定価はカバーに表示してあります。

著　者　サンドラ・ブラウン
訳　者　林(はやし)　啓恵(ひろえ)
発行者　徳永　真
発行所　株式会社　集英社
東京都千代田区一ツ橋2-5-10　〒101-8050
電話　【編集部】03-3230-6095
【読者係】03-3230-6080
【販売部】03-3230-6393(書店専用)
印　刷　中央精版印刷株式会社　株式会社美松堂
製　本　中央精版印刷株式会社

フォーマットデザイン　アリヤマデザインストア　　マークデザイン　居山浩二

ISBN978-4-08-760762-8 C0197